首都师范大学文学院资助出版

外国小说名著导读

WAIGUO XIAOSHUO MINGZHU DAODU

黄华◎主编

新华出版社

图书在版编目（CIP）数据

外国小说名著导读 / 黄华主编.
－－ 北京：新华出版社, 2016.7
ISBN 978-7-5166-2643-6

Ⅰ.①外…　Ⅱ.①黄…　Ⅲ.①小说－文学欣赏－世界
Ⅳ.①I106.4

中国版本图书馆CIP数据核字(2016)第153271号

外国小说名著导读

主　　编：黄　华

责任编辑：王晓娜　　　　　　　　　封面设计：臻美书装
责任印制：廖成华

出版发行：新华出版社
地　　址：北京石景山区京原路8号　　邮　　编：100040
网　　址：http：//www.xinhuapub.com
经　　销：新华书店
购书热线：010－63077122　　　　　中国新闻书店购书热线：010－63072012

照　　排：臻美书装
印　　刷：北京康利胶印厂
成品尺寸：170mm×240mm
印　　张：22.5　　　　　　　　　　字　　数：190千字
版　　次：2016年7月第一版　　　　印　　次：2016年7月第一次印刷
书　　号：ISBN 978-7-5166-2643-6
定　　价：45.00元

版权专有，侵权必究。如有质量问题，请与印刷厂联系调换：010-62267494

前言："小说"的前世今生

　　小说作为一种文学体裁，发展到今天不过两百多年的历史，但讲故事的传统却源远流长。当原始人围着篝火团坐，或守着火种度过漫漫长夜时，讲故事就成为人类特有的一种消遣娱乐方式。这样看来，叙事理所应当成为文学关注的核心。

　　西方文学的叙事性特征奠定于古希腊罗马时期。荷马史诗辉煌的开篇使后世文人不得不将关注重心放在叙述方式上，探究如何讲述才能吸引听众。希腊戏剧紧凑的结构安排同样将关注点放在叙述上，利用悬念、发现和突转来吸引观众，让观众的情绪跟随剧情发展变得如醉如痴，直至随悲剧主人公的毁灭戛然而止。小说的兴起伴随着中古英雄史诗的衰落，横空出世的长篇叙事性作品《堂吉诃德》已经接近现代意义上的小说，加之被奉为短篇小说圭臬的《十日谈》，小说——这种无韵的散文体脱颖而出。也许是因为打破了文字在韵律、格式上束缚，作家可以将注意力更多地放在叙事技巧和内容上，小说自此成为发展最迅速、传播最广泛的文学样式。在过去的两个世纪里，小说从现实主义，到现代主义，又蜕变为后现代主义小说，直到今天的网络小说。小说的发展，见证了人类在飞速变化的社会变迁过程中的心理历程。我们试图通过追溯小说的前世今生，了解近现代外国文学中叙事文学发展的脉络。

一、何谓"小说"

在西方，"小说"（novel）一词最初与"新闻"（news）的词义基本对等，两者只有细微的区别。Novel来自意大利语 novella，可以追溯到拉丁语 novella narrātiō（意指新型故事），[1] 本意是"新奇的"，它既指新闻中谈到的事情，也可指闲谈、故事。到了18世纪末，英国文坛上的散文体叙事作品已发展成为与诗歌、戏剧不相上下，又充满奇异特质的文类，故称之为"新奇"的作品。伊恩·P.瓦特指出，"小说是一种文化的合乎逻辑的文学工具……它给予了独特性、新颖性以前所未有的重视，它因此而定名"[2]。瓦特对小说的定义强调了小说求新多变的特点，这也是小说这种文体在现代社会大受欢迎的主要原因吧。

"小说"一词所指甚广，五花八门的叙事散文皆可称作"小说"。但总其共性，"小说是用散文写成的具有某种长度的虚构故事"[3]。这是英国小说家E. M.福斯特1927年给小说下的定义，他借用了法国批评家阿比尔·谢括里的说法，并将故事的长度定为"不少于5万字"。[4] 从福斯特对小说的界定中，我们看到小说的三个特征：1.用散文书写；2.具有一定长度的故事；3.虚构性。

福斯特所概括的小说三个特征说明了小说与其他文类的区别。1.就形式而言，小说的"散文体"属性，使之区别于韵律诗和无韵诗体戏剧。篇幅的长度使之不同于短篇故事和中篇小说，叙事性又使之有别于抒情诗歌和散文。2.就内容而言，"小说"通过描写环境、叙述故事和塑造人物来反映现实，表现为一定长度的故事情节。3.就本质而言，小说与历史的最大区别在于"虚构性"。福斯特将小说比作文学领域中"最潮湿的地区之一"，就像一片沼泽地，"它处于两座峰峦连绵但并不陡峭的山脉之间——一边是诗，另一边

---

[1] [美]斯图尔特·B.弗莱克斯纳主编：《蓝登书屋韦氏英汉大学词典》，北京：中国商务印书馆，1997，第1567页。

[2] [美]伊恩·P.瓦特：《小说的兴起》，高原、董红钧译，北京：生活·读书·新知三联书店，1992，第6页。

[3] [英]爱·摩·福斯特：《小说面面观》，苏炳文译，广州：花城出版社，1984，第3页。

[4] 《小说面面观》，第3页。

是历史——而第三边却面向海洋"。[1]福斯特形象地描绘出小说与诗歌、历史的联系与区别。"虚构"成为小说这种叙事性文体最突出的特点。

最后，为了更清楚地说明小说的概念，我们来区分三个英语词汇 novel（小说）、story（故事）和 fiction（虚构）。Story 中古时期为 storie，源自中世纪拉丁语 historia（历史），指的是装饰建筑物上带图的故事。[2]Fiction 源自拉丁语 fictiōn（成形、虚构），指非真实的、依靠想象虚构的作品。[3]Novel 专指长篇小说，中篇小说 noveltte，短篇小说 short story。如果从范畴上来看，fiction 的范畴最广，指所有虚构类的作品，包含了长篇小说（novel）、中篇小说（noveltte）和短篇小说（short story）。

二、小说的兴起与发展

我们发现小说作为一种文类在欧美出现得很晚，直到 18 世纪末才确立。那么，此前的许多叙事类作品，如《亚瑟王传奇》《堂吉诃德》等，难道它们都不算小说吗？答案是肯定的，它们被称为"散文虚构故事"[4]。

首先，可以将乔叟、弥尔顿、歌德等人"用韵文写就的长篇叙事性作品"排除在小说之外；其次，中世纪骑士传奇（romance）和寓言诗（fabilau）——表现现实的诗体短篇故事——也不能算作 novel，甚至不能算作是 short story 或 novelette。当然，不可否认的是传奇和寓言诗都是后来长篇小说的源头之一，霍桑称自己的作品为"罗曼司"便证实了这种亲缘关系；第三，同样作为长篇小说源头之一的"流浪汉叙事文"，也不应被视为真正意义上的长篇小说。它们在"结构上的插曲式特点"使其更接近《列那狐》式的寓言诗，而不是小说。因此，M. H.艾布拉姆斯称"小说的发展主要归功于像流浪汉故事那样浓缩了浪漫的或理想化的虚构形式的散文作品"[5]。

[1]《小说面面观》，第3-4页。
[2]《蓝登书屋韦氏英汉大学词典》，第2191页。
[3]《蓝登书屋韦氏英汉大学词典》，第832页。
[4]《小说的兴起》，第1页。
[5][美]M. H.艾布拉姆斯：《文学术语词典》（第7版，中英对照），北京：北京大学出版社，2009，第383页。

这样的论述表明，无论《小赖子》，还是《堂吉诃德》，都既可以被视为传奇和寓言诗的尾巴，又可以被视为"现代小说独一无二的重要先驱"[1]，但不能被视为真正意义上的小说。

通过以上三个层次的剥离，也就可以理解为什么伊恩·瓦特在《小说的兴起：笛福、理查逊、菲尔丁研究》一书中，讨论的起点是《鲁滨逊漂流记》和《摩尔·弗兰德斯》，而不是《巨人传》或《堂吉诃德》。因为论著的标题已经表明18世纪之前的作品并不在其讨论范围之内。国内也有学者倾向于这样的认识，比如侯维瑞、李维屏合著的《英国小说史》中就认为《巨人传》"从严格意义上来说还算不上一部真正的小说"[2]，而应被视为传奇文学。

伊恩·瓦特把小说看作现实主义和大众社会的产物，故与先前的"散文虚构故事"存在明显的区别。首先，哲学上现实主义的总体特征对小说形成有重要意义；主要指笛卡尔、洛克哲学思想中批判性、反传统、革新的一面，注重为"个体的人"下定义，[3] 即18世纪小说家都把对个性的探索作为自己的主题。[4] 其次，18世纪读者群的变化是小说兴起的重要因素。英国中产阶级人数和财富都大幅度增加，加之印刷术的发展，使书价大大降低，公共图书馆事业又方兴未艾，中产阶级的经济能力和文化程度使之成为小说读者中的骨干力量；由于经济的重大变化，18世纪女性的闲暇时间大量增加，女性读者在读者中所占的比例也日益增多；第三，以个人主义为特征的社会为小说的存在创造了基础。现代工业的兴起不仅带来经济的大幅度增长，而且增加了个人选择的自由，反映在文学中，就是作家对"经济个人主义主人公"[5] 的塑造。伊恩·瓦特认为笛福、理查逊和菲尔丁，对小说表现技巧和叙述方式革命性的创新，极大地促进了小说的兴起和发展。

因此，我们看到伊恩·瓦特所指的小说其实是近代小说，这种产生于工业革命时代背景下的新文体，其特质是代表其时代精神的个人主义。这些英

---

[1]《文学术语词典》，第383页。
[2] 侯维瑞、李维屏：《英国小说史》，南京：译林出版社，2005，第23页。
[3][美] 伊恩·P.瓦特：《小说的兴起》，第11页。
[4]《小说的兴起》，第15页。
[5]《小说的兴起》，第68-69页。

国现实主义小说在张扬个性的同时，也不自觉地宣扬着新兴工业国家——大英帝国的价值观和道德观。当史诗中的英雄主义被现代小说中的个人主义所取代时，当菲尔丁、福斯特等英国作家面对急剧变化的社会时，他们坚信自己从事的是一项新的事业，正在开拓一种新的文体，我们可以解读为这是作家们应对印刷文明变革的举措。

如果将小说的兴起放在 18 世纪，那么，我们可以按时间顺序梳理西方小说的叙事传统，将其大致划分为四个时期：1.小说萌芽期；2.近代小说；3.现实主义小说；4.现代主义与后现代主义小说。下面，我们从小说要素的变化来审视小说的发展流变。

三、小说的要素

传统意义上小说的"三要素"是人物、情节和环境。所谓"传统意义"，指的主要是现实主义传统。

现实主义理论以反映论为基础，强调小说是一种通过塑造典型环境中的典型人物来反映社会现实的文学样式，比如《辞海》中对小说的定义就明确提到小说要"从不同角度塑造人物，表现社会生活"，因而"人物"也就成为三者中最重要的一个要素，情节的叙述和环境的描写归根到底都是为了刻画人物。童庆炳在《文学理论教程》中提到小说的三个基本特征也是从这三要素出发的，并将"深入细致的人物刻画"[1]视为小说最主要的特征。多数文学理论教材也都认同这样的观点。但当我们突破 19 世纪现实主义小说的理论框架之后，人物在多大程度上可以被视为小说的核心要素就值得商榷了，尤其是把俄国形式主义和叙事学的相关理论引入小说要素的讨论之后，不仅三个要素的主次地位发生了变化，而且其所指也变得与传统理论不尽相同。

M．H．艾布拉姆斯是这样定义"人物"的："戏剧或叙事作品所描写的人，读者通过人物的话语和其特有的话语方式——对话——与他们的所作所为——行为，推断他们特有的道德、才智和情感特征，从而解读作品中的人

---

[1] 童庆炳主编：《文学理论教程》（第四版），北京：高等教育出版社，2008，第 193 页。

物。"[1]不难看出,这里的"人物"所指的是具有"道德、才智和情感",并能够通过语言和行动将其表现出来的鲜活的人,包法利夫人、安娜·卡列尼娜、维特、拉法埃尔·瓦仑丹(《驴皮记》主人公)等,都是这样的人物形象,并且因为其鲜活的性格,我们能够轻易地将包法利夫人区别于安娜,将维特区别于瓦仑丹,但在形式主义学者那里,上述四个人物在本质上并没有什么区别,因为他们在叙事中的作用是相同的,不过是"千面英雄"的不同面孔而已,在现实主义小说理论中被强调的"性格"(character,这一单词在英文中既指"人物"也指"性格")不再具有至高无上的重要性,取而代之的是"功能"(function)。事实上,人物这一要素也就被分解成了传统小说理论中的"角色"和格雷马斯所说的"行动元"。小说不同发展阶段人物地位的升降,取决于人物是被普遍地视为有性格的角色还是更多地被视为情节发展中的行动元。

当人物作为小说核心要素时,情节就会处于次要位置;反之,如果人物仅仅被视为行动元,那么情节也就成为小说的核心。在前一种情况下,情节似乎只是对涉及到人物的诸事件的排列,其意义要由人物决定;而在后一种情况下,情节则获得了独立地位,并被严格地区别于故事。俄国形式主义批评家最先区分了故事与情节,提高了情节的地位。

俄国形式主义者什克洛夫斯基和艾亨鲍姆(B. Eichebaum)率先提出了新的两分法(指区别于传统文学批评中对叙事作品层次的划分——引者注),即"故事(素材)"或"故事(内容)"与"情节"的区分。"故事"指按实际时间、因果关系排列的事件,"情节"则指对这些素材的艺术处理或形式上的加工。与传统上指代作品表达方式的术语相比,"情节"所指范围较广,特别指大的篇章结构上的叙述技巧,尤指叙述者在时间上对故事事件的重新安排(譬如倒叙、从中间开始叙述等)。[2]

---

[1][美]M. H. 艾布拉姆斯:《文学术语词典》(第7版,中英对照),北京:北京大学出版社,2009,)第65页。
[2] 申丹:《叙述学与小说文体学研究》,北京:北京大学出版社,1998,第13-14页。

E. M.福斯特则抬高了故事的地位，他认为"故事是小说的基本面，没有故事就不成为小说了。可见故事是一切小说不可或缺的最高要素。"[1]其后，法国结构主义叙事学家托多罗夫又提出了"故事"与"话语"的二分法，其中的"话语"与什克洛夫斯基的"情节"所指代的范畴基本相同。不难看出，在这些区分中，故事作为按照一定顺序（物理时间顺序与因果逻辑顺序）排列起来的事件，是小说的素材，属于传统划分方式中的"内容"部分，而"情节"被看成小说形式方面的组成部分，并成为研究的重点。与之相比，对人物的研究也就不再显得那么重要了。

环境可以分为社会历史环境和自然环境，一方面它被动地成为小说中人物活动的舞台，另一方面它也可以主动地表现甚至塑造人物性格。同时，社会历史环境可以分为宏观和微观：前者作为一种外在、无形的力量牢牢地将人物置于其中，使人物在思想和行动两方面都很难超出其规约的范围，如果人物试图超越，就会造成于连式的悲剧；后者主要为人物搭建一个活动的平台，不一定与人物和情节有什么互动，当然，在优秀的小说家那里，微观的社会环境也可以成为人物命运的外在原因。自然环境可以分为客观的自然环境和主观的自然环境：前者更多作为小说中的插叙，既不在人物塑造上有作用，也不对情节发展成产生影响；后者往往与人物心理相关联，客观的自然环境经过小说中人物的主观投射后变得不再客观，一草一木都变成了人物心理的外化。在小说发展历程中，不同时代的小说家对环境的描写各有侧重，或重视宏观环境，或重视微观环境；或重视主观环境，或重视客观环境；或干脆不重视环境，因而，其作用不尽相同。作为小说三要素之一，环境的地位也同前两者一样，有升有降。

总之，人物、情节、环境都不是铁板一块的概念，由于不同时代从不同侧面审视时的关注点有所差异，因此对它们的认识也不尽相同，接下来我们从具体的例子出发，审视这三要素在小说发展不同阶段地位的变迁。

---

[1][英]爱·摩·福斯特：《小说面面观》，苏炳文译，广州：花城出版社，1984，第23页。

1. 小说萌芽期

主要指欧洲中世纪晚期以及文艺复兴前后产生的作品，例如薄伽丘的《十日谈》，乔叟的《坎特伯雷故事集》，无名氏的《小癞子》和塞万提斯的《堂吉诃德》等。这类作品一方面已基本具有后世小说的诸要素；另一方面仍然保有中世纪前期的民族史诗以及后来的骑士传奇、市民叙事文学的特点。在这些作品中，人物、情节、环境三要素里，占核心地位的是情节，讲一个精彩的故事是它们的首要目的，至于刻画人物和描写环境，只是服务于讲故事的手段。当然，需要注意的是，这里的情节并不是后来形式主义学者所谓的情节，只是单纯的故事，即依照时间顺序和逻辑顺序对事件的线性排列，这一点在西班牙流浪汉叙事文中体现得尤为明显。

环境在小说萌芽期类似于舞台剧中的背景，只是给情节的展开提供一个空间。例如，在《十日谈》中，基本没有我们在19世纪小说中常见的大篇幅的环境描写，充其量有一些插笔式的、十分简洁的自然环境描写。小说萌芽期这种重情节轻环境的特点，表明这些作品都是时间性的，而非空间性的。

性格在小说萌芽期同环境一样被忽视，作品中的人物基本上是换了不同名字的行动元，这一点在《十日谈》中体现得最明显。《十日谈》里除了第一天和第十天，其余八天所讲的故事都是围绕着特定主题，在统一主题的统摄下，十个故事在整体上是大同小异的，不同故事中处于相似境遇的人物实际上都是相同的行动元。流浪汉文学中的主人公也是如此，因为这些流浪汉的"性格在其漫长的冒险生涯里几乎毫无改变"[1]，所以很难从性格方面对他们加以区分，他们之间的差异来自于他们各自的行动。

《堂吉诃德》作为向下一阶段过渡的作品，表现出了一些不同于这一阶段其他作品的特点：人物的性格得到突出展现，也正因为如此，堂吉诃德和桑丘·潘沙才能成为在世界范围内家喻户晓的人物；同时，环境描写也得到了强化，并且开始参与到叙事中来。但是，作为一部戏仿骑士文学的作品，

---

[1][美]M. H. 艾布拉姆斯：《文学术语词典》（第7版，中英对照），北京：北京大学出版社，2009，第383页。

它借以吸引读者的依然是故事情节，即堂吉诃德在线性的冒险历程中所做过的那些理想主义的蠢事。

2. 近代小说

近代小说主要指18世纪的现实主义小说和19世纪前期的浪漫主义小说，代表人物是笛福、理查逊和菲尔丁。在他们的小说中，人物性格逐步得到重视；环境描写越来越出色，其作用也越来越明显；故事情节依然是三要素中的核心要素，但已经表现出让位给另两个要素的趋势，这在理查逊和菲尔丁那里体现得最为突出。

在近代小说里，人物不再单纯是行动元，不同人物表现出了不同的性格特点，越来越多的虚构人物——如鲁滨逊、摩尔·佛兰德斯、克莱丽莎、帕梅拉、汤姆·琼斯开始作为鲜活的人物形象而被读者铭记。不过这些人物还不能被看作是现实主义小说中的典型人物，在他们身上并不能完全地体现一类人的典型性，尤其是在这一阶段的早期作家——如笛福——那里，人物往往是孤立的，而不是处在社会关系之中，荒岛上的鲁滨逊最能体现这一特点，他的"海外殖民"固然表现出了当时英国的整体社会精神，但终究只是个人行为，而不是社会行为，所以说在《鲁滨逊漂流记》里核心是故事情节，不是人物塑造，它依然只是事件小说（novel of incident），真正的性格小说（novel of character）还是要到理查逊那里才出现。

环境作为近代小说中的一个要素，地位迅速得到提升。环境不再是舞台背景，而成为人物行动的对象，比如鲁滨逊栖身的小岛，不仅仅是背景，而且能够同鲁滨逊发生深刻的互动。同时宏观社会历史环境对人物的影响开始显现，鲁滨逊作为崛起的中产阶级冒险者，他的性格特质无论优点，还是缺点，都是18世纪海外扩张中的英国给他的馈赠。环境得到最大程度彰显的小说还要算是《汤姆·琼斯》，乡村、大道、伦敦三处环境构成了小说的基本结构，时间性开始让位给空间性，小说从一条线变成了一座稳固的建筑物。与此同时，理查逊也通过刻画中产阶级女性的日常心理来为小说叙事减速，消解小说的时间性。由此可见，情节在小说中的地位开始下降，环境和其中的人物，正逐步成为小说的核心要素。

3. 现实主义小说

在 19 世纪现实主义小说中，对典型人物的刻画被推高到无以复加的地位，叙述情节和描写环境都要为表现人物性格服务。同时，由于多数现实主义小说都将笔触放置在日常生活当中，所以情节方面远不及以传奇、冒险为主要内容的萌芽期小说和近代小说。故而，在 19 世纪现实主义小说中，人物是第一位的，其次是环境，情节的地位则降到最低。

司汤达的《红与黑》作为 19 世纪现实主义小说的典范，最能体现上述三要素地位的变化。这部小说同时继承了菲尔丁和理查逊小说的特点：一方面它像《汤姆·琼斯》一样，通过环境的转换，以空间性代替时间性，依靠着小镇维里叶、贝尚松、巴黎等具有代表性的环境，构建出一个稳固的空间结构；另一方面，司汤达又像理查逊那样深入人物内心，使人物性格纤毫毕现。类似的特点在巴尔扎克、雨果、托尔斯泰等小说家那里都有体现，及至陀思妥耶夫斯基，小说开始向现代主义过渡，其笔触越过现实主义小说中作为"类存在"的典型人物，开始指向个体心理体验。

4. 现代主义与后现代主义小说

对于 20 世纪的现代主义小说和后现代主义小说，很难说清究竟哪种要素能够占据主导地位，如同 20 世纪纷繁复杂的文学潮流一样，小说要素的嬗变也呈现难以把握的去中心化和多元化的特点。事实上，在现代主义的大背景下，人物、情节、环境三要素都遭到无情的解构。

人物不再具有现实主义小说中的典型性格，意识流小说对人物潜意识的开掘，把人物变得具有个性的同时，更具有共性。我们可以说于连代表了一类人，一类平民出身的个人奋斗者，但我们却无法确切说居依·布朗是哪一类人的典型，因为似乎现代社会中每个人身上都有居依·布朗（莫迪亚诺《暗店街》）的影子，但又都不是他。

与此同时，故事在现代主义和后现代主义小说中也逐步失去了意义。依然以《暗店街》为例，这部小说基本上没有故事性可言，可以说是小说发展过程中，内容趋向生活化、个体化的必然结果。但并不是说情节在这一阶段就消失了，它只不过是遭到解构，不再是传统意义上的故事，而是形式主义学者指出的情节，即篇章结构上的叙述技巧，这些叙述技巧在后现代作品中表现出极端的颠覆性，如阿兰·罗伯－格里耶的《橡皮》、博尔赫斯的《小径分岔的花园》。

环境的作用也与先前大相径庭。宏观社会历史环境对人物的制约在现代主义小说那里还有所体现，但微观的环境越来越失去展现人物性格的作用，如《橡皮》中的城市街景描写，仅仅是导致拉瓦斯一次次迷失在城市中的缘由。

尽管我们考察了小说三要素——人物、情节、环境在小说发展史上的变化，但对于当代研究者而言，已经不能仅从三要素来分析小说文本，意大利著名作家伊塔洛·卡尔维诺在他的《美国讲稿》中提到小说的六要素：轻逸、速度、精确、形象鲜明、内容多样、开头与结尾。显然对于当代小说而言，对形式的考虑已经超过内容。正如美国学者桑塔格所说："一切艺术皆趋向于形式，倾向于形式的充足而不是实质的充足……形式……才终究是最重要的。"[1]当形式的重要性超过了内容，小说家们将更多注意力放在文体的突破和小说技法上的创新，对于小说这种并不古老的文体而言，正是难得的机遇和挑战。

四、小说的未来

现代科技的发展使交通、物流、讯息传播的速度不断提高，网络的普及、移动平台的出现使人们的阅读方式发生了很大变化。在感慨快速、高效、方便的同时，人们不觉忽略了文学的功用，有学者表达了"小说之死""文学之死"的忧虑。小说的未来怎样？特别是面对网络小说、影视媒体的冲击会走向何方？

当代英国著名作家多丽丝·莱辛在科幻小说"希卡斯塔"（Shikasta）系列第一部的扉页上写道："现在的小说家到处正在打破现实主义小说的束缚，因为我们看到的每天我们周围的一切正变得更困惑、更荒谬、更不可思议"。这揭示了科技带给我们日常生活的冲击与变化，而今，青年人借助网络来阅

---

[1][美]苏珊·桑塔格：《激进意志的样式》，何宁、周丽华、王磊译，上海：上海译文出版社，2007，第229页。

读小说，通过网游、互动参与到网络小说的写作中去，纸质版小说备受冷落。在虚拟的世界中，文字不再带有血的温度和生命的气息，青年人沉浸于感官享受的快意中。这种快意来自图像、视频的动感，多种感官刺激的满足，挤压了想象的空间。小说作为最接近生活的一种文学形式，成为我们编写本书的动力，通过小说来记录和续写人类的历史和未来。

五、有关编撰体例与写作格式的说明

本导读作为"外国文学"课的辅助教材，在梳理国别文学史的基础之上，按照时间顺序，选取有代表性的经典小说进行细致的文本分析，是对外国文学史的有益补充。

按照思潮流派来看，《导读》选择了一些代表作家的代表作品，从16世纪文艺复兴时期的《巨人传》《乌托邦》，到启蒙主义小说《拉摩的侄儿》，再到浪漫主义小说《少年维特之烦恼》，以《红与黑》《包法利夫人》《罪与罚》等为代表的现实主义小说，以龚古尔兄弟、岛崎藤村为代表的自然主义小说，以《海浪》为代表的现代主义小说，直到以法国新小说为代表的后现代主义小说。《导读》选取各流派的代表性小说进行文本细读，便于学生在赏析经典小说的同时，学习论文写作。

按照小说类型来看，《导读》选取了小说发展史上具有代表性的小说类型，例如对话体小说、乌托邦小说、童话小说、哲理小说、寓言小说、书信体小说、哥特小说等。同时，考虑到近年来外国文学研究的学术热点和当代大学生的兴趣爱好，除了上述传统的小说类型，本书增加了成长小说、侦探小说、奇幻小说等新的小说类型，还有少数族裔小说，如美国黑人女性小说等。《导读》突出外国文学教材中原有经典小说篇目的同时，补充教材里缺失的当代部分。这样，一方面便于学生了解当代外国文学的最新发展，另一方面也便于学生寻找新的学术研究热点。在当代外国小说家、小说作品的选择上，我们恪守一条：作家对小说在文体、题材、技巧等方面是否有新的贡献。无论"新寓言派"小说家勒克莱齐奥，还是"美国黑人代言人"托妮·莫里森，抑或"短篇小说女王"艾丽丝·门罗，或是伴随大学生们成长的 J. K. 罗琳，他们都是当代最出色的作家，虽然没有被选入外国文学教材，但他们所代表的新的创作理念或新的题材理应被学生知晓。经典从来不是固定不变的，而是随着时代的发展变化和更新。希望该书能够体现出外国文学重视经典的学科传统和不断创新的时代特点。

每一篇导读都设置了"作者简介""作品梗概"和"作品赏析"三个部分，力图让读者在了解作家创作经历和作品故事梗概的基础之上，能够从专业的角度，例如小说的主题、人物设置、情节安排、叙述手法、写作特色等方面来欣赏作品。每篇作品赏析都是一篇较为规范的学术论文，读者在阅读过程中，能够较好地理解作品内涵，同时学习学术论文的写作规范。此外，借鉴国内外同类教材的经验，本书设置了"引申阅读"和"关键词解读"，前者推荐与该小说相关的一些重要的阅读书目，并简述其主要内容，便于读者对相关问题做进一步地研究探讨。"关键词解读"针对一些专业术语或文章赏析部分所用的批评方法进行解释，如有关哥特小说、成长小说、奇幻小说、侦探小说的定义，又如对自然主义、魔幻现实主义、创伤理论的解释。

遵循与教学大纲方向一致、旨在培养大学生科研素养的目标，我们编撰了本书，希望对读者有所裨益。

（黄华）

目 录 | CONTENTS |

法国文学

新时代的泰坦···2
——弗朗索瓦·拉伯雷《巨人传》

一部反思"理性"的哲理小说·································10
——《拉摩的侄儿》导读

一部超越时代的现实主义小说·····························17
——司汤达的《红与黑》

浪漫之殇···27
——福楼拜的《包法利夫人》

一部富有寓言色彩的哲理小说·····························36
——巴尔扎克《驴皮记》导读

科学时代的小说现代化实验·································43
——龚古尔兄弟的《热曼妮·拉塞朵》

存在与历史···56
——米兰·昆德拉的《生命中不能承受之轻》

叙事迷宫·······································65
——阿兰·罗伯-格里耶的《橡皮》

审视被割裂的文明···························75
——论勒克莱齐奥的《沙漠》

"海滩人"的哲思·····························82
——莫迪亚诺的《暗店街》

英国文学

永远的理想国·······························92
——《乌托邦》赏析

传统与现代的双重悲剧·······················99
——托马斯·哈代《德伯家的苔丝》

双性话语的哥特经典··························112
——艾米莉·勃朗特的《呼啸山庄》

无限涌动的意识之流··························126
——论弗吉尼亚·伍尔夫《海浪》

政治寓言小说的讽刺艺术······················140
——乔治·奥威尔的《动物农场》

指环、剑与巫师·····························150
——《魔戒》系列意象研究

"魔杖"的反现代性思考······················159
——论《哈利·波特》系列小说

德国文学

内心独白的书信体小说······················178
——歌德的《少年维特之烦恼》

俄国文学

灵魂深处的多重奏·······················188
——陀思妥耶夫斯基《罪与罚》赏析

圣愚文化的启示·························199
——从《安娜·卡列尼娜》噩梦中"乡下人"形象说起

美国文学

侦探推理小说的范本·····················210
——爱伦·坡《失窃的信》赏析

想象的中国····························217
——论赛珍珠的《大地》

隐藏的冰山····························233
——海明威《弗朗西斯·麦康伯短暂的幸福生活》的蒙太奇叙事

后背上的那棵树·························243
——托妮·莫里森《宠儿》中的创伤书写

瑞典文学

生态批评视域下的童话小说·················258
——塞尔玛·拉格洛夫的《骑鹅旅行记》

日本文学

日本自然主义文学扛鼎之作·················272
——岛崎藤村的《破戒》

无法探知的真相·························282
——论《竹林中》的文本召唤结构

拉美文学

《小径分岔的花园》的空间叙事解读·························· 292

魔幻·孤独·循环······································· 299
　　——马尔克斯的《百年孤独》

加拿大文学

女性艺术家的成长····································· 312
　　——艾丽丝·门罗的《你以为你是谁？》

吃与被吃的两性悖论··································· 324
　　——玛格丽特·阿特伍德《可以吃的女人》

后　记··· 337

外国小说名著导读

法国文学

fa guo wen xue

新时代的泰坦

——弗朗索瓦·拉伯雷《巨人传》

作者简介

弗朗索瓦·拉伯雷（约1494—1553），法国文艺复兴时期的大师，在文学、历史、哲学、语言、法律、神学、教育、医学和天文等方面都有很深的造诣。他年轻时接受的是教会教育，当过修士，但他对这种枯燥的教条化的生活方式十分反感，于是发奋自学，终于成为一个博学的人，为自己赢得了声望。

拉伯雷是一个典型的人文主义者，一个人文主义者的典型。文艺复兴各个大师的思想主要就是反对教会，主张改革宗教、纯净教会，而拉伯雷就是其中一员。他所处的年代属于文艺复兴中后期，欧洲大陆已经出现了宗教改革运动，拉伯雷作为这场运动的同时期人，他对于这个以教会为核心的欧洲大陆及其文化环境，无疑有着比前代大师们更加透彻的理解。而这些深邃的思想，则集中体现在他那歌颂人性的巨著《巨人传》中。

作品梗概

《巨人传》是拉伯雷唯一一部小说，却是影响至今的名著。初次问世是在1532年，拉伯雷发表了《庞大固埃》，此即《巨人传》第二部（第一部《卡冈杜亚》发表于1534年，但是因为书中时间线索上比第二部早，所以后来把《庞大固埃》列为全书第二部），该书极受好评，之后第一、第三和第四部陆续发表，第五部于他死后问世。

小说受民间故事的启发而撰写，讲述了大古杰、卡冈杜亚和庞大固埃祖孙三代巨人的故事。小说的时间比较模糊，大致是与作者同时；地点大致在西欧大陆，以法国及周边地区为主。但也穿插了很多虚构的人名和地名。巨人族是一个种族，是希腊传说中远古时代泰坦神的后裔，祖孙三人都是一个国家的王族，他们孔武有力，学识渊博，慈善博爱，英明睿智，把国家治理得繁荣昌盛。小说围绕着巨人们，特别是第三代巨人庞大固埃的求学、交友、治国、征战和冒险等展开。巴汝奇、约翰修士、埃庇斯特蒙、卡巴林等普通人中的佼佼者们也紧紧团结在庞大固埃身边，为他出谋划策，与他一起共事，一起欢宴，一起冒险。全书共分五部，第一部讲述了卡冈杜亚的童年、接受教育及回国打败入侵者的经历；第二部和第一部比较类似，但是主角是庞大固埃；第三部是关于巴汝奇到底该不该结婚这一问题演绎出来的广泛讨论；第四部和第五部讲述了庞大固埃一行人出海寻找神瓶过程中的奇闻异事。

作品赏析

《巨人传》总体上给人的印象是浪漫主义和现实主义的结合。我们在巨人们身上看到的神祇和英雄的影子，同时也是小说中神话与传说的痕迹。巨人国王们有着惊人的身世，有一个富庶的国家和一群忠诚善良的人民，有出海历经千险寻找神瓶的冒险，也有虽不深刻但不失浪漫的爱情。按照常理来说，从大的内容上类似于古代的史诗，可实际上这部小说和古代史诗有很大的不同，不论是语言风格、文字格式、时代背景还是情节的侧重点都是不一样的。当然，从一个欣赏者的角度来看，两者给人的美感还算是比较类似。拉伯雷把这种史诗般的美感用通俗的方法演绎给文化程度不同的广大读者，这可以说是他的一大贡献。

一、巨人的形象

小说的首要特色，是相较以前的作品在情节上有了很大飞跃。拉伯雷《巨人传》中的人物，一个个口若悬河，他们为了说明一个观点常常举出各种例子，听他们引经据典是小说的主要情节之一。他们口中的奇人、珍宝和圣地，一些是事实上确实存在或存在过的，另一些则只存在于传说之中。配角之一的埃庇斯特蒙死于战火，他在阴间看到了很多人，那些人生前有的无比显赫，有的则穷苦困厄，到了阴间一切都反了过来，帝王将相和富商巨贾沦为被欺负的下层人民，穷得只剩一只木桶的哲学家第欧根尼则是那个世界的国王。这些"人"准确地说并非都是真人，他们有的是传说中的神祇，如罗马主神朱庇特；有的则是虚构作品中的人物，如首席圆桌骑士兰斯洛特；还有的则介于神和人之间，是神化了的历史人物，如雅典的建立者忒修斯。当作者把这些真真假假的人物搬到一起时并没有引起人们的错愕和不解，而是很自然的接受了这种设定，这是相当成功的。文艺复兴最早的大师但丁，在《神曲》中叙述自己得到了已故情人和古罗马诗人维吉尔的陪同，参观了地狱、炼狱和天堂。这是一个很了不起的开端，文学从此不再和修辞划等号了，情节取胜成为了一个新思路。到了《巨人传》这里更进了一步，着重于采用历史和现实以及前人作品中的形象，来不加区分地直接应用于自己的故事当中，他们在这里不是历史名人，也不是传说中的主角，而是拉伯雷的情节中的一部分。这就突出了情节的作用，即这些人只是为书中推波助澜的小配角，而与自己真实的经历无关。

作品在叙事上比较随意，全书五部的每一部都分为几十个小的章节，这些小章节连缀起来形成整个故事链，但是每个小章节都有一定的独立性，单独读起来也能了解其意思。这一点曾经被人诟病，批评者认为小说情节比较松散，重点不突出。事实上，过多单一的小章节的确造成了阅读的不连贯，但是从另一个角度来说，小说本身虽然内容庞杂，但是情节是很简单的，没有复杂的政治背景和人际纠葛，所以总的来讲并不难理解，反而会使人感到读起来比较轻松，读者在体会拉伯雷带给读者的各种笑料中汲取着书中的营养。另外，小说这种文体总的来说是一种比较年轻的体裁，读者不应该像读19世纪以后的小说那样执着于情节的完整和连贯，更不能在这部小说中追求后起小说中习惯表达出的那种唯一的"中心思想"，而应该以更加宽容的心态和广博的视野来看待它。对于这样一篇比较另类的小说，完全可以换一种阅读态度，哪怕剥去它名著的光环，把它仅仅看作消遣读物都是可以的，它一定会给人带来不同的感受。

二、巨人是怎样炼成的

　　"巨人"是一个富有寓意的形象，它突出表现了作者对新时代杰出人才的全面阐述。一个人如果体魄强健、思想开明、富有学识、积极向上，才能进一步处理好国家大事。这样一个时代骄子，就是"巨人"。可能拉伯雷并不想把这样一个抽象的形象展现在读者面前，况且写真正的巨人显得更有浪漫色彩，更能吸引人眼球，同时也为了给小说里各种千奇百怪的经历找一个相称的主人公，所以小说中拥有巨大身躯的巨人族就这么出现了。之前提及，巨人族是希腊神系中泰坦诸神的后代，这些曾经统治世界的神祇，虽然后来被以宙斯为首的奥林匹斯诸神夺了权，但不可否认他们仍然极具神话色彩，传说中盗取天火的普罗米修斯就是泰坦族。这一设定有三重妙处，一是巧妙地处理了巨人的出身问题，二是将小说的故事与希腊文化挂钩，反映了文艺复兴时期知识分子的文化取向和精神追求。巨人们不仅身材庞大还"根红苗正"，可在拉伯雷眼里，要想成为真正的"巨人"，巨人们还需要点更重要的东西。事实上，与身躯上的庞大相比，拉伯雷更想突出巨人们身上那种全面的能力。庞大固埃回国应对外侮时，对方国家有一个统帅与他的身材同样高大，膂力无穷，和庞大固埃交手中一度占据上风。但是他有勇无谋、凶狠暴虐、刚愎自用，最后还是被智勇双全的庞大固埃杀死，他的巨人部下也被庞大固埃的部下们剿灭。这里很明白地说明了，身材上是不是"巨人"不是关键，普通人即便没有天赋异禀，但是勤于锻炼，始终保持头脑清醒，依然能够打败强大的对手；而就算是一个巨人，如果不能用知识和道德武装自己，那充其量也只是一介莽夫，不能获得长足的成功，更不可能成为改变时代，给人类带来幸福的伟人。

　　如何培养一个"巨人"，是拉伯雷很在意的问题，这也是书中提到很重要的一个问题——教育。小说中对"才"的养成写得很具体。卡冈杜亚小时候是个聪明、有灵性的孩子，可是他最初接触的是教会教育，学了很多年一无所成，反而把他变成了一个平庸之辈。大古杰十分着急，在别人的建议下把他送到了巴黎，找名师教导他，卡冈杜亚于是迅速成为一个全面发展的青年，不仅阅读了古典时期哲学家、文学家和博物学家的作品，也精于各种体育运动；非但能够用娴熟的政治手段治理国家，对骑术、兵法等战争技巧也很精湛。

庞大固埃的故事相比其父更加理想化，他从小就受到了最先进的教育，天资甚高的他很年轻时就成为了远近闻名的大人物。现在看来，作者对教育的看法是很正确的，中世纪很长一段时间里，普遍的教育观就是在教会及其各层组织的控制下，人们学习基本的"七艺"，而这些教育并不能包括人类知识的全部成果，人的才华也只是完全为神学宣传服务；至于人的道德，那时的人只需要恪守教会的要求，就是一个高尚有德的人，这样的道德虽不能说错，但是缺乏理性分析，有些地方也确实会和人的本性相违，是一种近似强盗的道德教化。作者的书中，培养一个有才华的人靠出色的老师和科学的教育方法，培养一个有道德的人则依靠国家、社会、家庭和身边的人对他的影响。这和现代人的观念比较吻合。

三、时代的镜子

书中的各个人物，无论是巨人还是普通人，都有其个性，但是并不十分突出，很难深入剖析某个形象的性格，但是本书塑造人物上的亮点在于书中展示了各种典型性格。书中人物百味杂陈，大古杰的开朗，卡冈杜亚的随性，庞大固埃的中庸，约翰修士的豪放，卡巴林等人的勇敢等等都是最常见的性格和品行，同时书中也对迂腐、贪婪、自大或残暴等人性的黑暗面做了尖锐的披露和讽刺。即便是最有特点的巴汝奇，也是以一个浪子的形象为主的。这不是单纯的简陋，事实上，今日的社会问了太多的"为什么要这么做"、"为什么不能这么做"，反而忽视了"怎么做到这点"或"怎么避免这种情况"。人性中固然有善恶两面，社会上固然有难分善恶的人和事，但是这并不是关键，关键在于人一定要努力克服恶的一面走向善的一面，从这个角度来说，该书的意义在于提供了各种人物样板，赞美真善美，反对假恶丑。

我们必须看到，这部作品中也有一些不足之处，作品中人物的世界观是不完整的、偏执的、前后矛盾的、甚至是错误的。对此，读者一定要善于甄别。首先，作者在书中极力赞扬人性的解放，也无时无刻都在强调道德的重要性，可是很明显他并没有在这两点之间找到协调点。比如巴汝奇，他之前做遍了风流韵事，还去追求已婚的贵夫人，可以说在这方面一点没有忌讳；但当他考虑结婚的时候，他却表现出对自己未来的妻子的百般不信任。一方面他自己在男女之事上毫无底线，认为男欢女爱是天经地义的事，另一方面却病态般地不想被"戴绿帽子"，对将要与自己相濡以沫的伴侣表示怀疑，不相信她的贞节，也不相信夫妻间的感情基础。这固然与当时的时代风气和地域风气有关，但是也丝毫不能掩盖巴汝奇——他代表了一批人文主义者——在这方面观念是有问题的。其次，小说的美善观过于理想化，这特别像中国人习惯性的在外表上丑化反面人物，美化正面人物。比如说第一步描写约翰修士时，对他的外表百般赞美，最后在他的修道院中的修士也都是才貌双全的人，可有些人在得到对其人品和才华的公正评价之前，竟仅仅因长相难看就不被允许进入修道院，这就显得蛮横不讲理了。再次，小说中对女子的总体评价是比较低的，把她们描绘成一群放浪、纵欲、愚昧、思想层次不高的人群，"平庸"对于她们已经是个好词了。同时在小说中几乎找不到一个特别出色的女性，基本上是一篇典型的男性主导的小说。最后，陷于"矫枉必须过正"的历史规律中，这部小说中弘扬的并非都好，摒弃的也并非都是糟粕。小说中固然能见到传统道德的精髓[1]，但也常表现出无礼、放浪、专横甚至残暴的一面[2]。伪科学甚至都出现在了小说中[3]。对于这些缺点，我们不能说这就是作者本人的思想局限性，可能作者这么写是因为要突出人文主义思想解放的重点，或者是要增强作品的表现力，还有可能是苦于语言无法完美表达思想这一亘古难题。但是既然书中这么写出来了，对于读者来说，就要能明辨书中哪些是不对的，更重要的，应该秉持正确的道德去理解这些内容。在某种程度上，《巨人传》可谓一面镜子，它折射出当时的时代风尚和道德规范，因而，这也就是本文称卡冈杜亚、庞大固埃为新时代泰坦的缘由。

精彩片段

第一部第二十三、二十四章：关于教育的重要章节在全书中的地位比较重要。这两章中，良师巴诺克拉忒详细地为卡冈杜亚制定了健康的日程表和

---

[1] 巨人国王们是其中典型，卡冈杜亚和庞大固埃都有宽容敌人的事迹。
[2] 如约翰修士在战斗中把投降的敌人全部杀死；巴汝奇说话无礼且行为不检点。
[3] 如巴汝奇令埃庇斯特蒙复活；书中很多随口化学和医学知识也都是不加辨别的。

学习的规划，内容广泛，卡冈杜亚在这种教育下获得了全面的发展。

第二部第二十九章：关于战争的章节。之前写的关于战争的部分都是以巨人摧枯拉朽般的胜利告终，而这次的对手却是另一位巨人和他的三百巨人部下！叙述了卡冈杜亚和他的随从是怎么样战胜对手的。

第四部第三十四章：一个海上历险的精彩章节，庞大固埃展示了他的英勇。但凡歌颂战乱时期的主人公的小说，不写主人公的武功可是太过不去了。这一章庞大固埃大战巨鲸，有着真实的画面感和迷幻般的情节，是史诗和神话的交融，是现实和虚幻的完美结合。

引申阅读

1. [法] 吕西安·费弗尔：《16世纪的不信教问题：拉伯雷的宗教》，上海：上海三联书店，2001。

本书是一部精彩的心理史学名著，作者从拉伯雷在其作品中表现的宗教观点来研究当时的知识分子对基督教的看法。前半部分有很多关于拉伯雷的资料和对《巨人传》的文本分析，颇有见的。

2. 程曾厚编：《法国抒情诗选》，北京：商务印书馆，2013。

书中谈到法语形成过程中语言与文学的密切关系。这部选集双语对照，选材严谨，包括了维庸、龙沙、雨果和波德莱尔等不同时代的大师作品，从中可以看出一些在拉伯雷之前、同时及在他之后，法国文学在语言风格和思维习惯上的变化。

关键词解读

1. 巨人：巨人是政治、军事和文化上的理想人物的化身。人类历史的任一阶段都会出现伟大的人物，人们对他们总是抱有崇敬、寄予厚望。在文化上，中世纪虽然也出了不少重要学者，但总的来讲，这确实是一个大学问家比较匮乏的时期。在政治和军事上，中世纪不乏强有力的君主，但是大多数君主还是碌碌无为的，而且这时候的君主一般都思想保守，阻挠社会变革，其自身文化水平也不高。巨人族的后代们能文能武，有经世之才又能广泛吸纳意见，在他们身上寄托了一个时代对人性的肯定和对理想政治制度的夙愿。

2. 平民派：拉伯雷的时代是法语发展的一个关键时期，当时的文学流派分为贵族派和平民派两种，贵族派以七星诗社为代表，主要人物有龙沙和杜贝莱，他们都以诗人身份著称，追求典雅，轻视民间文学。平民派的代表是拉伯雷，他的《巨人传》正是吸收了民间文学特点且面向民众的。不论是当时还是现在的人看来，《巨人传》很多处的内容和语言显得十分鄙俗，甚至满纸污言秽语，不堪入目。但不得不说，拉伯雷这部作品确实是面向大众的，该书一经发表就拥有当时最大的发行量，可谓洛阳纸贵。

（黄志远）

一部反思"理性"的哲理小说
——《拉摩的侄儿》导读

作者简介

德尼·狄德罗（1713—1784）是18世纪法国杰出的启蒙思想家。出生在法国东部的朗格勒城。父亲是当地有名的刀剪匠。他的哲学论著有：《哲学思想录》《怀疑论者漫步》《供明眼人读的论盲人书简》《论自然的阐释》《与达朗贝的谈话》《论物质与运动的哲学原则》等。1749年，狄德罗创作了著名的《供明眼人读的论盲人书简》。在书中，狄德罗为无神论提供了唯物主义的哲学基础。因为触犯了统治阶级，狄德罗入狱三个月。出狱后，狄德罗便开始主持《百科全书》的编纂。

狄德罗是杰出的美学理论家、艺术批评家。尤其是在美学、绘画、戏剧理论方面，狄德罗颇有建树。在他出版的《论绘画》等书中，体现了他真实、感人的艺术准则。他还致力于建立一种新的戏剧：严肃喜剧。力求严格表现自然，接近现实生活。

狄德罗还是伟大的文学家，代表作品有：《修女》《拉摩的侄儿》《宿命论者雅克和他的主人》。其中《拉摩的侄儿》和《宿命论者雅克和他的主人》都是对话体小说。《修女》通过苏珊写给科瓦尔侯爵的自述，控诉了封建社会及宗教对人的压迫。《拉摩的侄儿》被恩格斯称为"辩证法的杰作"。

作品梗概

《拉摩的侄儿》采用对话体写成。全篇都是拉摩的侄儿和"我"在一次偶遇中的对话。拉摩确有其人，他是法国 18 世纪著名的音乐家。拉摩的侄儿是狄德罗塑造的一个他所熟悉的潦倒文人形象。

《拉摩的侄儿》是在哲学家"我"和拉摩的侄儿之间展开的一场关于道德与非道德的争论。谈话从"天才"开始。拉摩的侄儿认为叔叔拉摩只想着自己，其他的都一文不值，也没有给他任何的帮助。他认为天才只会干一件事，其他的什么也不会，所以他憎恶天才。他自己也研究过音乐理论，但无人赏识，他只好流落街头。他看尽了人间百态，开始玩世不恭地生活，他不再研究音乐，也不让他的儿子专攻音乐。拉摩的侄儿是一个单一无知的人，他有自知之明。可是他又不试图改变这种状态，他愿意继续做他的小丑，每天卑躬屈膝地生活。

哲学家看到了他的这种两面性，狄德罗塑造这样一位人物形象显然是有深意的。认为他"如此洞察深刻，又如此卑鄙下流；有这么多正确的思想，又有那么多错误思想与之交替出现；那么普遍邪恶的情感，那么彻底的堕落，却又那么罕见的坦率，使我惊讶万分。"[1] 狄德罗正是通过拉摩的侄儿这粒酵母，把当时社会形形色色的人物本性暴露出来，谴责社会的不公正以及人与人之间关系的残酷，抨击是非颠倒的现实。

作品赏析

《拉摩的侄儿》是诞生在启蒙时代的一部哲理小说。18 世纪是由封建社会向资本主义社会转变的世纪。封建贵族已经成为历史发展的障碍，新兴资产阶级的力量逐渐壮大起来。启蒙运动为法国资产阶级革命做了舆论准备，启蒙思想成为法国 18 世纪社会思想的主潮。《拉摩的侄儿》便是在这种时代背景下应运而生的。启蒙时期，唯理主义盛行，文学作品也往往带有明显的哲理性。

一、启蒙思想的影响

启蒙主义时期，理性主义的盛行严重冲击了基督教信仰，人们的信教意识淡薄。18 世纪，基督教遇到了深刻的危机。从 17 世纪下半叶开始的英国工

[1]［法］狄德罗：《狄德罗精选集》，罗芃编选，北京：北京燕山出版社，2008，第 17 页。

业革命推动了科学技术的迅猛发展，带来了人们对人的能力和创造性的认识，从而导致了原有基督教文化基础的动摇。没有了精神上的上帝来规束、引导人们的行为，致使无神论在一定程度上导致了道德上的放荡。

启蒙是要以理性来代替信仰。狄德罗是个坚定的无神论者，他极力倡导用理性来代替信仰，希望用理性来解决一切问题。"理性"是启蒙运动的关键词，它的"实际内容是感性的自然"[1]。其基本的哲学道理是："人的一切经验和观念都来自对外部世界的感觉，不是天赋的或上帝赐予的。"[2]从这个角度来讲，拉摩的侄儿从自身体验出发，对社会产生自己的认识和理解是符合理性精神的。并且，拉摩的侄儿对自己也有着清醒的认识和定位，这是更高层次的理性精神的体现。理性的目的"服务于人们快乐的情趣，实现人的幸福。"[3]拉摩的侄儿就是一个追求个人快乐、幸福的极端的例子，他的存在恰恰证明了理性精神并不能解决道德等所有问题。人从上帝的信仰中解放出来却又投入了魔鬼的怀抱。

启蒙运动摧毁了人们的信仰后，力图建立起一种新的伦理。启蒙主义者认为人类生活的意义不是在于来世，而是在于现在，所以人们应该尽力享受快乐的生活。这就导致了人们价值观的功利性、利己性。拉摩的侄儿就是在这种伦理原则下成长起来的代表，他为了金钱，为了自己的利益，可以卑躬屈膝，可以出卖道德，可以损害他人的利益。他恰恰证明了理性并不一定能促成道德和社会的进步。"拉摩的恶来自 libertin，即不信教和放荡。只要每天有更多钱进账，他就能睡得踏实。他不信来世，认为一死百了，万物皆空。"[4]

人的精神在经过了长期的压抑，终于获得解放以后，以拉摩的侄儿为代表的人的正常欲望就以畸形的形式释放出来。在这里，理性并没有起到提升人性的作用，反而成为人满足欲望的手段。所以，《拉摩的侄儿》不是一部为宣传启蒙思想而一味赞扬理性的著作，而是狄德罗对理性精神进行深刻反

---

[1] 尚杰：《尚杰讲狄德罗》，北京：北京大学出版社，2008，第 6 页。
[2]《尚杰讲狄德罗》，第 6 页。
[3]《尚杰讲狄德罗》，第 8 页。
[4]《尚杰讲狄德罗》，第 137 页。

思的杰作。

二、对话体小说

《拉摩的侄儿》属于典型的对话体小说。狄德罗擅长写对话，他所著的《定命论者雅克和他的主人》《达朗贝与狄德罗的谈话》《关于＜私生子＞的谈话》《哲学家与某元帅夫人的谈话》等在形式上也都是对话体。

《拉摩的侄儿》通篇是由哲学家"我"和拉摩的侄儿这个"他"的对话构成，只有很少量的叙述。小说没有传统小说意义上的完整的情节、线索、事件，只是两个人相遇了，闲聊了一通，然后时间到了就分开了。虽然内容涉及到善、恶这样的深刻话题，可是借由拉摩的侄儿调侃、戏谑的口吻，小说不但没有无趣、教条，反而生动耐读，让读者不觉笑出来的同时不得不深思其意。

这篇小说的对话性体现在两方面：首先是哲学家和拉摩的侄儿之间进行的表层对话。哲学家和拉摩的侄儿担任了小说的两个叙述者。两人就有教养的人应该具有的生活态度等问题展开了讨论。两人的谈话闪耀着理性的光辉，但值得深思的是，侃侃而谈的并不是哲学家，而是"丑角"拉摩的侄儿。拉摩的侄儿成了这场谈话真正的主角。在拉摩的侄儿精彩的长篇大论面前，哲学家的据理力争反而不那么令人信服。哲学家在这里好像成了拉摩的侄儿的陪衬，他嘴里的"哲理"有点脱离实际，远不如拉摩的侄儿戏谑的语言中对现实的哲理性揭露深刻。拉摩的侄儿是无耻的，他为了生活的舒适可以不择手段。可是在拉摩的侄儿面前，信仰真善美的哲学家的话语反而常常是被压抑的，因为哲学家所信奉的已经不适合这个时代了。拉摩的侄儿可以讲出以哲学家的身份不能讲出的东西，拉摩的侄儿俨然成了生活的哲学家。

其次，小说的对话性还体现在拉摩的侄儿的内心进行的深层对话，也就是拉摩的侄儿的内心独白。小说向我们展示了拉摩的侄儿的内心世界，一个18世纪法国社会底层的"丑角"的内心真实，更借由这张"丑角"的嘴，向我们展示了整个18世纪法国社会的全貌。拉摩的侄儿的分裂意识和矛盾性格就是在这种深层对话中建构起来的。他的语言是两种声音的碰撞，是两种意识交织在一起形成的结果。他的内心是渴望成为天才的，但是他又痛恨天才。他认为自己是无赖、傻瓜、小丑，但他又时不时地产生尊严之感。拉摩的侄儿看清了社会的种种黑暗丑恶之处，但是他选择顺应这种趋势，以卑劣的方式去处世。他非但不觉得惭愧，反而洋洋自得，把这种生活看做是理所当然的。

这篇对话的富于魅力之处还在于细读之后便会发现，哲学家和拉摩的侄儿这两个人越发像一个人的理性与感性、善与恶的两面。他们二人的辩论过程就像是哲学家坐在阿让松小径的长椅上进行的沉思默想、内心斗争。小说反映出哲学家的内心也是分裂的、善恶冲突的。从小说中我们可以感觉到，作者狄德罗是认同哲学家的高尚精神的，他希望哲学家在对话中能够胜过拉摩的侄儿，可是谈话不受作者控制，拉摩的侄儿的感官享受压抑了哲学家的高尚精神。

小说的对话性使它具有了一种未完成性。小说没有一般意义上小说的结局，甚至连开端也谈不上。对话仿佛能一直继续下去，哲学家和拉摩的侄儿可以就任何话题展开对话。小说仿佛是没有办法终止的，所以做晚祷的钟声不得不响起，拉摩的侄儿不得不离开，对话被迫终止。

三、辩证法的杰作

《拉摩的侄儿》被恩格斯称为"辩证法的杰作"。小说中的辩证法精神主要体现在两方面：首先，哲学家与拉摩的侄儿之间的对话具有辩证法精神。哲学家代表崇高意识，拉摩的侄儿则代表卑劣意识，二者之间形成了对立关系。小说中哲学家站在正义、责任、荣誉一边维护传统道德，拉摩的侄儿则站在金钱、利益一边颠覆传统道德。哲学家是接受现存政治和社会秩序的，拉摩的侄儿则是反抗的。但是与哲学家想比，拉摩的侄儿对社会的揭露和分析要深刻、透彻得多，这样卑劣意识便超越了崇高意识。在小说里大肆渲染的不是崇高意识，而是卑劣意识里混杂的崇高。小说中，拉摩的侄儿就天才、教育、道德等问题侃侃而谈，由他所揭示的才是社会的真实现状。

其次，小说具有的辩证法精神还体现在拉摩的侄儿自身的矛盾和分裂上。一方面，拉摩的侄儿是机智的，对音乐有相当的造诣，对社会有精辟的见解；另一方面，他又必须放弃自己的理性，去当一个丑角，通过出卖"恶"来生存。一方面，拉摩的侄儿是对自己的内在矛盾和分裂，对自己的恶行认识十分清楚的；另一方面，他选择继续这种生活，并且洋洋自得，要在作恶上面做到出类拔萃。他是坚强的，又是软弱的。他是有理想的，又是颓废的。他希望成为天才，却又痛恨天才。他是不愿意沉沦下去却又不得不沉沦，不愿意安于现状却又不得不安于现状。

狄德罗并没有满足于仅仅揭示出主人公性格中的矛盾，他还进一步揭露出拉摩的侄儿这种矛盾性格所反映出的社会现实。启蒙时期的法国正处于从封建社会向资本主义社会的转型时期。拉摩的侄儿身上已经带有了资产阶级世界观的某些基本方面。他是个人主义的，利益至上的，为了个人的幸福可以不择手段。他认为人的天性是损人利己的，"一切有生命的东西，人也不例外，都用损害同类的办法来寻求自己的幸福"[1]。他也是享乐主义的，每天都在追求感官的享受。"在我看来，喝上等美酒，吃珍馐佳肴，玩漂亮女人，睡弹簧软床，这就是一切。除此之外，都是瞎吹。"[2] 他也有些虚无主义，他不认同祖国的存在，没有信仰。"瞎吹！还有什么祖国啊！从北极到南极，我看见的无非是暴君和奴隶。"[3] 他还是悲观的，他不相信人类会进步，社会会发展。在作品的最后，他说："但愿我这苦再受四十年左右就行了，不要再长了。谁最后笑，才笑得最好。"[4]

《拉摩的侄儿》作为一部哲理小说，是18世纪启蒙文学的独特产物。它是为说理服务的，但是它的文学魅力也是大放光彩。从内容上讲，小说不仅塑造了一个生动、饱满的人物形象，并且将辩证法精神运用得出神入化。从形式上讲，小说向我们展示了对话的魅力，丰富了对话体小说的宝库。小说对表层对话和深层对话艺术的娴熟运用也是值得后世学习、借鉴的。从狄德罗的笔下，我们似乎看到了现代文学的光芒。

引申阅读

1. [法] 安德烈·比利：《狄德罗传》，张本译，商务印书馆，1995。

[1] [法] 狄德罗：《狄德罗精选集》，罗芃编选，北京：北京燕山出版社，2008，第64页。
[2] 《狄德罗精选集》，第28页。
[3] 《狄德罗精选集》，第28页。
[4] 《狄德罗精选集》，第74页。

这本书对狄德罗的一生做了详尽的描写，从制刀师傅的儿子，到组织编撰百科全书，直至狄德罗逝世。阅读这本书可以使读者了解狄德罗及其生活的时代。

2. 尚杰：《尚杰讲狄德罗》，北京：北京大学出版社，2008。

这本书首先对启蒙运动做了简要介绍，然后从狄德罗的生平、著作、美学思想、宗教问题等角度做了具体解析，并对《拉摩的侄儿》和《宿命论者雅克和他的主人》进行了专门的讲述。阅读这本书，可以使读者对狄德罗有一个整体上的了解。

关键词解读

对话体小说：对话体的运用是有深远历史的。柏拉图的哲学著作除了《苏格拉底的辩护》外，都是用对话体写成的，如《理想国》《会饮篇》《法律篇》等。狄德罗则发展了对话体小说，他在《拉摩的侄儿》及《宿命论者雅克和他的主人》中娴熟地运用了对话体。狄德罗的哲理小说之所以采用对话体也与对话体本身利于传播哲学思想有关。主人公在小说中可以激烈辩论，也可以发散思维，畅所欲言。

（王杰春）

一部超越时代的现实主义小说

——司汤达的《红与黑》

作者简介

司汤达（1783—1842）原名亨利·贝尔，是 19 世纪中期法国杰出的小说家，最早提出了现实主义的创作原则，是欧洲批判现实主义的奠基人之一，代表作为《红与黑》和《帕尔马修道院》。

1783 年，司汤达出生于法国格勒诺布尔城的一个资产阶级家庭。他早年丧母，父亲是一个有钱的律师，信仰宗教，思想保守。童年时期的司汤达由一位教士负责教育，这使他产生了对宗教信仰长久的仇恨。司汤达曾随拿破仑大军转战欧洲。拿破仑倒台后，司汤达离开祖国，侨居于米兰，开始了自己的文学生涯。1821 年，由于和烧炭党人的友谊，司汤达被逐出了米兰。回到巴黎后，写作成了司汤达的主要兴趣，在 1823 年和 1825 年，司汤达发表了著名的文学评论《拉辛与莎士比亚》。文中，司汤达坚决反对古典主义，拥护"浪漫主义"，这里的"浪漫主义"实际就是现实主义的创作原则。1827 年，司汤达发表了第一部小说《阿尔芒丝》。

七月革命后，司汤达于 1830 年被提名为驻特里斯特大使，但奥地利政府拒绝了他，因此他被送往契维塔 – 韦基亚。他启程后，《红与黑》出版了，却没有激起人们什么兴趣。1839 年出版的《帕尔马修道院》，是司汤达最后发表的一部作品，同时也是他第一部真正获得成功的作品。1842 年司汤达被葬在蒙马特公墓，墓碑上写着：米兰人阿里戈·贝尔长眠于此，他活过，写过，爱过。

作品梗概

《红与黑》的创作素材选取于真实的社会新闻，小说主人公于连是木匠的儿子。体弱的于连不能从事体力劳动，因此经常遭到父亲的打骂。于连喜欢读书，尤其喜欢看有关拿破仑的书，他决心成为拿破仑那样的英雄。不过时代已经改变，在复辟时期，平民不可能当上将军，但是却可以成为收入不菲的神父，于是于连便投拜在神父西朗的门下，钻研起神学来。虽然于连并不信仰上帝，但是凭借超人的记忆力，他依然将拉丁文的《新约全书》和《教皇传》背得滚瓜烂熟。因为这项才能，于连被市长选为家庭教师。但是强烈的自尊心使得于连并不满意这份"下人"的工作，他趁工作之便勾引了市长年轻的夫人德·瑞纳，以此满足自己对这位上流社会贵妇的占有欲。德·瑞纳夫人是个心地纯洁善良的女人，她厌恶自己粗鄙庸俗的丈夫，将全部心思放在教育三个孩子上。于连的出现唤起了她沉睡的爱情，她爱上了这个漂亮、聪明的年轻人。

于连同德·瑞纳夫人的暧昧关系终于曝光，他不得不离开市长家。在西朗神父的安排下，于连进入贝藏松神学院学习。神学院阴森可怖，学生们大多都是资质平庸之辈，却对尔虞我诈十分在行。在于连的后台彼拉院长遭人排挤即将离开神学院之际，他推荐于连去巴黎做木尔侯爵的私人秘书。于连工作认真谨慎，侯爵对他十分满意和器重。于连还曾经参加过保皇党的阴谋黑会。

于连在贵族社会的熏陶下，很快学会了巴黎上流社会的交往艺术，成了一个花花公子，甚至在木尔小姐马蒂尔德的眼里，他已脱离了外省青年的土气。马蒂尔德是个美丽高傲的贵族小姐，憧憬浪漫的感情。经过种种波折，于连终于征服了她，木尔侯爵也不得不答应这门婚事。于连当上了贵族军官，还获得了一份收入颇丰的地产，他的野心似乎已经实现。正当他志得意满之际，德·瑞纳夫人的一封举报信让他的美梦化为了乌有。恼羞成怒的于连向正在祷告的瑞那夫人连发两枪，夫人当场中枪倒地，于连也因杀人而被捕入狱。德·瑞纳夫人虽受枪伤却没有死，她买通狱吏，使于连免受虐待，于连知道后痛哭流涕。马蒂尔德也从巴黎赶来探监，为营救于连四处奔走，于连对此并不感动，只觉得愤怒。后来于连得知市长夫人是被神父所逼，后悔莫及。法庭以预谋杀人的罪名判处于连死刑，于连拒绝上诉，也拒绝做临终祷告，走上了断头台。玛蒂尔德买下了于连的头颅，来到他生前选定的墓地，亲手将之埋葬。三天后，德·瑞纳夫人抱吻着她的儿子，也离开了人世。

作品赏析

《红与黑》是司汤达新叙事方式的样板。司汤达的小说创作不压制读者通过故事对情节产生的完整认知，他的叙述充分完整，带有典型的 19 世纪现实主义文学的特点，同时又带有明显的现代色彩，可以说开现代小说之先河。我们从其叙事方式、注重内心独白的艺术手法以及"贝尔"式文体三个方面可窥一二。

首先，司汤达的叙事方式是分析性的全知叙事。

西方早期小说流行的是第一人称的叙事方式。这种"自叙"式叙事，无疑有助于强化小说的真实感，拉近读者与作者和作品的距离，但是它也严重地限制了小说叙事的容量和空间。19 世纪以来，旁观者的叙事模式——使用第三人称全知叙述者角度进行创作的叙述方式开始大行其道。它给小说家提供了更大的叙事空间和素材，有助于塑造出更加立体的人物形象，尤其有助于客观而深入地观察、分析人物的心理活动。分析性全知叙事往往服务于现实主义文学创作，为现实主义文学提供素材和叙事空间，但是司汤达的创新就在于他使得现实主义文学的根基服务于浪漫主义的艺术加工，全知叙事的优点与浪漫主义写作风格完美融合。

这种洞察力和敏锐的分析能力以及不受界定的思考赋予了他在文体方面的灵活应用，将他的"全知"丝丝缕缕地渗透给读者。在《红与黑》每一章节的起始，司汤达都会用一段语言安置好小说和人物的描写线索。例如，他曾这样叙述约翰·保罗的内心状况："他的心灵最初并不明白的不幸有多大，只感到迷惘而不是悲伤。但随着理智的复苏，他才领略到这切肤之痛。只觉得一切生活乐趣已荡然无存，只剩下撕心裂肺的失望。但肉体的痛苦有什么可说的？哪种肉体的痛苦能比得上心灵的创伤？[1]"而在第20章的前言部分，他就对第20章节的内容，作了很好的倾向性引导和铺垫，随后便深入到人物形象的内心世界，描写了人物的真实感受，揭示了于连自卑的心理和隐秘的痛苦：他遭逢不幸，好像"宫廷中的失宠"，内心感受到"在这里实在是多余"，紧接着又忍受了玛蒂尔德的"鄙夷之色"和"大发雷霆"，不再树立起自己浑身的尖刺，而是祈求般告诉玛蒂尔德"您说话声音很大，隔壁都听得见"。

司汤达全知性叙事方式的新意，不仅仅体现在形式上，还表现在作家叙事自由且完美的灵活性上。他灵活地调整叙事角度、转换叙事人称，或者让作品中的叙事者代替自己发出声音，甚至选择作者直接站出来对人物、当时发生的事件发表公开评论，从而将作者自己的价值观、世界观，都坦率地表达了出来。例如，在《红与黑》中，司汤达就曾这样直接地对"读者"发起了议论：

> 像于连这样的有才之士也不会借着爱情而飞黄腾达，他们渴望紧紧依附于某个党派，只要这个党派走红，社会上的荣华富贵都会从天而降，不请自来。倒霉的是学者，他们无党无派，哪怕只取得一点尚无绝对把握的成就，反而会被人责难，道貌岸然的老爷也会盗取他们的成果，成为进身之阶。唉！读者诸君，小说是大路上的一面镜子。反映到你们眼里的，时而是蓝天，时而却是路上的泥泞。在背篓里背着这面镜子的人却被你们批评为不道德！他的镜子照出了泥泞，而你们却怪镜子！其实你们应该责怪的是泥泞的道路，或者更进一步责备让污泥遍地，浊水成潭的巡路督查。现在，大家都认为我们这个时代人人行动谨慎、作风正派，不可能出现玛蒂尔德这等人物，既然如此，我继续讲述这位可爱的姑娘种种荒唐的举动就不必太担心会引起别人的反感了。[2]

在这段极具司汤达特点的介入性话语之中，作者直接发表了自己的政治

---

[1] [法]司汤达：《红与黑》，张冠尧译，北京：人民文学出版社，1999，第341页。
[2]《红与黑》，第335页。

观念、社会观念以及文学观念，讲述了时代背景下"学者"的无奈和卑微，讲述了平民对于作家的偏见以及社会政治的针砭时弊。但是，属于作者自身的文字铺展，在小说情节与人物之中，却并不突兀，相反，它非常完美，就像在甜腻隽永的花香中加入薄荷的清凉，司汤达在缠绵复杂的人物心理活动中，加入了理性的思考：作为历史小说或者记录时代的小说的叙述者，为小说背景的生存状态和生存环境打上"1830年纪事"的时代烙印。相信读过《红与黑》的读者，都会对这段文字印象深刻。

全知全能的叙事带来的是充满细节的真实感，这种真实感服务于现实主义小说，但是《红与黑》的意义远不止于现实主义，相反，司汤达的文字和思考中无不透露着这样的消息和理念：现实主义是一种社会价值和文学背景，而不是一种美学价值，真正的美学价值是存在于作者、人物与文本之间的，是一种充满新意和诗意的创造。

其次，《红与黑》展现了司汤达描写内心独白的高超技巧。

随着资本主义的发展，金钱和物质成为了衡量一切价值的标准和尺度，人与人之间的关系也逐渐变得微妙起来；与此同时，人们在挣脱封建束缚并且意识到了自我价值之后，开始丧失自我控制，失去了理智和人格的规范。面对这样的社会，那些敏感而抱有使命感的人们开始用冷静的眼光看待现实社会，并且开始反思和审视人的命运问题。而司汤达则在社会中悉心解剖人性，他解剖社会和人性的主要手段就是独特的敏感思维和坚定甚至偏执的世界观。借此，司汤达完成了一次世界观和心理学的碰撞——内心独白就是这种碰撞迸发出来的"火花"，也是司汤达小说技巧创新的重要特色。

作为一个"心理学家"，小说家中的"心理描写大师"，司汤达对人物的心理世界尤为关注，在他看来，关于人物的一切，最后都将成为一个心理学意义上的事实。无论是文学还是心理学，都是剖析人性及其发展的学科，如果将二者紧密融合，就会产生细腻书写人性的巨作。

人物的自我反省，是司汤达描写人物心理活动最重要也是最成功的技巧。他笔下的人物通常都会直接通过"独白"的方式，来表达个人的思想或抒发个人情感，有的激烈，有的含蓄，有的坦率，有的做作，但无论选择什么方式，这种"自我反省"式的"内心独白"都无处不在。最富有张力的还是于连的火山喷发式的自我心理世界的剖白："让我按我理想的方式生活吧。和我讲你们那些俗世的烦人琐事等于把我从天上拽下来。人爱怎么死就怎么死，我只想按我的方式去死。别人管得着吗？我很快便会和别人一刀两断。你们就饶了我吧，别再和我提这些人了，光看那个法官和律师就够了。"[1] 这样的叙事技巧让于连放下了一切虚伪和掩饰，直接将情感和思想倾吐出来，正像勃兰兑斯总结的那样："他把人物心灵的默默无言的活动揭露无遗，把他们最内在的思想用语言表达出来。"[2] 这种自我审视中的坦白，不仅深刻地揭露了于连的性格复杂和命运的悲剧性：他的不幸来源于内心追求与外界现实的冲突，来源于思想与行为的巨大落差——他的内心渴望着平等、自由和与之共生的尊严，他的精神渴望超越了社会时代的限制，然而，外部世界的一切都阻止他实现自己的愿望和理想，然后让他的追求遭遇巨大的障碍和严重的挫折，这就导致了他的痛苦和无所适从。

司汤达当然也通过叙述人的外在角度来分析人物的心理活动，但是，他更喜欢深入到人物的内心世界，由人物自己把心理活动"言说"出来。于连被带往监狱后的一段心理描写就属于典型的"自我反省"式的内在角度的描写。于连发出信后"稍为清醒了一点时才第一次感到悲从中来"，他把凌云壮志从心里一点点剔除。

　　死亡本身他认为并不可怕，而终其一生，他只不过为这种不幸作长期的准备而已，所以他并不在乎，没有把死亡看作最大的不幸……他问自己："什么？如果两个月后我要和一个枪法了得的人决斗，难道我会胆战心惊，思想总放不下吗？"他苦苦思索了一个多小时，想从这方面了解一下自己是怎样一个人。当他看清了自己的思想，而现实像监狱里的柱子一样摆在他眼前时，他想到了后悔。"为什么我要后悔？我受到无情的伤害，我杀

---

[1]〔法〕司汤达：《红与黑》，张冠尧译，北京：人民文学出版社，1999，第438页。
[2]〔法〕勃兰兑斯：《19世纪文学主流》第五分册，北京：人民文学出版，1997，第263页。

了人，论罪当死，仅此而已。我算清了欠世人的账才死，没有留下任何未了的责任，不欠任何人的债。我除了死在刀下之外无任何耻辱可言。不过，说真的，在维里业的老百姓眼里，这就够丢人的了。但在有识之士眼里，这种看法实不足取！我还有一个办法提高我在他们心目中的身份：就是临刑之日，沿途向老百姓扔金币。以后，他们看见金子就会想起我，我的形象便会光辉灿烂。"经过一分钟的考虑，他觉得道理是明摆着的，心想："我在世上已无任何牵挂。"接着便沉沉睡去了。[1]

于连向自己发问，然后思索、省悟、后悔、陈述，将自己内心所有的活动都讲了出来。值得注意的是，在《红与黑》之中，这样的心理活动描写几乎布满整个小说的叙述过程。这样的描写在小说的技巧发展史上，具有特别重要的意义。因为它不仅改变了那种直接由作者"代办"的心理描写模式的简单性质，而且还为后来的包括"意识流"小说在内的心理描写技巧的发展和形成提供了巨大的经验支持。

第三，《红与黑》还展现了司汤达小说特有的"贝尔"式文体。

19世纪欧洲长篇小说的发展始终带有"资本主义诗史"的色彩，作家将人物塑造放在复杂而真实的社会背景下，往往反映人类心灵发展与社会物质发展的矛盾。长篇小说的空间与容量为"诗史"的铺展带来了可能性，而注重现实主义价值的司汤达也选择了长篇小说去承载于连的人生与社会的变迁，他的《红与黑》为欧洲长篇小说开辟了新的叙事技巧。

以中心人物分类，长篇小说可分为单轨、双轨或者更加复杂的多轨模式，在此基础上又可分为横向时间发展与纵向空间发展。类似《红与黑》的"传记体"长篇小说往往是围绕一个主人公进行情节设置的单轨模式，随着人物的空间转换进行性格变化的描写。《红与黑》围绕着于连的人生与发展，描述了三个空间的转换：第一个空间是法国外省维利亚尔小城，这个小城承载着于连暗淡的童年以及巨大的心理阴影形成的前提；第二个空间是法国省城，

---

[1] [法] 司汤达：《红与黑》，张冠尧译，北京：人民文学出版社，1999，第420页。

这个空间中的于连趋于成熟却又执着倔强，承载着于连梦想的破灭与见证黑暗的痛苦；第三个空间是京城，于连来到木尔侯爵府，在这里于连看透了一切的虚伪，梦想幻灭。这一创作模式继承了菲尔丁的《汤姆·琼斯》之中的单轨模式以及纵向空间的结构。这种继承为司汤达的创新与先锋意识提供了完整的温床，在此基础上，司汤达进行了具有突破意义的创新。

在情节中司汤达加入了围绕纵向结构而产生的横向片段。《红与黑》之中的横向故事与纵向空间穿梭交织，使整个情节更加立体饱满。在于连初到省会的时候，一个次要情节也凸显了于连的性格以及对于爱情的认知："外省人有一种内热外冷的胆怯心理，这种心理往往是可以克服的，那时候，便会使人懂得进取。于连向这位如此漂亮、又肯和他说话的姑娘走去，胆怯尽除而勇气徒增。"[1]在省会遇到的美丽的女招待让于连心动不已，这种一见钟情的爱情模式在德·瑞纳夫人那里也得到体现，所以在这个横向插曲之中，于连对于爱情的认知又再一次得到了印证，于连的爱情冲动往往来自于自己的"羞怯心理"以及突破自卑后的对于爱情的征服欲。这一结构上有所突破的横线故事不仅仅使小说结构立体化，也塑造了更加真实立体的人物性格。这种在叙事结构上的创新——横向插曲也体现在《红与黑》的各个角落，当于连在驿车上感受着社会真实的社会，当他在德法边境与情场高手交游谈心，当他被耶稣教会突袭等等这些片段，虽然无法像小说主线那样铺展开来，但依旧充满结构意义以及美学价值。

《红与黑》的结尾突破了封闭式结局的单一和刻板。传统欧洲长篇小说的结局处理往往分为两类：一是喜剧结尾，团圆美满；二是悲剧收笔，破碎悲伤。这种结尾往往是规范的起承转合、富于逻辑的情节的"自给自足"式产品，司汤达则突破了这种密闭的、没有惊喜的结尾，带来了更加富于真实性以及回味性的结尾，于连人生的结束方式是诗意的：牢里的空气越来越浑浊，于连简直受不了。幸亏宣布行刑的那一天，阳光灿烂，万物生辉，于连勇气十足。在户外行走，他觉得是一种舒服的感受，犹如长时间航海归来的水手能够登

---

[1] ［法］司汤达：《红与黑》，张冠尧译，北京：人民文学出版社，1999，第153页。

陆散步一样。他心想："一切都不错,我有的是勇气。"他那颗脑袋从没有像即将被砍下来的此刻那样富有诗意。昔日在维尔基森林度过的最温馨的时刻有如万马奔腾,重又涌上他的心头。[1]于连死了,但是司汤达始终没有用"死亡"这个字眼去定义于连的生命,最后马蒂尔德亲吻着"她曾经如此爱过的那个人的脑袋",为这个故事留下了很多的疑问,为什么于连宁愿放弃生命?为什么于连只是枪击德·瑞那夫人使她受伤而不致死?为什么于连没有杀害他人却被判死刑?为什么文章到结尾都没有提及红与黑?这些问题在文本中都没有答案,答案需要读者思考,而小说最好的意义就是与读者产生心灵的交响。司汤达这种叙事创新主要体现在他突破了文本逻辑,将一种阅读文本后所产生的情感逻辑作为故事的结束。他的叙事不再受简单的因果关系以及严密逻辑的影响,他将叙事与心智相连,将叙事与读者的心智相联系。

之所以定义司汤达的叙事风格为"贝尔"式,是因为这样的先锋意识正是源于司汤达本人的思维方式和性格,而非作家"司汤达"。于连的经历就是贝尔的经历,贝尔是于连生命的参与者。贝尔的生活与回忆布满了《红与黑》的文字之中,这种由于个人人生经历而产生的思维方式是独一无二的,巴尔扎克对于客观世界的真实描写不及司汤达对于心理世界的细致剖析,福楼拜的冷静准确不及司汤达的复杂热烈,正因为贝尔的人生,才有了司汤达的文学光芒。

司汤达的叙事技巧在其炉火纯青的艺术能力中显得随心所欲又深刻真实,这种逐渐脱离传统文学叙事方式的创作为现代小说的发展提供了丰富的经验支持。无论是全知叙事方式还是内心独白的复杂真实,亦或贝尔式文体的突破,都已经接近于现代艺术的很多特征,如自我、分解、碎片等,这种突破让司汤达的文学地位历久弥坚。读者越是看到他的预见性,就越是坚信他的文学才华。

中国批评家普遍将司汤达划入现实主义作家的行列,但是就其叙事技巧和叙事能力而言,司汤达也具有浪漫主义和现代主义色彩,所以司汤达就如

---

[1] [法]司汤达:《红与黑》,张冠尧译,北京:人民文学出版社,1999,第468页。

同贝尔本人一样，是一个复杂体，他有着现实主义的社会价值，也有着浪漫主义的情怀，还透露着现代主义的神韵。任何文学巨匠，都是这样的复杂体，就像莎士比亚责难社会时候的尖锐以及处理情感创作的细腻，就像托尔斯泰看待世界的冷静视角以及选择博爱和宽容的感性心理一样，司汤达的价值会随着时间的推移而逐渐增加。

精彩片段

上卷第三十章：于连得到彼拉院长的推荐，被侯爵任命为私人秘书。在赴任前，于连返回维立亚尔同德·瑞纳夫人相会。这一章中对两人感情的描写十分真挚动人。

下卷第四十三章：在于连行刑前，德·瑞纳夫人来到牢房陪伴他。两人解开心结，互诉衷肠，这使得于连在人生的最后时刻感受到了真挚的爱情。

引申阅读

1. 郑克鲁：《法国文学纵横谈》，上海：上海文艺出版社，2006。

本书是有关法国文学的一部专著，涉及重要的法国作家二十余位，既有小说家和诗人，也有戏剧家和批评家。全书分为两部分，一是对作家创作的综论，二是对具体作品的分析。

2. [丹麦] 勃兰兑斯：《19世纪文学主流》，北京：人民文学出版社，1997。

这部著作是由勃兰兑斯在哥本哈根大学的讲演汇编而成的。其中纵论法、德、英诸国的浪漫主义和民主主义运动，探索这些国家文学重要的动向，研究内容涉及文学艺术、宗教和政治等方面。勃兰兑斯倡导作家关注现实的社会问题，从而改变了丹麦及北欧浪漫派脱离现实的倾向，推动了欧洲现实主义文学的发展。

（李梦馨）

浪漫之殇

——福楼拜的《包法利夫人》

作者简介

居斯塔夫·福楼拜（1821—1880），是 19 世纪中叶法国继司汤达、巴尔扎克后最伟大的小说家。他出生于法国路昂一个医生家庭，小说《包法利夫人》中被尊为天神的拉瑞维耶大夫是其父亲逼真的写照，母亲则敏感忧郁，因此福楼拜长于缜密观察，易于感受心性。医院的生活经历使他的小说具有实验主义倾向，在创作中对细节刻画追求真实完美，语词精雕细琢。其主要作品有长篇小说《包法利夫人》《萨朗波》《情感教育》《圣安东尼的诱惑》（1874 年）等。《包法利夫人》中的客观叙事法和对日常生活的重视使其作品充满了不同于巴尔扎克小说的现实主义色彩，左拉则据此认为他的小说具有自然主义的特点。这部"新艺术的法典"，奠定了福楼拜在现实主义向现代主义转型的承前启后的世界文学史地位。

作品梗概

《包法利夫人》全书分三部，第一部共九节：夏尔·包法利天资愚钝，费尽周折通过了医生考试，在托特镇（tostes）行医，并娶了一个多病好疑的寡妇为妻。夏尔为卢奥老爹治疗断腿期间认识了其女爱玛。夏尔太太知道后醋意大发，禁止两人来往。未料替夏尔太太掌管钱财的公证人卷款逃走，身体虚弱的夏尔太太受此打击死去。卢奥老爹看夏尔做人可靠，就把女儿许给他。爱玛在修道院受教经常阅读浪漫小说，头脑中充满幻想。婚后，爱玛对平滞的现实生活倍感失望，尤其是参加了沃比萨城堡上流阶层的宴会后，更是变得郁郁寡欢。夏尔为使她改换心境，便设法到荣镇行医。

第二部共十五节：偏僻的荣镇环境仍然枯燥乏味。爱玛怀孕生了个女孩，起名贝尔特，寄养在一个农妇家。有天她心血来潮去看女儿，偶遇莱昂（公证人吉约曼的实习生），便约其同去。在闲聊中，共同的浪漫诗意嗜好和性情使两人心有戚戚。但爱玛压抑自己的浪漫情感，对莱昂反而愈显冷淡，同时出于良心的自省，对丈夫和女儿倍加呵护，这使胆小怕事的莱昂顿感失落，把她当成可望而不可即的贤妻良母，于是便离开荣镇前往巴黎。正当爱玛灰心失望之际，情场老手34岁的于谢堡主人罗多夫投其所好，诱骗爱玛成为其情人。爱玛深陷其中要求与之私奔，并因此而向奸商勒合举债，但狡猾自私的罗多夫却抛弃了她。她大病一场后，正心灰意冷之时，却在路昂城里碰到了莱昂。

第三部共十一节：已经到过巴黎的莱昂变得老练世故，他重新追求爱玛，两人在城里租房幽会。为经营两人之间的感情，爱玛债台高筑，法庭催债的传票下发，限二十四小时内清偿，否则便要变卖她的家产。爱玛向莱昂和罗多夫求助，但均遭拒绝。她还向公证人借钱，但却不肯为了金钱出卖爱情。她也不肯向丈夫坦白，不愿在他面前失去尊严。伤心欲绝的爱玛到药剂师奥默的化验室偷出砒霜，服毒自杀。破产的夏尔第二天坐在花棚下的长凳上死去。女儿贝尔特由一个远房姨妈收养却被送去做童工。夏尔死后，其他医生到荣镇行医都被奥默先生挤垮了，奥默先生还被当局授予十字勋章。

作品赏析

《包法利夫人》的故事题材出自1848年法国路昂报纸上一条医生之妻自杀的新闻。德拉马尔是福楼拜父亲医院出来的一个学生，在某镇做医生。其续弦妻子生性浪漫浮华，先后有过两个情夫，并为此暗地举债供自己奢华消费，最后债台高筑，情夫也弃之而去，因此服毒自尽。福楼拜据此为人物原型创作出的这部小说，竟然被法庭以侮辱公众道德和宗教的罪名追究作者的责任，这件事使《包法利夫人》闻名遐迩。除此之外，这部作品如何归类也引起了巨大争议。人们对这部经典如何归类展开了讨论。虽然福楼拜本人说："请注意，我憎恨时兴称为现实主义的东西，即使他们奉我为现实主义的权威。"[1] 但福楼拜的同代人，包括当代学者韦勒克在内，都视之为"现实主义"派。而自然主义者左拉则持不同的意见，认为这部小说是自然主义的典范。当代法国社会学家布尔迪厄从场域理论出发认为福楼拜以"为艺术而艺术"的区分性姿态，确定了自己的文学地位和象征权力，是一部注重形式的唯美主义作品。但不可否认的是，这部小说中的包法利夫人是一个充斥着浪漫主义色彩的女性，其一生是走向浪漫之殇的过程，这也是这部小说被认为具有批判庸俗浪漫主义气质的原因之一。

一、爱玛：浪漫情绪的形成阶段

爱玛是包法利夫人少女时代的名字，这个具有浪漫意味的名字似乎预示着她浪漫生活的开端。爱玛的家境殷实，父亲拥有田庄，但作为一个农家少女，夏尔前去给卢奥老爹治疗腿伤第一次见到爱玛时，仍然感到惊讶："指甲光洁，指尖细小，剪成杏仁的形状，看来比迪埃普的象牙更洁净"，[2] "她的目光炯炯，看起人来单刀直入，既不害羞，也不害怕"，与普通农家少女的不修边幅和羞怯形成鲜明对比；就连她的发型也显得与众不同"她的头发从中间分开，紧紧贴住鬓角……盘到后头，挽成一个大髻。"爱玛的外在形象显现出与周围同阶层女性品味的明显差异，这是夏尔惊讶的主要原因。

夏尔在爱玛家的房间里看到墙壁上"挂了一个装饰房间的镀金画框，框子里是用铅笔画的文艺女神的头像，头像下面用花体字写着：献给我亲爱的爸爸。"其中提到的"文艺女神"点出了爱玛与文艺的关联。在交谈中，她甚至拿出自己存放的音乐本子、修道院奖给她的小册子，和象征文艺的橡叶花冠。这些都透露出爱玛与众不同的文化品位。

韦伯提出的社会分层理论涉及到"地位群体"概念，他认为某个群体社会声望的评价基础，主要是人们的生活方式、受教育状况、出身门第、职业

[1] 达米特·格兰特：《现实主义》，周发祥译，北京：昆仑出版社，1989，第29页。
[2] [法]居斯塔夫·福楼拜：《包法利夫人》，许渊冲译，南京：译林出版社，1992，第13页。

地位等。皮埃尔·布尔迪厄进一步认为，在日常生活里，阶级总是以地位群体的面貌来展现自己，文化差异是衡量阶级差异的一个重要标志。爱玛种种异于周围女性的生活品味以及与文艺的关联，具有某种超脱物质需要的精神向往，是她潜意识想要突破同阶层文化品位，追求上等阶级生活品位的细微表现。

作为一个农家少女，如何具有超出自身阶层的浪漫趣味？这与爱玛的生活经历密切相关。爱玛浪漫思维的形成主要有两个关键的阶段：其一是早期社会化，主要依靠学前的家庭教育。十三岁之前，爱玛读过《保尔和维吉妮》，书中的描写给了她早期的浪漫启蒙。其二是学校教育。到十三岁时，她的父亲送她到修道院接受教育。修道院繁琐枯燥的"参加日课，退省静修，九日仪式"等修身活动并没有约束爱玛的心性，她反而从修道院的物质和人文环境中汲取了与宗教信仰理念背道而驰的浪漫思想。[1]此时她的浪漫追求有某种女性挣脱社会秩序束缚、向往自由之意味。

遗憾的是，她所生活的阶层是满足不了其浪漫趣味的，她只能在浪漫的想象中满足自己虚幻的梦。当她从修道院回到家中以后，越来越强烈的感受给视野狭窄的爱玛带来了某种刺激，她以为她找到了"爱情仿佛是一只玫瑰色的大鸟，只在充满诗意的万里长空的灿烂光辉中飞翔"的浪漫体验。[2]福楼拜花费很多笔墨，极其繁琐细致地刻画爱玛的婚礼场景，但从场面阔大隆重的表象背后，读者仍能感受到现实的庸俗滑稽，这是浪漫与现实的第一次触碰，也预示着充满浪漫情绪的爱玛将要遭受现实生活的巨大挑战。

二、包法利夫人：个体的浪漫之殇

婚姻生活开始后，随之而来的是包法利夫人对夏尔的不满。夏尔的言行平淡无奇，生活习惯庸俗，这使少女时代对爱情充满幻想的包法利夫人异常失落。

沃尔萨城堡之行是一个转折点。如果说之前包法利夫人的浪漫理想是漂

---

[1] [法]居斯塔夫·福楼拜：《包法利夫人》，许渊冲译，南京：译林出版社，1992，第34页。
[2]《包法利夫人》，第34页。

浮不定、无所依傍的话，沃尔萨城堡之行则使之明晰化、对象化。出身农家，从未与贵族阶层有过交集的包法利夫人第一次在现实中领略到了上等阶层的生活品味。富贵堂皇的陈设，奢靡豪华的饮食，令人眩晕的舞会，使她沉浸在梦幻中。花园里的乡下人贴近玻璃窥视他们的时候，她不由得想起她所生存的环境。两个阶层生活的强烈对比，使包法利夫人在少女时代便具有的突破本阶层生活趣味的念头开始复苏，对上等阶层生活品味的肯定与向往使她一瞬间便否定了自己阶层的生活。回家的路上夏尔捡到了子爵遗落的绿绸雪茄烟匣。爱玛从这个烟匣上看到了她想象中子爵要去的目的地：巴黎。此时，她所憧憬的浪漫场所便寄托在了巴黎这个地方。现实生活与幻想中的巴黎差之千里，这使她对庸俗乏味的现实更加绝望。

"然而，在她的灵魂深处，她一直等待着发生什么事。"[1]从表面看，是包法利夫人对再次受邀参加沃尔萨城堡宴会的渴望，但本质上则是期待刻板的现实能有浪漫的清流注入。虽然包法利夫人再赴沃尔萨城堡的愿望落空，但她对浪漫情感的渴望却日益剧增。在荣镇与莱昂的相遇便是包法利夫人浪漫幻想付诸现实的第一次契机。

荣镇的地理和人文环境与包法利夫人之前的生存环境毫无二致，同样乏味刻板。与在金狮客店住宿的人相比，只有莱昂受到浪漫文学的影响，与包法利夫人情趣相投。他"会一点音乐，还可以画两笔水彩画，而且平时读了好些风花雪月的诗歌小说；他不知道他浪漫的情绪全从书里来，却以为生性如此，仿佛一位乡下大姐，抹了一脸城里买的粉，涂了一脸城里买来的红，于是在青布裙幅底下，行着两只扁鱼大脚，羞羞答答，还自以为就是乡下的美人。其实骨子里仍是一个土里土气的农人。"[2]两人谈文学和音乐等浪漫主义的话题，彼此心有戚戚。但是自封的"贤妻良母"观和不具备独立意识的胆怯和恐惧折磨着包法利夫人，她在精疲力竭的游移中精神抑郁，莱昂也在无望的期待中失落地离开荣镇，远赴巴黎。这是包法利夫人少女时代浪漫幻

[1] [法] 居斯塔夫·福楼拜：《包法利夫人》，许渊冲译，南京：译林出版社，1992，第54页。
[2] 李健吾：《福楼拜评传》，桂林：广西师范大学出版社，2007，第64页。

想的第一次实践，却不幸夭折于萌芽之中。

就在包法利夫人与莱昂再次重逢的间隙，狡猾的情场老手罗多夫闯进了包法利夫人的生活，这可以算作是她的第二次浪漫实践。罗多夫在占有包法利夫人之始，便在思考事成之后如何摆脱她，这意味着包法利夫人的第二次浪漫实践终归会是个悲剧。蒙在鼓里的包法利夫人沉浸在浪漫的感情中，而福楼拜对农展会的独特书写则使两人的情感充满了喜剧和讽刺意味。充满浪漫念头的包法利夫人为了延续两人的情感超额消费，奸诈的商人勒合趁机诱骗包法利夫人的钱财。当包法利夫人提出与罗多夫私奔时，权衡利弊后的罗多夫抛弃了她，这次浪漫实践给包法利夫人以重创。

正当包法利夫人心灰意冷之时，她与莱昂再次相遇。莱昂在巴黎"常与轻浮子弟为伍，畏惧心理早已消尽磨光"，（P207）因此轻而易举地就房获了包法利夫人的心使包法利夫人又一次被浪漫情感攫住，但在奸商勒合的诱骗下，她又一次欠下了高额债务。在她面临破产的紧急关头，莱昂想的却是这个女人可能给他带来的麻烦。

布尔迪厄认为："在高度分化的社会里，社会世界是由大量具有相对自主性的社会小世界构成的，这些社会小世界就是具有自身逻辑和必然性的客观关系的空间。"[1] 他称这些小世界为"场域"。在某一个场域里，资本是最为重要的，进入场域的每个人都在尽力遵守规则的同时获取最大的资本——生产与再生产。在罗多夫、莱昂与包法利夫人形成的场域中，于罗多夫和莱昂而言，文艺只是他们在闲暇时消遣的对象，他们可以借这个文化资本进入包法利夫人们的风月欢场，但当文化资本与经济资本——经济利益和伟大前程发生冲突时，场中起决定作用的便是经济资本，闪闪发光的爱情和文艺只能让位于后者，而视浪漫为生活中心的包法利夫人就被逐出这个场域，包法利夫人之死也意味着浪漫之死。

---

[1] [法]皮埃尔·布尔迪厄，[美]华德康：《实践与反思——反思社会学导论》，李猛、李康译，北京：中央编译出版社，1998，第134页。

三、"包法利主义"之殇

福楼拜在创作这部小说时，曾说"包法利夫人，就是我！——根据我来的。"[1]他甚至追叙爱玛服毒那一幕道："……我的想象的人物感动我，追逐我，倒想我在他们的内心活动着。描写爱玛·包法利服毒的时候，我自己的口里仿佛有了砒霜的气味，我自己仿佛服了毒，我一连两次消化不良，两次真正消化不良，当时连饭我全吐了。"[2]这一方面表明福楼拜在创作小说时投入情感的程度之深，另一方面也说明他的艺术真实是奠基在生活真实的基础上的。福楼拜本人则在1857年6月答复喀耶斗时说，"不，先生，一点也不真有其人，《包法利夫人》是一部纯粹的虚构。这本书的所有的人物全是凭空想出来的……可是我所要写的，正相反，却是写典型人物。"[3]虽然福楼拜所说的"典型人物"与现实主义流派的典型人物不尽相同，但从他的文学观可以看出，他笔下的艺术真实出自生活真实的凝练，同样具有典型性和普遍性。具体到包法利夫人的性格，便是当时社会的一种流行性格，这种流行性格被称为"包法利主义"。

福楼拜在1857年3月写给尚特比女士的信时说，"这是一个有些变坏了的性格，一个属于虚伪的诗与虚伪的情感的女人。"[4]具体来说，是平庸卑污的现实和渴望理想爱情、超越实际可能的幻想相冲突的产物。作为一种精神现象，它也是七月王朝和第二帝国时期享乐主义生活盛行的恶浊风气孕育而成的，具有某种庸俗的浪漫主义倾向，典型的特点便是"永远生活在别处"。

包法利夫人在与夏尔结婚前，对乡下生活的厌倦使她急于改变现状，夏尔的出现带来了刺激，她以为"到底得到了那种可望而不可即的爱情"[5]，但随着踏入生活实际，马上感到生活乏味。尤其是在沃尔萨城堡之行后，又开始了新的渴望和憧憬。在与莱昂相处的时候，她一方面不惜耗费财力倾尽全力维持这段情感，另一方面，她又发现幽会也和结婚一样平淡无奇了，可她仍然给莱昂写情书，只不过她在写信的时候，看到的不是莱昂，而是一她想

[1] 转引自李健吾：《福楼拜评传》，桂林：广西师范大学出版社，2007，第58页。
[2] 《福楼拜评传》，第58页。
[3] 《福楼拜评传》，第58页。
[4] 《福楼拜评传》，第71页。
[5] [法]居斯塔夫·福楼拜：《包法利夫人》，许渊冲译，南京：译林出版社，1992，第34页。

象的幻象。她在这个自己编织的梦幻中，永远把自己设想为理所应当享受上层社会生活的贵妇人，全然不顾身处下层社会的残酷现实。永不停息地追逐幻想的包法利夫人注定不会幸福，"她寻求，她反抗；就在她寻到的时候，她遗失；就在她胜利的时候，她失败。她相信；她幻灭。她要求变动；变动来了，她不能忠实如一。"[1] 这段经典的表述，既是刻画了包法利夫人的性格，也道出了包法利主义的实质。

虽然《包法利夫人》与巴尔扎克等人的现实主义小说有着明显的区别，但就其具有的批判性而言，仍可以被认定为现实主义小说。其特别之处在于"包法利主义"之殇这条主线所具有的浪漫主义色彩，这种浪漫主义充满了揶揄、嘲弄的色彩，因此也使该小说具有了资产阶级轻歌舞剧所擅长的娱乐性效果。这是福楼拜的高明之处。布尔迪厄认为，艺术场域永远充满着竞争与斗争（权力、利益），特别是符号、话语的斗争："是斗争本身构成场的历史；斗争才使得场有了时间性。"[2] 只有"异端"或"先锋"才能打破场域的平衡，争得场域的话语权。福楼拜敏锐地把握到了这一点，因此他的《包法利夫人》着力于"好好写平庸"，调和当时文坛的诗歌与散文，诗意与乏味，诗情与庸俗的对立。这种对现实平庸的描写，不同于巴尔扎克们对现实崇高的描写，同时他又加入了诗意浪漫的风格，即"包法利主义"之殇这个浪漫主义链条，形成了自己创作的独特性，成为"异端"，成功地掌握了文学场域的话语权，在当时的文坛占据了一席之地。

总之，福楼拜本人也是一个激情主义者，他喊出的"包法利夫人是我"，既是表达对人物塑造的投入程度，也是在昭示包法利夫人分有他浪漫的教育，传奇的心性，物欲的要求等。同时，他又是一个冷静的社会观察者，用近乎科学主义的态度对待作品，这两个截然不同的性格对立面居住在福楼拜的体内，使他能够做一位人性的解剖者，借助包法利夫人这一典型形象，对当时社会的庸俗浪漫主义加以批判，同时也成就了自己在法国文学史上的地位。

---

[1] 李健吾：《福楼拜评传》，桂林：广西师范大学出版社，2007，第81页。
[2] [法] 皮埃尔·布尔迪厄：《艺术的法则：文学场的生成与结构》，刘晖译，北京：中央编译出版社，2000，第193页。

包法利夫人之死，既是作为个体的浪漫之殇，也是"永远生活在别处"的具有庸俗浪漫主义倾向的包法利主义之殇。

引申阅读

1. 李健吾：《福楼拜评传》，桂林：广西师范大学出版社，2007。

《福楼拜评传》是著名现代作家、法国文学研究名家李健吾的天才之作。《福楼拜评传》不同于一般的人物传记流于事件的罗列，而是以灵动峭拔的文字极力状写法国文豪福楼拜的艺术追求及其敏感细腻的内心世界，竭力还原福楼拜的创作实践，对福氏作品的解读尤为清新奇崛，读之令人振奋。

2. [法] 皮埃尔·布尔迪厄：《艺术的法则：文学场的生成与结构》，刘晖译，北京：中央编译出版社，2011。

布尔迪厄（1930—2002），法国社会学家，人类学家。他以习性、场、资本等概念为中心创立了建构主义的结构主义理论，致力于分析社会等级的再生产机制和再生产过程中的文化和象征因素。《艺术的法则》一书体现出布尔迪厄立足文学艺术领域对整个社会结构与认识结构的深刻分析，以及他将社会理论与经验研究相结合的原则，尤其是结合法国文学实践对文学场域实质进行了深入剖析。他认为，无论什么领域，都受到政治领域和社会领域的控制和影响。他关于文学艺术的"社会学眼光"，为文学艺术领域的未来发展提供了理论资源。

（崔晓艾）

一部富有寓言色彩的哲理小说

——巴尔扎克《驴皮记》导读

作者简介

奥诺雷·德·巴尔扎克（1799—1850），19世纪法国作家，欧洲批判现实主义文学的奠基人和杰出代表，巴尔扎克生于法国中部图尔城一个中产者家庭，一生经历颇为丰富。1816年入法律学校学习，毕业后不顾父母反对，毅然走上文学创作道路，但是第一部作品《克伦威尔》却完全失败。而后他与人合作从事滑稽小说和神怪小说的创作，曾一度弃文从商，不幸均告失败。商业上的失败使他债台高筑，拖累终身。但从经商经历中，他看到了各个阶层人物的生活现实，这为他以后写作奠定了坚实的基础。1829年巴尔扎克发表长篇小说《朱安党人》，迈出了现实主义创作的第一步，1831年出版的《驴皮记》使他声名大震，在此后的30至40年他以惊人的毅力创作了大量作品。但由于早期的债务和写作的艰辛，终因劳累过度于1850年8月18日与世长辞。

巴尔扎克创作的《人间喜剧》共91部小说，写了两千四百多个人物，充分展示了19世纪上半叶法国社会生活，被称为法国社会的"百科全书"。

作品梗概

主人公拉法埃尔·瓦仑丹出身于贵族家庭，从小受到父亲的严厉管教和保护，这使他既胆怯又害羞。他租了一处阁楼，每天连生活费在内只花十八个铜子，在差不多三年时间里，瓦仑丹一直在读书写作，准备出版专著《意志论》并与房东戈丹太太和她可爱的女儿波琳建立了良好的关系。

这段时间瓦仑丹把各种欲望压在心底。他虽然有炽烈的发财愿望，有强烈的爱情需求，渴望着出人头地，但这些情欲的恶魔总是被他坚强的意志战胜。他自身的种种努力，并没有使其有丝毫的改变，在钱袋告罄之时，他想到了自杀，这时，以前的朋友拉斯蒂涅出现了。拉斯蒂涅劝瓦仑丹要及时行乐，介绍他去认识伯爵夫人馥多拉，并以此来摆脱经济困境。而馥多拉只把瓦仑丹当做肯为自己花钱的玩物。在经过一段神魂颠倒、刻骨铭心的恋爱之后，瓦仑丹怀着对馥多拉的鄙视和仇恨，伤感地离开了她。准备跳河自杀。

正当瓦仑丹万念俱灰，死志弥坚之时，意外地遇到了一位古董商，老人送了他一张驴皮。谁拥有这张驴皮，就可以随心所欲地实现自己的任何欲望，但伴着每一欲望的实现，驴皮就会相应缩小一圈，当驴皮缩小到几乎消逝时，拥有者的寿命也就终止了。老人向瓦仑丹介绍了自己长寿的秘诀，同时，也向他揭示了人生的一大秘密。瓦仑丹拒绝了老人的忠告，紧紧地抓住了驴皮。

瓦仑丹自从有了驴皮之后，接二连三地实现了好几个心愿，但是，那张要命的驴皮却在他的每个欲望得到满足之后，毫不客气地缩小，这使瓦仑丹产生了极大的恐惧，他看着缩成只有树叶般大小的驴皮，便什么也不敢想，什么也不敢做了，连吃饭、穿衣这样极轻微的欲望，他也避免产生，他简直就成了一具活尸！他曾想毁掉驴皮，延展驴皮，虽用了当时最先进的机械和化学药剂，但均告失败。这样的生活使他心烦意乱，感到窒息。这时，波琳，这位钟情于他的美丽贤淑的姑娘的到来，让他高兴，又让他害怕，但强烈的欲望已使瓦仑丹控制不住自己，他挣扎着扑向波琳，终于在最后一次强烈的欲念中死去。

作品赏析

《驴皮记》是巴尔扎克《人间喜剧》第二阶段哲理研究中的一部重要小说，是一部现实主义和浪漫主义相结合的小说。它的荒诞性情节和深刻的哲理是小说的亮点之一。

小说情节上的荒诞性主要通过驴皮的象征性表现出来。在作品中，驴皮是虚构的，带着浓重的东方历史传说的色彩。作者煞有介事地考证了它的特征和力量——出自波斯的一种被称为动物之王的野驴身上，而且这种野驴皮本身具有一种超自然的功能，不论用什么方法都不能改变其大小。就是这样一张神奇的驴皮，贯穿着作品的始终，成为一种极具杀伤力的道具，在主人公瓦仑丹欲望满足的同时，一点点缩小，直至主人公生命的完结而消失不见。

这里，驴皮是生命和欲望矛盾的载体，将生命的长短、欲望的实现同驴皮的大小联系在一起，欲望得到满足，驴皮就缩小，生命就缩短。在情节上"驴皮"这一意象推动了故事的发展。小说共有三个部分，第一部分是主人公得到驴皮的经过，第二部分是瓦仑丹向好友诉说自己想要自杀的原因，第三部分讲述了主人公获得财富后担心生命缩短，忧心忡忡死去的结局。按时间顺序发展，小说内容应该按第二、第一、第三部分进行，但作者在开头运用倒叙手法先将驴皮展示出来，不仅照应了小说题目而且显示了驴皮的重要性。驴皮是主人公前后生活和思想的转折点，把小说分为前后对照发展的两部分：由一文不值到生活优越，由一心求死到害怕死亡——可见，瓦仑丹在得到驴皮后的优厚生活条件，没有使他摆脱死亡的结局，这样驴皮推动了人物命运的变化及故事情节的发展。

巴尔扎克写作《驴皮记》的年代，正是他经历了十年的艰苦奋斗尝尽了人世辛酸后的1830年，他从自己的切身感受中，得出了一条痛苦的结论：想要把握自己的生命，就要做到无欲无求，这样才能在充满欲望的世俗社会中避免一切痛苦、忧愁、烦恼，然而你的生活也就无所谓欢乐，无所谓幸福；如果想要追求幸福，那么就必然要面对社会加之于你的阻碍。作者用一张驴皮象征人的欲望和生命之间的矛盾，并突出强调了这种矛盾对那些欲望强烈的灵魂显示出的尖锐性和不可调和性。

《驴皮记》中欲望与生命的关系首先体现在金钱与生命的关系上。瓦仑丹追求金钱，金钱反而毁灭了他的人生。起初，瓦仑丹在物质上几乎是一无所有，他住在肮脏狭窄的阁楼上，过着节俭勤奋的日子，虽然他仍常常挨饿，但是瓦仑丹此时却正值青春年华，他将来的路还很长很长，也许他的生活会因他自然的生命轨迹而被演绎得更加辉煌。可是现在，当驴皮满足他的金钱欲望之后，一切可能似乎都变得不可能了，他恐惧地看着缩小的驴皮，仿佛看到了自己正在消逝的生命。驴皮确实在瓦仑丹的身上发挥了作用，它在一瞬间改变了瓦仑丹的生活道路，使他由一名不文的穷人变成了富翁。另一方面，它也把瓦仑丹由一个风华正茂的青年变成了重疾加身、奄奄等死的人。缩小的驴皮让我们清晰的看到金钱与生命的关联：你对金钱的渴望越大，你生命损耗的越快。

这里，瓦仑丹得到一大笔财产的反应让人觉得特别具有讽刺性。"这个继承人憔悴的脸孔的全部肌肉忽然变得苍白可怕，面部线条在抽搐，脸上凸得地方显得灰白，凹得地方显得晦暗，整个脸庞变成青灰色，眼睛在发呆。她见到了死神"。[1]从瓦仑丹面部表情的变化可知，他惊恐了，害怕了，他不能接受他的生命正在减少的事实，他更不想与死神走的越来越近。后来，他把自己囚禁在一个大房子里，每天做同样的事情，吃同样的饭，他生活中的一切似乎都是安排好的。所以，他的仆人说："我的主人无需乎抱什么欲望，一切都在他指头的指点和目光的嘱咐下得到满足。"[2]他甚至把自己比作植物，让他的仆人像对待孩子一样对待他。此时的瓦仑丹不是没有欲望，他是怕自己有欲望，每天才会过安排好的生活，他的心正备受煎熬。他再也不能享受乐趣，这种痛苦终于毁掉了他的健康，击溃了他的意志，把他变成了一具活尸。主人公瓦仑丹很可怜，在他没钱的时候他不惜一切想要钱，即使是以生命为代价。现在他有了钱，有了驴皮，可以说他拥有了世界，"世界已属于他，他可以为所欲为了，但他却什么也不想要。"[3]此时的瓦仑丹在物质上是富有的，但他在精神上无疑是空虚的。

在瓦仑丹那极具沉闷的封闭日子里，一位来访者曾经打断了他平静的生活，这个人就是瓦仑丹的老师墨里盖先生。在这个老师心里，他的学生曾经是一个非常强壮的小伙子，当再一次见到他这个学生时，他觉得不可思议，因为此时的瓦仑丹身体衰弱，脸色苍白，一个青年人该有的朝气蓬勃在他身上连一点影子都看不到，他过着锦衣玉食的生活，但他的身体却因为他的忧虑而每况愈下。墨里盖老师请求瓦仑丹替他实现一个愿望：让他当个副校长，好有钱支付他侄子上学的费用。瓦仑丹本想撵老师出去，但他怕驴皮缩小，

[1] ［法］巴尔扎克:《驴皮记》，梁均、王文融译，北京: 人民文学出版社，1982，第198页。
[2]《驴皮记》，第207页。
[3]《驴皮记》，第198页。

所以他只能听完老师的长篇大论，然后再给个可有可无的回答，以为这样就可以免去一个灾难，谁知驴皮还是无情的缩小了，他就像头受惊的小鹿，发出可怕的尖叫。他此时比谁都在乎自己的生命，他很想挽留住自己的生命，但是欲望又给了他一个重重的打击。

《驴皮记》中欲望与生命的关系还体现在情欲与生命的关系上。小说一开始，瓦仑丹就渴望情欲，但他是个穷人，他无法满足自己这方面的需求。瓦仑丹一开始想追求富有狠毒的馥多拉，他为她付出了真心，但她只是把他当成玩耍的对象。在利用他之后，就抛弃了他，而瓦仑丹对她依然是那么的痴迷。波琳在瓦仑丹的生命中也意义重大，她深深的爱着瓦仑丹。瓦仑丹教他弹琴、写字等，她却暗暗的关心着他。波琳常常工作到深夜两点，把挣来的钱一半给瓦仑丹使用，但瓦仑丹只是礼貌的对待她，对她没有非分之想，他的所有心思都放在了馥多拉的身上，可这也阻止不了善良纯洁的波琳对他的爱。

波琳的出现燃起了瓦仑丹重新开始生活的勇气，而此时，他才发现自己爱着波琳，于是他对着驴皮许愿让波琳爱他，这次驴皮一点也没有缩小，他以为他跟驴皮的契约到此就结束了，他的心上像卸下了一块巨石，他觉得他终于可以过正常的自由的生活了，于是瓦仑丹把驴皮扔进了井里。过了一段美妙甜蜜的二人时光，重新出现的驴皮又惊醒了瓦仑丹的噩梦。他再也不想受这片驴皮摆布了，于是他采取了各种各样的办法想要扩大驴皮的长度。他找到了力学教授、化学家、动物学家，可是他们都无能为力。

瓦仑丹临死之前，爱恋他的波琳来到他身边，唤醒了瓦仑丹对波琳的情欲，"波琳！波琳！垂死的人一面叫嚷，一面追她，我爱你，我热爱你，我要你"，"他象猎食的鸷鸟般轻捷地扑在她身上"，"在波琳的胸脯上乱咬"。[1] 瓦仑丹对情欲过分渴求的丑恶嘴脸完全显现出来，他仿佛是要把波琳吞噬了一般。此时，瓦仑丹好像已经失去了理智，在他眼中闪烁的完全是肉体上的欲望，而不是对爱情那种纯真的向往。

此外，《驴皮记》中欲望与生命是对立统一的。既然驴皮可以满足瓦仑丹的

[1] [法] 巴尔扎克：《驴皮记》，梁均、王文融译，北京：人民文学出版社，1982，第301页。

一切欲望，为什么他不向驴皮许愿说保持他永远健康，长生不老呢？这便是作者为我们揭示的人生规律：死亡是每个人都必须经历的，没有人能逃脱死亡的束缚。瓦仑丹既想拥有一切美好的东西，想获得长寿，又想逃脱被驴皮的魔力摆布的命运，那是不可能的。他虽然做了尝试，动用了当时科学技术所能提供的一切手段，妄图通过扩张驴皮甚至干脆销毁它来延长生命，但都不能损坏野驴皮的一丝一毫。诚然，科学的力量可以改变自然，但是却无法改变人的命运及其生命过程。小说中瓦仑丹以自己的生命证实了驴皮的灵验，也就是以自己的命运提出了人类生存中所面临的一个永恒而普遍的矛盾，即生命与欲望的矛盾。这一矛盾无处不在，让每一个人迷惘、困惑和不安，迫使人们做出自己的选择。

在小说的开头部分，瓦仑丹一无所有、走投无路的时候，他曾想用自杀来了结自己痛苦的生命，当古董商提示他的生命会随着欲望的实现、驴皮的减小而枯竭时他也是气魄冲天，他就想过强烈的生活。可是在经过了奢靡的宴会后，看着那块缩小的驴皮，他又后悔了，他不想这样慢慢地成为欲望的奴隶，然后死去，可是他仍没能逃出死神的号召。

驴皮是小说中生命与欲望关系的物质体现，二者之间关系的形成与发展主要源于瓦仑丹对生活的不满足，就是因为不满足，瓦仑丹才渴望更多。在现实生活中，人皆有一张属于自己的驴皮，当你的欲望鼓胀时，驴皮便会缩小，正如亲情、友情的失去，疾病的缠身，道德的缺失等等，即使我们最后得到了所想要的金钱、权力，而失去的却是更加珍贵、不可再得的东西，也必将因此而无法享受金钱，权力本会带来的快乐。[1]我们以不同的生活方式和信仰，背负着驴皮，就是那个欲望的化身，能够自持的，寿命就长些，少些自持乃至放纵的，寿命就短些、再短些。驴皮本身没有什么错，关键是拥有驴皮的人，是否拥有平衡欲望的能力。上帝公平地送给每个人一张驴皮，如何用度，可就全靠你自己了。[2]为了摆脱在生命与欲望之间的挣扎，我们只需尽量保持

---

[1] 参照 薛建亮：《读＜驴皮记＞有感》，http：//www.Docba.cn/doc/39/10519.Html/浏览日期：2010 年 3 月 22 日。

[2] 参照 北港幼儿园：《我读巴尔扎克＜驴皮记＞》.http：//web.zledu.com/oa/?sql=8%20@id=30484 浏览日期：2010 年 3 月 22 日。

心境平和，这样在欲望与生命的选择中我们会变得更加从容。

精彩片段

第一部分第七小节：老古董商把驴皮给瓦仑丹看后对人生"欲和能"秘密的揭露。这部分预示着小说主人公的命运结局，是小说批判的中心所在，展示了作者对人性中欲望和生命矛盾的深刻见解，对我们每个人都有很好的教育意义。

对瓦仑丹成为百万富翁后奇怪生活方式的描写部分。作者将主人公的生活方式从老仆人的角度叙述出来，并通过老学究对这些奇怪方式的猜测解释，把死气沉沉的生活场景写得妙趣横生，从而突出展示了主人公内心所受的煎熬，增强了小说的悲剧气氛，显示了作者的大家手笔。

结尾部分：一个声音反复不停地问波琳和馥多拉，在这里作者赋予波琳纯洁、美好的理想特征，直接将馥多拉描写成无处不在的残酷、自私的社会的象征。蕴含着瓦仑丹在现实中处处碰壁转而追求理想时遭受夭折的必然性，表明了以生命为代价去争取的幸福与快乐始终是坦塔罗斯身边的清泉和美果。

引申阅读

1. 艾珉：《巴尔扎克——一个伟大的寻梦者》，北京：人民文学出版社，2005。

该书搜集了有助于理解该作家、作品的诸多背景资料，尽可能真实、全面和辩证地剖析巴尔扎克其人、其事、其思想，并对其作品提出自己的诠释和评说。

2. 江伙生、肖德厚：《法国小说论》，武汉：武汉大学出版社，1994。

该书系统且全面的论述了19世纪以来法国小说中浪漫主义现实主义及现代流派等所具有的独特性和代表性，为我们清晰地展示了19世纪后法国文学的发展过程。

（甄玲）

科学时代的小说现代化实验

——龚古尔兄弟的《热曼妮·拉塞朵》

作者简介

埃德蒙·德·龚古尔（1822—1896）和于勒·德·龚古尔（1830-1870）是一对共同写作的兄弟作家，活跃于 19 世纪中后期的法国文坛。兄弟二人一生致力于文学事业，著述颇丰。他们的小说作品共 11 部，其中两人共同创作的有《费罗曼娜修女》（1861）、《热曼妮·拉塞朵》（1865）等 7 部，1870 年于勒去世后，埃德蒙又独立完成了 4 部小说，但创作成就整体不如前期。此外，两兄弟还撰有 3 部戏剧、8 部历史著作、4 部艺术批评著作、一些评论性散文以及一部长达 22 卷的日记《日记：文学生活回忆》（1851-1896）。

作品梗概

热曼妮·拉塞朵出身于乡下的一个贫寒家庭，十四岁成了孤儿，被送到巴黎的姐姐那里，并很快外出做工谋生。在一个咖啡馆做女招待时，热曼妮遭到奸污，在痛苦中产下一个死胎。她尚未休养好，就又开始了繁重的体力活，几乎让她的身体垮掉。这样颠沛的生活持续了多年，直到进入老小姐瓦朗德伊家中，成为一名家庭女佣，热曼妮才总算过上了安稳温饱的日子。为此，热曼妮全心全意地照顾着女主人，甘心为她奉献。由于她干活勤快、手脚麻利，在街坊四邻中有了良好的口碑。

然而，这位年轻女子强盛的情欲让她的内心不得平静。她缺乏美貌，浑身却散发出撩拨人心的诱惑力；她渴望着婚姻，但曾经失身的隐忧始终让她不敢妄想；她有满腔的柔情，却无处投寄。这时，她和新搬来的乳品商朱皮荣寡妇一家熟悉起来，爱上了她的儿子小朱皮荣。为了这个比自己小很多的年轻人，她付出了全部的热情、泪水和积蓄。她一次次地为这个花花公子所欺骗、背叛，而又一次次甘心地供养着他。她怀孕了，偷偷地生下了孩子；孩子夭折了，而她开始酗酒。朱皮荣则再次花言巧语地哄她，让她为自己出钱免除兵役；热曼妮明知那些令人情热的誓词不过是又一场谎言，却难以自控地为他四处奔走，欠下了自己永远偿不清的债务。之后，朱皮荣彻底抛弃了她。

热曼妮从此放弃了享有普通人生活的期盼。她开始与油漆匠私通，只想要纯粹的欢爱；当油漆匠盘算着和这个能干的女人结婚，以缓解经济的窘境，她却愤怒地离开了他。此后她只求一夜的情欲发泄。出于经济的压力，她甚至开始偷窃主人，也让自己背负了无尽的愧疚与痛苦。表面上的她还是过去那个忠实勤快的女仆，其实她已深陷于充满堕落、谎言的生活中无法自拔。饮酒过度、纵欲以及长期的紧张情绪，影响到了她的身体和精神健康，导致她终日神情恍惚、思维迟钝；加之不久又染上了胸膜炎，热曼妮的身体很快衰弱下来。她坚持着服侍瓦朗德伊小姐，却只能做最简单的活计，迟缓的行动中闪烁着她最后的生命之光。女主人看出了她的忧郁和虚弱，却始终不得缘由。她将热曼妮的工作减少到最低限度，可女仆依然显得疲惫无比。终于，热曼妮的健康难以为继，被瓦朗德伊小姐送进医院，不久便病重而死。

直到热曼妮去世后，她深藏的生活秘密才被揭开。瓦朗德伊小姐憎恶这可怕的事实，过了很长时间才最终原谅她。她颤巍巍地去公墓看望热曼妮，却怎么也找不到她的墓地所在。热曼妮的长眠地没有墓碑、十字架，甚至连个做标记的树枝也不曾有。这世上没有留下热曼妮的任何痕迹，正如这姑娘的情感永远不得寄托。

作品赏析

从科学和技术在各领域的全面飞跃以及科学精神在整个社会—文化领域的席卷之势来看，法国的 19 世纪可谓实至名归的"科学世纪"。科学主义思潮与实证主义哲学在时代的热烈氛围中得以勃兴，并发展为法兰西第二帝国时期最具影响力的社会思想。不可避免地，当时的作家也被这股强劲风潮所裹挟，无论自觉与否，他们的作品都或多或少地沾染上了科学和实证的神采。而渴望自己的创作与时代话语相适应的作家，更是积极地从科学理论和科学方法中寻找文学革新的路径，法国文学由此表现出日益科学化的趋势。

尽管直到 19 世纪 70 年代，奉科学性为首要创作原则的自然主义文学才逐渐形成体系；但早在左拉之前，龚古尔兄弟就已将自己视为科学研究者，尝试借鉴生理学、遗传学的思想与方法，让文学担负起"科学研究和科学课题的工作。"[1]

《热曼妮·拉赛朵》是龚古尔兄弟将文学与科学结合起来的首次实验。在该书的序言中，他们宣称现代小说"开始成为文学研究和社会调查的一种严肃、富于激情和生气的形式，它通过分析和心理研究成了当代的一部道德史。"[2] 他们对传统小说迎合读者的做法大加嘲讽，声称自己要以科学的态度和方法对爱情进行严肃的分析研究，并不惜以此挑战读者的阅读习惯和欣赏趣味。

为此，他们在这部小说里对人物的研究，不再如巴尔扎克等传统现实主义作家那样，视环境为决定人物命运的唯一要素，而是以自然科学研究的态度，将视野转入人物内部，将人的生理性视为研究对象，冷静地对此剖根究底，考察人物的爱情、仇恨、愤怒、嫉妒等情绪的本能动因，探索人物的行为选择和外部行动的内在根源。尽管小说中提供了主人公的成长和生活环境的背景资料，这些外部条件对主人公个性的形成也确然起到了一些影响作用；但作者探讨的主要是人物的内环境，是生理学家眼中女性的体态特征。他们重视的，是运用科学的分析方法，去探究生理本能与病灶发展怎样表现在机体的外在变化上，怎样影响内部的心灵与情绪，让人产生炙热的激情与谵妄的意识，最终又是如何来左右人物的生活轨迹和命运遭际。

---

[1] [法] 龚古尔兄弟：《＜翟米尼·拉赛特＞出版前言》，见朱雯等编选：《文学中的自然主义》，上海：上海文艺出版社，1992，第 294 页。
[2]《文学中的自然主义》，第 294 页。

　　这种将科学与文学相结合的分析法，是龚古尔兄弟创作的根本方法，被他们应用于整个创作过程中。这一过程往往始于现实的生活，终于对事物深层的、规律性东西的探知：他们先是在平日的观察与感受中，寻找想要再现或"复活"的人物；当确定了写作对象后，他们会做更多的实际调查与文献搜集以积累前文本，直到前文本的容量足以支撑起这个人物的饱满形象时，才正式执笔写作。这些前文本正如同实证主义者用以展开研究的"事实材料"，是他们全部思考和探索的出发点。接下来是对这些具体的材料进行去粗取精的分解，一步步找出并分离掉影响人物性格、命运的外围的、不重要的条件，比如首先抛去人物的成长过程、宗教伦理观念、再有是外部生活环境、社会交际圈等，直到露出人物赤裸裸的、最原初的自我，从而揭示出掩藏于姿态各异的表面形象下共通的人类本性。

　　在他们看来，分析方法的使用可以有效地对人物展开由外而内、逐层深入的解剖，从而挖掘人物的精神底层、揭示人类的生物性本能。《热曼妮·拉赛朵》即是这种科学化分析法的文学创作实验。我们可以在其中看到，人物在被剥去精神地质的表面层级后所暴露出的生物本性；而分析法在这部小说里的成功应用，也意味着他们形成了自己的创作范式，标志着龚古尔兄弟创作风格的成熟。

　　小说中，情节的发展与作者对热曼妮由外而内的分析是相互杂糅且齐同并行的。他们将掌握的一切事实资料都在小说里呈现出来，从中层层分解、抽离出人物最根源处的本性。

　　首先，文本由远及近地分析了造就主人公悲剧命运的外部动因。小说的开篇即借主仆二人的对话和回忆，交代了主人公的成长环境：从幼时的贫困，父母的过早离世，再到被送去姐姐家并外出做工，继之受到奸污后产下死胎，受到姐姐家厌嫌，开始独立工作讨生活，等等。童年的经历构成了人物精神地质的最外层，这段成长史给她带来的是颠沛流离的艰辛感受和对爱的强烈渴望。她在成年前几乎未曾享受过稳定的、充满安全感的家庭生活；而在咖啡馆惨遭奸污，让她过早地踏入成人的世界，却没有得到任何人的真诚关心，姐姐一家的冷漠、嫉恨者向她描述的死后地狱间的可怕苦刑，加之缺乏正确的启蒙教育,让她遭受了更为深刻的心灵重创。无论是家人之爱还是朋友之爱,在成长过程中,她所面对的环境条件从未让她得到满足。即便是进入瓦朗德伊小姐家,开始了略显稳定舒适的生活,身为老小姐的女主人那冷淡内敛的性格,也始终让热曼妮无法获得内心的温暖和情感的归属。

至此,作者完成了对热曼妮发生影响的最外层因素——成长经历和社会环境的分析。此后,作者不再为她设计更多的外界条件的变化,也有意弱化了生活环境对人物的影响作用。作者的分析要进入人物的更深层面。

于是,在接下来的叙述中,作者展示并随即剥去了罩在热曼妮本性之上的又一层外衣:宗教信仰。这是主宰人物性格命运的又一重要的社会因素。一度,热曼妮对天主教有着痴迷的热情。但作者指出,吸引她的并非教义本身,而是精神抚慰的需要。她沉迷于忏悔室里温和的气氛和倾诉衷肠的畅快,沉迷于神甫低声细语、宽容悲悯的关心,产生了一种宗教的狂热。每周日的忏悔是她的全部生活意义。她以为这是对上帝的崇拜,其实她早已将感情移置到那深深同情她的年轻神甫身上,并渐渐难以抑制地表现出来。神甫拒绝了信徒的示爱,将她送去另一个神甫那里做忏悔。几次之后,热曼妮便不再去教堂。最后,"她的宗教信仰就只剩一点日渐消逝的甘味"[1],从她的生活中消失了。

剥离了成长经历、环境和宗教信仰这些外界影响,作者的解剖刀已开始进入实验对象的身体,热曼妮"本我"的特性也得到了初步的展露:这是一个情欲旺盛的女子。由于曾经失身的痛苦历史,热曼妮有着浓重的自卑,她觉得自己无法获得爱情,不配取得婚姻。于是她的情欲被深深压抑着,不敢释放。但她饱涨的欲望却满溢出来,由内而外地表现在她的体态身形中。在热曼妮不再去教堂后的一日,瓦朗德伊小姐头一回认真端详着这位女仆,却骇然失声道:"活见鬼!你哪来的这么一个发情母猫似的脸啊?"[2]

不过在此时,热曼妮身上这深层的情欲并未得到释放。弗洛伊德曾指出,

---

[1][法]龚古尔兄弟:《热曼妮·拉赛朵》,《龚古尔精选集》,郑立华译,济南:山东文艺出版社,2000,第37页。
[2]《热曼妮·拉赛朵》,《龚古尔精选集》,第38页。

人类社会的性冲动往往受到"社会本能"的压抑，这时，情欲只能寻找其他方式获得满足，"它们没有放弃其直接的性目标，但内在的抵抗使它们不能达到这些目标。只要得到一些近似的满足，它们也就满意了。"[1]最开始，她将强烈的爱意移情到外甥女身上。孩子的母亲——热曼妮的姐姐，因胸膜炎突然离世，孩子也染上了恶疾；热曼妮为外甥女的病四处奔波筹钱，给她最好的照顾和全副的爱，她觉得自己的生命都维系在这个孩子身上。然而不久，孩子被另一个姨妈带走，也夺去了这"近似的满足"。热曼妮感到"没有了这小孩，她不知道去爱什么才好，不由得感到怅然若失。小孩的离去，给她心中留下了一片空白"。[2]

她很快找到了充实空白的东西。新搬来的乳品商朱皮荣太太有一个尚未成年的儿子，和乳品商熟稔起来的热曼妮立刻成为小朱皮荣的守护者。随着小伙子的长大，热曼妮此前对他类似母爱的感情渐渐转换为男女之爱。贪慕虚荣的朱皮荣对贫穷且不够美丽的热曼妮并无感情，只把她看作发泄情欲的对象罢了。了解一切的乳品商太太既不认同这段感情，也不向热曼妮做任何承诺；但为了"把一个不费分文的女仆留在家里"供她差遣，她在看热曼妮时总带有仿佛默许一切的眼神，总是分外热情地待她，好像认定热曼妮会成为自己的儿媳妇。热曼妮从朱皮荣每日的陪伴中，从乳品商体己的态度中，满怀希望地把这看作是真实的爱情，是未来婚姻的保证。

当这段爱情关系被认为是稳固的、合乎社会道德的，热曼妮便放心地释放了压抑已久的情欲，向朱皮荣献出自己的身体。这是热曼妮的本能欲望基于爱情的、"合法化"的释放，获得满足的也不只是情欲自身，还包含了现实的、文明的精神需要。马尔库塞在分析弗洛伊德的理论时曾特意强调了"性欲"与"爱欲"的区别，提出当性欲是通过合乎社会伦理的稳定关系得到满足时，性欲就将升华成为一种具有"社会合法性"的爱欲："在非压抑性条件下，

---

[1] [法] 赫伯特·马尔库塞:《爱欲与文明》，黄勇、薛民译，上海：上海译文出版社，1987，第151页。

[2] [法] 龚古尔兄弟:《热曼妮·拉赛朵》，《龚古尔精选集》，郑立华译，济南：山东文艺出版社，2000，第42页。

性欲将'成长为'爱欲,就是说,它将在有助于加强和扩大本能满足的持久的、扩展着的关系(包括工作关系)中走向自我升华。爱欲想使自己在一种永久的秩序中长存不衰。"[1] 而这种欲望得到支持、巩固与升华将带来肉体与精神的双重满足。"整个有机体重新获得力比多的结果是产生了一种幸福感。"[2] 于是,此时的热曼妮感到自己无比的幸福,仿佛获得重生,往日的不幸通通被抛下,浑身充满了生活的热情。"(这段爱情)在热曼妮身上产生了奇特的生理现象。满腔的热切似乎在改造更新她那淋巴体质。她感到生命的泉水不再像过去那样从快干涸的源头一滴一滴挤出来;她浑身滚动着热血,充满了活力。"[3]

然而作者的分析并不满足于展示这文明包裹着的、结合了社会性的爱欲,他的笔锋更为冷酷,还要撕开温情脉脉的爱情面纱,暴露人物最根源的本性。当热曼妮满怀对未来的期待,筹划着与朱皮荣婚后的种种美满生活时,母子俩却在榨干她之后,嫌弃起这个年近三十的老姑娘来。朱皮荣毫无留恋地抛弃了她,轻松地断送了她关于生活的所有幻想。然而为了这个空洞的迷梦,热曼妮已在堕落的路上泥足深陷:她为朱皮荣生下一个孩子,却很快夭折,痛苦难解的她开始麻醉自己,染上酗酒的恶习;为了替朱皮荣解除兵役,热曼妮四处奔走,借遍周遭的每一个人,欠下一大笔难以偿还的债务,而这些债主,曾是她那么亲热的朋友,如今却因这个秘密轻视她、要挟她,她在邻间树立的好名声在闲言碎语中土崩瓦解;经济已经陷入窘境的她,却还试图满足朱皮荣的挥霍,终于,她触破了底线——偷窃主人的钱。就这样,一条一条地,她抛下内心的道德律法,也亲手葬送了与人类社会中一切文明系统相关联的可能,堵塞了所有通向希望的道路。她在盘子里倒上咖啡渣,沥干水分,以平民女子常用的方式试图从这些斑驳图案里看清自己的命运:她看见了十字架,这意味着死亡的临近。她屈服了。不再怀有希望也就意味着放弃了向文明社会靠拢、获取认同的努力,意味着不再根据现实原则节制、压

---

[1] [美] 赫伯特·马尔库塞:《爱欲与文明》,黄勇、薛民译,上海:上海译文出版社,1987,第164页。
[2] 《爱欲与文明》,第152页。
[3] [法] 龚古尔兄弟:《热曼妮·拉赛朵》,《龚古尔精选集》,郑立华译,济南:山东文艺出版社,2000,第51页。

抑自己，于是本能统治了她。

在欲望的驱使下，热曼妮主动找上漆匠戈特里施，成为这个单身汉的情人。与朱皮荣在一起时的爱欲在这里已退化为纯粹动物性的性欲，她和戈特里施之间毫无社会关系的牵绊，这不再是一对相互爱慕着的男女青年，而是两头毫无顾忌的野兽。在叙述热曼妮与朱皮荣的恋爱过程时，作者对这种基于情感纽带的爱欲惜墨如金，只以一句"任凭那饿狼般的年轻人夺去她以为是提前奉献给丈夫的东西"[1]便轻描淡写地带了过去；而当一切社会面具被撕裂，表现出人物底层的本性时，作者却用了长达两页的篇幅，以诸如"发生在这两个动物之间"的表达，颇为直白地揭示出这赤裸的生理欲望。

然而龚古尔兄弟的分析仍未止步，还要彻底地深挖下去。于是他们又把这最后的伴侣从热曼妮身边赶走：这个单身汉想娶了热曼妮，过上合乎社会规范的稳定生活，热曼妮却早已不再奢望能拥有任何人世幸福，她对戈特里施翻了脸。龚古尔兄弟要看看剥去一切人类联系、只剩下原始本能的热曼妮在社会生活中将如何表现、展示出什么——她堕落到了最底层，"堕落到不知羞耻，甚至毫无人性的地步"。[2]她不再寻找固定的交欢，而只求欲望的即时满足。她整夜在黑暗的街头寻觅，"荡妇最后的廉耻和人性，最起码的偏爱与选择，作为妓女的良心和个性最低表现的厌恶心，在她那里都已荡然无存"。[3]

直到主人公丧失了一切人类的羞耻感，彻底地暴露出内心的欲望，龚古尔兄弟才终于结束了他们残忍的分析过程。而对于热曼妮来说，余下的日子只是在静待死亡。她得了和早逝姐姐一样的胸膜炎，病情发展得很快，不久就下不了床。病中唯一吸引她、能让她突然焕发生气的，是偶然发现了周遭人的偷情。情欲，这折磨了她一生的东西，到死依然占据了她的全部身心。热曼妮死后，瓦朗德伊小姐遍寻不着她的墓地。这可怜的女子，在这世上，

---

[1] [法]龚古尔兄弟:《热曼妮·拉赛朵》,《龚古尔精选集》,郑立华译,济南: 山东文艺出版社,2000,第58页。

[2]《热曼妮·拉赛朵》,《龚古尔精选集》,第151页。

[3]《热曼妮·拉赛朵》,《龚古尔精选集》,第151-152页。

活着时无处托寄她的爱情，死去了也尸骨无踪。

就在这一抽丝剥茧对人性的探索过程中，龚古尔兄弟完成了其独特的科学化创作方法的应用，确证了自己"生理学家"性质的作家身份。这部小说也因其理性冷峻的分析手法、对人类自然本性的赤裸揭示，为法国小说探索了一条突破传统的现代化方向，清亮地奏出了自然主义小说的第一曲先声。

然而，龚古尔兄弟对科学、或者说生理学的过分青睐，在一定程度上影响到了他们探索文学现代化所能达到的深度。在《热曼妮·拉赛朵》中，龚古尔兄弟的研究触角探到了人物的心理层面。不过，他们的心理分析往往与对人物生理上的描述相互杂糅渗透，心理层面的隐秘意识与欲望的勃兴或病理的发展不但是并行出现的，而且前者被指认为后者的必然结果或机体表征。这是作家意欲对描述对象进行明确的科学解释的结果。其时，对人类心理的科学研究还仅仅处于垦荒阶段，心理学尚未作为一种独立的学科出现在科学史上。而凭借遗传学与进化论的横空出世，生物学的发展风头正劲，成为社会接受程度最高、传播最广的科学门类。在贝尔纳等当时著名的生物学家那里，心理活动被视为人体生理器官或脑部组织中某些特定功能的结果，精神现象也自然依附于身体的生理功能，是具有必然性的前因后果。

受制于时代，龚古尔兄弟小说中的心理描写也没能从生理欲望或病态疾患中脱离出来，成为独立的观察与分析对象。小说中，龚古尔兄弟把热曼妮酗酒后感官意识的混乱，与她的歇斯底里症联系起来，做了这样的分析："人体神经方面的紊乱常使人的快乐与痛苦颠三倒四，失去比例与平衡走向极端。在这种易感性疾病的作用下，一切敏锐的、细腻的、精神上的感觉似乎超过了它们一般的限度，变得异常强烈。这便使人类的苦乐似乎变得漫无边际了。"[1]

在小说中的另一处还有这样的描写：

阵阵肉欲从她心中升起，变为一种疯狂的、没完没了的折磨，化成一个萦绕脑际的念头，一个打不跑、赶不走、不知羞耻、执着顽固、充满各种幻

---

[1] [法] 龚古尔兄弟:《热曼妮·拉赛朵》,《龚古尔精选集》,郑立华译, 济南: 山东文艺出版社, 2000, 第101页。

想的念头。它把情欲送到女人的各种性感官，送到她紧闭着的眼睛前，直搅得她脑袋发热，欲火中烧。欲念不断冲击着她的神经，痛苦的禁欲反而强化了刺激。久而久之，她的感官开始紊乱起来。邪恶的影子不断在她眼前浮动，可怕的幻觉把她的感官与梦境挪近了。有时，她前后左右的东西：烛台、床腿、柜脚、安乐椅扶手，仿佛都披上了一层淫秽的外衣。猥亵的幻影从四面八方朝她涌来。有时，她会像一个失去人身自由的囚犯，死死盯着厨房里的一口杜鹃钟上的指针，自言自语道："再过五分钟，我就下楼到街上去……"然而，五分钟过去了，她还是待着没动，更谈不上下楼。[1]

这是一段极为精彩的心理意识描写，不仅正面表现了人物在欲望难以满足时的内心煎熬，甚至深入到了人物的潜意识，表现了热曼妮如梦似幻的非理性感受：她的情欲不仅占领了她的全部身体，甚至似已脱窍而出，占据了整个房间，附着在每一件物品上，缠绕着她，吞噬着她。这样的潜意识描写在当时的文学中极为少见，但在《热曼妮·拉赛朵》及作者的其他小说中还能找出更多的例子，我们可以视之为龚古尔兄弟对文学书写人类潜层心理的前瞻性探索。然而不无遗憾的是，这些本来可以更趋向现代文学的人物潜意识叙述，却受到作者急欲把它加以科学化、理性化阐释的局限，往往被归结为生理欲望或病态症候的临床表现。龚古尔兄弟要让文学成为严肃的科学研究的写作追求，这时却反而限制了他们对人类底层心理的深入探索，从而使得这些文字不再是单纯的心理分析，或是对非理性的潜意识的细致表述，而是兼具了关于机体生理表现或病理发展的医学记录功能。

《热曼妮·拉塞朵》在题材上的突破同样引人注目。热曼妮是法国小说中首次成为主人公、甚至是首位被细致观察描述的底层人物。龚古尔兄弟主动将当代社会中的底层人物引入法国小说叙事中，大胆颠覆了贵族阶层在小说中占绝对地位的法国创作传统，也开启了文坛竞写小人物命运的文学风气。不过他们的革新性同样不够彻底。作为社会中上阶层的一员，热曼妮这样下

---

[1] [法]龚古尔兄弟：《热曼妮·拉赛朵》，《龚古尔精选集》，郑立华译，济南：山东文艺出版社，2000，第128页。

层女性的生活，对他们而言全然是属于另一个世界的景致，就如同异乡人眼中奇特而陌生的情调。他们只想以精英化的艺术家眼光，从中撷取具有审美价值的东西。同时，这一阶层也并不属于他们预设的读者群体。由是，他们的创作脱离了与表现对象的内心联系，他们的观察与表现，也仅仅只能滞留在脱离了历史语境与道德观念的审美层面，只留下了架空于世俗生活之上的感官印象。这一点大大降低了他们作品的思想内涵。

尽管如此，龚古尔兄弟在法国小说现代化进程中的先锋性贡献仍不可抹杀。可以说，正是这部小说启发了左拉之后的创作乃至整个自然主义理论体系的建立。当时还是书店雇员的左拉在读过《热曼妮·拉塞朵》后兴奋之极，奉之为伟大的作品，称它在很大程度上展示了时代的生活，并体现了新文学的特征："探求充分的人性""不掩盖人的尸体"[1]。之后，他特意前去拜访了两兄弟，当面表达了自己的敬慕之情，谦称自己是他们的学生和弟子。事实也的确如此。在其成名作《黛莱丝·拉甘》的序言中，左拉承认这部小说在创作上受到《热曼妮·拉赛朵》的影响，并声称应该把后者"当作一面旗帜来高举"。

作为徘徊于文学现代化入口处的作家，龚古尔兄弟的种种文学创新与实验，甚至他们勇于革新文学的信念本身，均触及到了现代主义文学的内核，为后来者极大地拓宽了前进的路径。正是在《热曼妮·拉赛朵》的鼓舞下，继承者左拉找到了自己的文学之路，19世纪中叶的法国文学也发现了一种向现代化迈进的、全新发展的可能。

精彩片段

第十二章：这一章与小说情节进程完全脱离，仅聚焦于热恋中的热曼妮与朱皮荣一次无目的的漫步。他们路过大街和城郊、咖啡馆和工厂区，与妻子、儿童、风流女子和工人擦肩而过；他们呼吸着旷野的清风，看见茫茫尘雾里染成玫瑰色的房子，小孩子手中的气球在耀眼的光雾里一掠而过。这一章在

---

[1] 郑克鲁：《左拉文艺思想的嬗变及其所受到的影响》，《上海师范大学学报》，1989年第3期。

法国文学史上颇受推崇，被视为对现代都市闲逛者的一段绝佳描写。其中的景物描写调动了人物所有的感官意识，光与色的融合极其美妙，也是印象派文学里的一个典范。

第四十六章：集中挖掘热曼妮的心理动态。失去爱情的她承受着永无止境的情感折磨，她用脆弱的意志抵抗着外界的刺激和自身欲望的撩拨，连音乐都让她坐立不安。这一章里，作者探入到女主人公的潜意识，将一个弱女子在挣扎于欲望释放与自我克制间的煎熬展露无遗。

引申阅读

1. ［法］左拉：《实验小说》，朱雯等编选：《文学中的自然主义》，上海：上海文艺出版社，1992。

左拉自然主义文学理论的文论集，其中对自然主义文学的理论基础、方法论和评价体系做了系统深入的阐释，尤其突出了要将科学的思维方式和实验方法引入小说中去的思想。尽管曾有学者指出，左拉的创作并未完全受制于自然主义文学理论的禁锢；但应该承认，左拉的自然主义理论体系及其自然主义创作的深远影响，至今余温尚存。

2.［美］赫伯特·马尔库塞：《爱欲与文明》，黄勇、薛民译，上海：上海译文出版社，1987。

马尔库塞从弗洛伊德的精神分析为理论根源，对后者的分析进一步深化，生发出政治性、批判性的内涵。他的"爱欲"不同于弗洛伊德提出的无意识的"力比多"，而更多地与人类文明和社会冲突相联系。作者在论述中同时引入了马克思主义的概念和阐释，并称此为以精神分析理论来"补充"马克思主义。

关键词解读

自然主义文学：文学中的自然主义是指发源于法国 19 世纪中后期的一个文学流派，奉科学性、客观性和真实性为文学创作的重要原则。自然主义文学受自然科学和孔德的实证哲学影响，力求将科学纳入文学创作当中，实现文学的科学化、实证化，力求巨细无遗地表现真实的现实世界。自然主义文学以龚古尔兄弟为先驱，左拉是该流派的代表人物，他奠定了自然主义文学的理论基础，其系列小说《卢贡－马卡尔家族》是自然主义文学的最高成就。学界传统上存在自然主义文学是现实主义文学发展到极致的观点，但当前一般将自然主义文学视作单独的文学流派，承认其具有自足的文学理论体系和成熟的创作。作为连接现实主义和现代主义的桥梁，自然主义文学发挥了承前启后的重要作用。

（辛苒）

存在与历史

——米兰·昆德拉的《生命中不能承受之轻》

作者简介

米兰·昆德拉（1929—），捷克裔法国作家、小说家。出生于捷克斯洛伐克的布尔诺，20世纪50年代以诗人身份初登文坛，出版了《人，一座广阔的花园》《独白》以及《最后一个五月》等诗集。后来，昆德拉的创作方向转向了小说。1967年，他的第一部长篇小说《玩笑》出版，并取得了巨大成功，自此，昆德拉在捷克文坛的重要地位得到了确立。第二年昆德拉参加了"布拉格之春"的改革运动，因反对苏联的入侵受到迫害，文学创作难以进行，最终于1975年移居法国。移居法国后，他创作了很多文学作品，小说如《笑忘书》《不能承受的生命之轻》《不朽》等，剧本有《雅克和他的主人》等，很快成为法国读者最喜爱的外国作家之一，并引起了世界文坛的瞩目。

《生命中不能承受之轻》是昆德拉的一部力作，小说以编年史的风格描述了捷克人在"布拉格之春"改革运动期间及被苏军占领时期适应生活和人际关系的种种困境，包含了丰富的哲学思想，1988年，美国导演菲利浦·考夫曼将其改编成电影。

作品梗概

《生命中不能承受之轻》分为七个部分，分别是"轻与重""灵与肉""不解之词""灵与肉""轻与重""伟大的进军"和"卡列宁的微笑"。讲述了 1968 年苏联入侵捷克背景之下的社会状况和知识分子的坎坷命运。小说以托马斯为主线，讲述了他与特蕾莎、萨比娜三人之间的感情生活。

托马斯是捷克首都布拉格的一名外科医生，在波西米亚的小镇上无意中认识了朴素而美丽的特蕾莎。这一偶然的邂逅同时使得两人产生了一见钟情的情愫。不久特蕾莎到城里找托马斯，他们同居在一起。短暂的相处中，特蕾莎让托马斯产生了一种无法解释的爱，而托马斯也给特蕾莎留下了深刻的印象。托马斯虽然爱着特蕾莎，但同时也不愿被家庭的责任束缚。他有着众多的情人，其中最为亲密的情人是画家萨比娜。有着高尚精神追求的特蕾莎虽然不满意托马斯的生活方式，但又不能改变，所以只有痛苦地与托马斯维护着一个家庭的外壳。

捷克发生了一场革命运动，托马斯和特蕾莎的家庭也受到了这场政治事件的震动。他们都痛恨苏联的入侵，同情捷克的反抗者，但二人的做法却完全不同。特蕾莎热心地充当着一个爱国记者的角色，拍下了大量苏军入侵的照片，以自己的力量记录着苏联的罪恶；而托马斯却不愿用行动支持捷克的反抗者，不愿为他们签名，也不愿签名帮助政府，因为在他看来为谁签名都是一种媚俗行为，他坚决地抵制媚俗，不愿替别人充当制造声势的工具。

托马斯和特蕾莎为了逃避当局的迫害去了中立国瑞士。萨比娜也流亡到此，且与托马斯重修旧好。特蕾莎无法继续忍受托马斯和萨比娜的情人关系，愤然返回了布拉格。在离开特蕾莎的最初几天，托马斯确实感到了重回单身汉的自由，但很快这种毫无压力的轻飘飘的失落感又让他难以忍受，他发现无论生活有多么糟，无论特蕾莎的要求多么难以忍受，他还是需要这样一份责任，于是他重回布拉格寻找特蕾莎。在布拉格，托马斯因一篇文章得罪有关当局，并拒绝在收回自己文章的声明上签字而受到迫害。最后托马斯与特蕾莎二人移居乡下，在一次车祸中意外身亡。

作品赏析

稍熟悉现当代西方文学的人大概都看过米兰·昆德拉的《不能承受的生命之轻》，而且相信大家在读完这本小说后都会有这样几个问题：小说里什么是"轻"？什么是"重"？为什么"不能承受"？要理解昆德拉小说中的"轻"与"重"的具体含义，必须从作者自身出发，以昆德拉关于"存在"哲学认识为起点，进而上升到历史的高度。

一、"生命"与"存在"

这本书原来由我国著名作家韩少功翻译，译名叫做《生命不能承受之轻》。后来南京大学的外语学院院长许钧翻译成《不能承受的生命之轻》，许钧是从法语翻译的，所以他的译本更符合法语的语法，但是其中存在一个问题，就是"生命"这个关键词他沿用了韩少功的译本，所以他称之为"不能承受的生命之轻"。但是实际上在法语里，"生命"这个词的原文叫做 être，être 在法语里关键是"存在"的意思，当然也包含了"生命"的含义，但对这种"生命"的理解与"存在"有密切的关系，所以它主要的意思应该是"存在"。翻译成英文也是"存在"：英语译文是"Unbearable Lightness of Being"，"Being"在字典中指"存在"，当然也包含了"生命"的意思。翻译成德语是"Die unerträgliche Leichtigkeit des Seins"，这里边的"Sein"在德语里也还是"存在"的意思。所以，米兰·昆德拉所用的原文捷克语，也主要是"存在"的意思。那么，为什么要强调这一点呢？因为米兰·昆德拉在他的这本书里主要是对尼采的"存在观"比较形象的阐释。

小说一开始就谈到了尼采提出的"永恒轮回学说"，在国内多将尼采的"存在观"称之为"永恒轮回说"，但在我的观念里，我并没有把这个词翻译成"永恒轮回"，而把它翻译成"永恒回归"或"复至"，也就是"从新到来"。"轮回"是佛教的用语，在德语里专门有"Samsara"这个词表示"轮回"，它实际上讲的是"永远的回归"。为什么这样说呢？因为尼采是站在哲学家的立场上认为一切都是在无休止的变化，只有生成而没有存在，所以"生成"在德语里是"Werden"，在英语里是"becoming"，强调一直处于一种变化的过程当中，永远没有最后的定性，当我们认识到某物的存在时，实际上它也在发生着变化，人们认识到的某一物转瞬之间就不再是同一物了。这和古代希腊哲学家所说的"你不能同时踏入同一条河"是一个意思，所以我们认为是同一个东西，转瞬即不再是同一个东西了，一切都只有一次。

二、不断轮回中的存在与意义

在小说当中，一再提到一个德国的谚语，是"einmal ist keinmal"，它的意思就是"一次就是一次也没有"，就是指一切都在演化生成当中，所有的事情都只能经历过一次。所以说，按照尼采的观点来看，只有一次是没有意义的，一次等于一次也没有，一切本来是没有意义的。但是世界上的一切是否都能承受这样的无意义？远远不能承受。

由于人特有的记忆而形成的历史意识和人的感官尤其是视觉所具有的局限性，所以人需要确认同一物的存在，从而使没有同一物的世界从无意义变为有意义。

尼采的"永恒轮回学说"就是针对人的这些特点所做的一种观念假设，有了同一物人才能够感受到逝去者再度回来，人才能够感受到同一物的存在。这样大家就明白了对"永恒轮回说"学界有各种各样的解释，但是据我所知，还没有做到很好地从尼采的"一切都在生成之中"这样的角度进行解释。当然后来法国思想家德勒兹继承了尼采的生存学说，并把它发展成了理论，但是一切都还是源于尼采。总之，"永恒轮回"就是指人感受到的同一物的存在，因为"一次等于一次也没有"，过去的不会再停留，所以确定了同一物，这样它就会存在下去，失去了会再回来。

三、昆德拉对"轻"与"重"的独特认识

尼采在《查拉图斯特拉如是说》中说："万物皆去，万物皆回，存在之轮永远转动"，人需要有这样的存在，不然人连自我认同都无法进行。但是尼采又假设了一个魔鬼，对孤独的人说："你现在过的生活，你将不得不再一次，并且无数次地去过"，尼采认为，你想不想过这种无数次重复的生活，这个问题会作为最重之重，让你的行为来背负。这里就点出了"重"的问题。米兰·昆德拉自己在小说中也说："如果我们生命的每一秒钟都以无限重复，我们就会像耶稣钉死在十字架上一样，被钉死在永恒上，这一想法是残酷的，在永恒轮回的世界里，一举一动都承受着不能承受的责任、重负"。

米兰·昆德拉在这里是为了引出古希腊哲人巴门尼德关于轻重选择的问题给出的答案，以及米兰·昆德拉本人对巴门尼德的质疑，他指出在巴门尼

德看来，宇宙被分割成一个个正与负对立的二元，包括"在"与"非在"、"轻"与"重"的对立，巴门尼德认为"在"与"轻"者为正，"非在"与"重"者为负，也就是说，"在"和"轻"都是正的，"非在"与"重"为负的，所以"在"和"存在之轻"是巴门尼德所肯定的。那么，到了米兰·昆德拉这里，"存在之轻"又如何变成不可承受的呢？

这是因为米兰·昆德拉接受了尼采永恒轮回的思想，他要说明人有了永恒轮回的理念，存在之轻必然变得不可承受。整部小说当中，都响彻了贝多芬最后一个四重奏、最后一个乐章的动机，就是"es muss sein"，它是德语当中的一个词的组合，它的意思是必然。在小说里许钧宣称必须这样，他是根据作品当中对贝多芬为什么在这里用"es muss sein"做出解释。因为在当初贝多芬欠人家的钱，到了时间他去还人家，便问人家一定（必须、必然）要还吗？那人说必须。所以，他借助四重奏里边重复的两句话"es muss sein"，其中第一句后是个问号，这相当于贝多芬的问话，后一句是回答：必须是这样，句后用的是感叹号。在德文的句子当中的第三个词"sein"就有"存在"的意思。如果说一次等于一次没有，那么一切都是偶然的。而小说中一再的强调"es muss sein"，就是强调不同于偶然的必然了。这正好是和"einmal ist keinmal"相对立的。而且这种必然又是和人的命运相关联的，米兰·昆德拉在谈到产生贝多芬音乐的信念时说，重、必然和价值是三个有内在联系的概念，必然者为重，重者才有价值，他解释出人的伟大在于他扛起命运。贝多芬的英雄是扛起形而上之重担的健将。贝多芬的英雄代表着人的价值，因为只有人才能做到这一点。

人左右不了命运，但可以直面命运、扛起命运、热爱命运，所以热爱命运是尼采永恒轮回学说中的一个关键思想，也是人的价值、人的悲剧精神之所在。如果重、必然和价值是人作为人所必不可少的，那么，"存在之重"即使再重也必然是可以承受的，而"存在之轻"，即人失去了人之为人的价值和意义，反而成为不可承受的了。

四、"轻"与"重"在人物形象上的体现

在昆德拉自己独特的"轻"与"重"主题的统摄之下，小说讲述了托马斯和特蕾莎之间爱情与婚姻的故事，托马斯和萨比娜情人关系的故事，以及萨比娜和弗兰茨之间情人关系的故事。作者把人物之间的感情纠葛放在苏联入侵捷克的背景之下，更加突出了人的存在之中"轻与重""灵与肉"的冲突。

托马斯是一个事业上很有发展前途的外科医生，他和第一个妻子生下一个儿子，但和她生活不到两年便离了婚，这使他从妻子儿子之中脱了身，也从父母之中脱了身。他不想背负这些责任，于是他开始和许多女人发生关系，建立所谓的"性友谊"。这是托马斯身上轻的一面。

在人身上"轻"和"重"都是同时存在的，自从遇见了特蕾莎，托马斯身上重的方面开始显现，本来托马斯与特蕾莎的相遇纯属偶然，按他自己的说法：六次偶然把他推到了特蕾莎身旁。开始他只是把特蕾莎当做众多性伙伴当中的一个，但是特蕾莎发高烧改变他的态度，这时候他身上重的东西开始发生作用。他细心的照顾她并违背了他自己的规定娶她为妻，虽然在婚后他继续与其他女子保持他的性友谊，但是他始终对特蕾莎不离不弃，甚至当他在苏黎世有了更好的工作，而特蕾莎不愿待在苏黎世独自回到布拉格的时候，他也放弃了工作回到了布拉格。回到布拉格后碰上了苏联入侵捷克，继而发生了一连串的倒霉事件。可是他还是始终忠实于同一个他所爱的人，他把这个看做"es muss sein"，看做一种必然，这就是一种"重"。尽管后来他的工作越来越差甚至放弃了原来的医生职业，当起了擦玻璃的工人，甚至到了偏远的乡下，他都无怨无悔的和特蕾莎在一起，直至和特蕾莎一起死于车祸。

他还有一个重的方面，体现在他写的那篇关于俄狄浦斯的文章和他默默地承受因此而招来的种种惩罚上。他背负起责任和正义感给她带来了沉重的压力，他的生活因此而走下坡路，但是他决不妥协，因为再沉重的压力他也能够承受，可是，他却不能承受无知和遗忘这样的存在之轻。所谓"遗忘"就是像动物一样的生活，尼采认为动物是领悟当下的，无法和人的记忆相比，动物的记忆是短暂的，和人的认同不同，所以对于动物来讲没有历史，而对于人来讲是有历史的，因为人有记忆。虽然历史是一种沉重的负担压在人身上，但是人能够承受得了。这个地方是米兰·昆德拉对苏联驱逐捷克的 145 名历史学家、意图消灭捷克人历史意识的一种回应。

特蕾莎遇见托马斯虽出于偶然，但是她却顽强的抵制"一次即一次也没有"，强调同一。她喜欢照镜子，照镜子就是确认镜子里的和自己是同一人，照镜子的时候她就想，要是一天鼻子长长一毫米会怎么样，过多长时间自己的脸会变得人认不出来。她惊恐万丈地看着她身体的变化，提出了灵魂的问题——人为什么会有对同一物的认同，尤其是对自己的认同，因为他有灵魂。她像每一个人一样，都有灵与肉的二重性，她的肉体所经历的变化都是一次性的，一点点的在变，变过就不会再回来，这也就是"一次即一次也没有"。但是她完全不能承受，她的灵魂总是在认同自己，认同她所关心的对象，抵制遗忘。她喜爱的摄影就是要留住那要逝去的一刹那，以便于今后的认同。当然她绝对不会想到，她照下的苏联入侵布拉格的照片帮助了俄国警察抓捕捷克爱国者，这引起了她灵魂的震撼。她对托马斯的爱是她的灵魂所要求的、是专一的，也要求托马斯对她爱得专一。但是托马斯把爱和性分开，既要特蕾莎的爱又要他和其他女人的性友谊，她不能承受这种存在之轻。她受这种噩梦的困扰，她的灵魂同样不能容忍他以爱和性爱分开的名义让自己的肉体陷入别人为他设下的陷阱。即使只有这一次，她也不可能遗忘，不能将一次等同于一次也没有。

特蕾莎在抵制遗忘、坚持灵魂的爱，以及在对所爱对象的认同过程中，是否也有值得反思的地方呢？米兰·昆德拉说"眩晕是理解特蕾莎的关键"。小说是这样来谈到她的眩晕的。托马斯的不忠突然让她明白了自己虚弱无助，正是这份无助的感觉让她感到发晕，产生了一种强烈的往下坠落的愿望，她时刻感受到一种不可抑制的想要摔倒的渴望，活在一种时刻发晕的状态之中，而托马斯则耐心地一次次扶起她。直到小说的最后，特蕾莎躲在树后看到托马斯在那里修车，她终于从那种状态中清醒过来。她以为独自离开苏黎世和布拉格是不想成为托马斯的负担，让他获得自由，没想到托马斯还有重的一方面：由于托马斯所写的那篇文章的关系，他被禁止在布拉格医院里就医，被赶到一个小诊所，后由于不愿出卖别人又被赶到偏远地方擦玻璃。但是托马斯在这方面表现出了重的一方面：再辛苦也毫无怨言，从不责怪特蕾莎。

这时候特蕾莎看到他在修车的时候，她终于认识到了这一点：是她一直在拖累他，这时她明白了托马斯的价值，也似乎明白了她没有很好理解托马斯对她的爱。这才是她不能承受的存在之轻。

小说中的"轻"与"重"还体现在另外一个人物萨比娜的身上。米兰·昆德拉在小说中多次谈到媚俗，他说无论是从字面意义还是引申意义讲，媚俗是把人类生存中根本不愿结束的一切都排除在视野之外，比如说对粪便的绝对否定，人们总是对自己虚构出来的伟大而激动不已，却对实际存在的丑恶视而不见。人们对粪便的回避实际就是一种媚俗的倾向。

小说通过萨比娜这个人物涉及到了关于人的存在中的媚俗，尤其是政治媚俗。这就又回到了米兰·昆德拉对苏联入侵捷克的批评。萨比娜对东西方政治中的媚俗都持反对态度，她不仅反对苏联入侵问题上的政治媚俗，对西方的媚俗倾向她也不满意，比如她画的一些画对苏联的独裁统治表现出一种不满倾向，而且不屑于接受人们的赞美，并觉得这仍然是一种媚俗，所以在她眼里一切都是媚俗的东西。但是她却用一种消极的方法来反对媚俗，她只是在逃避，用她渴望的一个词来说就是在"背叛"，她始终在背叛自己的过去。尽管她反对媚俗，但她采取的消极做法使她又回到了"轻"的上面。所以，在米兰·昆德拉这本书里说，压榨她的不是"重"，而是不能承受的生命之"轻"。

米兰·昆德拉用"轻"与"重"的关系创作出这部小说，绝不仅仅只是讲述一个故事，那么，他要用"轻"和"重"说明什么问题呢？在这里，实际上就是昆德拉对尼采思想的一种阐释，因为忘掉历史就像动物一样，这里体现着较为明显的对苏联的看法。关于动物，作品中也谈到了，一次是特蕾莎看到几个孩子在埋乌鸦，她就把这只乌鸦救回来，但是这只乌鸦死了。对乌鸦来说没有记忆没有历史，它的存在感就是在死的时候感觉到疼，但对特蕾莎来讲，她认同这只乌鸦，她觉得像乌鸦来到世界上一次，最后却不幸地死去，因此感到难过不能接受。还有一次是关于那只狗，它跟着他们经历了很多苦难，但是这只狗很少留下很多记忆，在它动了手术之后，第二天好了一点点，它就一下子又扑到他们床上，把它的疼痛都忘了。所以在整个书的最后一章说到了"微笑"，这是为什么呢？因为动物能够面对存在之轻，它们没有人类所背负的历史的包袱。但是对人来说,去掉这历史的包袱,人反而不成其为人了。

精彩片段

讲述托马斯与特蕾莎初次见面时六次偶然的部分。作者故意突出他们相遇的偶然性是为了表达人生的变幻无常之感,感叹平淡无奇的生活背后令人难以把握的深刻哲理。

《卡列宁的微笑》部分。这是小说的最后一个章节,通过垂死之狗的微笑,昆德拉向我们展示了某种真理,这种真理隐含在优美的文字和深刻的语义中,它是模糊的、不确定的,正是这种不确定性增加了小说的内涵。

引申阅读

1.［法］米兰·昆德拉:《小说的艺术》,董强译,上海:上海译文出版社,2011。

这是一部关于小说的评论作品,昆德拉以独特的视角阐释了自己对小说概念的认识、对于小说史的理解。语言俏皮幽默读来轻松有趣。

2.［法］米兰·昆德拉:《雅克和他的主人》,尉迟秀译,上海:上海译文出版社,2015。

是昆德拉的戏剧代表作,剧本完成后先后在捷克斯洛伐克、法国、美国和澳大利亚等地搬上舞台,被公认为当代戏剧杰作之一。内容包括宗教、伦理道德、阶级关系等多个方面的流行话题,以调笑的口吻讲述了各种各样的趣事。整个剧本情节线索错综复杂,构成了阅读的最大趣味。

(杨恒达)

叙事迷宫

——阿兰·罗伯－格里耶的《橡皮》

作者简介

阿兰·罗伯－格里耶（1922—2008）是1950年法国新小说派的代表人物。《橡皮》是他的处女作。罗伯－格里耶就读于巴黎农艺学院，取得农艺师的称号，先后在摩洛哥、几内亚和拉丁美洲等地从事热带果木种植栽培的研究工作。他的第一部小说《橡皮》，就是在从非洲返航的轮船上开始构思、创作的，这本小说在1953年问世时，读者寥寥无几，可是到了60年代发行量已超过100万册。他的主要作品除《橡皮》外，还有小说《窥视者》（1955）、《嫉妒》（1957）等。19世纪60、70年代，格里耶专心从事电影创作，由他编剧的电影《去年在马里安巴德》，获得1961年威尼斯电影节（金狮奖）大奖。2004年格里耶当选为法兰西学院院士。

作品梗概

由于新小说派不注重情节，《橡皮》写的是政治经济学教授丹尼尔·杜邦遭到暗杀那一天所发生的事。杜邦教授是一个对全国政治经济起重大影响集团的成员。一个恐怖组织计划把这个集团的重要人物一一杀死，以打击最高统治阶层的势力。在杜邦被杀之前，暗杀者已经接连干掉了集团中的八个人，都是选定在晚上七点半下手的。由于杜邦和内政部长关系密切，而且手头又保存着重要文件，因此，内政部长暗中得悉杜邦被刺未死的消息后，立即派出青年密探瓦拉斯从首都到这个外省小城进行调查。瓦拉斯不知杜邦未死，为了弄清真相,当天晚上七点半钟埋伏在杜邦书房里,等候恐怖分子来刺杀。受杜邦委托来取走重要文件的大商人马尔萨,结果却误杀了杜邦。传说中已被杀死的杜邦,原来在第一次被刺伤时仅受了轻伤,而受托的马尔萨由于害怕,临时变卦,逃之夭夭,杜邦亲自来取文件,然后前往首都内政部长家避难,结果却死于非命。初看《橡皮》似是一部侦探小说,其实作者故意借用侦探小说题材来制造"真实幻觉",在每一场戏出现后,借用"橡皮"把情节的线索擦去,破坏了小说虚构的连贯性和直线发展,以免读者受作者思想的支配,因而可以根据自己的角度,选择不同的情节,探索其中的意义。[1]

作品赏析

小说《橡皮》以一个通俗的侦探小说为框架,把读者带入一个叙事的迷宫。小说的序幕包含三部分:老板咖啡馆的争论和杜邦遇刺的报道、受伤未死的杜邦与医生的谈话、杀手格利纳蒂对于刺杀经过的回忆。三部分是蒙太奇式的组合。尤其是第三部分,对于琐碎犯罪细节的回忆夹杂着环境描写,充斥着大量混乱的没有经过过滤的无用信息。作者的描述过程更像是一架摄影镜头,巨细无遗地摇过每一幅场景,记录细节并留下大量无用信息,等待读者自己过滤。在画面之下,作者对画面中的人物进行描述并对人物的心理活动配音。显然,这部"反侦探小说"存在着多个叙事层次,作者所要描写的并不是表面上的侦探故事。他对于传统侦探小说情节发展线索进行了一系列形式的颠覆。读者如何进入文本?我们在这里抓住"橡皮"这个既是书名又是线索的词作为切入点。通过三次瓦拉斯在城市游荡中购买橡皮的经过,揭开小说的叙事层次。

第一章开头,作者开始叙述密探瓦拉斯在小城游荡调查案情,之后几章都是游荡过程的延续。在小说的叙述中,瓦拉斯有意无意地想要买一块符合自己要求的橡皮。但每一次都无法买到自己要求的橡皮反而买了别的橡皮。如果把整个扑朔迷离的案情抛开,把人物之间不着边际的对话及其他与案情

---

[1] [法] 阿兰·罗伯-格里耶:《橡皮》,林青译,上海:上海译文出版社,1981,第5页。

进展毫无关系的景色和静物描写抛开，我们能够把瓦拉斯在小城中购买橡皮的几次经历剥离出来。与扑朔迷离的案情和前后矛盾的人物对话相比，瓦拉斯多次来到文具店买一种绘图橡皮的经过明晰得令人稍感安慰。通过这一情节理解小说的内容似乎变得简单起来。从这个意义上讲，橡皮本身以及购买橡皮的过程便具有了象征意义。

　　每当瓦拉斯迷失在城市迷宫般的街道和四周毫无感情色彩的环境之中，当瓦拉斯独自思索案件的经过和自己的处境时，他适时地走进一家文具店。开始想要购买一种符合要求的橡皮。

　　购买橡皮对话的真实程度同故事本身的扑朔迷离相当。事实上，文具店的店员用一种职业化的肯定语气明确了某一种类型的橡皮就是瓦拉斯所要求的那一类。这种肯定的职业化、模式化的回答和鼓励的神情同瓦拉斯的表达方式全然不同。一种交流的模式被另一种扭曲和误解了。或者可以说，在瓦拉斯购买橡皮的过程中存在一种交流的冲突，每一次的开放式描述都被一种闭合的态度关闭了。结果是，瓦拉斯买了橡皮，并且在购买之后清楚的知道，这种橡皮并不是他想要的。

　　这种购买的过程在小说中反复出现，也多次提到瓦拉斯对于橡皮的兴趣。与杜邦被刺案件相比，瓦拉斯寻找橡皮的过程似乎成了寻找杜邦案件线索的一个隐喻。实际上，思考案情和事件的进展完全不是瓦拉斯想象的那样，他越试图寻找案情的线索，就越远离案情的真相。每次当案情取得了新的进展时，如同买到的橡皮一样，都是无用的，并把人物带入一个更加复杂的逻辑迷宫之中。瓦拉斯在思考杜邦死亡的可能性中绞尽脑汁，并根据线索在杜邦的家中和知情人的口中寻找各种蛛丝马迹。与此相对的是，询问店员描述橡皮的整个过程。瓦拉斯明知道所买橡皮并不是自己所要的，但他还是不自觉地都要买一块。

　　瓦拉斯恰看到一家文具店开着门，便信步走了进去。一个坐在柜台后面年纪很轻的姑娘站起来接待他。

　　"先生，要买什么？"

她的漂亮脸蛋带着一丝爱赌气的表情，她的头发是金黄色的。

"我想买一块很软的橡皮，绘画用的。"

"好的，先生。"

她转身到靠墙的一排抽屉跟前。从背影看去，那从后颈拢起的发型使她显得年纪要大一些。她在一个抽屉里找了一会儿，接着把一块发黄的，长方的斜棱形橡皮搁在他面前，看来是供小学生用的普通橡皮。瓦拉斯问：

"您这里没有专门绘图用的吗？"

"先生，这就是绘图用的橡皮。"

她微笑着鼓励他买。瓦拉斯拿起了橡皮仔细地看看，然后望着那位年轻姑娘的眼睛和她微微张开着的丰满的嘴唇。他也微笑起来。

"我本来想要……"

她微笑地侧头，好像是想把他的话听得更清楚些。

"……比较容易捏碎的。"

"先生，我可以向您保证，这是擦铅笔用的很好的橡皮，我们这儿的顾客用了都很满意。"

"好吧，"瓦拉斯说。"我试用用看。多少钱？"

他付了钱就转身走。她送他到门口。不，她不是一个小姑娘，她的腰身，她那慢腾腾的步态，看起来几乎是一个少妇了。

已走到街上，瓦拉斯就下意识地用手指乱捏那块小橡皮，凭触觉就可以知道这种橡皮不行。那可是太意外了，要是在这样蹩脚的小店里……这位姑娘蛮可爱……这完全不是他要找的那种橡皮。[1]

这是瓦拉斯第一次买橡皮的经过，信息量很大。我们姑且这样假设，在第一次描写时，作者的意图并不那么清晰，他可能此时还并无意在接下来的叙述中多次提到购买橡皮的场景。于是我们发现这段对话的描述非常具体。

---

[1] [法] 阿兰·罗伯－格里耶:《橡皮》，林青译，上海：上海译文出版社，1981，第63-64页。

首先，作者不断推翻之前的判断。女店员一开始是小姑娘，后来又觉得应该年纪更大一些。最后则几乎肯定她已经是一个少妇了。这一细节暗示了个人判断的不可信。当两个人面对面时，每一次直观判断都会产生新的不确定性，遑论没有目睹整个案件经过甚至对于凶手一无所知的瓦拉斯，想要弄清案情的真相几乎是不可能的。

其次，两人的对话暗示了交流的不可能。每当瓦拉斯试图提出自己对橡皮的要求时，女店员都用肯定的语气和迷惑的职业微笑使瓦拉斯相信，眼前的这块普通黄色橡皮就是他所要求的那一块。一种并非有意为之的现实世界的欺骗性掩盖了明确的事实，这块橡皮哪怕靠感觉也知道并不是瓦拉斯所需要的那块。那么，在案情的破解过程中，真相是否也掩藏在似是而非的现实之下呢。

最后，瓦拉斯不断重复购买橡皮这一过程本身，暗示了寻找案情线索的徒劳，好似原地兜圈子。格里耶对于城市建筑结构的描写同样暗示了这一点。第二次，瓦拉斯又一次迷失在城市错综的街道中。"四周的景物总是一个样：大道、运河、参差不齐的建筑……"[1]下车的一刻，仿佛是有意安排好的，"他头一件看到的东西就是一个鲜红的广告牌，在一个巨大的箭头下面写着：维克多·雨果文具店……"[2]

与第一次不同，这一次瓦拉斯用尽量细致的方式描述自己所需要的橡皮的形状。这次的店员并没有急着让瓦拉斯决定，而是不慌不忙地拿出了各种各样的橡皮，还帮助瓦拉斯分析他所需要的橡皮应该是什么样的。由于某种现实原因，瓦拉斯不得不再次购买了一块并非自己要求的橡皮。

"就买这块吧，"他说："也许合用。"

"您将来就会知道，这货色非常好。我们所有的顾客都是称心满意的。"

我们发现这一回答跟第一次如出一辙。连瓦拉斯自己都感叹："再解释下去有什么意义呢……"[3]最后瓦拉斯带着那块新买的橡皮离开了文具店。

事实是，随着小说的进程，在寻找案情线索的过程中，无论知情人和警

[1] [法]阿兰·罗伯-格里耶：《橡皮》，林青译，上海：上海译文出版社，1981，第133页。
[2]《橡皮》，第134页。
[3]《橡皮》，第138页。

察局长怎样配合并提供尽可能多的有用的线索，结果却是使案情更加复杂。瓦拉斯在城市中不断迷路与重复，面对种种不解和困惑。

瓦拉斯真的想要买一块橡皮吗？

瓦拉斯进入维克多·雨果文具店不是由于他再一次迷路于这座城市中吗？不是由于他试图寻找破案的蛛丝马迹吗？瓦拉斯是在猛然辨认出测量员街的某一栋建筑的情况下进入文具店的。购买过程中的一段清楚地写明：

> "瓦拉斯犹豫着是否要重提使他烦恼的话题：看起来他走进店来的唯一目的，好像就是想打听到天晓得什么有关那座小楼房照片的情况，而不愿光花一点钱买一小块橡皮……但他耍的那套一诡计，过于显眼，骗不了人。他不得不再次随便买下一块不知拿来干什么用的橡皮。毫无疑问，这一块绝不是他要寻找的，而除了'那一块'外，别的他却都不需要，即使是跟它有些相似也不行。"[1]

作者一再暗示，瓦拉斯在迷宫一样的城市游荡和寻找案情，如同并不存在的橡皮，所有已知线索都是无用的。每一次，当他的思考似乎将把故事的谜底揭开时，他都会重新得到一块不合用的橡皮，将原来的线索全部擦掉。反过来想，瓦拉斯去文具店的目的并不执着于购买一块橡皮，但结果却每每如此。在进入文具店的那一刻起，结果仿佛已经决定好了。在目的和结果中间的一环似乎出现了某种错误，如同瓦拉斯对于杜邦案件的思索一样，所有理由都有理有据，人物对话真实可信，然而中间的某一部分丢失了，看似有线索的东西实际把案情的真相遮蔽了。在瓦拉斯以密探身份进入城市的那一刻起，杜邦之死似乎就已经决定。

第三次，瓦拉斯在跟警察局长汇报了新的线索——一封信后，再次陷入思考，与此同时，城市再次变成了一个迷宫，瓦拉斯迷失其中，并进入一家出售橡皮的书店。

---

[1][法]阿兰·罗伯-格里耶:《橡皮》,林青译,上海:上海译文出版社,1981,第137-138页。

他决定走进一家商店去打听一下到科伦特街去的路。这是一家小书店，除书籍外还兼售信纸、铅笔和儿童绘画用的颜料。女售货员站起来接待顾客：

"先生，需要什么个？"

"我想买一块柔软的橡皮，绘画用的。"

"好的，先生。"[1]

这一次的叙述到此中断。毫无疑问，瓦拉斯毫无头绪的回答无法找到自己要求的橡皮。与此同时，瓦拉斯和售货员的问答都变得如此简单了。

故事的最后一次购买橡皮，

瓦拉斯漫无目标地在城里四处游荡……"瓦拉斯走进一家灰尘遍布，堆满货物的铺子里，这儿好像不是零售商品的地方，更多地像是一家货栈。在店堂底部有一个系着围裙的人正在钉木箱。他停止敲钉，想弄清楚瓦拉斯到底要买哪一种橡皮。瓦拉斯说明时，他屡屡点头好想了解情况。接着他不声不响朝铺子的另一边走去；他不得不搬开堆在过道上大量的物品，然后才能走到目的地。他逐一打开又关上好几个抽屉，想了一想，爬上一道叠梯，又重新再找一遍——照样没有找到。

他回到顾客那里；再也没有这种货色了。不久以前他还有这种存货——是战前留下的一批货物；大概是全都卖光——要不然是有人搁到别处去了。"这里东西太多，结果什么都找不到。"

"瓦拉斯重新走入黑夜中。"[2]

[1] [法]阿兰·罗伯-格里耶：《橡皮》，林青译，上海：上海译文出版社，1981，第183页。
[2]《橡皮》，第248-249页。

事实真相隐藏在充满灰尘的不起眼的角落之中，当你真想要接触它的时候，却发现已经什么也找不到了。瓦拉斯自己成了杀死杜邦的"凶手"，而案情真相在小说的结尾如同小说的序幕一样，仍争论不休。

最后，我们要提及一个文章开头提到的问题。如果把瓦拉斯在城市中游荡的全部内容看成除了小说策略以外的东西，那么小说的最后一章与第一章的呼应也就完成了一个无限的重复。中间部分则是《尤利西斯》般的漂泊主题。格里耶承认了《橡皮》中的故事与乔伊斯的《尤利西斯》和希腊戏剧《俄狄浦斯王》的关系模式，[1] 这也成为这本解读的另一个维度。如同我们以"橡皮"作为切入点，试图进入小说复杂的叙事模式和象征结构一样。

叙事方式和叙事理念的创新使得新小说在文学史和小说史中占有了一席之地。运用相似的叙事方式进行小说创作的作家还包括法国作家娜塔莉·萨罗特，克劳德·西蒙等人。西蒙的《弗兰德公路》获得了1985年诺贝尔文学奖。可以说是主流文学界对于这一小说创作手法的肯定。此时距格里耶第一部小说《橡皮》的问世已经过去了32年。

西蒙在诺奖的授奖演说中提到了对于20世纪小说发展的看法，认为19世纪的经典现实主义已经走向了消亡，20世纪现代作家的许多作品具有的实验性质以及小说形式的创新是对小说发展的探索和指引。这个过程是漫长又艰难的："为此作家瞎摸着艰苦前行，往往进入死胡同，摔得一身烂泥，爬起来又再前进——要是有人一定要从他的探索经历中获得一点教训的话，可以说，我们总是在流沙中前进的。"[2]

西蒙对格里耶小说的评价是"纯粹唯物主义的"，格里耶"为了摆脱那些缠住我们的腐烂气体和虚构东西做出惊人的努力。"[3] 郑克鲁主编的《法国文学史》中称"罗伯－格里耶的描写不仅客观，而且是'客体的'……"[4] 这与西蒙的评价相似，从客观到客体的变化，意味着格里耶小说中的世界呈现

[1] 参见 [法] 阿兰·罗伯－格里耶：《旅行者——从新小说到新自传》，宫林林译，长沙：湖南美术出版社，2012，第325-326页。
[2] [法] 克劳德·西蒙：《弗兰德公路》，林秀清译，桂林：漓江出版社，1987，第266页。
[3]《弗兰德公路》，第271页
[4] 郑克鲁：《法国文学史（上下）》，上海：上海外教出版社，2003，第1527页。

出了脱离感受的独立特征。小说中的人物存在于没有任何感情的冰冷世界中，显得渺小，无助和盲目。这也正是格里耶自己对于现代人存在状态的真实感受："世界既无意义也不荒谬。它很简单地存放着……物就在那里。它们的表面干净而光滑，未经触动，既无暗淡的光泽也不透明。"[1]

精彩片段

序幕和尾声：体会首尾相接的被格里耶称为"乌洛波洛斯蛇"的小说结构。

第二章第六节：瓦拉斯第二次购买橡皮的详细过程，对话抽丝剥茧地暗示了小说叙事的多重层次。

引申阅读

1. [法] 娜塔莉·萨洛特：《童年》，桂裕芳译，北京：外国文学出版社，1986 年。

一本了解新小说的小册子。这是一本回忆录性质的小说，记录了作家童年时代的种种经历。《童年》基本采用对话形式，即作者擅长的潜对话，不断地自我补充，自我提示，自我纠正。大量运用短句、断续句及省略号，作者不是让读者被动地听，而是赋予我们一双孩童的眼睛，让我们和她一起来看那新鲜有趣的世界。

2. [法] 克劳德·西蒙：《弗兰德公路》，林秀清译，桂林：漓江出版社，1987 年。

小说以 1940 年春法军在接近比利时的弗兰德地区被德军击溃后慌乱撤退为背景，主要描写三个骑兵及其队长痛苦的回忆。记忆片段、模糊印象、零碎思想、杂乱想象，小说表现出现实是由记忆组成的主题。

关键词解读

新小说：1950 年形成于法国，它不具有统一的美学纲领，只是一个松散

---

[1] 张泽乾：《20 世纪法国文学史》，青岛：青岛出版社，2004，第 289 页。

的俱乐部式的文学团体。其成员对小说和小说技巧的看法，都是激烈反传统的，他们要彻底打破传统小说模式，全面革新小说艺术。新小说家并不看重文学的思想性和倾向性以及文学的社会意义和道德功能等。新小说家对文学"真实性"的看法不同于传统作家。他们主张写人物意识深处的、原初状态的真实，以及以此为基础的人与人之间敏感的感应关系，大胆地进行小说语言革新。代表作家包括娜塔莉·萨洛特，阿兰.罗伯－格里耶，克劳德·西蒙等，外围作家有萨缪尔·贝克特和玛格丽特·杜拉斯等。

（李嘉鹏）

审视被割裂的文明

——论勒克莱齐奥的《沙漠》

作者简介

让·马利·古斯塔夫·勒克莱齐奥(1940—),法国著名作家,2008年诺贝尔文学奖的获得者。勒克莱齐奥1940年生于法国南部的地中海沿岸的尼斯,其祖先是从法国的布列塔尼乡村前往非洲的毛里求斯岛的移民,犹如宿命,七岁的勒克莱齐奥也随着母亲从法国尼斯出发,远渡重洋,去寻找在毛里求斯行医的父亲。正是儿时的海上之旅开启了勒克莱齐奥的写作生涯,也让勒克莱齐奥有了关注主流文明之外世界的机会。勒克莱齐奥的生活和创作都极具个性。他的足迹几乎遍布世界,时而驻足欧洲,时而前往墨西哥或是美国,在羁旅中审视分裂的文明。同时作为"新寓言派"作家,他总是力图在自己的作品中表现某种哲理寓意。如:寻求自由与救赎、抵制与对抗等深层的文化寓意。其创作大致可以分为两个时期:第一阶段从1963年到1970年代末,主要作品有《诉讼笔录》《战争》《逃之书》《巨人》等,这些作品表达了他对现代文明的极度厌弃,对现代消费社会有可能出现的种种问题的反思,对物质主义的寓言化的讨伐;第二阶段从1980年代至今,勒克莱齐奥开始将自己的目光转向异域文明,作品出现了世界主义的明显特征,表现出对他者,对可能消失的文明的关注,像《奥尼恰》《非洲人》《沙漠》《墨西哥之梦》和《看不见的大陆》等。勒克莱齐奥创作出现这种明显的转向并不突然,在20世纪60年代受到新小说潮流的影响,创作手法与艺术风格自然也呈现出标新立异、求新求奇的倾向。但作家在行走世界的过程中发现了西方的"宏大叙事"对非洲文明、拉丁美洲文明等的扭曲与掩盖，那么，究竟怎样可以认识一个时代，认识过去的历史？作家将自己的目光聚焦到被边缘化的大陆，试图重新挖掘历史，用文学探触禁忌的记忆。

作品梗概

　　《沙漠》这部作品1980年首次出版时就获得了当年法国的保尔·莫朗文学奖，也是诺贝尔奖的获奖作品。这部作品描绘了北非一种失落文明的壮美景象，与西方殖民者眼中的残忍而黑暗的非洲形成鲜明的对比。《沙漠》这部作品在布局谋篇上体现了作者的良苦用心，整部作品是双线展开的，其中的一条线描写的是一位老人在信仰的激励下，带领着非洲人与殖民主义的侵略者进行双方实力不等的反抗斗争的故事；另一条线转换时空从历史的画面跃入到现代生活中，描写了北非少女拉拉在西方以个人的力量抵抗西方黑暗的故事。《沙漠》这部作品中的两个故事是相互交织在一起的，透过非洲大沙漠人民反抗殖民主义的斗争的历史场景，与主人公拉拉在法国尼斯的生活际遇揭示出了西方世界的黑暗与罪恶。在《沙漠》中，无论是蓝面人带领人民反抗殖民者的大迁徙历史，还是拉拉抛弃西方现代生活的种种物质利诱回归北非沙漠的人生选择，都体现了非洲人对自己家乡、故土的眷恋和热爱。

作品赏析

　　作家在《沙漠》中追溯非洲人反抗西方殖民侵略的历史时，没有用一种凌厉而痛彻的言辞来描绘双方对峙的战争场面，而是用一种情绪化的书写方式将人们的记忆拉回到那个炎热而残忍的过去。

　　文章的开篇，"他们像梦似的出现在沙丘上，脚下扬起的沙子像一重薄雾，将他们隐约地遮起来。他们沿着一条几乎看不出的小道慢慢地往山谷走去。"[1]就奠定了一种悲壮而不安的基调。"他们在沙漠中诞生，任何别的道路都不能将他们引走。他们什么也不说。他们什么也不想。风吹在他们的身上，穿透他们，仿佛沙丘上一个人也没有"[2]，这些非洲人面对法国宪兵的屠戮表现出的是一种惊人的沉寂和安详。他们在老酋长马·埃尔·阿依尼纳的率领下，由里欧·德·奥罗出发，向着摩洛哥北部前进，希望找到新生的水和土地。作者对非洲人的种种情绪的波动与变化的描写，让读者切近地感受到了战争所带来的灵魂与心灵的伤痛。如，在酋长阿依尼纳的队伍中，少年努尔就是那些只有土枪和长矛的人们情绪变化的见证者，面对武器精良的殖民者，队伍中的蓝面人由平静转向愤怒，由愤怒转向失控，由乐观转向悲观。这种在双双力量对比悬殊的战争中，非洲人对战争的感受就只剩下孤注无援的痛感了。小说中着力刻画的持枪蓝面人，来自大撒哈拉沙漠的南部，在西方的基督教士兵入侵之前，那里可能是地球上唯一幸存的自由的土地，一个使人类法律变得无足轻重的国度，一个沙石、大风、蝎予跳鼠的王国，人们在炽热的阳光和灿烂的星空下耕种和放牧，没为金钱所累，他们生活得贫穷而快乐。图阿雷格文明也是一种神圣的文明，人们敬畏自然，崇敬祖先和神灵，感天地之化育，享三界之通感。图阿雷格人没有文字，他们所有的教育都是口传心授的，在他们看来，文字会被篡改和淹没，但是直接接触世间万物是一种却最准确的感知世界的方式。

书中还有一处通过讲述老酋长向圣人西迪·穆罕默德·阿尔·阿兹拉克求教的故事，鲜活地反映了图阿雷格文明的特质。

老酋长阿尔纳尼向阿兹拉克请教圣意，经过了整整一个月阿兹拉克也没有接待他，老酋长觉得很灰心，决定返回故乡，但是在踏上返回故乡的旅程中，他看见阿兹拉克在等他，于是，他就又在阿兹拉克的身边待了一个月，直到有一天圣人对他说"他没有什么可教他的了"[3]，老酋长却质疑圣人什么也没传授给他，这时阿兹拉克"指了指椰枣、炼乳和清水反问道：'自从你来以后，

---

[1] [法] 勒克莱齐奥：《沙漠》，许钧、钱林森译，北京：人民文学出版社，2006，第1页。
[2] 《沙漠》，第24页。
[3] 《沙漠》，第35页。

我每天不是和你一起分享着这些食物吗？'"[1]从这样一段颇具禅味的对话中，勒克莱齐奥想表达的是图阿雷格文明中最人性、最光辉的一种特征——分享。但这样一种文明，却被西方文明给硬生生地"割裂"了，非洲沙漠上原来那群自由善良的蓝面人成了衣衫褴褛、饥寒交迫、无家可归，善于逃亡和藏匿的人。勒克莱齐奥《沙漠》中对图阿雷格人及其文明的追溯，不仅出于一种对"断裂文明"的痛惜，一种反抗殖民话语的战斗姿态，更有一种重构历史图景的情怀。对民族历史的追溯，有一种控制自己的民族命运的力量，也有确立自我意识的用途。正如艾勒克·博默埃在《殖民与后殖民文学》中提到："讲述历史意味着一种掌握和控制——把握过去，把握对自己的界定或把握自己的政治命运。历史不再是一种外来的东西……有了历史和历史的叙述，他们就获得了进入时间的入口。他们就被表现为掌握了自己生命进程的主人。"[2]

穿插着非洲蓝面人过去的历史，天使般少女拉拉的故事也被娓娓道来。从《沙漠》这部作品每章的小标题中，我们就可以看出作者对非洲和法国不同的态度，拉拉在非洲生活的那一节标题是《幸福》，而拉拉在法国的生活部分的标题则是《奴隶的生活》。拉拉是一位精灵般的少女，她热爱沙漠里的一切，阳光、沙滩，甚至苍蝇和蝎子在她的眼中都有着特别可爱的地方，她喜欢听渔夫纳曼给她讲沙漠的对面西方城市生活中的故事，也喜欢缠着自己的阿妈追忆自己的母亲。拉拉总能感觉到自己受着非洲人祖先目光的关注。她用自己的整个生命呼吸着自己的非洲的气息，她喜欢仰望蓝天，她相信老纳曼曾经告诉她的"海鸟是海上大风波暴中遇难者的灵魂……白色的海鸥一位渔民的化身"[3]。在拉拉诗意的生活中，她有着与自己心意相通的牧羊人阿尔塔尼，她"只要坐在阿尔塔尼的身边时间就好像不存在。他们之间那种别具深意的无声的对话在自由地进行，达到了某种心灵的默契，就像在梦中，一个人变成的两个人。"[4]但是她原本平静的生活被阿妈安排的一次相亲给打

[1]［法］勒克莱齐奥：《沙漠》，许钧、钱林森译，北京：人民文学出版社，2006，第35页。

[2]［英］艾勒克·博默埃：《殖民与后殖民文学》，盛宁、韩敏中译，沈阳：辽宁教育出版社，1998，第224页。

[3]《沙漠》，第133页。

[4]《沙漠》，第88页。

破了，拉拉选择了逃婚，这也让她第一次真正地接触到了西方的城市生活。在城市生活中"到处充满着饥饿、恐惧、寒冷和贫穷"[1]，以及异乡人"拖儿带女，拿着重重的行李，像幽灵一样游动"。[2]这些来自非主流文明的"边缘人"来到城市寻找生存的空间，但是这个城市却在天然地吞噬着、嚼碎着、排挤着他们的生命，"那些行人活着，吃喝，交谈，但同时，一个无形的罗网向他们张开，他们失去了一切，流亡他乡，被殴打、受凌辱……"[3]拉拉，在整个尼斯的生活中感到非常的难过，她原本不知道什么是恐惧，在故乡，"只有蛇、蝎子、最多也只有一些坏人在夜间的恶作剧，使人害怕"[4]，但是在法国，"恐惧却是空虚、苦恼、饥饿，这是一种不可名状的恐惧"[5]即使拉拉被星探发掘成为了一个小有名气的封面女郎，情书，金钱、鲜花纷至沓来，她仍然鄙弃那些"所谓的名利之物"，她将自己赚来的钱分给那些穷人、乞丐。最后，感受到两种文明之间差别的拉拉选择回到了"即使人们很穷，但是人从不抱怨"的故乡，回到即使被暴风雨侵袭房屋，但人们仍然相信雨后就是晴天的非洲，回到自己与阿尔塔尼最幸福的天堂生下了自己的女儿。

　　从整部作品来看，读者都能看出作者一种自觉的比对意识，他笔下非洲大漠的荒凉、贫瘠与西方都市的黑暗、罪恶进行对比和联系，突出的是物质虽然匮乏，但精神自由的大漠之美。少女拉拉的人生选择，也是作家勒克莱齐奥的文化身份选择。纵观少女拉拉的流浪旅程，她出走到复归形成了一个圆形的轨迹，这仿佛就是一个永恒回归的神话故事。勒克莱齐奥作品中的出走与回归模式，不单单是一种故事结构，更是原始文化思维的一种体现，"永恒回归"或是"循环"是原始文化中宗教、神话和仪式中永恒的主题。正如比较宗教学的当代泰斗艾利亚德(M. Eliade)在《永恒回归的神话》中总结的那样，在原始文化中，"无论是世界的创造、坠落、毁灭，还是个体生命的

[1] [法]勒克莱齐奥：《沙漠》，许钧、钱林森译，北京：人民文学出版社，2006，第270页。
[2] 《沙漠》，第240页。
[3] 《沙漠》，第236页。
[4] 《沙漠》，第246页。
[5] 《沙漠》，第246页。

诞育、死亡、再生，都鲜明体现着周而复始，循环回归的规律特征。"[1] 可见，勒克莱齐奥对非洲文明的书写不仅有借其力净化现代文明的初衷，也有"还原"原始文明的一种努力，他对非洲大陆的描绘充满了诗情画意，在他淡淡的笔触下，非洲成为了他寻得的可以"守望幸福"的人间天堂。

引申阅读

1.〔法〕勒克莱齐奥：《非洲人》，袁筱一译，北京：人民文学出版社，2012。

这部小说描写了非洲和身在非洲的父亲，揭开了父亲也就是那个"非洲人"的秘密。这部作品和《奥尼恰》形成一种互文式的书写，这两部作品都是在一定真实事件的基础上进行了虚构，《非洲人》追述父亲在非洲的生活，对父亲的文化选择和行医时默默奉献的精神进行了礼赞。但对于这部作品，笔者更愿意把它看成作者对自身异域基因的追踪与探究。对父亲的回忆，既是一份迟到的纪念，也是一种剖析自身文化身份选择的叙述策略。

2.〔法〕勒克莱齐奥：《诉讼笔录》，许均译，北京：人民文学出版社，2008。

《诉讼笔录》是勒克莱齐奥的第一部小说。这部小说一经发表便使初登文坛的作家名声大噪，在风格上受到"新小说"的影响，讲述了一个名叫亚当的流浪汉因厌弃西方现代文明，隐居到一间山上荒废的别墅里，过着一种完全直感的生活。他整日在城市与沙滩上流浪，不去回忆过去，也不思索未来，他切断了与现代社会的所有联系，最后他因在街道上发表怪诞的言论被警察带走送进了精神病院。

关键词解读

1. 新寓言派：

新寓言派是 20 世纪 60、70 年代至 80 年代出现的一个文学流派，它也

---

[1] 叶舒宪：《归根情结说》，《外国文学》，2010 年第 9 期。

是法国 20 世纪的最后一个文学流派。代表作家有米歇尔·图尔尼埃、勒·克莱齐奥与莫迪亚诺等。这个流派和过去的文学流派不同，它不具有"结社"的性质，没有文学组织，文学纲领，甚至作家在作品中探索的问题都极具个人色彩。之所以命名为"新寓言派"是因为这些作家都力图在作品中表现某种哲理寓意，但是与萨特、加缪等存在主义作家所赋予作品的对世界荒诞感体悟的寓意不同，这些作家致力于表现色彩纷呈的独特智慧与独特寓意。

2. 还原：

"还原"一词本来是化学用语，后来这个词最先见于胡塞尔现象哲学理论中，胡塞尔认为现代人认识事物受到理性的影响太大了，只有摆脱理性对人类思维的束缚，将事物还原到本真的状态，才能透过事物的表面看清本质。

（任一凡）

"海滩人"的哲思

——莫迪亚诺的《暗店街》

作者简介

帕特里克·莫迪亚诺（1945— ），法国当代小说家之一，"新寓言"派代表作家，是法国评论界公认的当今法国最有才华的作家之一。与乔治·佩雷克、让—玛丽·居斯塔夫·勒克莱齐奥并称为"法兰西三杰"。莫迪亚诺以短篇小说创作为主，文笔纯正、锋利、自制，语言简明流畅、优美稳健、诙谐幽默、富有寓意。《星形广场》（1968）、《夜巡》（1969）和《环城大道》（1972），构成了他早期作品中最著名的"战争三部曲"。1978年出版的《暗店街》，获龚古尔文学奖。2014年，荣膺诺贝尔文学奖。

作品梗概

《暗店街》的主人公在偷越边境时遭遇劫难，受到刺激后丧失了记忆。主人公暂借居依·布朗为名，开始在侦探朋友于特的帮助下，调查自己的身世和来历。全书一共分为47个片段，这些片段有主人公的亲身经历，有从其他地方得到的调查报告，有朋友之间的通信，也有主人公回忆起来的过往生活的图景。片段之间既相互联系又相对独立，既自成一篇又围绕同一个主题，共同构成了整部小说。结尾处，居依·布朗获得了一条新的线索：暗店街2号，于是又对自己身份开始了一段新的调查寻找之旅。这部作品引出了这样几个话题：记忆、身份、遗忘。

作品赏析

一、"海滩人"形象表征

在莫迪亚诺创作的一系列作品中，都有着这样一批人，他们居无定所、身份含混不清、难以捉摸、不断寻找，莫迪亚诺将之称为"海滩人"。在《暗店街》这部小说中，莫迪亚诺给出了明确的定义：

> "此公在海滩上游泳池边度过了四十个春秋，他笑容可掬，同无所事事的阔佬搭越闲聊。在成千上万张暑假照片里的一角或背景里，总能看到他穿着泳衣混迹在欢乐的人群中，但是谁也说不出他叫什么名字，也不知道他为什么呆在那里。有朝一日，他又从照片上消失了，同样也不会引起任何人的注意。我不敢对于特明讲，我认为我就是那个'海滩人'。况且，我向他承认了，他也不会奇怪。于特曾一再强调，其实我们都是'海滩人'，拿他的话来说，'我们在海滩上的脚印，只能保留几秒钟'。"[1]

可以看出，海滩人最大的特征在于：无名、行踪不定、存在感极低、留不下痕迹。

在这部小说中，最能体现"海滩人"特征的，莫过于"我"的名字一直被更换：收留"我"的于特帮"我"起名叫居伊·布朗；而在埃莱娜·皮尔革朗的口中"我"则是彼得罗·麦克沃伊，是多米尼加人；但在女友德尼兹的出生证上记着"我"的名字是吉米·彼得罗·斯特恩，国籍是希腊。收留居依的于特，也是因为患有一定程度的失忆症，才会不遗余力的收留居依，并尽力帮助居依找回自己的身份。隐含的意思便是，于特的名字，可能也是从哪个朋友那里借来的。"名不正则言不顺"，连名字都没有固定的"我"和"于特"，正是海滩人留给我们的第一印象。

行踪不定，是"我"跟"于特"以及被"我"访问调查的几个朋友共有的"神秘"。于特其实是一个已经退休的侦探，他在小说的一开头，就告诉居依，他要到尼斯去度假。于特与居依仅用书信、电话交流。"海滩人"于特的"潇

---

[1] [法] 莫迪亚诺：《暗店街》，李玉民译，北京：北京师范大学出版社，1996，第49页。

洒"可见一斑。"我"需要根据于特提供的线索，到处走访，尤其是有了重要线索的时候，不惜跑到国界线。"我"行踪的凌乱也由此可见。被"我"调查采访的朋友们，也是各色各样的人，"我"对他们的了解，也仅限于他们的名字，很多人也仅有一面之缘。有酒店老板、赛马师、庄园管家等等。在调查的过程中，也会时不时出现一些没有名姓、也没有身份的人，只有居依对其大致的判断，他们可能是一个新娘，或者是一个游荡者。但他们身上或许有某种味道，使居依回忆起了什么，或许有某种特征，使居依若有所思。这些人物的设置，给读者平添一些飘忽、朦胧之感。

不管是主人公，还是其他人物，他们都是些存在感极低、留不下踪迹的人。像一团"水汽"，弥漫在城市的上空；又像是抓在人手中的气球，当人们手中的线一松，气球就飘荡在空中无依无靠了。《暗店街》中经常有这样的描述。"或许我们终将化为乌有。或许变成车窗上蒙着的水汽，用手抹不掉的、久久不干的水汽。"[1] 尽管如此，这些人物依然延续这样的存在，像水汽一样，无所适从，却也无所不在，就像是留在沙滩上的脚印，虽然会被海水一次次的冲刷掉痕迹，但依然有成千上万的人在这里留下足迹。

二、"海滩人"与身份建构

我们现在生活在一个"一切坚固的东西都烟消云散了"的时代，现代社会是一个历史断裂的时代。一切事物都碎片化的呈现在我们的面前，失去其终极意义与绝对价值。于是，莫迪亚诺着眼于零散的现代人的生活片段。在《暗店街》中，当"我"的追寻即将接近尾声时，"我"在给于特的信中写道："迄今为止，我仍觉得一片混乱而又零散……都是一些片段，是我寻找过程中，猛然想起来的某件事的零碎情节，……也许归根结底，人的一生就是如此"。[2]

"海滩人"的无名、行踪不定、存在感极低、留不下痕迹几个特点，总结起来，最根本的就是：他们都无法确认自己的身份。那么，为什么确认身

---

[1] ［法］莫迪亚诺：《暗店街》，李玉民译，北京：北京师范大学出版社，1996，第159页。
[2] 《暗店街》，第160页。

份是他们唯一的生存目标呢？因为这揭示出人类现在的存在状态——身份焦虑。这是我们每个人面临的困境。无论"海滩人"如何努力，他们的追寻都以失败而告终，小说中关于"我是谁"的终极悬念，仍是像一团水汽，一片朦胧。出现这种局面，一方面在于，后现代主义宣扬的不是理性的胜利，而恰恰是理性的脆弱和世界的不确定性；另一方面在于，莫迪亚诺所说的"在生活中，重要的不是未来，而是过去"。但"过去"对我们只是一个方向，而并非是一个具体所在。它犹如我们留在"海滩上的脚印"，早被冲刷掉了，自然会寻无所得。因此，"我"的身份寻而不得。同时，人之为人天生具有对身份认同的本质冲动，也使得"海滩人"不会放弃对身份认同的追求。

《暗店街》的最后，作者给主人公提供了一条充满希望的线索：暗店街2号。于是，居依又踏上了寻找之路。结尾，他还用了这样一段隐喻：人的一生，不论怎么追寻、努力，不过是跟孩子的伤心一样，一会儿就会消失在夜色中的。莫迪亚诺给我们提供了一个安身立命的设想，他告诫我们，身份认同是一个流动过程，是记忆与遗忘并存的动态化进程。

首先，拥有真实与可靠的记忆，是每个人的本能追求。每个人对自己所在的国家、民族、社会、家庭等集体所共同经历的事情，有保留记忆的责任和义务，同时，也有必要明确每一个个体在其中的位置与作用。因此，"海滩人"寻找自己的过去，确证自己与所在集体的关系，是非常必要的。社会学家莫里斯·哈尔布瓦曾指出，"记忆需要社会基础"。[1]主人公居依·布朗在寻找自己身份的过程中，他必须要依靠寻访那些社会上大量的所谓的"朋友"们，去建构一个真实的自己，从而依靠社会的集体记忆去建构自己的个人记忆——关于自己身份的记忆。

其次，遗忘对于人的身份建构也起到了重要作用。尼采曾说，"世界如果并不健忘，会显得多么没有道德啊！一个诗人会说，上帝把健忘作为看门人安置在人类尊严之庙的门槛上。"[2]可见，遗忘是一个人构建身份认同的重

---

[1] ［英］法拉·帕特森，《剑桥年度主题讲座——记忆》，户晓辉译，北京：华夏出版社，2006，第6页。
[2] ［德］尼采：《人性的，太人性的》，杨恒达译，北京：中国人民大学出版社，2005，第251页。

要因素。记忆乘载了太多道德的、历史的、政治的、意识形态的附加信息。我们每一个人需要有一定的承担。但是，部分的遗忘对于个人获得良性的身份认同感有极大的必要。否则，一个人的组成，仅由国家、社会、民族、家庭等完全外在于个人的层面去建构，岂不是对人所谓独一无二的个体的最大浪费吗？健忘应该成为"人的尊严的看护者"，它使人的主观能动性发挥到最大。莫迪亚诺在《暗店街》的结尾，并没有让主人公寻找到自己的确切身份，而是给了他一条新的线索，让他继续展开调查与访问。这不就是在强调遗忘对人的身份建构的重要性吗？包括于特的遗忘症。书中的于特也并没有因此而像居依一样焦虑的去寻找自己过去的身份。他安然的接受自己的现在，可以悠闲的退休去度假，这不也正预示着居依寻而不得自己的身份后的生活吗？

莫迪亚诺给我们最大的启示便是：建立"流动的身份认同观"。他不让主人公找到过去的自己，而是不断的去发掘自己，不断的接受那些所谓的"朋友"的建构。在一个不确定的时代中，以一个同样不确定的方式来诠释自己。这正是在后现代语境中，记忆、遗忘与身份认同能够达成的平衡。现代人身份的确证是一项永不停止的身份规划和记忆工程。[1]这恐怕是我们需要学习并掌握的自我认识的技能吧。

三、"海滩人"与莫迪亚诺

作者热衷于描写这样的海滩人，实际上与他自身的经历有着密切的关联。

一般认为童年经历对于作家的创作具有举足轻重的意义与价值。作家在创作时，试图从童年经历中来挖掘素材的做法不置可否，对它的研究与描述也就显得意义重大。它对于作家创作的视角、风格、个性、主题选取等因素产生深远的影响。要探究莫迪亚诺"海滩人"这个艺术形象的塑造，自然也绕不过对他童年经历的一番探寻。

莫迪亚诺无疑是折翼的天使。他出生在法国巴黎西南郊布洛涅－比扬古的一个富商家庭。父亲有着犹太血统、意大利国籍，母亲是一名演员，比利时国籍。但是，父亲在二战期间，从事走私活动，战后又投身金融界，后来

[1] 赵静蓉：《文化记忆与身份认同》，北京：三联书店出版社，2015，第273页。

再婚，完全没有尽到一个父亲的责任与义务；母亲从事着光鲜亮丽的演员职业，但是，辗转于各地工作，演出、拍摄等，对小莫迪亚诺的照顾有着先天性的缺失。莫迪亚诺从小缺乏父母亲的爱抚与陪伴，由外公外婆抚养长大，后来又被他母亲的保姆托管照料，从小吃百家饭长大。这种由于父母角色的缺席所造成的心理空虚是无法通过后期弥补的。更不幸的是，他的亲兄弟吕迪年仅10岁便早夭。与昨日玩伴之间一切的美好，或许只是因为一个被称作"死亡"的噩耗，而被永久的剥夺了。

虽然有这般不幸的身世，但是，这也昭示着，莫迪亚诺是上帝眷顾的亚伯拉罕。他从小缺乏最亲的人的陪伴与看护，却培养了他成为作家的敏感与睿智。当他看到其他小朋友向父母撒娇这种最普通不过的行为时，他恐怕当成天堂一样去想象。他极力描写的一些虚幻的境况，这种冲动应该就是来源于这份想象力的激发。当他面对空洞的生活时，一般人关注到的可能只是人的忙碌或者无奈，而莫迪亚诺可以很敏锐的去记录这种虚无。因为童年的经历使他的无奈与无助经常处于一种投诉无门、控诉无声的空气状态，这种极低的存在感，或许也正是让他成为一个忠实的、捕捉人类生存状态的狙击手，匍匐在正常人的生活之外，去瞄准、窥视那些形形色色的行为与举动。这激发了他对于人类无所适从感的描写与叙述。

此外，"海滩人"虽留不下痕迹，但却不断"追寻自我"的最深层的原因，还是莫迪亚诺的犹太血统，即赋予他犹太民族常年流亡的集体无意识。在1922年的《论分析心理学与诗的关系》一文中，荣格认为人的无意识有个体的和非个体（或超个体）的两个层面。前者只到达婴儿最早记忆的程度，是由冲动、愿望、模糊的知觉以及经验组成的无意识；后者则包括婴儿实际记忆开始以前的全部时间，即包括祖先生命的残留，它的内容能在一切人的心中找到，带有普遍性，即"集体无意识"。莫迪亚诺笔下的居依对自我姓名以及身份的不断追寻，便是在这样一种集体无意识的驱动下创作出来的。

在德占期间的法国，一股以种族主义为理论基础的灭犹思潮甚嚣尘上，法国人遭受到了空间的残害与压迫，让虽未亲历过这段残害历史的莫迪亚诺血统里的集体无意识永远无法释怀。莫迪亚诺无法言说的痛苦，只能通过写作来控诉，来向这个世界平静的讲述所有的苦难。

为了找到自己的根，找到自己心灵深处缺失已久的安全感，莫迪亚诺笔下的"海滩人"居依不仅冒着巨大的危险走遍了巴黎的大街小巷，而且还不远万里到萨瓦省离瑞士边境不远的小镇默热弗，智利城市瓦尔帕莱索，太平洋上的帕迪皮岛和意大利罗马的暗店街等等。尽管他的追寻都以失败而告终，但他没有放弃自己的目标和希望，仍然做着种种回归的努力。他们所过的这种颠沛流离的生活和强烈渴望回归自己的根的愿望，在某种程度上，也可以说是犹太人生活模式的一个缩影。[1]

四、"海滩人"与法国记忆史研究

我们还留意到，在莫迪亚诺的《暗店街》这部作品中，主人公的身份被一次次的调查，引向了一个"想要逃亡到中立国"的青年形象。可见，"海滩人"试图寻找到关于自己身份的记忆这种做法，与当时法国的社会现状有着深刻的联系。

法国人文社会科学早就对"记忆"这一主题有所关注。记忆作为专门史，是由法国特有的一些因素促成。第一次世界大战带给人们极大的心灵创伤，痛苦的经历长期留在人们的记忆之中。法国知识分子由此开始关注记忆问题。先是文学家、哲学家和社会学家。著名的有普鲁斯特和柏格森等。后来有社会学家莫里斯·哈尔布瓦、历史学家皮埃尔·诺拉等。

二战后，法国人的心理世界，产生极其深刻的变化，记忆在公共领域引起的关注。皮埃尔·诺拉指出，有三大因素激发了法国人自身记忆的觉醒，促进了"记忆"论题的研究。首先，二战后，法国经济事件带来的一系列社会面貌的深刻变化，使他们感觉自己远离了熟悉的生活环境。二战后，甚至年轻人也进入了退休年龄，他们有时间去搜集他们的回忆。其次，法国以革命为意识形态的魅力逐渐淡化。随着戴高乐的离世，戴高乐主义为法国人构建的大国形象的破灭与共产主义大革命宣告结束，使得法国人的

---

[1] 张丽丽：《论帕特里克·莫迪亚诺小说中的"海滩人"形象》，暨南大学硕士学位论文，2008，第16页。

爱国主义情结迅速淡化。第三，国际关系层面，法国的国际地位在不断的下降，皮埃尔·诺拉指出法国人不得不适应这份落差感带来的痛苦。[1] 这些社会历史背景，给法国人的记忆带来极大的冲击。原先被塑造出的大国形象，是由国家层面的记忆决定的，这种历史是一种侵略性的索要记忆行为，不惜弄虚作假，歪曲现实。

这样侵蚀真实记忆的历史，在 70 年代的法国人文社会学科领域内开始遭受质疑。法国史学界主张一种"自下而上"的历史观，重视被传统历史学所忽视和排斥的底层群众和普通大众。由此出现了"口述史"。大量的口述材料是口述者的亲身经历，个人记忆和集体记忆产生了直接的联系，对历史的真实性提出了极大的挑战。除此之外，大众传媒全方位的扩展以及记录材料和技术的进步（录音和录像等），使以前被历史压制的声音通过媒体并以"记忆"的形式表现出来，许多被历史有意和无意消声的群体，如妇女、儿童、少数族裔、战争受害者等，以"记忆"的名义发出他们的呼声。因此，"记忆"以历史叛逆者的面貌出现了。它不再愿意寄人篱下，成为历史的附庸品，而要与历史分离，成为被历史忽略的群体、事件、地点的代言人。[2]

莫迪亚诺的《暗店街》，创作于这股法国记忆史浪潮的影响之下。这部作品，对于普通法国人经历过第二次世界大战后的失落感、空虚感的捕捉非常敏锐。在《暗店街》中，"我"寻找自己身份的手段，就是不断的走访探寻一些普通人，通过笔记、摄影以及他们的印象，来确认自己。正体现了法国当时对于口述史的重视。在访问朋友"我是谁"时，经常会被问到，"我"和女友逃到中立国之后的情形。但是，当"我"被朋友继续追问"你不记得了吗？"表现出的是因记忆的缺失而产生的局促与相应的极力掩饰。"我"不想被朋友看出是一个失忆症患者。每次调查，都假装以"老朋友"的身份来拜访旧友。可见，当时的法国，为了对抗传统的国家意识形态对于历史、记忆的粉饰性书写，个人鲜活的记忆被赋予了神圣的价值。丢失珍贵记忆的人，想要找到它，就变成

---

[1] 沈坚：《记忆与历史的博弈：法国记忆史的建构》，《中国社会科学》，2010，第 3 期。
[2]《记忆与历史的博弈：法国记忆史的建构》，《中国社会科学》，第 3 期。

了一项十分紧迫且意义重大的事情。作品虽然没有明确交代故事发生在二战时期，但是，这个逃往中立国的安排，却能让读者感受到，作者向往的那份安宁祥和的社会氛围，是文中描写到的、当前的巴黎所没有的。德国占领时期的法国人对于自己的国家与民族以及自己的身份认同都产生了极大的怀疑。往日被戴高乐勾勒出的"世界大国与强国"的幻想，顷刻间瓦解，剩下的只有苟且的缱绻于德国人的铁蹄之下。这样的记忆虽然不光彩，但是，对于一个民族、国家或者个人来说，铭记不光彩的历史，是对遭受苦难的人的尊重，是对罪恶的无声反击。但面对暗无天日的德占时期的绝望，与骨子里对法国的完整与战前安宁生活的美好记忆的矛盾冲突，都使法国人不得不将自己的存在变成一团水汽样的"海滩人"。人们不是已经患上了失忆症，就是走在不得不患上"失忆症"的路上。因此，莫迪亚诺的写作，是对法国"记忆"研究热的一次响应，同时，对于其他国家的普通人的生活，也具有着深刻的启发性。

引申阅读

赵静蓉：《文化记忆与身份认同》，北京：三联书店出版，2015。

本书尝试剖析并解答记忆的相关疑问，是目前国内有关社会记忆理论研究的较全面的著作。在充满矛盾与断裂的多元社会，作为一种朴素的认同，记忆或许可以为我们维护自己的身份、维持自我之连续性提供一臂之力。在后现代语境下，本书试图以文化记忆为切入点，帮助当代人构建自我的身份认同，并以此探讨后现代精神。书中不仅有详细的理论阐释，还对帕慕克的《纯真博物馆》和村上春树的《挪威森林》，进行了个案分析。

（高挽星）

WAI GUO
XIAO SHUO MING ZHU
外国小说名著导读
DAO DU

英国文学

ying guo wen xue

永远的理想国

——《乌托邦》赏析

作家简介

托马斯·莫尔（1478—1535）出生于伦敦，他的父亲是一位律师，还担任过法官。按照当时的习惯，莫尔从 1490 年开始寄住在坎特伯雷大主教约翰·莫顿家中，这位"深谋远虑，德高而又望重"的人给了莫尔很大影响。在他的推荐下，莫尔 1492 年开始在牛津大学接受古典教育。莫尔精通拉丁文和希腊语，并大量阅读古典著作。两年后，莫尔在父亲的要求下回到伦敦学习法律。1502 年，莫尔获得律师资格。1504 年，他被选入议会，开始了他的政治生涯。他先后担任过伦敦的代理执政官、枢密官、副财政大臣、亨利八世的私人顾问、下议院议长、开斯特公爵领地大臣等职。1529 年，他代替沃尔西担任大法官。然而莫尔的政治生涯很快结束了：他反对亨利八世与凯瑟琳离婚，并于 1532 年辞去职位。1534 年，莫尔被关进伦敦塔，罪名是叛国罪。1535 年 6 月，莫尔被送上绞刑架，他在临刑前说，自己是国王的，但更是上帝的仆人。莫尔一生创作、翻译了包括诗歌、传记、论文等文体的二十部作品，其中最为人称道的就是《乌托邦》。

作品梗概

《乌托邦》是莫尔在访问欧洲期间用拉丁文写成的，1516 年，在朋友伊拉斯谟的帮助下出版。书的完整标题是"关于最完美的国家制度和乌托邦新岛的既有益又有趣的金书"。

《乌托邦》一书分为两部。在第一部中，莫尔使用第一人称叙述，记录了他和朋友彼得、船长拉斐尔·希斯拉德三人在花园长凳上的对话[1]。这部分虽然是对话体，但主要内容是拉斐尔的独白。拉斐尔向两位朋友转述了他在英国和红衣主教等人的谈话，拉斐尔对英国的政治、法律等制度提出尖锐的批评，他尤其憎恶英国对盗窃犯过于严苛的惩罚和"羊吃人"的现象。拉斐尔用另一个半球的国家作为对照，他举"波利来赖塔人""阿科里亚人""马克里亚人"等几个例子，表达自己的政治理想。最后，因为他与莫尔在国家是否应当废除私有制的问题上产生了分歧，所以拉斐尔决定向他们详细描述自己在乌托邦的经历。

书的第二部分是拉菲尔对乌托邦这个国家的描述，也是《乌托邦》的主体部分。拉斐尔介绍了这个国家的城市、官员、职业、社交、宗教、战争、旅行和语言文字等各个方面的情况。乌托邦最初由一个名叫乌托普的人征服并建立国家，他给这片土地带来文明，是这个岛国的立法者。乌托邦是一个以农业为基础的国家，所有人都以务农为主业。国家物资按需分配，实行共餐制[2]。宗教比较自由，允许宗教争论，但排斥一切无神论。乌托邦实行选举制和总督终身制，其他官员每年一选，由议事会和公民大会决定国家的各项事务。乌托邦的城市都大同小异，城市由家庭组成，岛上居民实行六小时工作制，居民的服装、旅行、建筑等都有严格规定。岛上种种新奇的法律、制度和习俗等引人入胜，拉斐尔为此吸引，在岛上住了五年。

作品赏析

严格说来，《乌托邦》这部作品还不能算作"小说"。在莫尔的时代，小说这种文体还未形成。我们通常不把《乌托邦》当作文学作品阅读，而把它作为政治史、思想史的重要读本。然而，《乌托邦》对后代小说创作产生

---

[1] 花园既是一个私密的场所，又是国家的象征。谈话具有私人谈话性质，而对朋友的讲述又是个人色彩比较强烈的一种叙述方式。

[2] 共餐制是一种古老的宗教仪式，是城邦祭祀的主要礼仪，共餐的习俗在古希腊和古罗马的很多城邦都出现过，《奥德赛》和《埃涅阿斯纪》中都提到过这种习俗。参见库朗热：《古代城邦——古希腊罗马祭祀、权利和政制研究》，谭立铸等译，上海：华东师范大学出版社，2006。

了极大影响，这部作品自身也具备小说的多种要素。

文学的最大特点就是虚构，用虚构为读者构建出想象中的真实。莫尔在《乌托邦》中就给读者营造了亦真亦幻的阅读体验。书中随处可见真实与虚构之间的张力。《乌托邦》的书名"utopia"中的"u"来源于希腊语"ou"，意为"不存在的、没有的"，而"u"又与意为"美好的"的"eu"谐音，乌托邦就是一个不存在的美好之邦。这样，莫尔通过一个巧妙的文字游戏，将乌托邦的双重性体现在了书名当中。

读者一看此名，就知道书中的内容都是想象而成，但莫尔却一再强调作品的"真实"。《乌托邦》正文开始前，有一封莫尔写给朋友彼得的信——《托马斯·莫尔向彼得·贾尔斯问好的信》。彼得·贾尔斯是有迹可循的人文主义者，书信这一形式本身也起到加强作品真实感的作用。在信中，莫尔不断声明，自己的作品只是对拉斐尔所讲东西的"重述"。

《乌托邦》正文有两位叙述者，第一部中的莫尔和第二部中的拉斐尔，他们都用第一人称"我"叙述，这样的叙述方式能够增强作品的真实感。莫尔、彼得都是现实生活中的人文主义者，拉斐尔是作者虚构出的叙述者，莫尔却让读者把全部信任寄托在这个虚构人物身上。但聪明的读者可以发现莫尔在这里玩的一个语言游戏，其实，"拉斐尔·希斯拉德"的名字很有深意，他的姓"Hythloday"在希腊语中是"胡说八道的人"的意思，而他的名字"Raphael"取自一位天使。《乌托邦》的第一部分中，拉斐尔提到的"波利来赖塔人"（Polylerites）有"一派胡言"之意；"阿科里亚人"（Achoriens）意指"无何有之乡的人"，与乌托邦"不存在"的意思呼应；"马克里亚人"（Macarians）含义为"快乐的人"，与乌托邦"美好的"的意思相呼应。注意这些细节上的文字游戏，发现莫尔反讽形式下的自我解构，可以给阅读带来更多趣味，也能让文本的层次丰富起来。

也许阅读《乌托邦》的时候，读者会觉得其中的政治意味太过强烈，不像一般的小说那样有趣味。但是，文学从未与政治分开过，最伟大的文学作品都是时代精神的体现，而文学对政治的推动作用也不可忽视。所有的新制度、新思想都是先出现在文本中，然后才成为现实的，"作者"之义就在于此。

语言具有魔力，文本不是静止不动的客体，它们随时随地与世界保持着联系，甚至能够改变这个世界。从古至今，任何主张都是先在文本的乌托邦中实现，然后才从文本溢出到现实生活中的。有了这样的体认，我们再去阅读这部作品，把自己放在莫尔的时代中，就不得不佩服作者超凡的想象力。他在文本中建立了一个独一无二的共和国：莫尔描写乌托邦岛上的环境，从地势到气候，从城市到乡村，甚至还有牲畜和植物，事无巨细而条理清晰；描写人的生活，从工作到闲暇，从家庭到社交，从衣食住行到语言文字，思虑周详而不显芜杂；描写社会生活，从法律到宗教，从战争到和平，从婚姻习俗到教育状况，涉猎广博而生动简明。我们能根据莫尔的描述画出完整的乌托邦岛地图，莫尔甚至还为乌托邦人制作了字母表。莫尔用文字建造了他的理想国，将这座不存在的城邦一笔笔勾画出来，给读者带来的冲击比真实的城市还要强烈。

　　莫尔的想象并非无源之水，而是有的放矢。乌托邦中的制度、法律、习俗等多针对当时英国乃至欧洲的实际状况而发。读者在阅读《乌托邦》这部作品时，往往最先为第二部中飞驰的想象所吸引，而忽略第一部中三位朋友针对现实问题的讨论。在《乌托邦》第一部中，莫尔借拉斐尔之口罗列了当时英国社会缺点和错误：国王追求武功，发动夺取领土的战争；大臣阿谀奉承，明哲保身；贵族如硕鼠，依靠别人的劳动生活；政府不重视教育教化，仅用严苛法令惩戒罪犯；国家以利为利，为了追求金钱和效益，不惜将农民驱离土地……凡此种种，都是莫尔批判的对象。第二部中拉斐尔描述的乌托邦就是解决了这些问题与矛盾的英国。乌托邦从建国起就将本岛与大陆隔开，乌托邦人痛恨战争，即便不得不外出作战，也从不烧杀抢掠平民；所有的人都必须从事劳动，人们也都热爱耕作；官员由选举产生，并受到民众大会监督；乌托邦重视教育和精神生活，学习贯穿乌托邦人的一生；他们将物资平均分配，把金银视作孩子的玩具……第二部与第一部产生了强烈的对比，想象也就有了现实的根基。

　　评判《乌托邦》这部作品在小说史、文学史上的价值，不能仅从这部作品本身出发。它对后代文学作品的影响更能体现出它的独特性。受莫尔的影响，16、17世纪成为一个乌托邦作品的创作高潮期，一部接着一部的乌托邦作品出现，如约翰·凡·安德里亚于 1619 年出版的《基督城》，弗朗西斯·培根于 1622 年出版的《新大西岛》，托马斯·康帕内拉出版于 1623 年的《太阳城》等。安德里亚，培根、康帕内拉等人也都或多或少受到了《乌托邦》的影响。

时间的流逝也并没有减弱人们对乌托邦的创作热情，一方面，人们借用这个体裁，同时结合自己的现实思考，发展出空想社会主义作品，"反乌托邦"、"歹托邦""女性主义乌托邦"等基于乌托邦文体的各类作品；另一方面，研究者给产生于《乌托邦》之前的很多作品也冠以"乌托邦"的名号，例如阿里斯托芬的《鸟》、柏拉图的《理想国》、克里斯蒂娜·德·皮桑的《妇女城》等。命名的方式就可以看出"乌托邦"一词含义丰富——本来属于一部作品的名称被用来命名之后甚至之前的作品，这在文学史上并不常见。

对于小说创作来说，《乌托邦》最大的贡献就是启发了后代"乌托邦小说""反乌托邦小说"和"女性主义乌托邦小说"等作品的创作。这些作品从"乌托邦"中生发出来，对"乌托邦"的主题有复归，也有突破。这些作品大多继承了《乌托邦》的特点：表达作者对身处其中的现实社会的不满和作者自己的政治、社会诉求；在旅行、航海或探险中发现未知的新大陆；采用第一人称叙述等等。当然，"反乌托邦小说""女性主义乌托邦小说"等作品本身就蕴含着对传统乌托邦小说的颠覆，我们可以将其理解为乌托邦小说的乌托邦。"反乌托邦小说""女性主义乌托邦小说"中也产生了许多经典佳作，如乔治·奥威尔的《1984》，阿道斯·赫胥黎的《美丽新世界》，夏洛特·帕金斯·吉尔曼的《她乡》、乌苏拉·勒瑰恩的《黑暗的左手》等。

"乌托邦"一词中到底蕴含着什么力量，能让人们在这一概念的启发下创作如此多的作品呢？相应地，众多以"乌托邦"为名的作品也不断给"乌托邦"一词注入新的内涵，这个内涵究竟是什么呢？鲁迅在《摩罗诗力说》一文中写道：在鲁迅看来，因为人们苦于残酷艰险的现实不可逃避，于是在文本中创造供精神休憩的理想之邦，这是人类社会能不断进步的因子之一。

乌托邦蕴含着对现实的不满和批判，意味着创造与革新，更代表着进步和希望。乌托邦作品表达了对现实社会状况的不满，《乌托邦》的第一部分就是对英国社会的批判；《基督城》的作者也一边讲述基督城的见闻，一边

评价"我们";奥威尔意在用《1984》讽刺极权主义;吉尔曼在《她乡》中
申明自己的女性主义立场。卡尔·曼海姆在《意识形态与乌托邦》中总结:
"一种思想状况如果与它所处的现实状况不一致,则这种思想状况就是乌托
邦。"[1] 因为有对现实的不满,所以乌托邦提出了多种对社会的改造革新方式,
有些诉诸宗教,有些直指政治制度,有些着眼于性别……每一位作者都提出
自己的方式,建造着自己心中的理想之地。即便那些有着稳固社会形态的早
期乌托邦作品,也都在自身中包含着改变的因素。如前所述,《乌托邦》就
蕴含着自我解构的反讽特质。《太阳城》中的航海家也说,太阳城会见贤思齐,
不断吸收其他地方的优秀制度,用以改善自己的社会。这种永不满足、不止
息地创造、不断进取的特点被研究者命名为"乌托邦精神",《乌托邦思想史》
这样写道:"乌托邦的基础是乌托邦主义精神,即认为社会是可以改进的,
而且是可以改造过来以实现一种合理的理想的。"[2] 莫尔笔下的乌托邦是他的
理想之地,但是由于受到时代和立场的限制,在后人看来,乌托邦并不是那
么理想,这里的人都是"没有个性的人",连服饰、饮食都有一套严苛的标
准。而"反乌托邦小说",如《1984》,就是用归谬的方式,给读者呈现如
果国家控制一切、监视无处不在、居民个性全无,人类会过怎样苟且的生活。
对传统乌托邦的反思,并不能说明对乌托邦的绝望,其实,"反乌托邦小说"
的创作正表现出作者改造社会的希望。当露丝·利维塔在《乌托邦的概念》
一书中梳理历史上各种对乌托邦的定义时,她发现,由于乌托邦作品不断增加,
乌托邦的含义也越来越丰富,我们已经无法给出一个明确的定义了。但是利
维塔指出:"乌托邦的真髓似乎是愿望——寻求不同的、更好的生存方式的
愿望。"[3] 乌托邦不仅是愿望,更是希望:"乌托邦表达并探索了愿望;在某
些情况下,它还包含在现实中,而非在幻想中实现这些愿望的希望。"[4] 莫尔

[1] [德]卡尔·曼海姆:《意识形态与乌托邦》,黎鸣、李书崇译,北京:商务印书馆,
2009,第196页。
[2] [美]乔·奥·赫茨勒:《乌托邦思想史》,张兆麟等译,北京:商务印书馆,1990,
第4页。
[3] Ruth Levitas: *The Concept of Utopia*, London: Philip Allan, 1990. p. 181.
[4]*The Concept of Utopia*, p. 191.

在写作《乌托邦》时肯定不会想到，乌托邦作品常写常新，这个薄薄的小册子竟成了后代一大文学形式的开路者。

如前面所说，《乌托邦》并不是一部严格意义上的小说。然而，原始方能表末，我们了解了这部开山之作，才能在阅读其他乌托邦作品中收获更多乐趣。让我们以此为开端，去探索乌托邦这个神奇的世界吧。

引申阅读

James M. Morris and Andrea L. Kross：*The A to Z of Utopianism*, Lanham：The Scarecrow Press, Inc., 2009.

莫里斯和克洛斯用词典的方式在书中囊括了乌托邦、反乌托邦、异托邦等和乌托邦有关的概念；列举了从古至今与乌托邦创作相关的人和作品。在许多条目，如乌托邦小说、女性主义乌托邦小说，之下都有细致的作品年表。这是一部十分实用的工具书，对乌托邦作品感兴趣的读者可以此书为向导，了解乌托邦的基本概念，熟悉乌托邦作品的不同类型和特点，并按图索骥，从中选取经典文本阅读。

关键词解读

乌托邦小说：乌托邦小说不是某个时期某几部作品的合称，而是一种小说类型，凡是具有乌托邦精神的小说都是乌托邦小说。"乌托邦"一词源于托马斯·莫尔的同名作品《乌托邦》，有"不存在的地方"和"美好的地方"双重含义。乌托邦小说往往带有旅行文学色彩，主人公在航海、探险等活动中突然发现一个空间或时间与世界隔绝的地方，这个地方的政治、社会、习俗、制度等与现实世界大相迥异。这类作品笔触细致，意图呈现出一个完整的社会样态。作家常用这种小说类型表达对现实的讽刺，寄托自己的政治理想和社会愿望

（雷鸣）

传统与现代的双重悲剧

——托马斯·哈代《德伯家的苔丝》

作者简介

托马斯·哈代（1840—1928），英国著名小说家、诗人。哈代早期和中期的创作以小说为主，晚年则转向诗歌创作。哈代的小说创作坚持现实主义传统，反映了资本主义入侵英国农村后所引起的社会经济、政治、道德、风俗等方面的深刻变化以及农民（尤其是妇女）的悲惨命运，他笔下的乡村极富英国西南部地方色彩。哈代一生著作颇丰，《德伯家的苔丝》是其代表作品之一。

哈代出生于英国多塞特郡的上伯克汉普顿，这里是个有着浓郁的田园色彩和牧歌情调的美丽村落，家乡优美的自然环境日后成了哈代作品的主要背景。哈代的父亲是一名石匠，但颇为重视对哈代的文化教育。1856 年，一直在郡城学习拉丁文的哈代离开学校，给一名建筑师当学徒。这一时期的哈代不仅钻研古希腊文和文学，也广泛涉猎自然科学领域的知识，深受进化论的影响。哈代于 1862 年前往伦敦，从事建筑绘图员的工作，并在伦敦大学进修现代语言。1867 年，哈代因健康问题返回故乡，从事建筑师的工作，同时开始进行文学创作。最初，哈代致力于写作诗歌，却无缘发表，只得改为创作小说。

哈代一生创作了 14 部长篇小说，4 部短篇小说集，还有 8 部诗集以及一部史诗剧。哈代将他的长篇小说分为三类：人物和环境小说、罗曼史和幻想小说、机敏和经验小说。他最重要的长篇小说都属于"人物和环境小说"这一类。因这些小说都以名为"威塞克斯"的乡村地区为背景，故而又被成为"威塞克斯小说"。哈代早期创作的"威塞克斯小说"主要有《绿茵下》《远离尘嚣》《还乡》以及《卡斯特桥市长》等。

1891 年，哈代发表了他最优秀的长篇小说《德伯家的苔丝》，小说一经出版，便被指责有违道德。哈代的最后一部长篇小说《无名的裘德》（1896）招致了更为猛烈的攻击。由于《德伯家的苔丝》和《无名的裘德》饱受抨击，哈代气愤之下放弃了小说创作，重新投入到诗歌创作当中。创作了史诗剧《列王》。1828 年 1 月 11 日，哈代去世，葬于伦敦威斯敏斯特教堂的"诗人之角"。

作品梗概

女主人公苔丝出生于一个贫苦小贩的家庭，她的父亲约翰·杜伯菲尔德有一天被特令安牧师告知是古代贵族杜伯维尔的后代，便得意忘形起来。苔丝替醉酒的父亲赶车送货，却不小心弄死了家里唯一的一匹老马。全家人生计断绝，无奈之下苔丝只得服从母亲的安排，去一个富有的老太婆家攀亲戚，以期在经济上得到帮助。这户富有的人家本不姓杜伯维尔，他们原本是北方的富商，迁居南方后才冒姓杜伯维尔。苔丝被"本家"杜伯维尔家雇佣养鸡，这家轻浮无耻的少爷阿历克对苔丝心怀不轨，苔丝被他骗至树林里失了身。

苔丝十分厌恶阿历克的所作所为，但她却不幸怀孕。孩子夭折后，苔丝离家来到一家牛奶场干挤奶的活儿，在这里他与牧师的儿子安琪儿·克莱尔恋爱并订婚。苔丝对文质彬彬、颇有知识的克莱尔十分崇拜和爱恋，几次想把自己曾被阿历克奸污的事告诉他，但都因种种缘故而没有办到。新婚之夜她把自己昔日的不幸向丈夫坦白，但是没能得到丈夫的谅解。此后两人分手，克莱尔去巴西发展他的事业，苔丝在农场打工糊口。这时阿历克又来纠缠苔丝，苔丝的父亲病故，为了母亲和弟弟妹妹们的生活，她被迫与阿历克同居。不久，安琪儿·克莱尔从巴西回国，找到妻子并对以往的冷酷无情表示后悔。苔丝在悔恨和绝望中杀死了阿历克。在与克莱尔一起度过幸福、满足的最后几天之后，苔丝被捕并被处以绞刑。

作品赏析

《德伯家的苔丝》一书的副标题是"一个纯洁的女人"。实际上,一部《德伯家的苔丝》写的就是一位纯洁、美丽的农村姑娘一步步被逼得走投无路,最终落得杀人、被处死的下场。驱赶苔丝走上绞刑架的元凶并不只有一个,传统的宗教伦理观让失贞成为苔丝的一块心病,又让苔丝惨遭丈夫抛弃;现代新兴的资产阶级伦理观迫使苔丝一次次沦为满足阿历克私欲的工具和玩偶。苔丝在新旧伦理观、道德观的夹缝中艰难挣扎,却难逃悲惨的命运。分析苔丝悲剧的双源性不仅有助于全面把握《德伯家的苔丝》这部作品,更有助于理解哈代创作思想的复杂性。

一、苔丝的悲剧来源于传统宗教及其伦理观。哈代在创作《德伯家的苔丝》时大量引用《圣经》及基督教典故。在《德伯家的苔丝》中,随便一个农妇张口就是《圣经·传道书》中的句子;苔丝失贞后也经常产生与宗教相关的恐怖联想,如阿荷拉和阿荷利巴这一对淫邪的姐妹及其子女被施以火刑的典故。这些细节足以说明宗教渗透到小说中人物生活的方方面面,影响着人物一切的行动及价值判断。在这样一种宗教话语占强势地位的社会中,苔丝的失贞是注定不能被谅解的。

1. 首先,基督教伦理观钳制了人性。苔丝是个虔诚的教徒,按时去教堂,柔顺而坚强,对待爱情坚贞不移,除去失贞这一瑕疵和偶尔对上帝和神父的质疑之外,她几乎可以称得上是符合基督教标准的完美女性。正是这样虔诚的信仰为她的性格添上了悲剧因素。在第一次去川特里奇认亲之后,不谙世事如苔丝也隐约察觉到了阿历克轻浮的举止和下流的意图,她两次向母亲表示自己不愿意去杜伯维尔家做工:"'我倒宁愿留在家里跟爹和你在一起。……但是——但是——有杜伯维尔先生在那儿我却不太喜欢去。'"[1]但是母亲却逼迫苔丝,要她一定要去。在基督教伦理观的熏陶下,子女对父母的顺从便是美德,十诫之一便是"当孝敬父母,使你的日子在耶和华你神所赐给你的

---

[1] [英]托马斯·哈代:《苔丝》,孙理法译,南京:译林出版社,2010,第41-41页。

地上得以长久"[1]。苔丝顺从、孝顺的美德反而让她跳入了火坑。基督教伦理观在苔丝失贞后对她的精神戕害更是严重。苔丝在回家的路上，看到一个工匠用油漆往栅栏上写《圣经》中的警句。每个朱红的大字后面都跟着一个逗号，分别是"他们的灭亡也必速速来到"和"不可奸"。在苔丝看来，这些字无一不带着对她的指控，她觉得这些字"很恐怖……很厉害！是能杀死人的！"[2]。从这时开始，未婚先孕的苔丝面临的不只是舆论的压力，更有内心的煎熬。固然苔丝失去了贞洁，但是她还是那个孝顺父母、疼爱弟妹、吃苦耐劳的苔丝，可是在苔丝心里，她的灵魂已经同她的肉体一样不再纯洁了。她只要想到自己未受洗的孩子将堕入地狱的最底层就痛苦难耐。"卧室一片寂静，种种狰狞的场面强烈地刺激了她的想象力，使她出了一身身冷汗，把睡袍都浸湿了，床架也随着她心房的每一次惊跳而发抖。"[3]

基督教的贞洁观对苔丝更大的钳制与坑害体现在苔丝与安琪儿·克莱尔恋情的发展。安琪儿可以算得上是苔丝的初恋和她一生唯一的爱恋。在小说伊始的乡社游行中，过路的安琪儿没有与苔丝共舞，这令苔丝神伤不已，苔丝在牛奶厂与安琪儿重逢伊始就认出了他。苔丝"热烈地爱着他，在她眼里他有如天神"[4]，而安琪儿也对苔丝十分体贴，甚至不断向她示爱。若从人性、人情而言，饱尝人生艰辛和情路坎坷的苔丝好不容易才得到意中人的爱慕，她应该幸福、快乐才对，可是苔丝的宗教罪恶感却让这份甜蜜的爱情夹杂了诸多痛苦。门第的差异，尤其是曾经失贞的经历让苔丝觉得自己根本配不上安琪儿，甚至那些不如她聪明美丽的姑娘都比她更有资格和安琪儿凑成一对。在安琪儿向她求婚后，苔丝的痛苦更甚，"从宗教上讲，她和阿历克的那次结合给了她道德上的压力；从良心上讲，她又觉得自己还没有跟他事先交待"[5]。她几次准备同安琪儿坦白，却都没有说出口，这固然与苔丝性格中怯懦的一面有关，但是宗教带给苔丝的巨大罪恶感和屈辱感才是导致苔丝

---

[1]《圣经》，中国基督教三自爱国运动委员会、中国基督教协会，2009，第72页。
[2][英]托马斯·哈代：《苔丝》，孙理法译，南京：译林出版社，2010，第80页。
[3]《苔丝》，第80页。
[4]《苔丝》，第183页。
[5]《苔丝》，第183页。

无法坦白的根本原因。苔丝的失贞并不是出于她德行的败坏，而是出于她过度的天真和纯洁，面对无辜受难的苔丝，应该救赎人类的宗教却没带给苔丝半点救赎，宗教带给她的只是自轻自贱和无边的压力。

受到宗教伦理观钳制的不仅仅是苔丝，还包括苔丝的丈夫安琪儿·克莱尔。表面上，安琪儿同从事神职工作的家庭分道扬镳。他直接同父亲表明自己不能成为牧师，还说自己的宗教倾向是"改造"。他"表现出对社会习俗和礼仪的明显的冷淡，越来越瞧不起等级、财富等物质上的差别"[1]。为了成为农业家，安琪儿和农民生活在一起，并决定要娶一个会干农活的女人为妻。但是实际上，安琪儿并不能战胜宗教带给他的根深蒂固的影响。当他得知苔丝失贞后，并不同情苔丝，而是立刻翻脸，坚称眼前的苔丝并不是他所爱之人，只是披着他爱人的皮囊罢了。当苔丝试图辩解的时候，安琪儿毫不留情地说道：我忍不住要把你家族的衰败跟你的软弱联系起来——破落的家庭意味着破落的意志、破落的行为。天哪，你为什么要告诉我你的家世，给我瞧不起你的话柄呢！[2]在安琪儿之前的想象中，苔丝是绝对冰清玉洁的，当他一旦知道了苔丝的过去，那个浑身上下散发着诗意、像是阿尔忒弥斯一般的苔丝消失了，取而代之的是个抹大拿。安琪儿固然深爱着苔丝，"苔丝在他心里并非是一个微不足道、可以随意玩弄和抛弃的玩物，而是一个有着自己宝贵生命体的妇女"[3]，但是陈旧、教条的贞洁观蒙蔽了他爱着苔丝的心。他丝毫不把自己在伦敦的放荡当做一回事，反倒是对苔丝的失贞耿耿于怀，抛弃了苔丝之后还想带伊兹·休爱特到巴西去，填补苔丝留下的"空位"。安琪儿在西方传说中是在云端弹奏竖琴的天使，但是小说中的安琪儿·克莱尔并没有守护、援助苔丝，而是让她陷入了更大的窘境和危机中。他一年半后终于明白过来，准备重新找回苔丝，这又导致了苔丝在愤怒下杀死了阿历克。

2.宗教沦为心怀不轨之人的伪装和工具。阿历克本质上是个毫无责任感的花花公子，讽刺的是，这样的人竟然摇身一变，冠冕堂皇地宣教布道起来。

[1] [英]托马斯·哈代：《苔丝》，孙理法译，南京：译林出版社，2010，第117页。
[2]《苔丝》，第234页。
[3]《苔丝》，第156页。

阿历克"洗心革面的成分少，改头换面的成分多。"[1]他借着布道的名义再次接近苔丝。这时的苔丝惨遭安琪儿·克莱尔抛弃，父亲身亡之后一家人全无容身之处，生活艰难，急需经济来源。阿历克看准了苔丝的无助，先是把宗教当成自己作恶的避风港，为自己脱罪，而后又哄骗苔丝说安琪儿不会再回来了。苔丝虽然看清了阿历克的真面目，但迫于生计的压力还是沦为了阿历克的情人，成了住在精致公寓里的一只金丝雀。原本神圣的基督教竟然成了像阿历克这样的恶棍的庇护所。阿历克不仅利用宗教为自己过去的劣迹开脱，还利用传道的便利接近苔丝，再一次占有了她。宗教的神圣不仅荡然无存，还成了恶人迫害纯洁的苔丝的帮凶。

宗教不仅为苔丝制造了严酷的社会环境，带来了安琪儿的抛弃和阿历克的纠缠，还给苔丝创造了巨大的精神压力，让苔丝一直无法原谅失贞的自己，导致了苔丝的悲剧。苔丝面对宗教的强势话语，也表现出了反抗的姿态。产下私生子的苔丝虽然时常陷入痛苦和自责之中，却依然来到田地收麦子，用坚强的姿态生活着。就算婴孩的降生是"对这个世界的冒犯"，苔丝依然爱着这个孩子，希望他活得久一点。当神父拒绝为她死去的孩子举行基督徒式的葬礼时，苔丝爆发了，她对神父说："那我就不喜欢你了！……也绝不会上你那个教堂去了！"[2]苔丝也曾经自问："贞洁这个东西果然是一旦失去就永远失去的吗？……有机自然界的一切都可以愈合，难道唯独处女的贞操就无法愈合吗？"[3]但是苔丝对宗教的反叛既不能改变被安琪儿抛弃的事实，也不能摆脱阿历克的纠缠，更不能让她抛下过去。苔丝对基督教的贞洁观有质疑，却还是本能地服从着这种不合理的伦理观。同样，安琪儿也挣扎在自己的宗教伦理观和爱情之间，他曾经抛弃新婚的苔丝，因为苔丝不够"纯洁"，也曾经陪伴杀了人的苔丝共度六天。按照基督教伦理来说，这时的苔丝不仅不贞，还犯了十诫中"不可杀人"[4]这一条，但是安琪儿这一次并没有丢下苔

---

[1] [英] 托马斯·哈代：《苔丝》，孙理法译，南京：译林出版社，2010，第306页。
[2] 《苔丝》，第96页。
[3] 《苔丝》，第98页。
[4] 《圣经》，中国基督教三自爱国运动委员会、中国基督教协会，2009，第72页。

丝，他的爱情最终战胜了宗教种在他心中扭曲的种子。可以说，《德伯家的苔丝》一书中的两位主要人物——苔丝和安琪儿都挣扎在自己的宗教信仰与个人幸福之间，但是宗教的力量远大于他们反叛的力量。从这个层面上来讲，苔丝的悲剧是不可避免的。

　　二、现代资产阶级发迹后出现的社会进化论和功利主义伦理观是导致苔丝悲剧的第二重原因。这些新兴伦理思潮也被如实地反映在《德伯家的苔丝》一书中，小说中人物的生活或多或少地受到这些思潮的影响。

　　19 世纪下半叶，达尔文的生物进化论被斯宾塞等人运用到社会学等领域，产生了社会进化论。社会进化论是将变异、自然选择和遗传等生物学概念用于社会学研究，进而解释社会变迁的一种社会学理论。它认为人类社会也存在着从低级到高级不断演化的过程，遵循着生存竞争和适者生存的原则[1]。19 世纪英国社会兴起的另一种伦理观便是功利主义。功利主义思潮的代表人之一是边沁。边沁提出：

　　　　自然把人类置于两位公主——快乐和幸福——的主宰之下。只有它才能指示我们应当干什么，决定我们将要做什么。是非标准、因果联系，俱由其定夺。凡我们所行、所言、所思，无不由其支配；我们所能做的力图挣脱被支配地位的每项努力，都只会昭示和肯定这一点。一个人在口头上可以声称绝不再受其支配，但实际上他照旧每时每刻对其俯首称臣。[2]

　　在边沁看来，快乐和痛苦决定着人们行为的动机和目的，人们的行为就是趋乐避苦，这就是他的功利原则。人都是受功利原则支配的，追求功利就是追求幸福。在此基础上，边沁提出最大幸福原则，即他"认为合乎道德的行为，不过是使个人快乐的总和超过痛苦的总和的行为，如果行为中痛苦为零，就是最大幸福，多数人都获得这种幸福，就是最大多数人的最

---

[1] 童晓燕、刘书梅：《＜德伯家的苔丝＞的伦理内涵》，《合肥工业大学学报》，2013 年 2 月，第 67 页。
[2] [英]边沁：《道德与立法原则导论》，时殷弘译，北京：商务印书馆，2000，第 57 页。

大幸福"[1]。

1. 苔丝家的破产符合社会进化论的观点，也是社会进化论这一伦理观下的必然产物。《德伯家的苔丝》一如哈代其他作品，"非常敏锐诚实地观察了小土地所有者和自耕农生活的阴森惨淡的解体过程"[2]。小说创作于 19 世纪末期，这时英国资本主义向农村扩张，许多农民破产成为农业工人，还有大量农民背井离乡涌入城市打工以赚钱养家糊口。苔丝就是在农场靠出卖劳动力养家糊口的农业工人之一。身为贵族后裔的苔丝家在小说伊始就已败落成普通的农户，随着故事的发展，苔丝的家境进一步败落。在苔丝不小心害死老马之前，她家虽然生计艰难，却还是可以靠着卖货勉强度日；而当苔丝父亲一死，房子的地契立刻就被收回，一家人都成了流浪者。苔丝的家庭只是 19 世纪被吞噬的诸多个体小农家庭的缩影。苔丝家有酗酒而不健康的父亲、迷信的母亲和一大群孩子，像这样没有社会竞争力的家庭，在优胜劣汰的选择之下是注定被淘汰的。社会进化论的观点若放之人类历史的长河之中，自然无可厚非，但是这样优胜劣汰的选择摆在某个具体的个人面前，导致的可能就是赤裸裸的悲剧。苔丝为了改变家里的经济现状去认"本家"就是她悲剧的起点。最终苔丝没有拒绝阿历克的二次纠缠也是因为母亲和弟妹实在无法生存下去。社会进化论更助长了资本主义掠夺财富的气焰。暴发户托克斯一家在发迹之后举家迁往英格兰南部，他们不仅冒用了杜伯维尔的姓氏，还肆意侵占当地居民的房舍。在这个所谓的"杜伯维尔"家的扩张面前，像苔丝家这样贫穷的家庭注定很快会被吞噬。

2. 阿历克、克莱尔的功利主义观念也是将苔丝逼上不归路的利刃。阿历克作为一个假冒贵族的放荡公子哥，支配他行动的原则就是趋乐避苦。通过苔丝在杜伯维尔家做工期间阿历克的一系列行为举止，不难发现他就是个生活奢侈的花花公子。阿历克不仅企图勾搭苔丝，还同"黑桃皇后"和"红方皇后"保持着不正当关系。为了得到苔丝他花了不少心机，从苔丝第一次来"认

---

[1] 罗俊丽：《边沁和密尔的功利主义比较研究》，《兰州学刊》，2008 年 3 月，第 158-159 页。
[2] ［俄］康德拉季耶夫：《英国文学史》，秦水译，北京：人民文学出版社，1983，第 231 页。

亲"时他就盯上了苔丝的美貌，不停地制造各种机会对苔丝动手动脚，后来更是趁着苔丝筋疲力尽而沉睡时奸污了她。阿历克口口声声称苔丝是"他的美人儿"，还说苔丝让他"痛苦不已"，但是阿历克对于苔丝表现出的却不是平等的爱情，而是肉欲的占有。阿历克垂涎于苔丝的美貌，却并不尊重苔丝，更不在乎苔丝的想法。苔丝只要拒绝他，他就发脾气，他总是在苔丝面前表现得高高在上。第一次与苔丝见面后，他更是暗自庆幸道："嗨！我可真是走运呀！太有趣了！哈哈哈！好便宜的小娘们儿。"[3]就算阿历克后来当上了美以美教的宣教者，他的欲望还是没有减弱，利用经济上的优势占有了苔丝。阿历克就是功利主义的代表，他的幸福和快乐就是肉欲的满足。他为了追求自己的满足一次次阴魂不散地纠缠苔丝，他的纠缠给自己带来了死亡，也造成了苔丝的悲剧。

安琪儿·克莱尔知识丰富，有自己独立的思考，鄙视等级观念。但是在骨子里，他的利己思想一直在作祟。他反对家里让他娶一位有学识、有教养的小姐的念头，对选择妻子有着自己的考量，这位女性要干得了农活，成为他经营农场的助手；还要在他的培养下博览群书，满足他的"体面"。他一方面觉得世家望族的门第"失去了馨香"，另一方面，当他得知苔丝的家世却兴奋不已。这样一来，他娶的就不仅仅是农村姑娘苔丝，而是贵族的后裔苔丝·杜伯维尔。他急切地要求苔丝将她的姓氏改回"杜伯维尔"，在他从南美回来后，依然没有放弃这个念头。当他听见人们管苔丝叫"杜伯维尔"太太时，还觉得苔丝终于把自己的姓氏用对了。他在新婚之夜与苔丝的一番争执，可以看做是他以自己的体面为处事原则的利己主义宣言："我原来认为——任何男子汉也会这么想的——我既然放弃了娶一个有地位、有财富、有教养的妻子的全部打算，我所得到的自然应当是娇艳的面颊和朴素的纯洁。"[4]他并不能体谅年少无知的苔丝，苔丝的失贞让他不体面也让他觉得苔丝再也不是纯洁无瑕的了。如果他爱苔丝仅仅是因为她娇艳的面颊和朴素的

---

[3]［英］托马斯·哈代:《苔丝》，孙理法译，南京：译林出版社，2010，第39页。
[4]《苔丝》，第240页。

纯洁，以及所谓的"浑身上下都是诗意"，那么这种男性对女性身体的占有与阿历克并无二致。

正如苔丝试图反抗过左右她命运的宗教伦理，她也一直在反抗利己主义的侵蚀。如果从利己主义的角度考虑，苔丝大可以把富有的阿历克作为攀附的目标，这样一来不仅她能过着锦衣玉食的阔太生活，全家人也可以衣食无忧。可是正如小说副标题所示，苔丝是纯洁的，她不愿意把快乐建立在金钱享乐之上，她热爱劳动，渴望真诚的爱情。但是，苔丝纯洁的反抗是微弱的，在阿历克的财富面前，她只是个一无所有的弱女子，就算她拼尽力气做工也无法养活母亲和弟妹。在丈夫安琪儿杳无音讯的情况下，苔丝只得服从阿历克的安排，落入他的彀中。苔丝对于利己主义和历史前进车轮的反抗是悲戚而刚毅的，但是新兴伦理观对乡村旧宗法制生活的破坏是摧枯拉朽式的，苔丝仅仅靠纯洁的品行是无法带给一家人生路的。

三、从苔丝悲剧的双重源头可以窥见哈代创作思想的矛盾与含混。哈代对于笔下的苔丝是饱含同情的。对于作为旧式宗法制社会精神支柱的基督教神学，哈代是质疑的。苔丝遭到诱奸后，哈代的一段文字充满着他本人的感情色彩："我们能不能问，苔丝的保护天使到哪儿去了？她那朴素的心所信仰的上帝到哪儿去了？他也正如提什释特人讽刺的那另一个神灵一样，是'默想去了，走到一边去了，行路去了，或是睡觉去了'，不准人叫醒？"[1]哈代安排苔丝对宗教十分虔诚，可叹的是，这样一位虔诚的女子，一位充满德行的女子，却没有受到神的保佑，不仅失身，还惨遭丈夫抛弃。可见哈代对于神的权威和公正是画了问号的。哈代对苔丝的同情也表现在他对金钱支配一切的资本主义价值观的否定。哈代笔下的威塞克斯乡村是美丽而生机勃勃的，生活在这里的人贫穷，却充满朝气且淳朴善良。但是这里的一切终将被金钱的力量摧毁，哈代在苔丝刚刚出场时便不乏嘲讽地写道："此时古老的家谱、祖宗的骸骨、碑碣上的铭文、杜伯维尔家族的相貌等等在生活的战斗中对她都还没有什么帮助，甚至没能让她在最平常的农民群中吸引到一个舞

---

[1]　[英]托马斯·哈代：《苔丝》，孙理法译，南京：译林出版社，2010，第70页。

伴。诺尔曼的骑士血液没有维多利亚时代的金钱支持时所起的作用原来不过如此。"[1]

值得注意的是，哈代并不是对于他所目见的一切全都持否定态度的。对于以基督教为精神基础的宗法制乡村，哈代是充满着留恋的。苔丝在这一派优美的自然与田园风光中生长得美丽、健康，苔丝的魅力并不是来源于祖先的血统，而是来源于质朴的农家生活。对于19世纪末期兴起的新伦理观，乃至资本主义价值观，哈代也不是一味否定的。哈代肯定人的力量，他对为了追求真爱而刺死阿历克的苔丝并没有道德上的职责，直到小说末尾还不无嘲讽和同情地写道："'正义'得到了伸张。用埃斯库罗斯的话说，那众神之首结束了他跟苔丝玩的游戏。"[2]哈代也承认进化论和自然科学的发展对宗教神学解构的积极影响。苔丝在反思宗教贞操观时这样想到："有机自然界的一切都可以愈合，难道唯独处女的贞操就无法愈合吗？"[3]哈代认为按照生物进化论的理论，人同其他一切生物一样，都有自身恢复的能力，女人的贞节也是如此，也同样可以在自然的进化中得到恢复。按照这种思想，苔丝把自己的失身看得过于严重是由于她受到世俗的谬见影响太深，而并不是因为自然的规律。

在传统与现代的夹缝之间挣扎的并不仅仅是苔丝，还有作为作者的哈代。哈代将自己对于维多利亚时代末期种种社会现象的思考写进了《德伯家的苔丝》一书。因此，主人公苔丝的性格表现出显著的双面性，一面温柔驯顺，甚至懦弱妥协；另一面则刚烈勇敢，不仅用皮手套将阿历克砸得嘴上流血，更是一刀结果了这个强占自己的恶魔。可是无论苔丝的性格如何变化，无论她遭遇怎样的不幸，纯洁一直是贯穿苔丝一生的主要特点，她关爱家人、对爱情坚贞不移，这些清透如露水般的美好品质并不因为她肉体上的失贞而消失。但是正如前文所说，纯洁并不能成为苔丝反叛社会强势话语的武器，反而使她成为了"被孤立的心灵，被内心和外部世界之间的冲突、被想象的现

[1]［英］托马斯·哈代:《苔丝》，孙理法译，南京：译林出版社，2010，《苔丝》，第14页。
[2]《苔丝》，第398页。
[3]《苔丝》，第98页。

实和由社会舆论所建立的那种现实之间的冲突所分裂"[1]。传统基督教伦理与新兴资本主义伦理共同将苔丝逼上了绝路，其力量之大苔丝难以反抗，苔丝一如《无名的裘德》中出现的一只兔子，所能做的不过是发出一声微弱的叫声，在痛苦中等待猎人的致命一击罢了。成为维多利亚时代末期"替罪羊"的苔丝是不幸的，她的不幸引得无数读者扼腕叹息，也造就了英国文学史上一位经典的女性形象。

精彩片段

第一阶段 处女：小说伊始苔丝与众人一起参加乡社游行时的片段。苔丝家乡布莱克摩尔谷自然风光宛如一幅油画，初登场的苔丝也刻画得十分亲切可感。

第三阶段 新生：这一部分是苔丝与克莱尔发展感情的章节。苔丝因为完美的意中人的出现感到既甜蜜又痛苦，哈代将苔丝的心里变化描摹地颇为到位。

引申阅读

1. 颜学军：《哈代诗歌研究》，北京：人民文学出版社，2006。

《哈代诗歌研究》旨在通过对哈代诗歌的深入研究揭示出哈代思想感情的丰富性与深刻性。为了较全面地分析哈代的思想感情，《哈代诗歌研究》重点分析哈代诗歌的六个重要主题。这六个主题既相互联系，又相互补充，构成了哈代思想感情的最重要部分。

2. [英] 托马斯·哈代：《无名的裘德》，张谷若译，北京：人民文学出版社，1989。

在这部作品中，作家讲述了一对年轻人的爱情悲剧，有力地抨击了维多利亚时代的道德观念及婚姻制度。正因如此，大量的舆论抨击接踵而来：维

---

[1] [加] 诺思洛普·弗莱：《批评的剖析》，陈慧、袁宪军、吴伟仁译，天津：百花文艺出版社 2002，第14页。

克斐勒德主教在《约克邮报》上宣布，他把那本《无名的裘德》焚毁了，并促使斯米士流通图书馆把这部书从馆里剔了出去。此后，哈代放弃小说转而从事诗歌创作。然而，正如评论家张玲所说："哈代的小说，大多面临毁誉不一的待遇；但又总是始而毁多于誉，继而毁消誉长，渐受肯定。"

关键词解读

威塞克斯小说："威塞克斯小说"是哈代的系列小说的总称，包括 14 部小说。威塞克斯是哈代家乡的古地名，哈代用威塞克斯的同一背景把多部小说联成一体。他的全部作品分为三大类人物和环境小说、罗曼史和幻想小说、机敏和经验小说。主要内容是描写 19 世纪后半期英国宗法制农村社会的衰亡，表现下层人民的悲惨命运，同时也展现了英国乡间美丽的风景。代表作是《德伯家的苔丝》。

（叶璐）

双性话语的哥特经典

——艾米莉·勃朗特的《呼啸山庄》

作者简介

艾米莉·勃朗特（1918—1948），19世纪英国著名女性小说家、诗人，英国文学史上著名的"勃朗特三姐妹"之一。《呼啸山庄》是其唯一的小说作品，却奠定了她在英国乃至世界文学史上的地位，另有193首诗歌创作风格也十分独特，被认为是一位天才型的女作家。

艾米莉生于英国北部约克郡山区的哈沃斯小镇，是家中行五，幼年丧母，做牧师的父亲将三姐妹抚养长大并进行教育和启蒙。1824年，艾米莉与姐姐夏洛蒂被送往慈善牧师子女寄宿学校，后因疾病暴发被接回家中，与弟弟妹妹共同学习，音乐、绘画、文学无不涉猎，但更加内向孤僻，离群索居。姐弟几人曾做家庭教师贴补家用，常受人冷眼和歧视。勃朗特姐妹曾自费合出了一本诗集，分别署上男性假名：柯勒·贝尔、艾利斯·贝尔和阿克顿·贝尔，但仅售出两本，三姐妹并未气馁，反而继续埋头创作小说，艾米莉的《呼啸山庄》即是此时的创作成果，作品顺利被出版社接受，但出版后却引来很多批评之声。1948年艾米莉感染肺炎不治身亡，年仅30岁。

作品梗概

小说以"爱情与复仇"的凄美故事为主线，通过讲述希刺克厉夫和凯瑟琳的爱情悲剧及下一代的痛苦挣扎，揭露了黑暗冷酷的社会制度和门第偏见对纯真爱情的扼杀，表现了资本主义社会个人反抗和复仇行为背后的孤独、绝望。

　　1801 年 11 月，洛克伍德先生拜访呼啸山庄，并承租呼啸山庄现任主人希刺克厉夫名下的另一份产业——画眉田庄。由于天色已晚且有大风雪，主人希刺克厉夫勉强同意他留宿，洛克伍德被仆人齐拉安排进一间空置已久的古怪房间。

　　夜晚，洛克伍德做了噩梦，梦见一个名叫凯瑟琳·林惇的幽灵用幽怨的声音乞求放她进去，并说她已在附近的旷野上流浪了二十年，吓得洛克伍德失声大叫。主人希刺克厉夫闻声出现，显得既激动又愤怒，他将洛克伍德撵出房间。好奇心驱使着洛克伍德向女管家丁耐莉打听呼啸山庄、画眉田庄以及恩萧、林惇两个家族的故事。

　　多年前呼啸山庄的主人还是老恩萧，在一次去利物浦的途中，老恩萧收养了身份不明的孤儿希刺克厉夫，他肮脏不堪、沉默寡言，但老恩萧却对他宠爱有加，这招致了大儿子辛德雷的嫉妒和憎恨，小女儿凯瑟琳倒与他情投意合并逐渐萌生出炙热的恋情。老恩萧死后，辛德雷继承家业，他将希刺克厉夫贬为奴仆以示报复，并阻止希刺克厉夫与妹妹凯瑟琳在一起。随着时间推移和年龄增长，希刺克厉夫愈发不通人情，凯瑟琳也变得更为野性，但二人内心仍深爱着对方。

　　故事在此发生转折，一天，凯瑟琳意外被画眉田庄的狗咬伤，不得不在那养伤五周，期间她被林惇家与呼啸山庄截然不同的上流社会文化所吸引，开始努力成为举止端庄优雅的淑女，并与林惇家的儿子埃德加、女儿伊莎贝拉成为好友，交往甚密，甚至逐渐鄙视起希刺克厉夫的不修边幅，希刺克厉夫因此产生妒意，并将报复的矛头对准辛德雷。在偷听到凯瑟琳对丁耐莉诉说准备嫁给埃德加·林惇后，希刺克厉夫愤然出走。

　　三年后，希刺克厉夫衣锦还乡，开始展开对两家人的疯狂报复。期间，凯瑟琳与埃德加结婚成为画眉山庄的女主人。希刺克厉夫首先频繁出入于画眉田庄，使伊莎贝拉·林惇疯狂地爱上他并与之结婚，婚后却极力虐待伊莎贝拉以泄心头之恨；同时秘密潜入画眉田庄对凯瑟琳倾诉自己的爱恋之情；还诱骗辛德雷抵押田产，受抵押者正是他本人，结果，凯瑟琳在极度痛苦的煎熬与中早产下女儿凯瑟琳·林惇后死去，伊莎贝拉离开希刺克厉夫并在伦敦生下其子林惇·希刺克厉夫，辛德雷将财产挥霍一空，醉酒死去，其子哈里顿沦为希刺克厉夫的奴仆，希刺克厉夫占有了呼啸山庄，十年后，希刺克厉夫让自己即将死去小林惇娶了小凯瑟琳，不久小凯瑟琳成为寡妇，其父埃德加也死去，呼啸山庄和画眉田庄终于都被希刺克厉夫占有。然而复仇计划的成功并未给希刺克厉夫带来快感和安慰，他终因怀恋凯瑟琳绝食而死。洛克伍德先生再次造访呼啸山庄时，小凯瑟琳与哈里顿逐渐相爱，后二人继承了山庄及田庄产业，幸福地生活在一起。

上一辈的风风雨雨，至死也并不平静，希刺克厉夫与埃德加·林惇的墓碑分立于凯瑟琳的墓碑左右，很多旅行者和牧羊人都曾目睹希刺克厉夫与凯瑟琳徜徉于黑暗的荒原上，一如他们多年以前那样。

作品赏析

艾米莉·勃朗特的《呼啸山庄》被后世奉为女性主义代表作品之一，还是女性哥特小说中的经典之作，在一定程度上代表了勃朗特三姐妹创作的最高水平。作者艾米莉将这股强烈的女性争取独立、自主、平等的呐喊隐藏于一系列男性权威背后，构成了作品的"双性话语"特色，分别体现在情节发展、叙事方式、人物形象三方面。

《呼啸山庄》的情节发展体现了"双性话语"特色，表现为将真实而敏感的女性崛起隐藏在传统的易被主流社会接受的男性主导故事下，即男性为表面的主人公，深层次上由女性主宰情节发展。小说的主体故事是"略显俗套"的"爱情与复仇"。一般认为，小说的主人公当然是着墨最多的希刺克厉夫。无论在"爱情"还是"复仇"中，希刺克厉夫无疑都占据着主体位置；况且在传统男性权威的写作和阅读习惯下，小说的主人公往往是男性。但反复仔细阅读文本后不难发现，无论从人物形象的复杂程度、性格发展的曲折程度，还是心理描写的深入程度来看，希刺克厉夫都并不突出。反观书中的女性则表现出强烈的主观能动性，男性被女性的自主选择与行动牵着鼻子走，故事情节的安排及发展都是围绕凯瑟琳·恩萧的自我反抗、迷失、追求和毁灭，以及小凯瑟琳的自我消沉、反叛、改变和实现而展开的。弃儿希刺克厉夫初到呼啸山庄，招致了除老恩萧外几乎所有人的厌恶，是凯瑟琳主动改变自己的偏见，使希刺克厉夫得以真正融入山庄生活；希刺克厉夫与凯瑟琳情投意合，山庄一切也相安无事，这时也是凯瑟琳不满家中压抑气氛，与希刺克厉夫出逃画眉田庄，开启了故事的转折；凯瑟琳选择嫁给埃德加·林惇直接导致了希刺克厉夫的愤然出走，以及与埃德加的感情"闹剧"，同时，希刺克厉夫的疯狂报复又毁灭了凯瑟琳，但凯瑟琳并未自此消失，而是以鬼魂的形态存在。与其死亡同步的是小凯瑟琳的诞生，她继承、延续了其母亲的生命，时间上前后衔接，合二为一，贯穿始终；小凯瑟琳也面临着与母亲同样的两难选择，虽然在希刺克厉夫的逼迫下选择了小林惇，但最终觉悟、反抗，主动选择哈里顿，通过自身努力改变了哈里顿，也改变了自己，赢得了真正的爱情，使反对者希刺克厉夫也失去了复仇的意志。因此，作品中故事的情节节奏完全由书中的女性人物掌控，男性的行动都是围绕女性的行动和自主选择而展开的。男性仅是表面的主人公，女性才是真正的组织者、协调者，操纵、指挥着事件的发展趋势，这恰恰体现了女性渴望独立、自主、平等的主题。

"叙事话语"是小说"话语"的重要组成部分，《呼啸山庄》的叙述话语明显地展现出"双性话语"特征。其叙事结构和叙事技巧历来为人称道：伊格尔顿注意到小说的"文本中含文本、叙事中包叙事的'中国套盒'效应"，桑得斯则对它"非凡的叙事复杂性"大加赞赏，而艾伦更是将艾米莉·勃朗特视为康拉德典型叙事技法的先驱。[1]的确，《呼啸山庄》的叙事系统十分复杂，作者"要讲的是一个牵涉到两代人的复杂故事。这是一桩很困难的事，因为作者必须使两组人物和两组事件达到某种统一……最好的办法是让一个人物向另一个人物讲述事件的漫长经过"[2]。因此，总体来看，故事采取第一人称叙事模式，但这个"第一人称"却包含两个层面，一个是英国中产阶级白人绅

[1] 刘进：《"观望者的故事"——<呼啸山庄>叙事层次研究》，《四川师范大学学报》（社会科学版），2006年第3期。
[2] [英]萨默赛特·毛姆：《艾米莉·勃朗特和<呼啸山庄>》，杨静远译，《文艺理论研究》，1981年第4期。

士洛克伍德，他是第一代往事的聆听者和受述者，也是第二代故事的参与者和见证者，他的叙述构成了小说大的叙述框架；另一个是呼啸山庄曾经的女仆人、现任画眉田庄女管家丁耐莉，她以"过来人"语气为我们呈现了两个庄园、三代人的世事变迁、恩怨情仇。

首先，小说拥有一个显性叙事者洛克伍德。洛克伍德——这里需要强调的是其男性叙事身份——作为显性的第一叙述者"我"，是故事发展的线索，代表了"双性话语"中的男性声音。小说以他的日记式的叙述为大框架，以他的行动来展开一系列大故事。小说前三章节奏缓慢地叙述了洛克伍德初到呼啸山庄的见闻，细致地描写了一系列鲜明的人物形象，如希刺克厉夫、小凯瑟琳、哈里顿、约瑟夫等，树立了读者对这些人物的第一印象；另外对山庄中人际关系的冷漠、敌视状态的描写奠定了故事的基调和色调；其恐怖梦境及希刺克厉夫古怪的反应为小说设置了极大的悬念，引起了读者强烈的阅读兴趣；最重要的是，他接连对各个人物的身份及性格的错误判断直接引出了故事的隐性的也是主要的叙述者——女管家。小说第31、32章洛克伍德回呼啸山庄处理租金时意外得知希刺克厉夫已去世三个月，短暂的停留使他了解了他走后发生的一系列变故，与之前的故事得以衔接，并自然过渡到小凯瑟琳与哈里顿的故事。从头至尾，读者都是透过洛克伍德的眼睛——旁观者、外人的眼睛——在观察整个事件的进行，都是在听洛克伍德——标准的男权世界代言人——在讲述，当然也就会无意识地跟随男性的价值观，"他"似乎就是作者。但若仔细分辨，我们不难发现，他的叙述声音并非等同于作者，甚至，他的叙述不能推动情节发展，对故事走向影响不大，他参与的故事仅是前文提到的"双性话语"中的表层，而真正的深层故事中并没有他的"戏份"，他只是一个外壳、框架，充当内核的是第二叙述者丁耐莉，洛克伍德对小凯蒂的好奇使他主动询问这段历史，进而心甘情愿地转为倾听者、受述者。

另外，小说还拥有一个失声的讲述人丁耐莉。相较于洛克伍德，丁耐莉——一位普通劳动女性——虽然"屈居"第二叙述者，但事实上她是真正的主要叙述者——80%以上的故事都出自其口，贯穿了故事始终，代表了"双性话语"中的女性声音。诚然，我们并不能因为丁耐莉是女性，就认为她的叙述就代表了女性声音，她的声音是隐性的且极其被动，有时甚至强化了男性的叙事声音。丁耐莉开始参与叙事是由于洛克伍德的询问和允许。洛克伍德虽然让位于丁耐莉，但他其实是歧视丁耐莉的，认为她"是地道的爱絮叨的人"[1]，而她的讲述"不是使我兴高采烈，就是催我入眠"[2]；小说第七章、十章丁耐莉得以继续讲述也是由于洛克伍德卧病在床孤独无聊[3]。这种前提下丁耐莉的叙事声音并不是真正的女性声音，是"闲唠叨"，是"说短道长，滔滔不绝而言之无物"，是传统男性权威束缚下妥协了的女性声音在"替男人说话"。那么，小说中就没有真正的女性声音了吗？有，只是更隐蔽。首先，处于洛克伍德男性权威下丁耐莉的叙事在逐渐寻求独立的地位，并开始驳斥洛克伍德对于她和女性的歧视偏见。明确了"我"的位置，也就明确了女性的位置，连洛克伍德也逐渐接受了这种女性叙事声音，他在转述丁耐莉的故事时说："我要用她自己的话继续讲下去，只是压缩一点。总的说，她是一个说故事的能手，我可不认为我能把她的风格改得更好。[4]"可见他彻底被女性声音所征服。其次，还存在很多第三人称叙述者，如小说开篇提到了凯瑟琳的日记，记录了她的少女心迹；希刺克厉夫讲述他与凯瑟琳在画眉田庄的经历；伊莎贝拉给丁耐莉的信倾诉了她婚前和婚后的疯狂与痛苦；齐拉讲述小凯瑟琳在呼啸山庄的生活等等。这些声音或是由女性直接发出，或是由丁耐莉转述，但无一例外都采用了与丁耐莉相似甚至相同的口吻，丁耐莉的叙事声音将多点爆发的第三人称叙事合并成一个统一的"女性声音"，既避免了混乱，又使呈现出的声音更加铿锵有力。最后，丁耐莉作为两个家族30年多来忠实的仆人，见证了几乎所有的世事变迁、爱恨情仇，她的地位也逐渐重要起来，从与凯瑟琳、希刺克厉夫年龄相仿的小女仆到山庄、田庄的女管家再到小凯瑟琳的代理母亲，她总站在离主要人物最近的地方注视、倾听、参与其中，因此她的叙述具有无上的真实性、权威性，作者正是利用这点，借丁耐莉之

---

[1] [英]艾米莉·勃朗特：《呼啸山庄》，杨苡译，南京：译林出版社，1990，第28页。

[2]《呼啸山庄》，第28页。

[3] 彭莹：《迂回的前进——<呼啸山庄>的女性叙事声音》，《北京第二外国语学院学报》，2009年第8期。

[4]《呼啸山庄》，第145页。

口隐秘地表达了很多冲击男性权威的女性主义理论观点。如结婚前夕凯瑟琳向耐莉倾吐心声，毫无顾忌地宣布她对希刺克厉夫的爱："他永远也不会知道我多么爱他，那并不是因为他漂亮，而是因为他比我更像我自己。"[1] 表达了女性渴望与男性平等并且是灵魂上对等的强烈要求；小凯瑟琳毅然拒绝社会公认的理想配偶——年轻、帅气、富有的白人绅士洛克伍德，并在面对希刺克厉夫的疯狂压迫虐待时，敢于大声喊出："你是悲惨的，没有人爱你——你死了，没有人哭你！"[2] 展现了女性对男性权威的积极反抗。此类情节均由丁耐莉做了十分详尽、细致的叙述。另外我们可以看到，丁耐莉的叙述从来都不是客观的，而是带有强烈主观色彩的，甚至有时是情绪化的、不合逻辑的，这反而增强了叙述的真实性、生活性，让读者感受到一个活灵活现讲故事的人。丁耐莉对他人、对事件的看法甚至偏见，都代表了作者的真实态度。如耐莉对两个凯瑟琳的态度就暗合了作者对二人的不同态度——对第一代的批判和同情及对第二代的爱和肯定。耐莉描述凯瑟琳小时候的淘气、叛逆天性："当然，凯瑟琳有些怪脾气，那是我在别的孩子身上从未见到过的。在玩的时候，她特别喜欢当小主妇，任性地做这个那个，而且对同伴们发号施令。"[3] 字里行间用到"怪脾气""小主妇""发号施令"等略带贬义色彩的词语，不无批判意味；在听到凯瑟琳·恩萧打算嫁给林顿而舍弃希刺克厉夫，还天真地以为"嫁给林惇，我就能帮助希刺克里夫高升，并且把他安置在我哥哥无权过问的地位"[4]，丁耐莉提出强烈地反对与批判，而在小凯瑟琳勇敢争取摆脱夫权、父权束缚的战斗中，丁耐莉毫不吝惜地伸出了援手，其对小凯瑟琳的怜爱与支持可见一斑。耐莉对其他人的态度评价也透露出作者的喜恶，如初见希刺克厉夫时，丁耐莉的印象是"黑的简直像从魔鬼那儿来的"[5]，让读者立即联想到恶魔撒旦；她小心翼翼地帮助希刺克厉夫进入田庄与凯瑟琳重逢，表明作者更认同灵魂平等的爱情，而非建立在利益之上的"金丝雀"般的爱情；

---

[1]［英］艾米莉·勃朗特：《呼啸山庄》，杨苡译，南京：译林出版社，1990，第73页。
[2]《呼啸山庄》，第274页。
[3]《呼啸山庄》，第36页。
[4]《呼啸山庄》，第74页。
[5]《呼啸山庄》，第31页。

她认为林惇是温和善良、百依百顺的绅士，但也挑明"那种性情温和、慷慨大度的人，比起那些专横跋扈的人来，不过自私得比较讲理。"[1] 可见耐莉或者说作者对诸如林顿之流的男性是"不待见"的。当然，耐莉也有比较理智、冷静的一面，这在一向激烈、复杂、大起大落的叙事中起到了缓冲的作用，达到了跌宕有致、有张有弛的效果。因此，丁耐莉站在男性叙事者洛克伍德背后，充当了"隐性作者"，不留痕迹、不动声色但铿锵有力地发出真正的女性声音，最终成功地取代了男性叙述声音的垄断地位，表述了女性的思想、愿望和追求。换言之，在这部小说中，以丁耐莉为代表的女性叙述声音以委婉曲折的方式解构了男性声音的统治霸权地位，体现出了作品的"双性话语"特色。

作品"双性话语"特色还可通过人物形象的"双性共体"来体现。"双性共体"又称"雌雄同体"，在文学中指作家所达到的两性融合的完美精神境界，在女权主义文学批评中用来指涉综合了传统意义上的男性气质和女性气质的新型文化性别，也被用来表达对两性平等的追求与和睦相处的愿望。[2]《呼啸山庄》中的希刺克厉夫、凯瑟琳、林惇就明显展现出"双性共体"的特征，并成为作品"双性话语"重要的组成部分。人物性格被解构、模糊，"女性可以涉足男性的精神领地，而男性也可以具有传统的女性气质与风度，男女之间扬长避短，互为补充，对于消解父权、促进两性独立完整人格的形成、实现男女两性平等交流以及和谐共处具有指导意义"[3]。

女主人公凯瑟琳的形象体现了"双性共体的失而复得"。小时候的凯瑟琳明显显示出雌雄同体，没有性别意识，首先，她是个"又野又坏的小姑娘"，自由奔放、激情十足，"她在一天内能让我们所有的人失去耐心不止五十次，从她一下楼起直到上床睡觉为止，她总是在淘气，搅得我们没有一分钟的安

[1] ［英］艾米莉·勃朗特：《呼啸山庄》，杨苡译，南京：译林出版社，1990，第 94 页。

[2] 石平萍：《超越二元对立：双性同体与＜紫色＞》，《北京外国语大学文学论文集》，北京外语教学与研究出版社，2001 年。

[3] 张永怀：《"双性共体"的新女性——＜呼啸山庄＞凯瑟琳·恩萧新解》，《中华女子学院学报》，2010 年第 3 期。

宁。她总是兴高采烈，舌头动个不停"[1]，她和希刺克厉夫一起在她哥哥辛德雷暴君般的压迫下长大，因为得不到家庭的温暖，他们成天在荒原上无拘无束地奔跑，荒原是他们共同的精神家园，赋予两个人同样的原始的野性；其次，她也有单纯善良、天真无邪的一面，当希刺克厉夫被辛德雷关起来后，凯瑟琳"脸蛋涨得通红，泪水从上面滚滚而下"；最后，面对男权、父权压迫，凯瑟琳倔强叛逆、桀骜不驯、敢于抵抗，与希刺克厉夫情投意合是由于"我和他是一样的"，可见，儿时的凯瑟琳拥有"雌雄共体"的赤子之心。但其周围的男权力量太强大了，正如伍尔夫在《一间自己的房间》中所言："在一个纯粹的父权制社会中，面对所有这些讥弹，需要怎样的天才，怎样的诚实，才能毫不畏缩地坚持自己的主见"[2]。其"双性共体"的转折点是12岁时的画眉田庄之行。她被林惇家截然不同的上流社会文化所吸引，被社会地位和物质财富的虚荣冲昏了头，开始接受主流男权社会规则的控制，这也意味着"双性共体"的瓦解，凯瑟琳开始自觉去做男性标准下的"天使"，再次回到呼啸山庄的凯瑟琳，已经成为了一个举止端庄文雅的淑女，耐莉回忆凯瑟琳回家时的情景："不再是一个不戴帽子的小野人跳进屋里，冲过来，而是从一匹漂亮的小黑马身上下来一个非常端庄的人，棕色的发卷从一只插着羽毛的海狸皮帽子上垂下来，穿一件长长的布制骑马服，必须用双手提着衣裙，才能雍容华贵地走进"，而狗上来欢迎她，她"生怕会扑到她漂亮的衣服上"，她吻纳莉也只是"温柔地亲"，而不是像从前"把我们搂得都喘不过来气"[3]。画眉田庄的主人林惇，年轻英俊富有，举止温文尔雅，凯瑟琳很快与他相爱，并开始自觉以他为标准衡量自己，努力收敛狂放的天性。"在听到有人骂希刺克厉夫是'十足的小流氓''比畜生还坏'的时候，她就小心翼翼，注意举止不要像他看齐。"即便如此，她对希刺克厉夫始终不能忘怀，她在卧室的窗台上写下的一个个不同字体、大小不一的"凯瑟琳·恩萧""凯瑟琳·希

---

[1]［英］艾米莉·勃朗特：《呼啸山庄》，杨苡译，南京：译林出版社，1990，第37页。

[2]［英］弗吉尼亚·吴尔夫：《一间自己的房间》，贾辉丰译，北京：人民文学出版社，2003，第65页。

[3]《呼啸山庄》，第46页。

刺克厉夫"和"凯瑟琳·林惇",便是矛盾心理的表露。当她最终答应林惇的求婚后,却又捶胸顿足痛苦不已,她很清楚自己与希刺克厉夫受压迫是由于经济地位,于是天真地认为嫁给林惇能够提高自己与希刺克厉夫的经济地位,进而可以摆脱男权压迫,因此选择了屈服于男权、夫权。临死前她终于醒悟,又回到小时候的"双性共体"性格,体内的狂野性子如回光返照般彻底爆发,疯狂而强烈。她在病中呓语:"假使在十二岁的时候我就被迫离开了山庄,一下子就成了林惇夫人,画眉田庄的主妇,一个陌生人的妻子:从此以后从我原来的世界里放逐出来,成了流浪人。你可以想象我沉沦的深渊是什么样子!"[1] 她与林惇的爱情是一种父权制下规定的"爱",正如"创世纪"中上帝对女人说:"你必须恋慕你的丈夫,你丈夫必须管辖你。"不过是一种暂时的对上流社会的迷恋;相反,对希刺克厉夫的爱却是发自内心的对"异己"认同的爱。凯瑟琳苦苦挣扎,她幻想希刺克厉夫与林惇能和平相处,但希刺克厉夫对林惇只有鄙视和仇恨,而林惇不仅把希刺克厉夫看成低贱的奴仆,更视其为十恶不赦的"臭痞子"和"道德上的毒药",她却再也不能回到和谐的过去了。凯瑟琳用死亡终结了自己的痛苦,无与伦比地超越了所有活着的人,以死来换得天堂中和"异己"的团聚。死亡似乎终于让凯瑟琳达到了和谐。但是,整个故事的结尾意味深长:"我纳闷有谁能想象得出在那平静的土地下面的长眠者竟会有并不平静的睡眠。"[2] 这似乎预示着此时的和谐只是冲突的暂时平息,之后的时间长河里,还将会有无数个凯瑟琳挣扎在双性共体的漩涡里。

林惇也是雌雄同体的有力佐证,其角色体现了"男性权威的外柔内刚"。他与画眉田庄一样,外表温文尔雅,苍白羸弱,有点女孩子的气质,这使读者常常忽略了其男性特征和男权特征,事实上他拥有的男权和地位是不可动摇、不可否认的。从某种程度上来说,林惇根本不需要强悍的外表,他的"主人"身份、他所代表的父权不是通过体力,而是通过书本、遗嘱、租约、封号、

[1] [英] 艾米莉·勃朗特:《呼啸山庄》,杨苡译,南京:译林出版社,1990,第117页。
[2]《呼啸山庄》,第321页。

继承的地产、文件、言语以及所有代代相传的父权制文化符号体现出来的，例如丁耐莉在故事中自始至终都称呼林惇为"先生"、"我的主人"，这与直呼"希刺克厉夫"形成鲜明对比[1]。林惇作为传统夫权的代表，始终压制着凯瑟琳，他可能会在父权制许可的范围内容忍她，对她的胡闹不动声色甚至迎合，但是一旦她试图超过临界点，他就会毫不犹豫地去管制她，叫她注意自己的身份、地位与角色。作为优秀白人男性的代表，他优越感十足，居高临下俯视希刺克厉夫，如在希刺克厉夫重回画眉田庄见凯瑟琳时，林惇表现出过激的侮辱性言辞举止等等。林惇失去爱情、亲情的结局预示了男权和夫权的不合理及衰落。

作者之所以设置体现男性权威的话语外壳来隐藏女性的呐喊，是受当时时代环境的限制。19世纪维多利亚时期的英国仍然处于父权制社会中，在男性的话语霸权中，女性丧失了自己的身份，处于男权中心文化的边缘地位，是"作为符号的妇女"，是男性的附属品，正如伯特兰·罗素所说："父权的发现导致了女人的隶属地位。这种隶属关系起初是生理上的，后来则是精神上的，在维多利亚时代达到了登峰造极的程度"[2]。波伏娃在著作《第二性》中也提到，这一时期的女性不是与男性平等的"另一种性别"，而是低于男性的"第二种性别"[3]。在传统社会背景影响下的父权制文学甚至将妇女形象设定为"天使"、"魔鬼"两种，"天使"即理想的女性，顺从、甘于奉献，而那些有独立思想、敢于反抗的女性则是"魔鬼"。女性可以表达抒发情感，但不被允许公开，因此该时期很多女性作家的作品都为日记体。在这种外部大环境的压迫下，艾米莉不可能大声疾呼"男女平等"和"女性自由"等等，她只能把自己强烈的女权主义思想寄托在易被接受的男性权威框架下，寄托在凯瑟琳为了追求自由而最终走向死亡的爱情悲剧中，寄托在1847年小说出版时的男性署名"艾利斯·贝尔"上。为了小说的顺利出版，不引起男性文化的过分排斥，这是那个时期女性作

---

[1] 周菁：《从女性主义视阈解析＜呼啸山庄＞》，《文学教育（下）》，2007，第3期。

[2] ［英］罗素：《性爱与婚姻》，文良文化译，北京：中央编译出版社，2005，第34页。

[3] ［法］西蒙娜·德·波伏娃：《第二性》，陶铁柱译，北京：中国书籍出版社，1998，第64页。

者在男性权威创作及阅读体系下惯用的"招数"。当然，在如此巨大、长期的男性权威压力下，作者也或多或少受到了影响，这也是其局限性所在。艾米莉有时会不自觉地站在男性角度，流露出男性传统观点，如丁耐莉在描述辛德雷和凯瑟琳发疯时表现出的不同态度。但这种局限是时代造成的，是同时代的女性作家的共同局限，但不可否认，其作品中蕴含的女性思想的表达才是其贡献所在，瑕不掩瑜。

另外，"双性话语"特色也与艾米莉的自身性格和人生经历密切联系。勃朗特三姐妹的小说往往从女性自身角度出发，书写女性生活，以自身经历和女性特有的细腻笔触描述维多利亚时代普通女性的遭遇及其内心世界，发出女性要求独立自主、要求与男性平等的呼声，艾米莉自身拥有一颗双性共体的赤子之心，那么她通过作品寻求双性和谐就不足为奇了。

作品的另一重要特色是哥特风格，这也是其浪漫风格和诗性特征的所在，主要体现在叙事结构、人物塑造和意象描写上。在叙事结构方面，小说融合了主观性叙事与"时间倒错"式叙事，洛克伍德与丁耐莉等多重视角的第一人称叙事者不断跳出来代替作者发表评论和判断，倒叙的结构使小说具有了迷宫般的套盒式结构和戏剧化的离间效果，且艾米莉叙事风格较为狂暴、冷酷，增强了理性冷观和思索的色彩；在人物塑造方面，小说中有近似暴君的形象，有柔弱不幸的少女形象，还有神秘恐怖的幽灵鬼怪形象，且每个人物身上都或多或少存在一定的狂暴、冷酷、疯狂甚至极端的性格因素，男女主人公希剌克厉夫和凯瑟琳更是天使与魔鬼的矛盾综合体，人物的情绪狂躁而偏执，人物的语言冷酷而刻薄，人物的行为粗鲁而神秘，人际关系残忍而决绝；在意象描写方面，艾米莉巧妙借助哥特元素，用高度诗意的语言，描绘了呼啸山庄周围的气候之恶劣、环境之鄙陋。作品中大量呈现倾斜的植物、瘦削的荆棘、冷峻的狂风、荒凉的原野等意象，并以雨雪、风暴、黑夜为故事奠定下哀怨、凄凉的超自然气氛，制造出一个仅剩黑白底色的神秘梦魇般的世界。

《呼啸山庄》是艾米莉·勃朗特唯一一部小说作品，却也一直被视为英国文学史上最奇特、最深奥莫测的一部小说，方平先生曾在译序中评价："就像逗留在蒙娜·丽莎嘴角边的神秘的微笑，《呼啸山庄》也显示了一种永久的艺术魅力，似乎是一个猜不透的（至少是不那么容易猜透的）谜。[1]"百余年来，评论界对《呼啸山庄》的关注和研究从未停止，从小说发表之初的各种非议，斥其"阴森可怖、病态心理、不道德和异教思想，一部恐怖的、令人作呕的小说[2]"到近年来对其超前的"现代性"的高度评价，仅有一部小说和近200首诗作存世的艾米莉在文学界的声誉和地位逐渐超越了她的姐姐夏绿蒂，《呼啸山庄》被看作是维多利亚时代最独具特色最有浪漫风格的小说之一，艾米莉也被称为"现代文学中的斯芬克斯"。

精彩片段

第三章：洛克伍德先生夜里在呼啸山庄做了一个关于凯瑟琳鬼魂的噩梦，营造气氛神秘凄美，引起读者对凯瑟琳与希刺克厉夫关系一探究竟的好奇心。

第九章：凯瑟琳向女仆丁耐莉吐露心声，表达对希刺克厉夫深切的爱及不能结合的痛苦挣扎，是故事的重要转折点，希刺克厉夫愤然出走为日后复仇做铺垫。

第十五章：希刺克厉夫在凯瑟琳临终前闯入画眉田庄，二人疯狂地互诉衷肠，是故事的高潮部分，对话充满绝望地激情。

引申阅读

[美] 吉尔伯特·古芭：《阁楼上的疯女人：女作家与19世纪的文学想象》，杨莉馨译，上海：上海译文出版社，1986。

该书以现代批评理论和方法阐释以往女作家作品背后的意义。大力推崇《简爱》，认为简能决定自己的命运，是反抗父权的第一人，更指出疯女人贝莎是简的一个黑色替身，贝莎最后将桑菲尔德烧毁，是简反抗罗切斯特男性中心位置的潜在欲望，也是女性毁灭男权的象征。采用弗洛伊德的精神分析方法，

---

[1] [英] 艾米莉·勃朗特：《呼啸山庄》，杨苡译，南京：译林出版社，1990，第2页。
[2] 杨静远：《勃朗特姐妹研究》，北京：中国社会科学出版社，1983，第128页。

将阁楼上的疯女人形象解读为简潜意识中反抗父权的另外一个自我，认为疯女人就是被压抑的女性创造力的象征，就是叛逆的作家本身。

关键词解读

哥特小说：是西方通俗文学中一种惊险神秘的小说类型。一般被认为随着贺瑞斯·华尔波尔的《奥特朗图堡》而产生。哥特（Goth）一词最初来自于条顿民族中哥特部落的名称，后来又被用来指称一种中世纪建筑风格，这种风格多用于教堂和古堡，其特点是拥有高耸的尖顶、厚重的石壁、幽暗的内部和阴森的地道等。而那些崇尚古希腊文明的思想家们，由于对此类建筑的反感，将"哥特"一词演变为野蛮、恐怖、神秘和黑暗的代名词。18 世纪，一种以恐怖和神秘为基调、多发生在荒郊古堡的小说样式，被人们赋予了"哥特式"小说的名称。这类小说常以古堡、荒原、废墟等环境为背景，气氛阴森、神秘、充满悬念，常常充斥着暴力、复仇和死亡的情节。

（胡龙莹）

无限涌动的意识之流

——论弗吉尼亚·伍尔夫《海浪》

作者简介

弗吉尼亚·伍尔夫（1882—1941），英国现代主义女作家、文学批评家。1882 年出生于伦敦。父亲莱斯利·斯蒂芬在学术界占有重要地位。弗吉尼亚·伍尔夫尽管未受学校教育，但早年与维多利亚时代文化名流如哈代、亨利·詹姆斯等人的接触和父母的家庭教育使她的精神世界受到了深刻的影响。1904 年父亲去世以及一系列变故使她出现了精神疾病的症状，而精神疾病一直潜伏在弗吉尼亚·伍尔夫的一生之中，曾多次发作。在她暂时恢复健康后，她和兄弟姐妹在伦敦布鲁姆斯伯里的住宅成为了当时的文学中心，著名作家利·斯特雷奇、爱·福斯特、亨利·詹姆斯、诗人 T.S. 艾略特以及她后来的丈夫伦纳德·伍尔夫等人都是布鲁姆斯伯里集团的座上客。1905 年开始写文学评论，1913 年完成第一部小说《远航》，她的重要文学作品有《达洛卫夫人》《到灯塔去》《奥兰多》以及《海浪》等。另外，1929 年，伍尔夫根据自己在剑桥大学所做的讲演"妇女与小说"写成的长篇文章《一间自己的房间》是女权主义批评的重要纲领之一。当二战波及英国后，她的家庭住所遭到轰炸，这很可能又影响到了她的精神状况，以至于 1941 年 3 月伍尔夫预感自己即将开始另一次精神崩溃，在留下给丈夫和姐姐的两封短信后，自沉于苏塞克斯郡家附近的河中，终年 59 岁。

作品梗概

在伍尔夫的文学作品中，西方评论家一般认为，最具有意识流特色的是《达洛卫夫人》，迄今读者最欣赏的是《到灯塔去》，而在独特的艺术上臻于化境之作的则是《海浪》。[1] 写于1931年的《海浪》是伍尔夫最具有实验性质的一部艺术作品，既有复杂深奥的内容，又有细致入微的情景；既有音乐精美别致的结构，又有绘画朦胧模糊的印象；既有在生活里种种瞬间的独白，又有对世界中茫茫浩渺的慨叹。

《海浪》这部极其完善的意识流小说没有传统意义上的叙事情节，也没有传统意义上的人物行动，更没有传统意义上的故事的发展、冲突与高潮，整部作品分为九部分，每部分都是由对海浪和太阳的景色刻画作引开篇，正文以六个人物的内心独白交织而构成。全文主要讲述了三男三女共六个人物（伯纳德、奈维尔、路易斯、罗达、珍妮、苏珊）从儿童时代直到年老死去的一生经历。六个人性格各异，伯纳德习惯用言语来记录生活，用各种辞藻描述世界；奈维尔崇尚理性精神，追求严谨的知识；路易斯心理自卑，但又由于传统的影响具有极强的进取心；苏珊是厌弃都市生活，向往自然的传统贤妻良母；珍妮憧憬上流社会交往，追求感官享乐的物欲生活；罗达羞怯而神秘，内敛沉默，试图遗忘自己的存在，代表着人的生存困境。作者在小说中依次叙述了六个人从儿童时代如何有着天真无邪的跳跃性思维和对一切事物充满童趣的想象，到学生时代反映六个人逐渐形成了对于世界的认识以及对学校之中种种或忧或喜的现象的看法，到青年时代他们定型的个人性格显露出来，期间一同聚会为六个人共同的朋友珀西瓦尔去印度参军而践行时的乐观精神与美好希冀，后来转变成了在得知朋友战死时的悲观主义与伤感哀叹；再到中年时代他们尝试着寻求爱情、实现价值、克服自身的缺陷、完整自己的生命；而在衰老的过程中他们又都意识到渺小的个体不可能抗拒时间的永恒与生命的局限；最后年至耄耋，最后一章由唯一存活的伯纳德对自己

---

[1] [法] 弗吉尼亚·伍尔夫：《达洛卫夫人》，孙梁、苏美译，上海：上海译文出版社，2009，第10页。

的朋友的回忆展开，总结了他和他朋友们漫长的人生历程——最终，不再有回忆，不再有意识，也不再有生命，只剩下"海浪拍岸声声碎"的永恒而又寂寥的自然沉默着伫立在世界之巅。

作品赏析

一、意识流文学兴起的背景

《海浪》作为一部极富代表性的现代主义文学作品，充分体现了西方社会在两次世界大战期间面对现代性的精神困惑。西方社会中现代性的进程是和都市、工业进程密切相关的，一整套现代的制度同碎片性的现代性现象是一一对应的，譬如启蒙运动以来被高度崇拜的理性、科学率领着资本主义的生产模式进行的极速物质生产、全球化市场的诞生、乐观积极的进取精神与现代科技等等，都是现代化进程所衍生的。"同时，这种物质化的现代性历史同以笛卡尔为发端的某种主体性观念的展开并驾齐驱"，"现代生活锻造出了现代意义上的个体，锻造出他们的感受，锻造出他们的历史背影；同样，这个现代个体对现代生活有一种前所未有的复杂想象和经验"[1]。

联系到伍尔夫进行创作活动的 20 世纪初到一战后这一特定时期，由于科技的高速发展，大大促进了资本主义的机器工业化进程，资本主义的生产方式以前所未有的巨大生产力将所有的物质财富、生产效率都聚集到了崭新的大都市之中，展现了一个充满变化、日新月异的美妙新世界。马克思在《共产党宣言》中就透彻地指出了这一现代性体验："一切固定的东西都烟消云散了"。但是，在另一方面，资本主义生产打破了乡村的封闭生产秩序，借助货币制度的"都市生活越来越复杂、紧张、越来越像一些纷乱的碎片，引起强烈的精神刺激"，而都市之中存在的个体的人"越来越表现出克制、冷漠、千篇一律的退隐状态。人们分明的个性正在不断消失"，技术理性发展成为工具理性，人成为了理性的奴仆之，再加上现代化的物质文明和金钱拜物教

[1] 汪民安、陈永国、张云鹏主编：《现代性基本读本（上）》，郑州：河南大学出版社，2005，第 11 页。

带来的精神衰败，人彻底被机器所控制，人与人之间从未如此疏远。个人成了都市的一个微小齿轮，"都市基本上是一个异化和非人格化的场所。"[1] 马克斯·韦伯将这种现象总结为技术现代性和人的解放之间的矛盾。当资产阶级的人文主义和理性主义这两大传统精神在世界大战的硝烟中沦为泡影，在文化上人们开始怀疑自信乐观的精神，出现了反理性的思潮。而现代主义作家们以极其敏锐的洞察力意识到，面对一个崭新的世界，传统的现实主义手法已经不再能深刻全面地反映当前状况，以伍尔夫为代表的现代主义流派（如意识流）试图采用各种实验的方式，展现社会和人类的畸变，强调内心的复杂和不可估量，"真实就是积累在内心深处而又不断涌现到我们意识表层的各种印象。"[2]

总地来说，伍尔夫等现代主义作家无一例外地对战后资本主义的现代社会表现出了紧张的忧郁，试图通过文学表现手法上的革新去撕裂统治阶级宣扬的价值理念，伍尔夫正是深刻认识到了现代性的内在冲突，顺应了文化上的现代性，才会不遗余力地提倡主观精神的内在真实。

二、意识流手法与象征性结构

"意识流"最初是心理学术语，由美国心理学家威廉·詹姆斯创造，用来表示意识像河流一样的流动特性，每个人的意识都是一个统一的整体，但是意识的内容是不断变化的而不是静止固定的，每一种感觉都总是从简单走向复杂的高级阶段，人的思维始终在不间断地运行，而且这种心理活动是绝对不受客观现实制约的纯主观的东西。同样对意识流文学的产生具有重要意义的是奥地利心理分析医生弗洛伊德关于人的意识三分的理论。人格结构可以分为"本我""自我"和"超我"，其中"本我"所对应的便是无限的无意识领域，其中充满了人的非理性的、黑暗的、贪婪的种种本能愿望，且无意识位于人的思维结构的最深处。与人格结构相似，在无意识和意识之间，

[1] 汪民安、陈永国、张云鹏主编：《现代性基本读本（上）》，郑州：河南大学出版社，2005，第4页。
[2] [英] 弗吉尼亚·伍尔夫：《论小说与小说家》，瞿世镜译，上海：上海译文出版社2009，第348页。

存在着前意识的领域，清晰的意识有可能沉入到无意识的深渊中，而某些无意识也可能通过前意识的唤醒进入到意识之中。所以，人的主观世界是一个错综交织的复杂结构。

意识流运用于文学之中，由于其能够脱离时间和空间的束缚这一特性，使得文学在表现手法上能够打破传统的固定叙事体式，从对人的外在描写向内在心灵挺进，开拓出了一个崭新而奇妙的文学新世界。在意识流作品中，最重要的诉求便是关注人的心灵特别是无意识领域，要求作家退出叙事，而要让人物的内心世界完全展现在读者面前。《海浪》作为一部高度完善的意识流小说，彻底抛弃了传统观念中小说最为基本的情节这一要素，全书正文部分没有对于客观事物的任何直接描写，全部都借由人物之口、人物之思来表现外在世界，这种手法在意识流文学中最为常见，即表现"主观真实"。在意识流宣言式的文章《论现代小说》中，伍尔夫写道："心灵接纳了成千上万的印象——琐碎的、奇异的、倏忽即逝的或者用锋利的钢刀深深地铭刻在心头的印象……把这种变化多端、不可名状、难以解说的内在精神——不论它可能显得多么反常和复杂——用文字表达出来，并且尽可能少掺入一些外部的杂质，这难道不是小说家的任务吗？"[1]

另外，意识流的另一理论基础是法国哲学家柏格森提出的心理时间的"绵延"概念。他认为存在着两种时间，即空间时间和心理时间，前者是通常使用的概念，即在一定空间之内各个时刻顺序延伸的表现宽度的数量概念，后者则是真正意义上的时间，即过去、现在、未来的相互渗透的表现强度的质量概念，"人越是进入意识深处，'空间时间'的概念就越不适用。"他认为人的理性和科学无法把握实在的世界，意识的流动是渐进的、隐蔽的、浑融贯通的，任何一种状态可能与另外的状态相似，但是实质必然不同，只有靠直觉才能认识作为本质的"实在"或"绵延"，这种直觉可以体验到生命的意义，达到绝对真实的领域。伍尔夫受到柏格森的启发，通过将心理时间

---

[1] ［英］弗吉尼亚·伍尔夫：《论小说与小说家》，瞿世镜译，上海：上海译文出版社，2009，第7页。

的绵延置于世界存在着的空间时间之中，成功地通过内心独白、感性分析、自由联想、视角转换等多种意识流手法将两种时间在小说中安排得并行不悖。《海浪》一书每部分的引文是时间的导引，伍尔夫无比细腻地刻画不同时期的海景，从头至尾穿插其中的描写，实质上揭示了从日出到日落一整个白昼的空间时间。而在每一时段有关海浪的叙述之后，人物同样也变换了自身的年轮，又回到自我诉说的环节之中。就是这样，作者勾绘了独树一帜的新一重时空关系。海浪在其中的作用并非是为人物提供真实客观的外界背景，我们可以看到，只有极少数的情景发生一片真实的海洋旁边。但是文本通过深入挖掘人物的意识流动，使得小说中的心理时间绵延了人的整整一生。此外，文本结构形式上的两种时间交叉使用，和小说中在现代生活里的人物对于时间的困惑又形成了一种极其微妙的张力，造成了时间维度的混乱波动与人物的精神动荡之间的种种羁绊。

这部作品中从第一页到最后一页，赫然呈现着无数的双引号，"某某说"遍布整本书的始终。然而这里无限重复着的"某某说"并非是人物在交谈。六个人物——伯纳德、奈维尔、苏珊、珍妮，罗达和路易正是以这种形似喃喃自语的表达方式获得了生命，而这些言语却不曾被任何人听见，似乎是一个不曾出现的幽灵在面对读者讲述一幕幕不足为奇的琐事和完整剖析的心理自白。他们在孩童时代以挚友的身份聚在一起，在青年时代各自过活，直至中年与迟暮，依旧在不停地"说"，这种表达方式无疑是一种自我意识的体现，是他们感知与分析的思维体现。这种心理意识包含了客观与主观的双重真实性，在可以观察并诉诸内心的客观之外，主观的心理活动同样鲜明地活跃于纸上。每当一位人物"开口"，便打破了时间与空间的清晰交界，自我将不再渺小，意识将变得广袤无垠。而伍尔芙在人物连续地，从六种不同的角度"说"出所见所感的过程，成功地隐藏于六位直接叙述者身后的阴影中。

《海浪》在阅读过程中往往会引起普通读者的困惑，认为这本书过于深奥复杂，究其原因，除去意识流纷繁的文学形式之外，大部分是这本书不同寻常的结构所致。伍尔夫自己也不得不承认"我这辈子从未构思过如此模糊而复杂的结构"[1]。《海浪》这本书完全背离了传统小说的叙事传统，几乎没有任何标准的戏剧性情节，尽管在文本形态上由六个人物的言说和思想组成，但是其中每个角色的出场都不是为了进行对话，看似是交错的对白，实际上却是各自的独白。不过，表面呈现的混乱零散背后，存在着一个颇为完整而精致的结构。就整体来看，《海浪》的整个文本与一首宏大的交响乐的乐章组成极其相似。对于小说的音乐性结构探索，伍尔夫在《到灯塔去》中就已经有所尝试，这部小说借鉴了三段式的奏鸣曲式结构，分为三个乐章。不过《到灯塔去》的诗意结构仍然受到了情节、人物等叙事要素的限制，直到《海浪》，伍尔夫才得以全方位地进行小说艺术的实验，用文字浓缩了对于生命的一系列思考——痛苦、希望、时间、死亡等等问题都表明伍尔夫已经"超越对纯粹个人化的内在经验的描写，而转向了对人生经验的抽象本质的探索。"[2]

在《海浪》的音乐乐章结构上，伍尔夫的突破在于对小说节奏的把握更加纯熟，时起时落，忽而缓慢，忽而强烈，忽而婉转，忽而激昂，六个不同性格的人物如同六种器乐六支旋律，回旋往复构成了极其富有动感的整体。正如小说最后一部分伯纳德所形容的："这是多么美妙复杂的一曲交响乐啊，包含着和谐音与不和谐音，包含着高音部和复杂的、时而低沉时而昂扬的低音部！每个人都在演奏他自己的曲调，用小提琴、长笛、小号、鼓或者随便什么其他的乐器。"[3] 全文的九个无标题的章节讲述了文中人物生命的不同阶段，恰似交响乐中几个连续的乐章。而在每个单独的乐章之内，六个人物独立的内心独白又呈现出六个声部的对位，它们构成富有层次感的立体和声，组成了一个和谐的有机整体。[4] 在音乐作品中，存在着"主导动机"的概念，主要指贯穿于整部乐曲的主要动机、诉求，每部乐曲中的

[1]［英］弗吉尼亚·伍尔夫：《伍尔夫日记选》，戴红珍等译，天津：百花文艺出版社，2005，第 122 页。
[2]《伍尔夫日记选》，第 9 页。
[3]［英］弗吉尼亚·伍尔夫：《海浪》，瞿世镜译，上海：上海译文出版社，2009，第 267 页。
[4] 李红梅：《在模糊与复杂中诉说真情——伍尔夫＜海浪＞的结构艺术解读》，《名作欣赏》，2007 年 14 期。

不同声部往往会重复同一段旋律或者短小的音乐语汇，或是移调、或是八度，都会以重复表现的形式在别的音程中演绎，重复部分即为"主导动机"。在伍尔夫的《海浪》之中，便有一个堪称"主导动机"式的人物，即从未直接出场但却一直在六个人物之间隐约浮现的珀西瓦尔。作为联系主要人物的纽带的珀西瓦尔是他们学生时代的同学，小说描述了他们在学校时的生活，描述了六个人为珀西瓦尔远赴印度的送别宴会，而珀西瓦尔在印度的战死成了整部作品的转折点，之后每个人的思想都发生了转变，整部作品的风格也由明亮轻松转向了晦暗凝滞。每当音乐中出现主导动机时，伴奏的另几个声部往往要弱弹以起到烘托作用，而主导动机在各个声部轮番出现的时候往往有轮唱或是层出不穷之感。《海浪》中每当珀西瓦尔这一人物出场，其余六人作为六个声部必然会以其为自己内心独白中的中心对象，通过自己的个性视角刻画珀西瓦尔的形象或是勾勒出好友战死给自己的生命体验带来的感受，六种声音此起彼伏，循环往复，读来有众星拱月式之美。

在音乐结构之外，伍尔夫还运用了大量丰富的隐喻象征。譬如小说九个无标题章节各自的开篇景色描写中关于海浪和太阳的意象就隐喻了人从出生（"太阳尚未升起"）直到死亡（"太阳已经沉落"）的生命历程，体现了"自然—生命"的象征结构。六个人都是汹涌奔腾的海浪的一部分，是博大自然的浑然总体中的个体存在，而潮起潮落的自然规律也象征着人类生命的世代轮回，象征着人类作为总体具有激荡不灭的生命力。将六个人物各自的个性人格加以重叠，通过相互补充、映照，便结合而成了作为整体存在的"人"，交织出一张联系紧密的生命之网。而象征性事物在文中更是层出不穷，很典型的一幕是六位朋友为珀西瓦尔送行的宴会上，伯纳德说：

> 我们被一种共同具有的、深沉的感情所吸引，加入了这次圣餐。我们可不可以为了方便起见，把这种感情称为爱……不，这个命名太狭隘、太有局限了……在那只花瓶里有一朵粉红的康乃馨。当我们坐在这里等待的时候，它还只是单独的一朵花，而现在它已经成了一朵七边形的、花瓣重叠的、粉红中泛着紫褐的鲜花，挺立在银灰色的叶丛之中。这是

一朵完整的花，我们每一双眼睛都为它做出了自己的贡献。[1]

珀西瓦尔的到来为六个人的生命带来了爱，带来了聚合的力量，花瓶中的花朵在他到来之前在每个人的眼中各具姿态却无甚意义，而已经成为了共同体的七个人显然产生了精神意义上的共鸣，这种精神上的相投与亲密的关系正是藉由这朵花的形态体现出来的。在人与自然外物的关系上，现代主义作家一般会采取丑化、否定的态度，认为自然是黑暗的、邪恶的，T.S. 艾略特提出"客观对应物"的概念，认为美好的自然不复存在，外物不过是人主观意识的表征。但伍尔夫另辟蹊径，在她的笔下，人与自然回归到了浪漫主义时期的和谐美好，人的生命和自然界具有同一性，这与整部小说音乐诗一般的结构是相辅相成的。

三、《海浪》的现代性特质——交流孤独

杰姆逊在《后现代主义与文化理论》一书中发现了后现代主义的主要特征在于零散化碎片化，但现代主义的很多作品，如 T.S. 艾略特的《荒原》同样在文本形态上是分裂的。所以他进一步为现代主义的作品定义——作为精神诉求的现代主义文学尽管零散，但并不是无法复原的碎片，而是要求将碎片重新组合，也就是说现代主义作品是通过零散化而发挥功用的。在这个意义上，我们反观与 T.S. 艾略特同为布鲁姆斯伯里集团作家的伍尔夫的意识流小说，不难发现虽然伍尔夫意识流的手法抛弃了理性的叙事逻辑，甚至由于对小说艺术创新试验，在文本上呈现出一种碎片化、分散化的形式，但只要加以研读便可明显地发现作者蕴含其中的深刻意义与忧虑。

伍尔夫通过《海浪》一书追问了人面对生命时的终极问题：人与人在现代主义的语境下能否正常交流沟通？自我究竟是确定的还是可变的？作为独立的个体是否有能力把握自己生活和生命的本质？统治着有限肉体的精神是否能够以某种方式超越时间无限地持续下去？

伍尔夫在《达洛卫夫人》《到灯塔去》《海浪》这三本意识流小说中都设置了众多的人物，但在人物的构建上有着共同的特点。首先，每一部

---

[1] [英] 弗吉尼亚·伍尔夫：《海浪》，瞿世镜译，上海：上海译文出版社，2009，第 128 页。

小说中都有一个自始至终存在着的人物，他 / 她的心理意识是毫不间断的，在整部作品的每一处都有痕迹；其次，每部小说都有一个中途离场或不再以自己的意识出现的人物，但这一人物总会成为其他人意识的客体和回忆的对象，更巧合的一点是，无论《达洛卫夫人》中的赛普蒂默斯、《到灯塔去》中的拉姆齐夫人，还是《海浪》中的珀西瓦尔，他们的中途离场都与战争有关——珀西瓦尔在印度的战争中死亡，拉姆齐夫人的死亡在战争期间并且她的儿子战死沙场，赛普蒂默斯则是因战后综合症跳楼自杀。由此可见，伍尔夫对于第一次世界大战之后资本主义现代生活秩序的重建是极其重视的，她对个体所受到的战争创伤予以关怀，也深刻地意识到过度发展的理性与盲目乐观的物质生产对于个体精神的毁灭性损害。正是鉴于这样的考虑，几部小说的结尾也都采用了同样的结构：始终存在者通过对于中途离场者的追忆或思考，领悟到了生命的意义或者说获得了一种最终的人类的存在感。克拉丽莎在聚会中听闻陌生人自杀的消息，深表同情并引发共鸣，躲入室内隔绝了虚伪的上流社会交际（《达洛卫夫人》）；始终没有结婚的丽莉，在拉姆齐夫人死后对其追忆的过程中，慢慢获得了一种精神上的独立力量，最终"画出了萦绕在心底多年的幻景"（《到灯塔去》）；而在《海浪》中渴望运用语言文字编织生活经验与生命意义的伯纳德通过回忆珀西瓦尔与其他五个朋友的往昔岁月，战胜了精神上的空虚与迷惘，从"在虚无中朦胧移动的影子和空洞无物的幻象"中走出，决定向死亡"猛扑过去，绝不屈服，决不投降"。

此外，在她的这三部小说之中，都设置了人与人在交流过程之中遇到的冲突，《达洛卫夫人》中的克拉丽莎与基尔曼、克拉丽莎与彼得、彼得与休等，《到灯塔去》中的拉姆齐夫人与塔斯莱、莉丽与拉姆齐先生、詹姆斯与拉姆齐先生等，《海浪》中的罗达对珍妮和苏珊、路易斯对奈维尔和伯纳德等等，都无处不在地表现着现代生活中的人际沟通问题。在人际交流过程之中，伍尔夫设置了种种障碍，婉转地批判了现代生活的物质化对个人精神的异化和对人际关系的腐蚀，在聚会之中人际关系的种种紧张冲突、虚伪复杂显露无疑。但是，和伍尔夫对于最终生命意义的获得持乐观态度一样，人际关系在她的作品之中，大多还是会以互相理解告终。就正面来看，伍尔夫认为人可以通过精神的力量、对于高尚思想的感悟来改善现代化进程中的种种弊端，但这是通过个体自身的主观能动性或是精神感悟做出的，人与人之间的正常意义上的交流依旧并不存在。

《海浪》这部小说就其形式来讲，是最为纯粹的意识流小说，正文部分全部都在记录人物的语言或意识活动，没有任何直接的动作、外貌、环境等等多余的内容，或者说，这些种种内容，都内在于人物的心理意识、主观感受之中。从形式上看文本的组织架构，完全就是由无数人物之间对白顺次记录而成，可实质上，不难从阅读中发现，这些从未间断的言语和意识，都不过是每个人自己的寂寞独白。《海浪》中的六个人物都对于语言交流倍感失望，"当我们据理争辩，叫嚷着抛出这些荒谬的话语的时候，言说本身就是荒谬的"（奈维尔）；"客厅里扑动着许多条利舌，像刀子似的刮割着我，致使我说话口吃，致使我总是说谎"（罗达）；"两个人都觉得其他人的在场像一道将他们分开的墙"（伯纳德）。由于生存在一个冷漠的迷惘的社会之中，人与人之间的关系逐渐异化、物化，理解和交流变得越来越难以实现，尤其是精神层面的思想沟通与共鸣更是奢求，以致于每个人虽然生活在信息异常庞大的包围中，依旧孤独地存在着，对他人几乎一无所知。

在现代主义文学兴盛的时代，人与人之间的关系通常被表现为畸形的状态。萨特作品中提到"他人即地狱"就是这种关系的典型表现，人与人之间没有正常和谐的联系，不但一般人无法沟通，甚至就连亲属之间也同床异梦，形同陌路。在德国哲学家哈贝马斯看来，现代生活中的最大问题便在于人的交往行为异化。这是因为从笛卡尔强调"我思"以来，主体的作用空前突出，人完全能够认识客体世界、把握客体、主宰客体，因而发展起来的工具理性到了资本主义时代却便背离了最初的意义，现代生活中形成了一套僵硬冷漠的政治法律秩序、经济企业组织制度，这个行政—经济的体系向公共生活和公共领域无限延伸，导致了"对生活世界的殖民化"。所以，哈贝马斯反对主体与客体的传统二元关系，要求主体间性的交往，要求生活世界和政治—

经济世界脱离，通过真实、真诚的语言交流达到一种交往的理性，进而使得世界达到和谐，这就是著名的交往行为理论。

而之所以对于人际交流加以强调，是因为现代主义中存在着一个重要问题——语言表达的问题。现代化进程以来，机器工业的批量生产带来了群体思维和千篇一律的同一趋向，"语言可以成批地生产，就像机器一样，出现了工业化语言。"[1]一方面，在日常社会的意义上，语言的使用被各种标准（国家标准、行业标准等）所规定下来了，语言失去了多样性，成为了一整套权力机制的话语，人们交流所使用的语言越来越贫瘠化、片面化、程式化，而人们交流的可能性也大大减少，本雅明在《发达资本主义的抒情诗人》中写到了尽管新生事物极度增加，可交流领域却极度缩减的矛盾症状，譬如火车的出现就使得两个人面对面坐着长达几小时而不发一言成为了可能。另一方面，就文学艺术本身而言，诗人们试图回复语言的活力，想要使诗歌重新获得生机，所以会有马拉美主张"纯诗"、艾略特抛弃主观情感找寻客观对应物等等创新。现代性过程之中的一系列事件，尤其是世界大战给欧洲带来的史无前例的巨大创伤，给欧美的知识分子带来了一种无法言喻的现代性体验，正是在这个意义上，语言失去了表达情感的能力。这种危机在很多现代主义的文学中表现为寂静，不能表达、不能言喻。语言不再发生作用。无论用什么语言，我们人生中都会存在着恒河沙数般无法解释的事情，而当超越了语言的限制之后，人反而会得到一种直面生命本质的可能性。

伍尔夫并非是纯粹的悲观主义，并非只是为了陷于迷惘狂乱、贪婪物欲的黑暗社会中的一部分知识分子逃避现实、解脱精神苦难的目的而选择偷安在意识流手法的虚构世界里。同时，对于意识流手法反现实、反理性的特征也不能因为与日常经验相悖，因为不符合唯物主义的认识论就简单批判，而要联系到社会现代性的本质主义框架下人异化的可能性，将意识流的"内在真实"看做是一种对于文学的表现手法突破的有益尝试，联系语境加以定位。

---

[1] [美] 弗雷德里克·杰姆逊：《后现代主义与文化理论》，唐小兵译，北京：北京大学出版社，1997，第159页。

伍尔夫通过意识流的表现方式，试图跨越语言这一局限，直接介入心理意识，来探求现代人究竟是否能够以形而上学的思考达到相互理解。不过，在《海浪》的结尾部分，人与人之间的交流表达依旧是失声的，正如她在随笔中所写，"我们对自己的心灵都茫然，更谈不上渗透他人的心灵了"。

如果深刻透彻地理解了伍尔夫笔下所表达出的现代人的苦闷彷徨、寻找精神归宿的艰难曲折以及内心世界的无序混沌，在某种意义上可以说，伍尔夫的成就并不仅仅是诗歌化的语言、哲理化的意境等现代主义在纯艺术形式上的完善和创新，而且是她精准独到的对社会、时代的把握与深刻的分析。如爱·摩·福斯特所言，伍尔夫的创作成就"是一排闪闪发亮的小银杯，在银杯的题词上写道——这些战利品，是心灵从作为它的敌人和朋友的物质那儿赢来的。"[1] 伍尔夫拥有的是诗人般敏锐深沉的心灵，将诗人的灵魂和气质融入到小说当中，造就了《海浪》这一部在现代主义文学的殿堂中占据极其重要地位的作品。时至今日，它仍然能够以其精美绝伦的文本结构和诗意盎然的笔调洗涤着我们的灵魂。

引申阅读

1. 瞿世镜编选：《伍尔夫研究》，上海：上海文艺出版社，1988。

收录了各国文学评论家对于伍尔夫作品的研究论文。

2. [英] 弗吉尼亚·伍尔夫：《到灯塔去》，瞿世镜译，上海：上海译文出版社，2009。

这部意识流小说以到灯塔去为贯穿全书的中心线索，写了拉姆齐一家人和几位客人在第一次世界大战前后的片段生活经历。以拉姆齐夫人的精神之光作为黑暗中的引导，暗含有女权主义思想。

关键词解读

---

[1] [英]爱·摩·福斯特：《弗吉尼亚·伍尔夫》，瞿世镜编选《伍尔夫研究》，上海：上海文艺出版社，1988，第22页。

1. 意识流："意识流"一词是心理学词汇，是在 1918 年梅·辛克莱评论英国陶罗赛·瑞恰生的小说《旅程》时引入文学界的。意识流文学泛指注重描绘人物意识流动状态的文学作品，既包括清醒的意识，更包括无意识、梦幻意识和语言前意识。艺术技巧上多采用内心独白、自由联想、时间空间蒙太奇、诗化音乐化等。

2. 布鲁姆斯伯里集团：20 世纪初位于英国伦敦布鲁姆斯伯里地区的艺术团体，成员大多以剑桥大学的知识分子和作家、哲学家、画家为主，主要成员包括作家 E.M. 福斯特、弗吉尼亚·伍尔夫、画家罗杰·弗莱、经济学家凯恩斯等，还吸引了当时大量艺术家参与其中。

（杜云飞）

政治寓言小说的讽刺艺术

——乔治·奥威尔的《动物农场》

作者简介

乔治·奥威尔（1903—1950）英国著名小说家、散文家和社会评论家，以政治讽刺小说闻名于世。1903 年出生于印度，1904 年随母亲定居英国，1911 年，由于家境没落，奥威尔由著名的伊顿公学转入一所二流的寄宿学校，这里充斥着极权主义社会的气息，对其日后创作产生了极大影响。毕业后他被派到缅甸做警察，这段经历让他深刻反思了极权主义制度的非人道主义本质。1927 年奥威尔回到英国，度过了四年的流浪生活，亲身体会到社会对个人的压迫，并最终接受了社会主义思想。20 世纪 30 年代，奥威尔曾参加西班牙内战，被迫流亡法国。二战期间，奥威尔受雇于 BBC，专门报道战争。1944 年，奥威尔写成了《动物农场》一书。1949 年出版了《一九八四》一书。1950 年年仅 47 岁的奥威尔因肺病去世。奥威尔用他犀利的文笔记录并反思了那个时代，作出很多超越时代的政治预言，被奉为 "一代人的冷峻良知"。

作品梗概

《动物农场》的故事发生在英国曼纳农场。在曼纳农场里，动物们遭受着农场主琼斯先生的无情压榨。某天晚上，一头叫做"老上校"的公猪，满怀激情地发表了一次"动物主义"革命演讲，号召农场里的动物们当家做主，争取本该属于自己的权利。于是农场里一些聪明的动物萌发了新的动物观，并开始幻想有朝一日能享受毫无压迫、自由自在的生活。但理想还没实现，"老上校"就撒手人寰了。

一天晚上，琼斯喝醉酒了，两只勇敢的公猪——"雪球"和"拿破仑"鼓动动物们群起攻击，全面暴动，并最终用武力打败农场主琼斯，农场也被改名为"动物农场"。

动物们在农场开始实行"所有动物一律平等"的新"动物主义"，动物们靠着"我们以前是奴隶，现在是主人"的信念，各司其职，兢兢业业，任劳任怨，整个农场运作似乎井井有条。

然而幸福向来都是短暂的，农场中的猪们变成了新的"琼斯"，将其他动物的劳动成果据为己有，成为拥有特权的新统治阶级。并且两位领导者——"拿破仑"和"雪球"日益出现了分歧，"拿破仑"设下陷阱，诬蔑"雪球"是叛徒、内奸，将"雪球"赶出农场。为了捍卫自己的统治地位，"拿破仑"还发动了灭绝人性的、充满血腥味的大清洗运动。

独掌大权的"拿破仑"甚至违背了与其他动物的约定，与人结成同盟，实施独裁专制统治。动物们又回到从前的悲惨状况。大部分动物不相信自己的理解力，只相信被告知的结论。于是愚昧无知的动物们，成为"拿破仑"专制独裁统治下最稳定的群众基础。更可笑的是，"拿破仑"居然穿上衣服，搬进了琼斯的房间，睡在琼斯床上，与其他农场主饮酒作乐，甚至装模作样的开始学人走路。

至此，全体动物们力图打破的一种旧秩序，建造属于它们的乌托邦的幻想彻底破产。"老上校"预言过的"动物共和国"和那个英格兰的绿色田野上不再有人类足迹践踏的时代，一直是动物们的信仰所在。然而，当他们看到"拿破仑"人模猪样的与其他农场主饮酒作乐的时候又开始迷茫了，这样的社会真的能到来吗？

作品赏析

乔治·奥威尔堪称讽刺艺术的大师，在《动物农场》中，他通过对比、夸张、荒诞、象征等手法的运用，使人物形象更加鲜明生动，故事情节更加引人入胜，增加了文章的讽刺效果，强化了对极权现象的揭露和嘲讽。

一、 人物形象塑造中的讽刺艺术

乔治·奥威尔在《动物农场》中使用了对比、夸张、象征等手法来塑造人物形象，突出人物形象的鲜明个性，揭露极权社会中形形色色的人们的丑陋嘴脸。

首先，在《动物农场》中，对比是使用较多的讽刺手法之一。《动物农场》中，奥威尔通过塑造各式各样滑稽可笑的人物形象，使之形成对比，从而达到讽刺的效果，也让读者能够分清人物的好坏、善恶。如两个个性鲜明的公猪领导者形象"拿破仑"和"雪球"就形成了鲜明的对比。"雪球"生性活泼，反应敏捷、伶牙俐齿、一脑子主意，善于辩论。与之相反，"拿破仑"则性格深沉，不擅雄辩。两位领导者在革命成功之后，企图通过独特的方式来树立各自的威严。"雪球"一方面致力于读书学习，他希望用理论知识来武装自己头脑，从而为改造动物农场提出一些革命性意见，例如修建风车；另一方面，他倾心于社会活动，组建"动物委员会"，促进动物们一起进步。"拿破仑"却持不同意见，他认为"幼小动物的教育要比为那些已经成熟长大的做任何事更重要"，所以他将九只刚出生的小动物从母亲的怀中抢走，对他们进行特殊教育。"拿破仑"通过这种方式培养自己的忠实拥护者。他利用"尖嗓"那如簧巧舌来散布言论，获得大部分动物的信任。"雪球"就是在"拿破仑"设下的陷阱中被这九只狗逐出农场的。最终，拿破仑实现了专制独裁，被称为"伟大的领袖"、"慈父"。

其次，在《动物农场》中奥威尔还通过夸张的手法为我们描摹出一幅幅性格突出的漫画形象，加强了作者所要表达的感情，揭露了极权主义对人性的侵蚀，从而达到讽刺效果，尤其在塑造两位公猪领导者形象时作者极尽夸张之能事。

"雪球"与"拿破仑"为了争得统治权，互相攻击对方。"拿破仑"通过圈套赶走"雪球"之后，动物农场被恐怖的气氛所笼罩。有消息称，"雪球"夜深人静时总是偷偷溜进农场，干各种破坏性事件，扰乱动物农场正常秩序，吓得他们夜里都睡不好觉。每当农场里出了不好的事情，动物们都不加思索的认为是"雪球"干的。他偷谷子，弄翻牛奶桶，打碎鸡蛋，咬掉果树皮，捣坏窗子，堵塞水道，甚至仓库钥匙被偷了，奶牛的牛奶被挤了，动物农场里老鼠的猖獗等罪名也都被安在"雪球"的头上。文中通过这种夸张手法，将"雪球"塑造成恶魔。也正是这个潜在的恶魔提醒着农场里的动物，要服从"拿破仑"的指挥，只有这样才能逃脱"雪球"的迫害，保全动物农场。但是，作为旁观者的观众心知肚明，这是一场诬蔑，即使"雪球"再聪明狡猾，在这层层守卫下，想进来也是一件难事，更不用说是进行破坏活动。作者通过夸张手法讽刺了动物们的愚昧无知，讽刺了"拿破仑"等统治者的阴险狡诈。

相反"拿破仑"则被夸张成一位无所不能的英雄。面对"雪球"的"破坏"，"拿破仑"发号施令，要对"雪球"的种种活动清查一番，在几条狗的护卫下，他对农场的每个窝棚一一做了检查。"拿破仑"每走几步就停下来在地上嗅一嗅，寻找"雪球"的踪迹。他说他凭气味就能把"雪球"所到之处侦查出来。他把鼻子挨到地上，深深地吸几口气，便用可怕的声音喊，"雪球，雪球，到这儿来过！他的气味我一闻就闻出来了！"几条狗一听见"雪球"的名字立刻发出令人毛骨悚然的狂吠，龇着尖锐的牙齿。[1] "拿破仑"本是一头猪却被赋予了狗的灵敏嗅觉。这是统治者惯用的权力伎俩和塑造自己庄严形象的雕虫小技。

奥威尔尤其善于运用象征手法来揭露深刻的道理。《动物农场》中所塑造的角色无一不具有象征意义。

小说中的动物象征着形形色色的革命者形象。"拿破仑"——动物主义革命的领导者之一，他象征着极权主义统治中的残暴领袖。他们阴险狡诈，诡计多端，心狠手辣，独断专行。他们想方设法加强自己残暴统治，培养效忠自己的走狗，发动无情的杀戮运动。"雪球"象征着革命中的空想家，他们心中充满抱负，却英雄无用武之地。这类人往往被利用、被陷害，被排挤，最终只能被极权主义扼杀在摇篮中。"老上校"象征着革命的思想导师，他们提出民主、自由的"动物主义"思想，追求美好的政治理想。但这一政治理想是建立在空想之上的乌托邦，"老上校"发表的动物主义

---

[1] [英] 奥威尔：《动物农场》，傅惟慈译，北京：十月文艺出版社，2004，第64页。

演讲仅仅源于一个梦，在梦中他想起了儿时的母亲哼唱的歌曲，最终这首歌变成了革命歌曲，由此象征革命是虚幻的，这也是奥威尔对革命悲观失望的展现。"尖嗓"象征着为极权主义统治者鼓吹的政客。他们擅于言辞，是独裁者身边的卫道士，为他们的专制思想做宣传、鼓吹活动，通过言论来控制愚昧无知的被统治者。普通的民众就这样一点点的被动接受各种思想的灌输，极权的统治。最终在集体无意识下，他们成了极权统治者的愚民。"拳击手"就是愚民中的代表之一，他一方面象征了被统治阶级的优秀品质：忠诚、勤劳、勇敢；另一方面也象征着被统治阶级的缺点：愚昧无知，安于现状。

二、故事情节的荒诞性

在情节设置上，《动物农场》运用荒诞的手法进行了强烈的讽刺。整个故事十分荒诞可笑，一群动物竟然具有人的智慧，将农场的主人赶走，建立起了自己的农场。这样荒诞不经的事情在现实中根本就不可能发生。

《动物农场》情节的前后变化形成强烈的反差，这揭露了事物发展的荒诞本质，达到了讽刺的目的。在《动物农场》中，革命刚刚胜利，动物们制定了"七戒"。

可是随着剧情的发展，这"七戒"被改得面目全非。由原先的"一切动物都不许睡床铺"变为"任何动物不许在铺被单的床上睡觉"，[1]"一切动物都不许喝酒"变为"一切动物都不许喝酒过量"，[2]"一切动物都不许杀害其他动物"变为"一切动物都不许无缘无故杀害其他动物"，[3]"所有动物都是平等的"变为"所有动物都是平等的，但有些动物比其他动物更平等"[4]后来《英格兰牲畜之歌》也被禁止传唱。动物们憧憬的美好未来就这样被扼杀在摇篮之中，被压迫，虐待的命运并没有改变。唯一不同的是统治者由"琼斯"（人类）变成了"拿破仑"（动物）。

---

[1] [英]奥威尔：《动物农场》，傅惟慈译，北京：十月文艺出版社，2004，第55页。

[2] 《动物农场》，第89页。

[3] 《动物农场》，第74页。

[4] 《动物农场》，第109页。

通过前后情节鲜明的对比，荒诞的变化，可以清楚地看出动物革命在"拿破仑"的统治下发生了质变，由先前"老上校"提出的民主社会主义摇身一变，变成了如今的极权主义。

此外修建风车可以说是动物农场中最重要的工程了，领头猪们认为风车修建好了就能发电，电力可以为牛棚、马厩照明，同时也可以取暖。另外，还可以给圆锯、铡草机、甜菜切片机和电动挤奶器供电，这些设备的使用大大减少了动物们的劳动量。正如"雪球"向他们描述的奇妙的图景：机器如何代替他们干活儿，动物们可以安闲地在地里吃草，通过阅读书籍和交谈提高自己的智力。对于动物们来说，这是一件美妙至极的事情，是不可思议的事情。可是结果却事与愿违，动物们经历了修建风车带来的苦役，却没有享受到修建风车带来的幸福。动物们早起晚归，干着超负荷的苦役活，口粮也因种种原因不断的被缩减，由于它们被灌输过这样的思想：这一切是为了自己的利益，为了自己子孙后代的利益，所以他们心甘情愿的承受着各种苦难。不幸的是在十一月一个月黑风烈的夜晚，快要建成的风车被吹倒了。接下来的工作更加辛苦，动物们吃不饱，睡不足，整日加班，他们的工作量比"琼斯"当家时更大。更糟糕的是，"拿破仑"还实行了恐怖杀戮，动物们变得惶惶不可终日。结果，风车终于在动物们汗水的浇灌，血泊的浸染下建成了。就在动物们为自己的劳动成果感到骄傲与自豪之际，人类与农场里的动物们发生了一场交战，风车就是在这场交战中再次摧毁，被炸成一片废墟。情节发展到这里不禁让人想起了西西弗斯的神话，这里的风车正像那颗山脚下的石头一样，一次次的被建成，又被摧毁。作者通过荒诞的情节揭示了动物们建设风车的徒劳，也更深层次地讽刺了革命的无意义。

纵观《动物农场》整个故事情节，荒诞无处不在。"拿破仑"把"雪球"赶出农场，实现独裁之后，贪婪的焰火愈燃愈烈，他不断扩大自己的特权：喝牛奶、吃苹果、睡床等等，后来还穿衣服、用两条腿走路，"拿破仑"叼着烟斗在花园里散步也好，甚至把"琼斯"先生的衣服从衣橱拿出来自己穿上也没叫别的动物吃惊。"拿破仑"自己就穿着黑外套和怪里怪气的猎裤，腿上绑着皮绑腿，在大庭广众露面。"他最宠爱的母猪穿的是'琼斯'太太当年星期日才穿的波光闪闪的绸袍。"[1]他还同其他农场主打牌喝酒，寻欢作乐。奥威尔用荒诞的笔法将"拿破仑"刻画成了动物中的人类，"拿破仑"俨然成了统治者"琼斯"的化身。

三、动物寓言的政治讽喻色彩

乔治·奥威尔小说中的讽刺艺术深受英国讽刺小说影响，他通过对比、夸张、象征、荒诞等讽刺手法，批判揭露了极权主义的本质。但同时奥威尔也形成了自己的特色，他以寓言的形式进行叙述，使读者在荒诞的笔墨中大笑，大笑过后便是沉重的叹息。

奥威尔作品中的讽刺具有非常鲜明的政治色彩。奥威尔的文学理想就是"将政治性写作变为一门艺术"，[2]虽然奥威尔写作的目的是为了政治，但他其实并不信任任何一种意识形态，他凭借自己的经验和感觉，支持他所理解的民主社会主义。他往往用通俗易懂的文字来表达自己的政治见解，他希望通过这种方式始终与人民大众站在一起。他憎恨一切政治欺骗，尤其是用文字来愚民的把戏，所以他自己用一种真挚、诚恳的文字来写作。

很明显，奥威尔这部小说影射了斯大林领导下的苏联，写这本书的起因是西班牙战争，经历了西班牙战争的奥威尔有一个疑问：怎样把苏联国内发生的和西班牙共和政府内部所发生事情告诉公众。有一天偶然看到一个男孩用鞭子抽打拉车的大马，顿时，他的灵感迸发。统治者者奴役下层人民就像人类奴役动物一样。于是他在这种情况之间发现了联系。几个月之后，一部政治寓言就这样诞生了。

但《动物农场》的主题又不仅限于此。奥威尔在解读《动物农场》的主题时认为历史包含着一连串的欺诈愚弄：群众首先得到实现乌托邦的承诺而受到鼓动，起义反抗；然后，一旦他们起过作用，便又受到新主子的奴役。奥威尔别出心裁的建立了一个动物农场。农场就是一个国家的缩影，这里有

---

[1] [英]乔治·奥威尔：《奥威尔文集》，董乐山译，北京：中央编译出版社，2010，第110页。
[2] [美]杰弗里·迈耶斯：《奥威尔传》，孙仲旭译，北京：东方出版社，2003，第469页。

思想家、领导者、宣传者、革命者及人民群众。作品从动物的视角入手嘲讽了现实政治，不仅讽刺前苏联的社会主义，它嘲讽一切的极权统治。奥威尔希望通过小说来打破苏联神话，提醒人们警惕极权主义的危害，正视社会主义信仰背后潜在的危险。

政治写作要想成为一种艺术并非易事。但《动物农场》却实现了两者的完美结合，不流于枯燥的政治形式，不限于华美的艺术，而是以寓言与虚构的形式，把政治写作变成一种艺术。其政治性体现在反极权与反乌托邦话题中，其艺术性体现在虚构与真实相融、深刻与直观兼顾的描写中，这使他的政治小说具有鲜明的思想特色和艺术特色，由此形成了特有的"奥威尔式"。

奥威尔的讽刺是一种悲观绝望的讽刺，他用荒诞不经的故事讽刺了极权主义统治者的丑恶嘴脸。作品中充斥着一种黯淡的色调，他让读者感到悲观，感到无奈。人物都是消极被动的，甚至是坐以待毙。他们或许在开始充满着希望，渴望反抗，可是到了后来，面对现实的残酷，主人公都一一低了头，他们的意志被生活消磨殆尽，剩下的唯有苟且偷生。在极权社会中，人们虽然对这种统治心怀不满，但在极权统治的威慑下，极权思想的桎梏中，普通的人们早已经失去了反抗的念头和意志。

奥威尔的悲观情绪影响了我们，因为荒诞的表面蕴含着真实的本质。在他的作品中，这种悲观绝望无处不在。最终，奥威尔上升到对整个人类生存价值的质疑嘲讽。几个世纪以来，人们一直在探究自身存在的价值，随着现代科技的进步，经济的发展，人们越来越感觉到存在的虚无。奥威尔通过作品，不仅让我们警惕极权政治，更想让我们思考人类生存的价值。但是在作品中，他又表现出一种悲观绝望的情绪：即使我们意识到了极权统治的危害，我们奋起反抗，仍然难逃失败的命运。通过对极权社会中各种荒诞情景的嘲讽，表达对人类命运的担忧，或许人的存在本身就是一种荒诞。

除此以外，奥威尔政治小说中那脍炙人口的语言也充满魅力，明净清晰，简洁通俗，充满讽刺性和批判性。奥威尔在写了《动物农场》之后，被尊为"那一代的代言人和仲裁者"，他的语言风格和道德观点深深影响了50、60年代西方许多小说家和剧作家的创作。奥威尔是个有先见之明的政治预言家，他在小说中对极权主义的预言，不断地被人类历史所印证。同时，他还给我们留下了更多启示，特别是在某些国家恶意侵犯别国，霸权主义盛行，恐怖主义与反恐斗争日益紧张的形势下，更有必要重读奥威尔的政治小说。它激励着当权者和人民大众：谨防极权主义重现。

精彩片段

第一章：老上校在琼斯喝醉后召集动物集会，会上分享了自己的"动物主义学说"提倡自由、民主，号召动物农场的动物起来革命，极具煽动性，充满理想主义色彩。

第七章：继续风车计划。动物农场饥荒，利用温铂先生隐瞒事实，制造富庶的假象。动物农场的内部大屠杀，恐怖统治进入高潮阶段，强烈的讽刺了一场动物革命变成了极权主义闹剧。

引申阅读

1. [英] 乔治·奥威尔：《我为什么写作》，刘沁秋、赵勇译，南京：南京大学出版社，2008。

本书收集了奥威尔创作的关于社会、政治与文学的散文随笔，包括《所谓欢乐，不过如此这般……》《猎象记》《政治与英语》《回顾西班牙内战》等关于社会、政治的随笔，以及一些见解独特的文学随笔，如《查尔斯·狄更斯》《拉迪亚德·吉卜林》《置身鱼腹》。这些作品的思想见解都很独特，特别是《我为什么写作》解释了作者文学创作的目的及一贯坚持的文学风格。读者可以在字里行间体会作者将政治写作变为艺术的理想及为此付出的艰辛。

2. [英] 乔治·奥威尔：《一九八四》，董乐山译，上海：上海译文出版社，2009。

《一九八四》是继《动物农场》之后奥威尔创作的又一力作，是世界文学史中经典的反乌托邦、反极权的政治讽喻小说。这部小说与英国作家赫胥黎的《美丽新世界》，以及俄国作家扎米亚京的《我们》并称反乌托邦三部曲。奥威尔在《一九八四》中刻画了一个假想的极权主义社会，它以追逐权力为最高目标，奥威尔通过对社会环境及普通民众生活的刻画，抨击了极权主义的罪恶，揭示了极权主义必将导致的悲剧结局：人民毁灭，国家凋零。他在这部小说中创造的"老大哥""双重思想""新话"等词汇都已收入权威英语词典。

关键词解读

政治寓言小说：是文学史上一种重要的文体，其主要特点是通过寓言形式来言说政治，用虚构的文学人物和故事情节，曲折地隐喻政治生活，往往带有强烈的讽喻性或批判性。西方文学史上的乌托邦小说和反乌托邦小说多属于政治寓言小说。政治寓言小说的杰出代表有：俄国作家尤金·札米亚金的《我们》、英国作家赫胥黎的《美丽新世界》以及英国作家奥威尔的《一九八四》《动物农场》等。

（沈潇君）

指环、剑与巫师

——《魔戒》系列意象研究

作者简介

约翰·罗纳德·鲁埃尔·托尔金（1892—1973）是牛津大学教授，古英语专家。他是一位虔诚的天主教徒，坚持着甚至被评为苛刻的清教徒式的生活。他对神话的态度带有浓郁的圣徒色彩，相信神话是真实的，所以又被称为"浪漫的神学家"托尔金于1911年进入牛津大学学习，1915年加入英军，后因患上"战壕热"回英国养病。1917年开始创作《魔戒前传》——《精灵宝钻》，1937年出版了《霍比特人》，而后又陆续出版了魔戒三部曲：《魔戒再现》《双塔骑兵》《王者无敌》。魔戒系列先后被翻译成四十多种语言销售1亿多册，引起了巨大的反响，托尔金创造的虚构世界迥异于传统文学，带给读者不一样的文学体验，引发人们对现实的思考。

作品梗概

第一部《护戒使者》开头介绍了半身族霍比特人热爱平静安逸的生活，但是灰袍巫师甘道夫的拜访却带来一阵骚动。110岁的老霍比特人比尔博容颜不老，在他的庆生会上突然消失不见。比尔博的侄子弗拉多回到家发现了比尔博留给他的指环，却被甘道夫发现其中蕴藏着极大的危险。原来这枚指环就是当初魔王索隆融合了贪婪、权力、黑暗等等邪恶力量铸造出来的，机缘凑巧被比尔博得到。但是现在索隆已经察觉戒指就在夏尔，所以弗拉多和山姆踏上了征程。他们随着游侠的指引暂时去了精灵生活的地方——瑞文德尔。在这里举行了中土各族的林谷会议，通过激烈的争论最后决定派人把指环带到莫多的末日火山中毁掉。护戒小分队——巫师甘道夫、弗拉多、山姆、皮平、梅利、矮人王金穆利、精灵王子莱格拉斯、人皇阿拉贡和勇士博罗米尔越过平原、雪山，受到白袍巫师萨茹曼的阻碍，不得已取道莫瑞亚地下矿道，却遇到了地狱炎魔柏龙格，甘道夫与之同归于尽。莫瑞亚之后，博罗米尔心有杂念，夺取指环未果，以死保护队友，死前得到了阿拉贡的宽恕。梅丽和皮平被半兽人带走，护戒小分队解散。

第二部《双塔奇兵》分两条故事主线：一条以阿拉贡为主，阿拉贡、精灵莱格拉斯和矮人王金穆利顺着踪迹追赶劫走梅丽和皮平的半兽人，却在法贡森林里遇到了涅槃重生的白袍巫师甘道夫。他们进入罗翰国，甘道夫施展法术唤醒了被萨茹曼蛊惑的国王塞奥顿，并一起在圣盔谷抵抗半兽人与奥克斯组成的军队。而此刻，被树人恩特救下的梅丽和皮平则见识了树人的恼怒，它们爆发了最后的征程，毁灭作恶多端的萨茹曼的根据地——艾森格德。甘道夫骑着骏马神影奔赴冈多，却并未说服摄政王德内豪，巧用计谋燃起了求援烽烟。另一条线索以弗拉多为主，他和山姆一起走向末日山脉。途中收服了一路跟踪魔戒之王而来的怪物咕噜，并让曾经进过莫多的咕噜带路走出了死亡沼泽。知晓咕噜曾经是霍比特人的弗拉多感化了咕噜，却在冈多大将法拉米尔的禁池捉鳖的计谋中无法说清自己与咕噜的关系，最终导致咕噜走向报复的极端。咕噜用食物离间弗拉多的山姆，并领着弗拉多进入了母蜘蛛的夺命洞窟。山姆拼命营救，无奈最终弗拉多被巡山的奥克斯带回了魔穴。

第三部《王者无敌》主要内容是：在塞奥顿整顿兵马救援冈多时，阿拉贡、莱格拉斯和金穆利却一起去了死亡谷里，阿拉贡以圣剑纳西尔的名义获得了幽灵君王的帮助一起奔向冈多。在冈多都城爆发了一场大战，各国人类、精灵和幽灵对抗有奥克斯、半兽人、追随魔王的人类组成的魔军，罗翰国王牺牲，人类暂时胜利了。为了给弗拉多毁灭魔戒创造机会，重回冈多的人皇阿拉贡重整人马攻打莫多，而此刻，弗拉多也拼着最后一丝力量爬上末日火山，但在悬崖上最后一刻被指环蛊惑而戴上了指环。咕噜尾随而来咬掉了弗拉多的手指，夺回了指环，却在狂喜之下跃进了末日火山熔焰中与指环一起融化掉了。魔军土崩瓦解，人类获得了最终的胜利。阿拉贡接受甘道夫的加冕成为真正的人皇。精灵迁去西方隐退中土，弗拉多和比尔博也随精灵离去疗伤。梅丽和皮平成为夏尔的平乱主力，山姆和家人又幸福地生活下去。

作品赏析

从托尔金创作发表开始，美国学者就不断地对《魔戒》作品展开研究；一直到80年代，英国本土学者终于开始重视《魔戒》；90年代我国台湾学者开始对《魔戒》作品特别是题材方面的研究，而大陆学者大多从2000年以来开始进行对《魔戒》作品解读的。

对托尔金作品的研究可谓汗牛充栋，从神话原型、宗教意识、语言学、基督教思想、现代意义、反战倾向、史诗叙述、精神分析、文化研究等各方面对《魔戒》进行剖析。而本文主要关注《魔戒》系列对21世纪通俗文学影响最大的三个意象：指环、剑与巫师。这些意象充满无限的神话语境和浓厚历史氛围，指引着人们在心理上回归古老的历史中去。而他们的生命力也体现在其后风起云涌的奇幻风潮中、斩获多项殊荣的魔戒影视中、热血沸腾的中世纪魔戒游戏中、衍生出来的魔戒同文中等等。

意象在文学作品中无处不在，它是文学形象的载体，韦勒克认为：意象是一个既属于心理学，又属于文学研究的题目。在心理学中，意象一词表示有关过去的感受上、知觉上的经验在心中的重现或者回忆。[1] 所以意象所蕴含的意义并不是单独存在的，就像蛛网一样，所有的意象都是依赖着前文本的意义而寄生的，它不止是一个文学术语，也涉及人类学和心理学的知识。每一个文本对意象的塑造都寄生于前文本的蕴含，然后又影响着下一个文本的意义生成。郁沉认为：意象不是事物表象的简单再现和综合，它已经融入了作家的思想感情创作意图等主观因素。它是作家根据事物的特征和自己的情

---

[1] ［美］韦勒克，沃伦：《文学理论》，刘象愚等译，北京：三联书店，1984，第210页。

感倾向，对生活表象进行提炼、加工、综合而重新创造的艺术形象。[1]

每一个富有影响力的作家都对意象有再造的力量，意象因而也就出现了意义的多指和细化，意象也和创作者紧密相连。我们古代诗歌最为明显的例子就是陶渊明之于菊花。意象在大众的心理传承中统一化，又在创作者笔下走向特殊化和形象化。以善用"意象"著称的诗人庞德则认为：意象不是一种图像式的重现，而是一种在瞬间呈现的理智与感情的复杂经验，是一种各种根本不同的观念的联合。[2]

因为意象的生成涉及理智与感情的复杂经验，所以不仅作者创作与意象互动，读者在阅读时也能够深刻地感知创作者依靠意象所要传达的丰富感情倾向和体验。

意象就是原始的感官经验，所以人们一直都在渴求回归传统，浸淫于现代文明的人所感受的意象已经不再能够震撼人们的心灵的时候，原始意象就被呼唤，人们需要重现远古时代关于世界的记忆和感受。用荣格的集体文化遗传的观点来看，托尔金能够创造出的每一个人物形象几乎都能在古老的民间传说中找到原型，能够设定如此深刻而又典型的人物形象，离不开民族心理共同想象。

《魔戒》的故土是北欧神话，它根植于此并大量应用着北欧神话和宗教当中的思想和观念，历经中世纪文学、文艺复兴、浪漫主义等文学阶段，《魔戒》三部曲使用着集体文化遗传给现代人的集体意象。《魔戒》使用的又不止是神话，还是对古老的社会秩序的再现。在物质文明高度发达的今天，很多作家却在追忆古老的回忆，托尔金则在魔戒里倾注了自己对历史和传统的热爱与渴望，给我们展现了中世纪的骑士精神、恢宏壮观的冷兵器战争、久已远去的国王崇拜、神秘危险的黑魔法、守卫大自然的生灵、人们内心善与恶的拷问与较量等等，冲击着想象力枯竭的现代人的心灵。

托尔金在谈到创作艺术时提出了"故事锅理论"：每一个作家都是从已

---

[1] 郁沅：《中国古典美学初编》，武汉：长江文艺出版社，1986，第 198 页。
[2] 董小英：《再登巴比伦塔》，北京：三联书店，1994，第 193 页。

有的原材料中寻找原型和灵感，这些原材料好比故事锅，但是每一个作家在创作中同时又向故事锅中添加了自己的东西，由此类推，源源不断。这也与"意象"本身的存在意义不谋而合。托尔金之于指环，借古希腊神话和柏拉图之力，又增加了自己对指环的创造和想象，最终生成了独立的具有灭世魔力的魔戒之王的意象。

一、被诅咒的指环

"指环"意象是整个魔戒系列的灵魂，整部宏大的奇幻史诗都是围绕着这枚小小的被诅咒的指环来展开的。这里"指环"的内涵不同于我们通常意义上指环的定义，而是对人性的深层探究，是一场对每一个人的心灵拷问。在这里。指环不仅仅是魔戒之王，更是指涉拜物教，是对中土人性的一次大扫荡，这是在道德层面上的哲学拷问，它奠定了《魔戒》的深度。本章主要探究《魔戒》中指环的塑造原型和历史渊源；它对中土世界人物的试探和诱惑，和托尔金借助指环所进行的对人性的思考与探寻；指环所指涉的拜物教倾向与如何才能保持人们面对原欲的自我节制。

魔戒三部曲中，托尔金用具有魔力的语言来讲述魔戒之王的诞生的：中土世界第一纪梵拉神中的黑暗君主弥苟斯的仆从索伦通过学习小精灵和侏儒铸造了融合贪婪、权力等各种黑暗魔力的戒指：一枚指环统领众生"One ring to rule all。"它能够让带着戒指的人隐身并且控制世界，所有人都避免不了魔戒的诱惑，甚至包括我们的毁戒英雄弗拉多。所有人都处于魔戒的巨大阴影笼罩中，所以《魔戒》三部曲每部首页都会有这样一段犹如咒语一般的文字：

三大戒指归属天下小精灵诸君，
七大戒指归属石厅小矮人列王，
九枚戒指属于阳寿可数的凡人，
还有一枚属于高居御座的黑魁首。
莫都大地黑影幢幢。
一枚戒指统领众戒，尽归罗网，
一枚戒指禁锢众戒，昏暗无光。

莫都大地黑影幢幢。[1]

这是每部作品扉页上的文字，它贯穿了整个故事的进程，预言了整个围绕魔戒发生的悲剧，像一个永恒的诅咒悬在每一个人的头顶。这是《魔戒》作品中关于指环的出场描写，托尔金竭尽自己的专业知识素养为指环蒙上一层神秘而又古老的面纱。

"指环"的形象在西方文化故事里，总是作为一种超自然力量的象征游走于神话、宗教与文学之间。最起初的形象就是希腊神话中用于禁锢普罗米修斯的铁环，古希腊著名诗人赫西奥德的《神谱》中宙斯用于禁锢普罗米修斯的铁环据说就是指环的始祖，从这里指环就意味着权力威压禁锢征服等。在古希腊罗马文化中，指环用于庇护；其后在中世纪的欧洲，"指环"多用于辟邪或者隐身。在这充满想象的神话传说和作品中追寻关于被诅咒的指环似乎太过于泛滥了，但是魔戒所携带的浓郁的神话气息令我们不能不追寻其历史渊源及其原型。

二、神圣的剑

奇幻文学在现代大众阅读中的风靡程度已不必赘述。与其他幻想文学相区别的就是奇幻文学所建构的历史文化氛围感。《魔戒》系列中的剑，哈利波特系列的代表着勇气的格兰芬多之剑，纳尼亚传奇系列中的勇者之剑……都令现代读者的心潮无比澎湃，好像跟随着史诗一起进入了遥远的冷兵器骑士时代。在这三部曲中"剑"则是最显著的意象代表。本章则从"圣剑"这一意象入手来探究《魔戒》的中世纪风采。

在几乎所有的史诗文学中，拥有名字和宗谱的宝剑是英雄的标志。其中最著名的就是亚瑟王的宝剑——王者之剑。在魔戒系列中，"剑"的意义尤其重要，它无时无刻在向我们展示剑所象征的骑士精神的勇气、荣誉与忠诚。护戒小分队中每一个人都必备这一冷兵器时代的勇士标志，更是品格的象征。

[1] J·R·R· Tolkien: *The Lord of the Rings: The Fellowship of the Ring*, Boston: New York Houghton Mifflin Company, 1988.

巫师甘道夫和侏儒王索林从特罗尔人那里获得宝剑被命名为奥克利斯和格兰德林，证明了他们的勇气和能力。比尔博杀死大蜘蛛后将其宝剑命名为斯汀，同时也是他个人在探险历程和内心升华的一个转折点，斯汀标志着他的勇敢与积极，也预示了他从一个乐于平凡生活的霍比特人到一个历险英雄的蜕变。尤其是纳西尔圣剑赋予阿拉贡的传奇色彩。这都代表着托尔金对中世纪社会秩序的向往，期待传统自然理想的社会政治环境。

三、巫师身份与古老的巫术文化

《魔戒》系列为人们展现了波澜壮阔的奇幻历史，成为西方奇幻小说的典范。而在其波澜壮阔想象的建构中，对于巫师身份与角色的塑造更是奇幻小说的特色。巫师在魔戒中不仅仅是魔法的实施者、神秘力量的拥有者，更是这场艰巨任务中的灵魂人物，巫师的选择与能力左右着这场决定中途命运的战争。

"History became legend, legend became myth." 历史逐渐成为传说，而传说逐渐成为神话。这句话道出了托尔金的历史观，他认为我们所听到的神话都是真实存在的，然而由于年代久远被现代人渐渐遗忘。所以他说："我想我自己要创造一个神话"，[1]《魔戒缘起：精灵宝钻》就是他创造出来的属于英国人自己的神话，在《魔戒》三部曲中，神话已经隐退，而巫师则是中土世界的人与隐退的神之间的媒介。他们知晓创世纪的渊源和典故，知道中土世界最危险最古老的事物，并指引着第三纪末第四纪初、早已忘记神的存在的人们去对抗灭世魔王索隆。他们维系着人类与自然的平衡，是古老世界与现代人的媒介。

巫师是神与人之间的媒介，他们是人形的天使，指引着黑暗生活中的人类。现代性的祛魅虽然早已使得现代科技文明替代了远古的巫术以及神秘的信仰，但是从另一个层面来说更增进了人类心理对神秘魔法与信仰的渴求。托尔金式的架空世界模式之不可摧毁性也就在此。托尔金研究专家 T.A. 西培评价《魔戒》的时代性的时候如此说："当你回顾过往千年，他的作品是那么地拥有

---

[1] Randel. Helms: *Tolkien's World*. Boston: Houghton Mifflin Company, 1974, px

20 世纪的色彩，我们这个时代的独特性和明确性。"[1]

在 20 世纪诸多现代派作家中，虽然托尔金对古老遥远的世界的追寻是那么独特显眼，但是他对现代化的反思却与现代派作家是相同的。劳伦斯的瑞奈宁计划，奥尼尔的梦与醉之乡，叶芝的拜占庭乐园，普鲁斯特的永恒的时光等。这些敏锐的作家们都明白：在这个时代，现代性是不可逆的，不可抗拒的，传统秩序的世界对于现代人来说早晚都会只剩记忆，甚至遗忘。所以《魔戒》中的精灵是忧伤的，神的世界已经消退，所有的神奇的事物都将离开中土，留下来的是人类的纪元，这如同一直忧伤的苏格兰风笛，笼罩整部作品。

一枚指环统领众生，（ "One ring to rule all." ）在《魔戒》故事中，所有人都因这枚指环的命运而充满希望，或者绝望。指环是权力，却也是地狱的入口，每个拥有指环的人都将走向狂妄、僭越、唯我独尊、毁灭、虚空，没有人能够逃脱这一命运。胜利的契机居然是以恶制恶，以更加贪婪的恶来拯救暂时贪婪的恶，人性如此脆弱，然而又如此渺小。在神的俯视下，人们必须学会尊重与怜悯，这是善的终极表现形式。现代人深受拜物教操控，一如魔戒之王对中土世界每个人的控制。人类无法摆脱自身的软弱，然而如若放任，人类终将走向狂妄之境。经历两次世界大战的托尔金深受战争之苦，更深深地了解现代人的欲壑难填，对新科技的过度依赖与对物质的过度崇拜使托尔金深深地忧伤。在《魔戒》中作者用古典浪漫的叙事方式来传达现代人对物质权力的疯狂追逐，这些在现实生活中具有潜在伤害力的危险和惩罚在作品中实体化了，象征性地谴责每一个接触过魔戒的人的方式使得深受现代理性控制的人们不免心惊胆战，反思自己的生活和精神状态，拯救人们的拜物症并摆脱理性主义生活方式的牢笼。

"以剑之名"，行正义之事。剑在《魔戒》中是世俗权力与战争的象征。而在魔戒系列中，最能够显示中世纪风采的莫过于轰轰烈烈的战争，为正义而战、为荣誉而战。托尔金是个"长着中世纪脑袋的现代人"[2]。他创造了《魔

[1] [英]托尔金：《魔戒（第一部）：魔戒再现》，丁棣译，南京：译林出版社，2011，第 5 页。
[2]《魔戒（第一部）：魔戒再现》，第 5 页。

戒》，故事中这种令人热血沸腾的战争为我们展示了了人类亘古以来的矛盾的宏观解决模式，也是最能引领现代人回归到古老的历史中去的最佳捷径。每此剑的出现，总会伴随着豪迈的口号、家族的荣誉与骄傲、英雄的传说，令人不禁心驰动摇，去琢磨剑本身之外的那些内涵。剑在西方一直都是高尚、荣誉、英雄、勇气、神力的象征，阿拉贡与圣剑纳西尔的故事令人荡气回肠，弥漫着浓郁的中世纪冷兵器时代的英雄风情。不仅如此，魔戒中更令人沉醉的是中土人民对阿拉贡国王崇拜的氛围。古板严肃的语言学家托尔金在用这种浪漫主义创作方式追寻理想的国家制度和模式。

在托尔金的这部史诗中最震撼人心的，莫过于指环之魅惑、剑之光芒、巫师之运筹帷幄，所以本文主要以这三个重要的意象为入口探究魔戒的魅力。文学意象之所以能够细致入微地直入人心，是因为其"渗透主题审美评价、情感态度、审美理想和创造力。"[1] 剑是世俗权力的象征，在古老的传说和史诗以及后来的文学作品中已经成为了英雄的标志。而魔法则是与最原始的巫术崇拜和祭祀有关，在后世人们的集体想象中已经成为神的代替者。这些原始意象在这漫长文明中承载着人类精神和命运的记忆碎片，重复和更新了无数人生命历程中的欢乐和悲伤。

正是《魔戒》中的这三个意象开启了读者的想象力之闸，让人们远离枯燥失落的现代文明的精神状态，走进神奇的中土世界，去领略拷问人心的善恶之辨，感受恶势力的无孔不入和僭越；去感受昔日的荣光，在现代化的荒漠中去追寻理想的秩序，感受为荣誉而战的荣耀；去追寻最遥远的人们对自然最原始的崇拜记忆，感受巫术的洗礼和净化，唤起充满真理、梦想、荣光与秩序的遥远的记忆。

（张丽亚）

---

[1] 邱明正：《审美心理学》，上海：复旦大学出版社，1993，第 340 页。

"魔杖"的反现代性思考

——论《哈利·波特》系列小说

作者简介

J.K. 罗琳（1965—），原名乔安娜·罗琳，英国当代著名女作家。其代表作《哈利·波特》系列小说热销全球，成为当代奇幻文学的经典，奠定了其在当代英国文学史上的地位。

J.K. 罗琳是一位单身母亲，当过短时间的教师和秘书，生活一度十分艰辛，1990 年她在一班从曼彻斯特开往伦敦的误点列车上得到《哈利·波特》小说的创作灵感。从 1997 到 2007 年间，罗琳相继出版了七部《哈利·波特》系列小说，得到广泛认可和关注。这些作品被译成近 70 种语言，总销量超过 4 亿册。《哈利·波特》的成功改变了罗琳的生活：其作品先后获得了"斯马蒂图示金奖章"、"惠特布雷特奖年度最佳童书"、"史密斯文学奖"、"英国国家图书奖年度最佳童书奖"、"英国图书奖年度最佳图书"、"汉斯·克里斯蒂安·安徒生文学奖"等诸多奖项；罗琳本人也获得了"英国图书奖年度作家"、法兰西荣誉军团勋章、西班牙"奥斯图里亚斯王子"奖、大英帝国勋章等荣誉，于 2010 年被媒体评为"全英国最具影响力的女性"。

作品梗概

《哈利·波特》系列小说共分七部，每一部以魔法学校霍格沃茨的一学年为时间单位，讲述了主人公哈利从 11 岁到 17 岁在魔法世界中学习、成长和对抗伏地魔的故事。每部情节概括如下：

《哈利·波特与魔法石》：这部首先交代了故事的背景，即哈利1岁时父母被伏地魔杀害，此后十年哈利在冷漠、缺乏幻想的姨妈家备受欺辱。霍格沃茨魔法学校狩猎场看守海格在他十一岁的生日到来之际，将被其姨妈姨夫隐藏多年的魔法世界的秘密揭开。霍格沃茨的录取信使哈利的生活发生了巨变，哈利在霍格沃茨学习魔法世界的生存技能，结识志同道合的朋友罗恩与赫敏，遇到了对头斯内普教授和同学马尔福，并逐渐了解到关于伏地魔的秘密。伏地魔不仅是哈利的仇人，同时是魔法界最可怕的恶人，但他在谋杀哈利时未遂，咒语反弹在自己身上而失去了肉身，在这一年中他附在黑魔法防御术教授奇洛的脑后，伺机盗取可以助其长生不老的魔法石。哈利在朋友的帮助下，凭借勇气与爱的力量制止了伏地魔的阴谋，并得到了霍格沃茨校长邓布利多的鼓励和支持。

《哈利·波特与密室》：家养小精灵多比给暑假中的哈利带去了不要回霍格沃茨的警告，而在麻瓜世界中痛苦、孤独的哈利已将霍格沃茨当作自己的家，当他义无反顾地回到学校后，怪事果然连连发生，学生们接二连三地被石化，学校走廊的墙上出现了预言斯莱特林后人将打开密室、清除血统不纯者的血字。哈利因为具有斯莱特林本人的技能——"蛇佬腔"而被同学们误解为是学校怪事的始作俑者。经过一年的努力，哈利在朋友们的帮助下解开了密室之谜，杀死了威胁人们生命的蛇怪，毁掉了承载着伏地魔学生时代灵魂的日记，由此金妮被伏地魔控制的灵魂得救，海格多年前的冤屈得到了平反。学期末，被石化的同学都得到了救治，多比终于脱离了邪恶的马尔福家庭而获得了自由，哈利所在的格兰芬多学院成功卫冕，这一年在一片欢乐中结束。

《哈利·波特与阿兹卡班的囚徒》：小天狼星布莱克从巫师监狱阿兹卡班成功越狱，传言其向伏地魔出卖了哈利的父母，而成为间接使哈利成为孤儿的恶人。魔法世界一致认为布莱克出狱后会加害哈利，哈利也的确从暑假开始就一直觉得有只黑色的大狗跟着自己。这一年中，赫敏的宠物猫克鲁克山和黑魔法防御术教授卢平举止反常，引起了诸多疑问。到学期末，哈利终于解开了事情的真相，黑色大狗就是布莱克，而真正出卖哈利父母的人是变成罗恩宠物鼠斑斑的小矮星彼得。彼得的趁乱逃脱，使哈利教父布莱克的清白失去了证据，为了不让布莱克再次被投入阿兹卡班，哈利和赫敏利用时间转换器，帮助布莱克骑上同样受到冤枉并将遭遇不公待遇的鹰头马身有翼兽远走高飞。

《哈利·波特与火焰杯》：已经中断了多年的三强争霸赛这一年要在霍格沃茨重新举行，火焰杯在三所学校的候选人中各选一名勇士为其学校代表参加比赛。意外的是，没有报名的哈利却成了第四位勇士。在经历了三项非常危险的项目后，哈利和霍格沃茨代表塞德里克决定同时拿起象征冠军的奖杯。然而，奖杯却是被施了魔法的门钥匙，两人被带到了伏地魔父亲的墓地，塞德里克被杀害，哈利目睹了伏地魔重塑肉身的经过。复活后的伏地魔要与哈利一决高下，孪生的魔杖芯救了哈利。然而，魔法部因为不愿相信伏地魔复活的事实而与邓布利多及哈利等人分道扬镳，未来充满了未知的困难与危险。

《哈利·波特与凤凰社》：邓布利多为了对抗伏地魔重建凤凰社，魔法部却派来了令人讨厌的乌姆里奇对霍格沃茨横加干涉。哈利成立了地下组织"邓布利多军"，一方面反抗魔法部的无动于衷，一方面为伏地魔将要掀起的风潮做准备。而伏地魔为了亲耳听到关于哈利与他命运的预言，利用哈利对布莱克的感情将哈利骗到魔法部。凤凰社联合"邓布利多军"与伏地魔的追随者食死徒展开了争夺预言球的战斗，混战中预言球被毁，布莱克被杀，魔法部终于认清了事实停止了对哈利等人的迫害。邓布利多在战斗结束后，告诉了哈利预言的内容，即哈利是唯一可以对抗伏地魔的人，他们两人中只能活一个。哈利肩上担起了维护整个魔法世界和平的重任。

《哈利·波特与混血王子》：伏地魔的回归使魔法世界和麻瓜世界都陷入了危险。哈利立志未来要成为抗击黑魔法的傲罗，一本署名为"混血王子"的旧课本给哈利在本不擅长的魔药学方面以很多帮助。邓布利多开始给哈利单独授课，关于不同时期的伏地魔的记忆，一步步解开了伏地魔如何拥有不死之身的秘密——以罪恶的谋杀分裂灵魂来制造七个魂器，只要魂器存在，伏地魔就永远不会死。这就表明，要打败伏地魔必须先毁掉所有魂器。为拿到山洞中的魂器，邓布利多受到了很严重的伤害，返回霍格沃茨后被他一直信赖的斯内普杀死，哈利得知斯内普就是"混血王子"。最后，斯内普与食死徒逃走，哈利发现邓布利多用生命换来的魂器是假的。哈利决定，下一年将不会回学校上课，而要去寻找并消灭其他魂器。

《哈利·波特与死亡圣器》：伏地魔的势力迅速扩大，不仅麻瓜，就连麻瓜出身的巫师都受到了生命威胁。哈利要躲避伏地魔的袭击更是付出了种种惨重代价。看着身边人们的牺牲，哈利坚定了消灭魂器的决心。然而寻找的过程并不顺利，魂器还不见眉目，哈利却意外得知了可以征服死神的死亡圣器的存在。在强大自身的圣器与消灭敌人的魂器中，哈利选择了魂器，并经历种种磨难、克服不可能的难题逐步销毁着魂器。但此时，伏地魔已经将魔掌伸向了霍格沃茨。在惨烈的霍格沃茨保卫战中，哈利解开了更多的秘密，得知了斯内普双重间谍的悲剧，最后决定自愿走向生命的祭坛，而伏地魔的杀戮咒并未杀死哈利，却除去了哈利体内伏地魔的那片灵魂。当哈利看到最后一个魂器被销毁后，与伏地魔展开了生死对决。其实，费尽心机的伏地魔不知道，哈利才是死亡圣器的主人，伏地魔手里的魔杖不肯伤害自己的主人，杀戮咒射向了伏地魔自身。哈利终于赢得了最终胜利，魔法世界此后一直处于太平中。

作品赏析

J.K. 罗琳的《哈利·波特》系列小说从第一部出版起，就在世界范围内引起了广泛关注，与托尔金的《魔戒》、C.S. 路易斯的《纳尼亚传奇》并称世界三大奇幻文学经典。与另外两部作品不同，罗琳所创造的魔法世界不是远古的故事（《魔戒》），也并非与世隔绝的世外桃源（《纳尼亚传奇》），而是与当代人类社会在时间上并置、在事件上相交的奇幻世界。在这个世界中，魔法既带有古代文明的传统，又影射了当代社会的问题。对此，我国学者叶舒宪指出："《哈利·波特》旋风已经覆盖了世界，由此引出的思想文化现象局限于儿童文学范畴是难以理解的。它以其独特的来自民间和非学院派的思维感知方式来挑战麻瓜们的现代性，反叛为技术理性所主宰的现代生存样式。"[1] 可以说,《哈利·波特》系列小说之所以得到全世界的关注,就在于其透过魔法与现实交织的艺术表现形式反叛现代性问题的社会意义。

魔杖是巫师"念咒语时使用的工具"[2],是魔法世界人类行为的主要载体,它以奇幻的魔法影射了人类复杂的内心世界,构成了罗琳的魔法世界反叛现代性问题的核心。本文从作品中对魔杖的构成、应用及象征性的表现这三个方面入手,分析其中反叛现代性的隐喻,以讨论《哈利·波特》系列小说以远古文明对抗现代社会的重要价值。

一、魔杖的构成与对个性的呼唤

自 17 世纪欧洲启蒙运动以来,人类逐渐在追求科技、理性和文明中走向了极端。吉登斯在《现代性的后果》中指出,"与现代性相关的抽象体系的极度扩张(包括商品市场的扩张)"[3] 改变了个人生存处境的性质,"由抽象体系建构起来的常规具有空虚和非伦理的特性,这也正是对非个人化逐渐淹没个人的观点之要害所在"[4]。伴随现代化进程,"市场导向的一种为追逐利润的最大化而疯狂生产与倾销的生活机制出现了,它正在以无情的吞噬本能消磨和改造着人的天性"[5]。正如马克斯·韦伯所看到的那样,世界逐渐成为一个"自相矛盾的世界,人们要在其中取得任何物质的进步,都必须以摧残个体创造性和自主性的官僚制度的扩张为代价。"[6]

J.K. 罗琳在《哈利·波特》中"用悲怜加调侃的口吻,把这种将生命完全陷入生产和消费的恶性循环状态而不得觉悟和自拔的人称为'麻瓜'"[7]。

[1] 叶舒宪:《巫术思维]与文学的复生——< 哈利·波特 > 现象的文化阐释》,《文艺评论》,2002 年 3 期。
[2]《哈利·波特百科全书》编委会:《哈利波特百科全书》,北京:北京理工大学出版社,2011,第 483 页。
[3] [英] 安东尼·吉登斯:《现代性的后果》,田禾译,南京:译林出版社,2011,第 104 页。
[4]《现代性的后果》,第 104 页。
[5] 叶舒宪:《〈哈利·波特〉与后现代文化寻根》,中国民俗学网,2003-10-05 发布,网址:http://www.chinesefolklore.org.cn/web/index.php?NewsID=2976。
[6]《现代性的后果》,第 7 页。
[7] 叶舒宪:《〈哈利·波特〉与后现代文化寻根》,中国民俗学网,2003-10-05 发布,网址:http://www.chinesefolklore.org.cn/web/index.php?NewsID=2976。

收养哈利的德思礼一家就是此类"麻瓜"的典型。他们拒绝相信魔法的存在，抗拒想象力，无法尝试与常规不同的生活，像被复制生产出的机械般规矩，但却冰冷、自私。佩妮姨妈将身份为巫师的妹妹称作"怪胎"，德思礼先生更是认为一切与魔法相关的事物都是"邪门歪道"，他们的儿子达利欺负哈利和算计自己生日礼物时的表现已说明儿童的天真与喜悦早已不复存在，他已过早地陷入了资本主义利益最大化与残暴剥削的思维模式中，属于他的是单调和冷酷。德思礼一家表面看似理性，实质上"机械复制的雷同性生产方式给人性带来的扭曲异化，商品拜物教对人的本真精神和原始的幻想能力的压迫摧残"[1]已经使他们失去了人类的自然情感和精神思维，集中印证了现代性对人类天性的严重伤害。

与之相对，魔法世界中的人们有的懦弱却善良、有的骄傲但富有智慧、有的热情却容易冲动……巫师在品性上的好坏上与麻瓜并无二致，但他们性格丰富、个性突出，与冷漠、机械化的德思礼一家相比，充满了本真生命的活力。在罗琳创造的魔法世界中，魔杖选择巫师，魔杖制作人奥利凡德曾说："你如果用了本应属于其他巫师的魔杖，就绝不会有这样好的效果了。"[2]很明显，魔杖要求与自己特性相当的巫师匹配，巫师的性格就体现在魔杖的构成材质中。

在对魔杖的木质材料的设定上，出身苏格兰的罗琳明显受到了凯尔特文化的影响，正如她在自己的官方网站中所说："这并不是一个随随便便做出的决定……我在偶然之中看到一份资料描述凯尔特人是如何将树木分配给一年不同时候的……因此我决定也依照凯尔特树历"。[3]树根深入土地，树枝伸展向天空，因此凯尔特先民认为树是连接天与地的载体，它可以象征恒久与智慧，也能预示死亡或重生[4]，他们将树的特性与季节相联系，从而赋予树木以复杂的象征意义。罗琳借此突出了其笔下人物的个性特征。如：斯内普的

---

[1] 叶舒宪：《巫术思维与文学的复生——〈哈利·波特〉现象的文化阐释》，《文艺研究》，2002年03期。

[2] [英]J.K.罗琳：《哈利·波特与魔法石》，苏农译，北京：人民文学出版社，2013，第51页。

[3] 郑雅君：《论凯尔特文化的复媚与〈哈利·波特〉的当代意义》，广西师范大学2010年硕士论文，中国知网：http://cdmd.cnki.com.cn/Article/CDMD-10602-2010155505.htm。

[4]Miranda Jane Green：Celtic myths. British:British Museum Press,1993：P50，61.

魔杖由桦树制成，桦树首先代表阴间，有着黑暗、恐怖的意思，是斯内普冷酷、刻薄的性格与曾做过邪恶的伏地魔的追随者的象征；另外，桦树也是凯尔特树历中的圣树，有着净化的作用，这正预示了斯内普在过失导致莉莉·波特被杀后洗心革面改做凤凰社卧底，以对邓布利多的忠诚、对莉莉·波特坚贞不渝的爱和忍辱负重的精神为反抗伏地魔做出了惊人贡献，以至于哈利为自己的孩子取了他的名字以示纪念，并称其为"最勇敢的人"，其灵魂的复归与价值在桦树的这一特性中得到暗示。再如：罗恩的新魔杖材质为柳木，柳树象征巫术，并可以使希望成真，罗恩自幼生活在众兄长的光环下，一直缺乏自信，在其换掉了哥哥的旧魔杖后，他在魁地奇、魔法以及勇气方面的各种能力逐渐得以展现，成为了级长，并为学院赢得了魁地奇杯，实现了自己一年级时在厄里斯魔镜中看到的希望。

魔杖主要由各种树木做成，但仍须有带有灵性的物质做杖芯，二者合为一体，才能形成魔杖主人的完整性格。用于做杖芯的一般有独角兽尾羽、凤凰羽毛、龙的神经等，均取自西方传统文化中代表灵性的生物，它们的象征意义也与欧洲文化传统相一致。罗琳在处理这部分的独特之处在于魔杖材质与杖芯的组合，类似或反差较大的几种特征集于一身，正表现了人性的真实性与复杂性。作为哈利好友的赫敏，其魔杖由葡萄藤木制成，葡萄藤所代表的追求和进步象征了赫敏在学习方面的天赋，她出色的记忆力、理解力与灵活的头脑的确差点导致她被分院帽分到注重才智的拉文克劳学院；但赫敏的杖芯却是象征强大和野心的龙的神经，龙在欧洲传统中与《圣经》中引诱夏娃的古蛇相一致，常被用来表现残酷与邪恶的威力，这是伏地魔的追随者食死徒魔杖中常见的杖芯，一般象征他们的野心与力量，当这种材质与葡萄藤相结合，作用于赫敏身上时，表现出了她骄傲的本性以及出众的才智和勇气。呈现圆形人物性格的还有哈利的对头德拉科·马尔福，他的魔杖材质为山楂木，由于山楂树断枝的特殊味道，在凯尔特文化里山楂木常常被认为是不吉利的象征，马尔福性格孤傲、盛气凌人、并一度追随伏地魔，是山楂木不讨人喜欢的特征的呈现；但其杖芯为独角兽毛，这种源自欧洲传说中的生物只允许清纯少女接近自己，因此一直被当作纯洁的象征，现在英国王室的徽章仍保留狮子与独角兽的组合[1]，可见欧洲传统对独角兽的喜爱，罗琳以此作为杖芯又指出了马尔福虽然曾经误入歧途但本性不坏、可以被拯救的特征，这也是邓布利多要求斯内普代替马尔福杀死自己从而挽救他的灵魂的缘由。可见，代表正派与反派的巫师性格特征并非是单一的，反而充满了内在的冲突与化解，从而代表了人性的复杂。

魔杖独特的构成展现了魔法世界中人物个性的丰富与内在的复杂，罗琳充分利用了凯尔特文化和欧洲传统文化的象征寓意，使魔杖与人物性格紧密结合，创造了缤纷魔法世界中更为色彩绚丽的人性特征，与被现代文明侵蚀的德思礼一家的冷漠和机械化形成鲜明对比，是对人性复归的呼唤，构成了对抗现代性磨灭人类本真个性这一后果的反叛。

二、魔杖的用途与对价值观的讨论

进入 19 世纪末 20 世纪初，人类社会由科技启蒙走向了人性的启蒙，当尼采的"超人"哲学被剥去根源，只被当作反叛上帝的力量得以蔓延时，"超人"哲学在为人类继文艺复兴后进一步肯定自我的同时，也将人性的恶暴露出来，追求"权力意志"成了颠覆旧秩序的新价值观。德思礼一家就是这种在打破与建立中失去方向性的价值观的漫画式典型。德思礼先生只关心自己公司的钻机订单，在他的思维中只有生意和赚钱才是正经事，哈利搞砸了他与客户的谈判（《哈利·波特与密室》），在他看来甚至比吹胀自己的姐姐（见《哈利波·特与阿兹卡班的囚徒》）更为不可原谅；佩妮姨妈则溺爱、纵容自己的儿子，却让哈利备受委屈，甚至让他住在楼梯下的碗柜里，为人处事中时刻充斥着精明、冷漠的利己主义；他们的儿子达利就是被宠坏的小霸王，为了显示自己的能力而经常欺负无辜的哈利。值得注意的是，几乎在哈利得到魔杖的同时，达利也拿到了自己新的套装校服，这其中有一个在外形上与魔杖极为类似的物品——一支多节手杖，达利决定用它在老师不注意时和同学互相打斗，而德思礼先生则纵容儿子

---

[1]《哈利·波特百科全书》编委会：《哈利·波特百科全书》，北京：北京理工大学出版社，2011，第 358 页。

用手杖强迫哈利去做事，罗琳在此处不无深意地写到："这也许是对未来生活的一种很好的训练吧。"[1] 手杖可以说正暗示着麻瓜世界渗透着令人窒息的争抢权力的价值观。德思礼一家在生活上失去方向、在亲情上冷漠自私、在个人追求上只看重权力的价值取向，正暗含了现代社会利己主义与极端个人主义的精神困境。

魔杖在魔法世界中几乎相当于巫师的双手，代表了使用它的巫师的能力与要求。通过魔杖发出的魔咒可以满足人的生活需求，如韦斯莱夫人用魔杖来整理房间、料理饮食，辛苦却快乐地在贫穷的生活中自给自足；魔杖也可以用来为单调的生活添加快乐，最典型的是罗恩的双胞胎哥哥发明的各种玩笑物品，为焦虑中的人们带来压力的释放与短暂的精神调整；魔杖更能实现强大的保护，就像哈利的母亲用来保护他生命的伟大牺牲，像邓布利多在失去魔杖的最后一秒为保护哈利而施的"全身束缚咒"。如何应用手中的魔杖，常常反映了巫师界定事物的标准，透露出其不同的价值观。罗琳的魔法世界中，主要描写了那些独立、善良、勇于牺牲并奉献爱的人们，这些巫师颠覆了欧洲中世纪代表丑恶的女巫形象，他们不再是"与魔鬼订约结盟"[2] 的邪恶化身，相反却补充了麻瓜社会所缺乏的神奇与温暖。哈利觉得在霍格沃茨才能感觉到家的温暖，并为自己不回姨妈家过圣诞节而感到快乐。魔法的善意应用与麻瓜世界的冷酷形成对比，可以说正是为现代性精神焦虑中的普通人提供了精神出路。除此之外，罗琳还意味深长地描写了一段哈利在麻瓜世界使用魔杖的情景。自从哈利成为巫师后，惯于欺负他的表哥达利不禁对他的魔杖产生了畏惧，认为魔杖是哈利对他的威胁，当他惊恐地对哈利喊着"不许你用那玩意儿（指魔杖）指着我"[3] 时，哈利却用这根魔杖挽救了达利的生命。在哈利与德思礼一家诀别时，达利对哈利表现出了从未有过的友善，尽管他所

---

[1] [英]J.K.罗琳：《哈利·波特与魔法石》，苏农译，北京：人民文学出版社，2013，第20页。

[2] [意大利]翁贝托·艾柯编著：《丑的历史》，彭淮栋译，北京：中央编译出版社，2012，第205页。

[3] [英]J.K.罗琳：《哈利·波特与凤凰社》，马爱农、马爱新、蔡文译，北京：人民文学出版社，2003，第11页。

做的不过是给哈利一杯已凉的茶水，所说的不过是"我不认为你是废物"[1]，但哈利知道，"这话从达利嘴里说出来，就像'我爱你'一样了。"[2]达利懵懂的转变，也许正说明了罗琳对魔法世界的温暖拯救麻瓜世界的冷酷的希望，这也证明，罗琳并不想创造一个与世隔绝的世界，而是希望她所创造的世界能为现实社会带来真正有益的影响。

然而魔法世界中也存在着和达利一样，喜欢以魔杖作为自己争夺权力的人——伏地魔。首先，还未进入霍格沃茨之前，幼年伏地魔就已经会用自己的超能力控制、支配孤儿院中的其他孩子。他在霍格沃茨学到了魔法技能，充分发挥了自己魔杖的价值，逐渐拥有了认同其价值观的追随者，对这些食死徒，伏地魔让他们称自己为"主人"，他发明了"夺魂咒"、"钻心咒"和"阿瓦达索命咒"来控制和惩罚自己的"仆人"。对他所不喜欢的非纯血统巫师和麻瓜，伏地魔则要实现他的统治力，通过清除自己所不认可的东西来实现自己的欲望。伏地魔的追求与尼采的"权利意志"非常相似，占有和奴役他人意志，通过强权来达到生命的自我肯定和自我扩张。其次，仍是少年的他，就已经在为永久拥有这样的能力与权力而开始筹备制造魂器。即使在对黑魔法感兴趣的老教授看来，魂器也"是非常邪恶的东西"[3]，需要通过人类最堕落的罪恶——杀戮来实现，杀一个人已是恶行，而伏地魔为了确保长生不死，一次又一次地用魔杖夺去了很多人的生命，制造了七个魂器，其中包括抛弃他和母亲的亲生父亲、拥有他想得到的珍宝的无辜贵妇、无以计数的不愿屈从他的人和被他鄙弃的无辜麻瓜。杀戮使伏地魔的灵魂一次次被分裂，甚至使他的外表已经越来越不像人，但他的生命安全的确得到了保障，即使在用以杀婴儿哈利的魔咒反弹到自身后，仍旧没有死去，就像他自己所说："我，在长生的路上比谁走得都远。"[4]

[1] [英]J.K.罗琳：《哈利·波特与死亡圣器》，马爱农、马爱新译，北京：人民文学出版社，2007，第29页。
[2]《哈利·波特与死亡圣器》，第30页。
[3] [英]J.K.罗琳：《哈利·波特与混血王子》，马爱农、马爱新译，北京：人民文学出版社，2005，第370页。
[4]《哈利·波特与混血王子》，第373页。

这正如同尼采谈到生命意志时的说法："强者宁愿在壮大过程中自我分裂为二或多个，要求变多变小，要求内在的分解越强烈，则力的积蓄越多。"[1] 最后，则是伏地魔"超人"般的善恶观。在小说的第一部，伏地魔就借奇洛之口表达了自己对善恶的看法："世界上没有什么善恶是非，只有权力，还有那些无法获取权势的无能之辈。"[2] 对于他来说，凡是可以增加自身力量的都是善，他鄙弃哈利心中的爱与牺牲，轻视正派巫师的道德职责，他自身构成了善恶的立法者与评估者。

伏地魔与哈利的杖芯一样，同样是象征力量与重生的凤凰羽毛，而材质却与哈利魔杖象征生命的冬青不同，而是代表死亡的紫杉。相同的精髓却完全相对的性格，这主要由其对立的价值观来决定，由其完全不用的使用来表现。七部《哈利·波特》小说始终围绕着哈利对抗伏地魔展开情节，与伏地魔热衷于使用控制人的"夺魂咒"、彰显权力的"钻心咒"和唯我独尊的杀戮咒不同，哈利即使在最危险的情况下也从未真正伤害过别人，他与伏地魔对抗是为了拯救无辜的人，他两次与伏地魔交锋都使用了决斗中最普通的缴械咒，不过是除去对方武器而已。对决最终以哈利的胜利为结局。在小说的的尾声中，罗琳再次把笔端转向哈利的伤疤，伤疤自从伏地魔灭亡后就再也没疼过，暗示了清除伏地魔后，魔法世界一切太平，哈利七年的所作所为全是为了达到这样的目的，即清除伏地魔的价值观，还魔法世界以原初的善与美好。

当人们高喊着"上帝死了"，而终于挣脱了上帝所定制的一切道德枷锁与行为准则后，个人的自我膨胀的确成为了现代社会在精神领域面临的重大问题。人们在追求权力和成功的道路上逐渐背离了原来的一切价值标准，而最终陷入了以自我为标准的噩梦，人与人的关系变得单调而冷漠，非你死即我活。这是生活于现代社会的我们所不愿见到、却难以挣脱的现实。罗琳在此将德思礼一家和伏地魔塑造成反面角色，正是在向现代的社会价值观提出

[1] 赵明：《伏地魔：尼采式的超人》，《外国语言文学》，2009 年 02 期。

[2][英]J.K. 罗琳：《哈利·波特与魔法石》，苏农译，北京：人民文学出版社，2013，第 180 页。

质疑。魔杖可以用来做很多事，但罗琳的小英雄哈利选择了用它来表现爱与奉献。可见，"罗琳写作哈利·波特的目的，完全不是要告诉她的读者，魔法在书中人物的生活中使如何重要，而是要展现那些传统美德在他们的生活中具有的神奇的重要作用。"[1] 对于魔杖反映出的价值观的讨论，可以说是罗琳透过对魔法的描写向混沌的人类精神提供的拯救之策。

三、魔杖的象征性与对终极目标的思考

近代以来，人类社会的三次科技革命与资本主义价值观紧密结合，由此产生了病态的物质崇拜。加之上帝日渐被"超人"所颠覆的影响，人类对上帝的信仰逐渐被商品拜物教所替代，对天堂的渴望下降到了眼前的利益，在欧洲社会曾经得到普遍共识的终极目标在贫乏的物质追求中渐行渐逝。难怪乎有学者感慨："当今芸芸众生就像哈利·波特姨妈姨夫一家人，除了追求市场利润和平庸世俗享乐以外，已经逐渐丧失了人对自然宇宙的敬畏与神秘感，成为与大千世界万种生灵完全隔绝的城市动物园中日益痴呆和异化的动物。"[2] 麻瓜世界终极目标的陨落，正开启了罗琳在魔法世界中的思考。

在罗琳的魔法世界中，魔杖以独特的材质表现了巫师的性格特征，并通过巫师对魔杖的使用，表达了深层的价值取向，魔杖是表现多样性的载体，是引发多样性之后的讨论的基础。然而，在小说的最后一部《哈利·波特与死亡圣器》中，罗琳塑造了一根不同于以上魔杖特征的"老魔杖"，它选择自己的主人不靠个性与精神，而只取决于胜负，即它只效忠于争斗中取得胜利的人。由于它无可比拟的强大威力，以及独特的获得方式，渴望借助它的力量获得权势的巫师一批接一批地陷入了欲望的深渊，为了得到它，发生过无以计数的谋杀、仇杀、争夺之战，甚至包括朋友反目、父子相残的悲剧，"老魔杖的血腥踪迹溅满了整部魔法史"[3]，因此它也被称作"死亡棒"或"命运

---

[1] [美] 大卫·巴格特、肖恩·克莱因编：《哈利·波特的哲学世界》，于霄、刘晓春译，上海：上海三联书店，2010，第4页。

[2] 叶舒宪：《〈哈利·波特〉与后现代文化寻根》，《海南广播电视大学学报》，2002年第2期。

[3] [英] J.K. 罗琳：《哈利·波特与死亡圣器》，马爱农、马爱新译，北京：人民文学出版社2007，第301页。

杖"。它与《圣经》中违背上帝却美丽可人的辨识善恶树之果实、北欧传说《尼伯龙根的指环》中同时带来权利和诅咒的指环相类似，都是以美好的外表诱发内心罪恶的事物，有着非常深刻的象征意义。基督教"十诫"的最后一条说："不可贪恋人的房屋；也不可贪恋人的妻子、仆婢、牛驴，并其他一切所有的。"[1]人类的一切罪"乃是被自己的私欲牵引诱惑的。"[2]人们对权利、能力甚至是无度自由的追求，往往都葬送了内心的善良与美好，而使自己成为物的奴隶，终受制于此物。

"老魔杖"在魔法世界中引发了如麻瓜世界般的拜物之风。其历史可以追溯到魔法世界的古老传说中：三兄弟以聪明才智战胜了死神的圈套，死神要满足他们每人一个要求，好胜的老大要了"一根世间最强大的魔杖：一根在决斗中永远能帮助主人获胜的魔杖，一根征服了死神的巫师值得拥有的魔杖！"[3]之后他用"老魔杖"当作武器与人决斗，并大声夸耀，当夜便被人隔断了喉咙，偷走了魔杖。死神轻而易举取走了老大的生命。"老魔杖"与另外两兄弟索要的复活石和隐形衣不同，人类的欲望与争斗总使得它有迹可循，无数的争斗与杀戮伴随它走过历史。到了一个世纪前，魔杖制作人格里戈维奇为了自己的生意而宣扬自己得到了"老魔杖"，年轻狂妄的格林沃德为了实现野心偷走了魔杖，并用它制造了伏地魔出现之前魔法世界最恐怖的混乱。

为了维护和平，少年时代曾与格林沃德有着类似追求的邓布利多终于出手击败了格林沃德，自己成了"老魔杖"的主人。"老魔杖"的诱惑不仅局限于本性邪恶的巫师，即便是一直戴着完美光环的邓布利多也差点跌落欲望的深渊。少年时代的邓布利多也曾幻想自己拥有三件死亡圣器从而实现征服与统治的梦想，由于他的分心和有意回避，间接导致了妹妹的夭折。欲望曾

[1] 中国基督教两会：《圣经（启导本）》，《出埃及记》20：17，南京：中国基督教两会，2006，第142页。
[2] 中国基督教两会：《圣经（启导本）》，《雅各书》1：13，南京：中国基督教两会，2006，第1802页。
[3] [英]J.K.罗琳：《哈利·波特与死亡圣器》，马爱农、马爱新译，北京：人民文学出版社，2007，第298页。

给邓布利多的生活带来了毁灭性的打击，弟弟自此再未原谅过他，邓布利多始终生活在内心深处的自责中。因此，在他终于得到了三件圣器之一的"老魔杖"后，他再也没有碰过权势，而是安心在校园中帮助、保护并拯救别人。他不再追求死亡圣器，而诚恳地接纳了事实："我只适合拥有其中最微不足道、最没特色的。"[1]对欲望的淡然，使邓布利多最终参透了"老魔杖"的寓意，想要通过自己的不战而死来做"老魔杖"的最后一个主人，从而终结一切围绕它的争斗。

　　然而事情总不尽如人意，又藏着更有深意的结局。魔杖在邓布利多离世前就为自己找到了新的主人马尔福，而哈利又在马尔福家里战胜了他，成了魔杖真正的主人。哈利也曾在拥有死亡圣器和消灭魂器中挣扎，他感受过被欲望吞噬的玫瑰色的梦，而哈利在看到了多比的牺牲、伏地魔的罪恶以及斯内普的爱的力量后，放弃了圣器，最终选择了消灭魂器。然而意外的是，不再为欲望而费尽心机的哈利自然而然地拥有了全部死亡圣器。可是哈利并没有把它们当作战胜伏地魔的武器，只是身披隐形衣、手拿复活石，像无罪而为人类受难的基督般走向了自己的十字架。伏地魔第一次没有杀死他，只是清除了残留在哈利体内伏地魔自己的灵魂碎片，反而还给了哈利以内在完整的纯净和美好，这使哈利得以像耶稣一样复活。在最后的决斗场上哈利仍旧没有对敌人痛下杀手，以一句最平凡不过的"除你武器"使"老魔杖"心甘情愿地飞到了主人手上，向伏地魔吐出了他自己刚刚念出的杀戮咒，终结了魔法世界的罪恶。小说最后，哈利用"老魔杖"修好了自己的冬青木和凤凰羽毛魔杖，将"老魔杖"放回了它原来的地方。他继承了邓布利多的遗愿，准备以自己的自然死亡，销毁"老魔杖"的力量。

　　对于"老魔杖"，一向追求权力的伏地魔并没有体现出特别的关注，他百般折磨、屠杀了很多与魔杖有关的人，甚至剖开邓布利多的坟墓硬性夺取魔杖，并残忍杀害自己的仆人来抢夺魔杖的使用权，这一切只是为了消灭预

---

[1] [英]J.K.罗琳：《哈利·波特与死亡圣器》，马爱农、马爱新译，北京：人民文学出版社，2007，第532页。

言中将要战胜他的哈利而已，"老魔杖"不过是他维持权力的工具。就像他始终没有参透"老魔杖"的奥秘一样，以为权力和长生不死就是终极目标的伏地魔始终没有明白，魂器和"老魔杖"都不是万能的，战胜并非只有通过杀戮才能实现。

特里劳妮对哈利的预言中曾说："他拥有黑魔头（指伏地魔）所不了解的能量。"[1] 参照哈利从出生因预言而躲避追杀、到牺牲与复活的人生轨迹，不难看出，哈利与耶稣的相似性，这种相似性集中体现于特里劳妮所说的力量上。"在耶稣和哈利·波特身上，都有一种力量，这种力量让他们战胜了邪恶和黑暗，那就是爱的力量。"[2] 对朋友、爱人、父母、尊长以及世界上一切生灵的爱，使他比邓布利多更早地看清了"老魔杖"的寓意，使哈利终于挣脱了人类共有的原罪，而没有迷失在欲望的诱惑中，即使对敌人伏地魔，哈利也践行了耶稣"要爱你的仇敌"的诫命，劝伏地魔"试着做些忏悔"[3]，而非急着取得胜利，他是通过爱来实现战斗的胜利的，这是只懂得杀戮的伏地魔所没有能力企及的力量。这便是罗琳指出的终极目标，不是物质、不是利益、更非权利，不论是冷酷的麻瓜还是邪恶的巫师他们缺之的是对一种更高更远的目标的追求。现代性将人的目光固着于可见之物，无形中也降低了人理想的高度，使终极目标变得模糊不清。罗琳曾在自己的官方网站上表示，自己"信仰上帝，而非魔法。"[4] 的确，她用哈利象征了拯救着一切的耶稣基督，就像在现实生活中罗琳所做的慈善事业一样，以爱抵制现代社会的物质诱惑，这是罗琳借"老魔杖"的象征寓意给中了物质之毒的现代社会找到的解药。

---

[1][英]J.K. 罗琳：《哈利·波特与凤凰社》，马爱农、马爱新、蔡文译，北京：人民文学出版社，2003，第 556 页。

[2]徐哲：《"哈利·波特"——〈圣经〉中的"耶稣"》，《剑南文学（经典教范）》，2013年 09 期。

[3][英]J.K. 罗琳：《哈利·波特与死亡圣器》，马爱农、马爱新译，北京：人民文学出版社，2007，第 548 页。

[4]Nelson,Michael: Fantasia:The GospelAccording to C.S. Lewis. The American Prospect.2002-2-25.

结语

《哈利·波特》系列小说中的魔杖已经不再是传统巫师传说中的巫师工具了，罗琳将凯尔特文化、北欧传说、古希腊传统和《圣经》内涵融于魔杖之中，赋予了魔杖在小说中新的生命力。

纵观整部《哈利·波特》，伏地魔最终百密一疏其实主要在于他只关注自身的所求，而对诸如死亡圣器、哈利母亲牺牲的爱的烙印等古老魔法的轻视。罗琳通过魔杖的构成、应用及象征意义把这些渐渐被人们淡忘的古老文明、历史传统、价值观念和终极目标重新提出来，以时间上的并置使小说与现实紧密结合，突出了以古老的有益之物治疗现代性顽疾的隐喻。小说中人们熟悉并颇具趣味性的古老传统为罗琳的作品打开了销售市场，而其中对现代性的思考才是这部作品真正流传不息的动力。

精彩片段

《哈利·波特与魔法石》第十七章"双面人"：哈利与附着于奇洛后脑的伏地魔第一次对峙，被罪恶侵蚀的奇洛无法接触哈利纯洁的灵魂，罪恶与善良呈现出了奇妙的对峙，点出了全书的主题与内涵。

《哈利·波特与密室》第十六章"神秘密室"：哈利与里德尔的灵魂进行了殊死较量，暗示了代表狮子的格兰芬多最终战胜代表蛇的斯莱特林的结局，以未解开的问题引出了对伏地魔不死的猜测。

《哈利·波特与火焰杯》第三十四章"闪回咒"：伏地魔复活成为全书情节与基调的转折点；哈利与伏地魔的孪生杖芯使二人在决斗中发生了神奇的事情，印证了前文魔杖与巫师相配的理论，为后文"老魔杖"的出现埋下伏笔。

《哈利·波特与死亡圣器》第三十五章"国王十字车站"：哈利与已过世的邓布利多的长谈揭开了贯穿全书的秘密，模糊了地点与事件的真实性与幻想性，与全书以魔法喻现实的基调相统一，奇妙的设置与笔法引人深思。

引申阅读

1.[英] 安东尼·吉登斯,《现代性的后果》,田禾译,上海:译林出版社,2011 年版。

本书吸收了大量经典社会学家的思想传统,并通过与不同的理论相竞争而确立了作者本人的观点,条理清晰,论证详实。吉登斯对现代性的思考为读者提供了一种新颖、颇具启发性的独特视角。他在书中集中讨论了现代性后果的严重问题,包括极权问题、经济增长机制问题、生态环境问题、大规模战争问题等,指出现代性的后果在世界末前所未有地激烈化和普遍化,并在此基础上探讨了人类在这些问题中的出路。是了解现代性在当代的情况及变化的经典读物。

2.[美] 大卫·巴格特、肖恩·克莱因编,《哈利·波特的哲学世界》,于宵、刘晓春译,上海:上海三联出版社,2010 年版。

本书以霍格沃茨四个学院的特点分章讨论了《哈利·波特》系列小说中的勇敢、美德、野心和形而上学问题,指出了小说中的情节设置、人物塑造、价值观念所体现出的哲学思想及西方文化传统,展开了严肃哲学适用于大众文学的讨论,并实现了二者的完美融合。本书对于仅仅局限于《哈利·波特》小说的读者和仅仅局限于哲学的读者来说,兼具扩展、引导的作用,是对《哈利·波特》系列小说深度解读的优秀之作。

关键词解读

奇幻文学:由英文 fantasy literature 翻译而来,指建构在浓厚想象成分之上的文学作品,以奇幻小说为主要表现形式。奇幻文学的源流可上溯至各地神话(如希腊和罗马神话、北欧神话)、英雄史诗(如荷马史诗《奥德赛》、盎格鲁 – 撒克逊人的《贝奥武甫》)与民间传奇故事等。中世纪骑士文学与近代哥特文学的广泛传播,为奇幻文学的兴起打下了坚实基础。真正的奇幻文学在 19 世纪末 20 世纪初出现,到 20 世纪中叶,托尔金的《魔戒》获得了巨大声望,随着二战后西方社会对精神诉求的回望与转变,奇幻文学作为类型小说的新支异军突起，在当代流行文学中得到广泛关注并产生深刻影响。奇幻文学充分借鉴神话、史诗和中世纪浪漫文学中的幻想成分，通常包含架空的世界、异类生命、虚构的神话或宗教体系等要素，故事结构多半以神话与宗教以及古老传说来设定，故事多发生在与现实世界规律相左的"第二世界"中，或在现实世界中构加入超自然因素，通常向历史传统中寻求背景或依据，具有独特的世界观。奇幻文学依类型可分为严肃奇幻、剑与魔法、现代奇幻、科学奇幻、轻松奇幻、浪漫奇幻、英雄奇幻等类别。

（李绿丝）

德国文学

de guo wen xue

内心独白的书信体小说

——歌德的《少年维特之烦恼》

作者简介

约翰·沃尔夫冈·冯·歌德(1749—1832),出生于德国美因河畔法兰克福,德国著名思想家、作家、科学家、画家,是魏玛的古典主义最著名的代表。歌德的天性活跃,求知欲非常强盛。他的智慧、他的勤奋,他那深邃的目光、他那敏锐的感官,以及他长达82个春秋的高寿,使他在不同领域里都做出了巨大的贡献。作为诗歌、戏剧和散文作品的创作者,他是最伟大的德国作家之一,也是世界文学领域的一个出类拔萃的光辉人物。主要代表作有戏剧《铁手骑士葛兹·冯·伯利欣根》,小说《少年维特之烦恼》《威廉·迈斯特的漫游年代》,诗剧《浮士德》等。

作品梗概

书信体小说《少年维特的烦恼》以第一人称的口吻,为读者讲述了一个情感热烈却凄婉哀愁的爱情悲剧。多愁善感的青年维特出身于一个富裕的中产阶级家庭,他受过良好的教育,才华出众,正直善良。一次乡间修养中维特认识了活泼亲切、美丽善良的绿蒂并深深地为之倾倒,可是在偶然的谈话中他得知绿蒂已经和阿尔贝特订婚,不久后,维特认识了绿蒂的未婚夫阿尔贝特,这是一位学识渊博,沉着稳重的青年。三个人之间产生了最真挚的友谊。维特真心爱戴着阿尔贝特,却无法停止对绿蒂的爱恋,更知道纯善正直的绿蒂忠实自己订婚的盟誓,不会将爱情献给自己。于是在这种失望与矛盾的情感漩涡中维特决定告别这美好难忘的乡村，接受朋友建议进入一个公使馆当秘书。但是腐朽的制度如同铁环一样将维特桎梏。他决然递交了辞呈。维特回到原先的乡村，想恢复自己原先宁静的生活。然而那儿景色依旧，却物是人非。善良的村民因为身份卑微一个个遭遇不幸。绿蒂和阿尔贝特已经结婚。维特憎恶腐朽的社会，渴望寄托心灵的爱情也成为泡影。苦闷彷徨和抑郁痛苦像毒药一样侵蚀着维特的心灵，最终让他无法承受这些打击，留下令人不忍卒读的遗书，用一颗子弹结束自己年轻的生命。

这部小说的出版在当时的德国以致整个欧洲都引起巨大的反响。因为小说是融合青年歌德自己经历的血与泪栽培出来的，整个作品都充满了德国青年人对平等的美好生活、自由恋爱的向往以及对腐朽社会的控诉。

作品赏析

一、小说出版后的"维特热"

《少年维特之烦恼》出版于1774年。该书一经问世，立刻轰动了德国和整个西欧，用歌德本人的话说，它犹如一颗"火箭弹"，引起了"爆炸"，掀起了一股"少年维特热"。广大青年不仅拜读它，而且纷纷模仿书中主人公维特的穿戴打扮、言谈举止，甚至还有大约2000人读完此书后以身试险，模拟再现了维特自杀场景。资产阶级革命家、法国皇帝拿破仑读它达七遍之多，出征埃及途中也不忘将之携带身边。但与此同时，《维特》也遭到了形形色色卫道士的诟骂，德国不少州邦将之列为禁书，意大利文译本现身米兰后立刻被教会搜集销毁，在丹麦也被禁止发行。可这一切似乎无法阻挡《维特》的流传，反而更激起了广大读者的关注与兴趣。短短两年间，《维特》在德国再版十六次，仿效、"续书"、"外传"等相关之作也大量出现，后来更打破国界限制，被译为二十多种语言文字，风靡世界。

关于中国古瓷上出现维特与绿蒂画像的故事众说纷纭，在此不做具体探讨。《维特》与中国读者群直接而明了的接触，发生于《维特》问世后一个半世纪的1922年——我国出版了郭沫若先生所译的《少年维特之烦恼》，同样，此书也在我国引起了巨大的反响。据不完全统计，到抗战前夕，短短的十三四年中，由泰东、联合、现代和创造社四家书店先后再版重印，共达三十七版之多，一本薄薄的外国文学作品，再版次数如此之多，在中国出版界是绝无仅有的事。[1]

《维特》的问世同时也是德国文学史上一件划时代的大事，随着"少年维特热"席卷欧洲，不仅使青年歌德蜚声欧洲文坛，更使德国文学一举摆脱了长期以来在世界文学中默默无闻的局面，"成为第一部产生重大国际影响的德国文学作品"[2]，取得了与英法等富于文学传统的国家并驾齐驱的地位。

针对小说《维特》产生巨大影响的现象歌德本人给出了两个答案。

1808年，歌德在其自传《诗与真》第十三卷"《维特》的影响"一节中说：这本小册子的影响很大，甚至可以说轰动一时，这主要地因为它恰在适当的时刻出版，正如只须一点的火药线来爆炸一个埋藏着猛烈的炸药的地雷爆坑那样，当时的青年界已埋藏有厌世观的炸药，故这本小册子在读者大众前所引起的爆炸更为猛烈……[3] 由此可见，《维特》产生巨大影响的第一个因素，应当是时代原因，是作品中传达的"狂飙突进"精神引起了当时读者的共鸣。18世纪后期的德国，是欧洲最落后、最腐朽的一个四分五裂的国家之一，封建专制和教会势力对广大人民的压制禁锢使得青年知识分子阶层尤为敏感，他们崇尚平等与自由，追求个性解放，热爱自然，渴望心灵沟通，急于推翻外在给予的束缚与压制。因此，维特的烦恼正应和了处在当时时代背景下的广大读者，尤其是青年读者的烦恼。同理，一个世纪前《维特》在我国广为流传最主要的原因之一，也是我国"五四"运动时期的时代背景与18世纪后期德国的"狂飙突进"时期有不少相通之处。

歌德的第二个答案出自《歌德谈话录》中记载的1824年他与艾克曼的谈话。谈话中，艾克曼对《维特》出版后引起的巨大影响"是否真正由于那个时代"[4] 提出了疑问，歌德回答："与一般世界文化进程无关"，"《维特》

---

[1] [德] 歌德：《少年维特的烦恼》北京：译本序，候浚吉译，上海：上海译文出版社，1991。

[2] 朱维之：《外国文学简编》，北京：中国人民大学出版社，1996，143页。

[3] [德] 歌德：《歌德自传·诗与真》，刘思慕译，华文出版社，2013，第566页。

[4] [德] 艾克曼：《歌德谈话录》，朱光潜译，北京：中华书局，2013，第20页。

这本书直到现在还和当初一样对一定年龄的青年人发生影响。"[1]

二、小说中的"真"与"情"

其实,除去歌德本人这两个看似相互抵牾的回答,从更普遍、更永恒的层面去探求《维特》成功的原因,归根结底,则在于小说本身所包含的"真"、"情"二字。

所谓"真",指的是《维特》缘于歌德本人青年时期真实的、铭心刻骨的爱情和生活经历。其中隐藏着作者因初恋情人格里琴不告而别而背负的伤痛,继任女友安妮特与别人订婚而遭受的折磨,与鲁仙德和埃米莉姐妹的纠缠,对再任女友弗里德丽克的决绝,对已然罗敷有夫的夏绿蒂·布甫的无望,直至对马克西米莉安娜的痴迷。除了爱情带来的幸福与痛苦,歌德也曾如维特一般目睹过官场的腐败,经历过生活上的各种不如意,产生过厌世和自杀的念头。所有这一切,在作者闻听到大学同学耶路撒冷因爱自杀的噩耗后,"正如壶中快将结冰的水,因极轻微的摇动而即化为坚硬的冰那样"[2],让整部《维特》的构思水到渠成,多年后,歌德在同艾克曼的谈话中回顾《维特》的创作心路时这样说道:"我像鹈鹕一样,是用自己的心血把那部作品哺育出来的"[3],"使我感到切肤之痛的、迫使我进行创作的、导致产生《维特》的那种心情,毋宁是一些直接关系到个人的情况。原来我生活过,恋爱过,苦痛过,关键就在这里。"[4]歌德将自己青年时代的整个生活感受与体验在《维特》中凝为一炉,长期的素材积累和感情积淀给予了这部作品强大的真实感,书中血肉饱满的人物形象,真挚动人的情感抒发,天衣无缝的情节逻辑无不基于一个"真"字。

再说"情"字。情感多于情节,重于情节,又形成情节,是《维特》最大的艺术审美特色之一。我们称这种艺术手法为"双重性抒情方式"。

双重性抒情方式的第一重,主要是主人公内心独白式的直接抒情。歌德

---

[1] [德] 艾克曼:《歌德谈话录》,朱光潜译,北京:中华书局,2013,第20页。
[2] [德] 歌德:《歌德自传·诗与真》,刘思慕译,华文出版社,2013,第562页。
[3]《歌德谈话录》,第18页。
[4]《歌德谈话录》,第20页。

安排了大量段落，让主人公把自己的喜怒哀乐直接地、赤裸裸地对读者倾诉，使读者如同与挚友交谈一般，直接深刻地体会到维特的内心世界，不禁浸淫入主人公的情感之中与之同呼吸、共命运。比如，1772 年的 6 月 16 日，全信只有一个感叹句和一个问句："不错，我仅仅是个世间的漂泊者，仅仅是个来去匆匆的过客！可你们不也如此么？"就是在这简约的独白里，读者可以体会到维特的多少辛酸，感受到他对人世的多少绝望，以及这背后所蕴藏的对绿蒂爱情的多少无望。此外，鉴于书信内容的局限性，作者也以"编者语"直接抒情的形式对维特的情感进行了传递，比如："愤懑与忧郁在维特心中越来越深地扎了根，两者紧紧缠绕在一起，久而久之就控制了他的整个存在。他精神的和谐完全被摧毁了，内心烦躁得如烈火焚烧，把他各种天赋的力量统统搅乱……他不再生机勃勃，聪敏机灵，变成了一个愁眉苦脸的客人，因此越发不幸，越不幸又变得越发任性起来……"[1] 这段"编者语"客观地对维特内心世界的变化进行了细致入微地刻画，使维持情感抒发的效果变得更加鲜活生动，也使读者从旁观者的角度对维特心理变化将对未来所产生的影响进行了预测，推动了故事情节的发展。

可见，歌德把看似信手拈来的近百封长短书信和有关记述精心提炼布置，有机联合在一起，形成情节，使情感描写成为情节本身。这种特殊的情感艺术处理手法还具体表现在作品更多的、外在的、间接的抒情方式表达中，主要体现在寓情于景、寓情于诗、寓情于事三个方面。

《维特》中景色的描写始终起着映射主人公内心世界的作用。例如，"维特初到瓦尔海姆是万物兴荣的五月，离开和重回瓦尔海姆都已是落木萧萧的秋季，等他生命临近结束时更到了雨雪交加的隆冬——时序的更迭和自然界的变化，与主人公由欢欣而愁苦以至于最后绝望的感情发展完全吻合，做到了诗歌所研究的情景交融，寄情于景。"[2] 这种通过对景物的描写来烘托人

---

[1]［德］歌德：《少年维特的烦恼·编者致读者》，杨武能译，北京：人民文学出版社，1999，第 91 页。

[2]［德］歌德：《少年维特的烦恼·译后记》，杨武能译，北京：人民文学出版社，2003，第 130 页。

物心理的间接抒情方式，可以使读者不由自主地深入主人公维特的内心，情不自禁地去感知主人公交错复杂的情绪。同样的效果也体现歌德在作品中对古希腊诗人荷马和古爱尔兰吟游诗人莪相的诗歌引用上。荷马的诗歌庄重、明朗；与之相对，莪相的诗歌则忧郁、朦胧。我们可以发现，最初，维特十分快乐幸福之时，他只读荷马的诗歌，传达出磅礴的喜悦；随着故事发展，当他忧郁失意时，会在荷马的诗歌中寻求鼓舞自己的力量，同时，也在莪相的诗歌中找寻自己的影像；而最后，在彻底悲伤绝望之时，他则只读莪相的诗歌，给自己孤独的灵魂寻觅一个合理的解释。

作品中间接抒情的最后一种艺术手法是寓情于事，即通过事物或事件的叙述来抒发情感。它不注重事物的本身，而侧重于通过事件所带来的情感状态。[1]比如在对维特的邻居，即那位爱慕着寡妇的青年长工的死亡进行描述后，紧接着的维特的情感抒发："这个可怕的、残酷的经历，猛地震动了他，使他的心完全乱了。霎时间，他像让人从自己悲哀、抑郁和冷漠的沉思中拖了出来，突然为一种不可抗拒的同情心所控制，因而产生了无论如何要挽救那个人的强烈欲望。"[2]事件的发展和抒情的展开是密切相关、互相融合的。随着事件的发展，主人公的心理状态也产生相应的动态的变化，所以也能使读者愈加真实地感受主人公的心境。经过这个事件的感情铺垫，更能促使读者灵敏地捕捉维特开始对爱情、人生产生怀疑从而一步步走向崩溃的蛛丝马迹。

《维特》一书的基点是"真"，灵魂是"情"。正是"真""情"二字的有机联合和巧妙运用使得《维特》取得了在特定时代一鸣惊人又辗转几个世纪弥久不衰的成功。

三、独特的叙事模式：内心独白式书信体

小说《维特》中饱含着炽热的"真"与"情"，而承载这"真"与"情"的载体，也是《维特》取得成功所不容忽视的重要因素之一，这便是歌德独创的一种独特的叙事模式——我们不妨称之为"内心独白式书信体"。

---

[1] 黄慧红：《少年维特之烦恼的多重抒情》，载《文学教育》，2009 年 9 月。
[2] [德] 歌德：《少年维特的烦恼·编者致读者》，杨武能译，北京：人民文学出版社，1999，第 93 页。

在 18 世纪的欧洲，有许多新的小说形式被创造出来，比如哲理小说，游记小说，日记体小说，对话小说等等，书信体小说也属此列。书信体小说，顾名思义，是以书信的形式写成的小说，即以书信形式为基本表达途径和结构的小说。这种体裁并非歌德独创，孟德斯鸠的《波斯人信札》，卢梭的《新艾洛伊丝》都属于此类。歌德后来在谈到《维特》的创作计划时特别强调了自己选用这种体裁的深刻用意。在《维特》落笔之前，歌德曾一度非常倾向于以戏剧的形式来承载整个故事，但他最终转向了"对话形式的独白"，亦即"内心对话式的书信体"。这种体裁的独创源于歌德的一种习惯，就是他在独自思索时总要想象成自己是在与谁进行谈话："当我独处的时候，我惯常在脑海中在想象中把所认识的某一个人邀来……然后跟他交换关于自己刚想起的问题的意见……。"[1] 他认为："这样一种内心的对话与通讯相似"[2]，但通信时，寄信人在向收信人吐露心事后会得到对方的回答，"内心对话"则是一种"新颖的，每次不同的自问自答，而对方没有答复"[3]。既要以"通信"的外在出现，又不需对方答复而只是一人独白，结合二者，就诞生了《维特》独有的书信体形式。

综上，《维特》这部作品的书信体是只有寄信没有回信的书信体，并且写信人始终不变，即维特。所以，《维特》的叙事模式并不像《波斯人信札》那样着力于揭示或者描绘外部现实世界，也不像《新艾洛伊丝》那样着力于交流写信人与收信人彼此的思想，并以此叙述二者之间的外部联系。《维特》书信体最大的特点，就是如同前文所说的那样，始终服务于展现、剖析主人公的情感世界。《维特》中近百封书信与编者语的自由串连，信件之间内容的非逻辑衔接，写信时间的不定间隔，赋予了故事情节极大的跳跃性，给予了读者想象的留白与空间。也正是由于这种自由、灵活的内心独白式书信体的巧妙运用，才可以使作品中的情感描写堂而皇之地成为全书的主体，打破时间和空间的界限，不必经由逻辑和理性地过滤，不受任何限制地纵横驰骋，

[1]［德］歌德:《歌德自传·诗与真》，刘思慕译，北京: 华文出版社，2013，第 553 页。
[2]《歌德自传·诗与真》，第 553 页。
[3]《歌德自传·诗与真》，第 554 页。

海阔天空。

引申阅读

1. [法]孟德斯鸠：《波斯人信札》，梁守锵译，北京：商务印书馆，2010。

《波斯人信札》是18世纪法国著名启蒙思想家孟德斯鸠唯一一部文学作品。该书问世于1721年，由160余封书信所组成，主要是两个波斯人郁斯贝克和黎加游历欧洲，特别是游历法国期间，与波斯国内人的通信，以及两个人不在一起时相互间的通信，还有他们与少数侨居国外的波斯人和外交官的通信。孟德斯鸠借两个波斯人之口，对当时的法国社会，作了细致的观察和出色的批判，发表了自己对社会、政治、政体、法律、宗教等基本问题的观点和政见。

2. [法]卢梭：《新艾洛伊丝》，收于《卢梭集》，上海：三联书店，2014。

《新爱洛伊丝》是卢梭创作于1761年的书信体小说，被誉为18世纪最重要的小说。该书由163封信组成，表面上是居住在阿尔卑斯山麓的一座小城中的两个情人的书信，但实际上是以书信往来的形式阐发作者政治思想和宗教观与道德观的著述，是法国文学史上第一部把爱情当作人类高尚情操来歌颂并描写了大自然美丽风光的小说，对后来的法国文学产生了巨大影响。

（陈 晖）

俄国文学

e guo wen xue

灵魂深处的多重奏

——陀思妥耶夫斯基《罪与罚》赏析

作者简介

费奥多尔·米哈伊洛维奇·陀思妥耶夫斯基（1821—1881），是俄国著名的小说家，和列夫·托尔斯泰并称为俄国文学史上不可逾越的双峰。

陀思妥耶夫斯基短暂的一生中发表了大量的作品，代表作品有《穷人》《罪与罚》《白痴》《卡拉马佐夫兄弟》。在作品中他擅长刻画小人物，尤其是用对话性的语言描写小人物的心理，达到了对人性的深度开掘，被誉为"灵魂的审判者"。同时，由于小说中充满了"对话性"，又被巴赫金称为"复调小说"。作者自身患有癫痫病，因此擅长描写分裂的人格，作品中时常流露出西方现代主义手法的特征，又被认为是西方现代主义文学的鼻祖。

作品梗概

《罪与罚》发表于1866年，描写了俄国农奴制改革后下层人民悲惨的生活，同时也表达了作者对于犯罪，道德和宗教等问题的思考。

小说主人公拉斯柯尔尼科夫是居住在彼得堡贫民区的法律系大学生。他原来靠母亲和妹妹的接济生活，后因交不起学费而辍学，租住在一间破旧的小公寓里，每天还要忍受房东的催债。看不到前途又受到"超人理论"的影响，他决定杀害一个放高利贷的老太婆来解脱生活和思想困境，但迟迟下不了决心。这时，拉斯柯尔尼科夫又听马美拉多夫讲述了自己因失业致使全家陷入困境，大女儿索尼娅被迫当了妓女的事情，受到极大震动。回家后接到母亲的来信，信中写到妹妹杜妮亚曾到地主斯维德里加伊洛夫家里当家庭教师并受到侵扰侮辱。杜妮亚走投无路，也为了哥哥的前途，只得嫁给律师卢仁，而卢仁只想找一个贫穷的把自己当做恩人的漂亮姑娘作妻子。

当晚，拉斯柯尔尼科夫成功地杀了老太婆，抢走了她的财物，他在逃跑时慌乱中杀死了老太婆的妹妹丽扎维塔。事后，他非但没有走出困境，反而更加痛苦了。不仅要逃避世俗法律的追查，更要承受精神上的责罚，因为他发现自己与一切人的联系都割断了，渐渐认识到自己不是"超人"。他想自首却不甘心，想自杀却下不了决心。

这时，他目睹了马拉美多夫因车祸身亡，便把自己所有的钱拿来资助这个贫困的家庭。后来他见到母亲和妹妹，妹妹也认清了卢仁的真面目，并拒绝了婚约。怀恨在心的卢仁在马拉美多夫的葬餐会上试图诬陷索尼娅偷钱并说服未婚妻和岳母拉斯柯尔尼科夫和一个坏女人结交，以此来挽回婚约。卢仁的丑恶行为被揭穿，索尼娅也挽回了清白。

苦恼不堪的拉斯柯尔尼科夫找到索尼娅，向她坦白了杀人罪行，这些话被斯维德里加伊洛夫听到，他以此来要挟杜妮亚嫁给自己。不忍心哥哥陷入困境的杜妮亚去见斯维德里加伊洛夫，果断拒绝了他。后来斯维德里加伊洛夫绝望之中开枪自杀。在索尼娅的劝说下，拉斯柯尔尼科夫去了警察局自首。他被判处服8年的苦役。索尼娅追随拉斯柯尔尼科夫一同去西伯利亚。杜妮亚也和拉斯柯尔尼科夫的朋友拉祖米兴结婚，过上了平淡幸福的生活。

作品赏析

《罪与罚》是一部典型的描写犯罪心理的小说，然而又完全不同于普通的侦探小说，它更像一个思想的博弈场。在这里，有"超人哲学"与东正教思想观念的交锋，有传统道德与现代法律的斗争，还有对唯意志论以及自私自利的个人主义的探讨等等，这些复杂的社会观念在作品中交织碰撞，影响着主人公的心理活动与行为，也构成了小说文本的张力。这些思想相互独立，形成对话，共同构成了思想上的复调，描绘了一个被侮辱与被压迫的世界，进而探索着"人往何处去"的终极问题。

一、罪与罚中的思想博弈

陀思妥耶夫斯基曾经说过"这部小说是一个关于犯罪心理的报告。"[1]那么，拉斯柯尔尼科夫在犯罪过程中所表现的心理状态也就显得尤为重要。拉斯柯尔尼科夫在犯罪前后各个阶段的心理状态一直是充满矛盾的，他始终在"罪"与"非罪"之间徘徊，并由此带来精神上的惩罚与折磨。这实际上是他头脑中两种思想博弈的结果。一方面杀人行为在宗教和法律上是有罪的，这种观念使他不断质疑自己，否定犯罪行为，另一方面"超人理论"和劫富济贫在道德上的无罪观念又使他不断朝向犯罪。这两种观念不断地交锋博弈，延缓和推动了拉斯柯尔尼科夫犯罪行为的发生，也是他犯罪后受到精神折磨的原因。

在犯罪前，在拉斯柯尔尼科夫身上主要表现为宗教思想和"超人理论"的博弈。虽然拉斯柯尔尼科夫质疑上帝的存在，但他是一个地道的俄国人，无可避免地受到俄国东正教的影响。拉斯柯尔尼科夫小时候常跟随父母去教堂做礼拜，"他爱那个教堂，那些旧式额未加装饰的圣像和摇头晃脑的老神父。"[2]后来他与索尼娅对话，说及福音书上拉撒路复活一章，可见他对于圣经是非常熟悉的。由此推及，拉斯柯尔尼科夫是一个名副其实的东正教教徒。《圣经》有十诫，其中一诫就是不可杀人，抢劫杀人罪是非常重的罪，由此会带来上帝的惩罚。犯了罪的人也会失去贞洁，变得肮脏。所以他才会不断质疑自己，产生这样的想法"上帝，这全是多么可恶啊！而且难道我能够，我真能够……不，胡扯，瞎话。而且这样的一桩可怕的事情怎么能钻到我的脑海来呢？我的心能容下多么龌龊的东西啊！"[3]宗教上的惩罚恰恰是阻止拉斯柯尔尼科夫去犯罪的重要因素。

然而"超人理论"却不断推动着他走向犯罪，这主要是"超人理论"背后的经济原因所导致。拉斯柯尔尼科夫本是法律系的大学生，而母亲为了给

---

[1] [俄]陀思妥耶夫斯基：《陀思妥耶夫斯基全集·书信选》，冯增义、徐振亚译，北京：人民文学出版社，1968，第142页。

[2] [俄]陀思妥耶夫斯基：《罪与罚》，韦丛芜译，杭州：浙江人民出版社，1989，第64页。

[3] 《罪与罚》，第9页。

他凑钱把仅有的养老金抵押给别人，受过教育的妹妹为了他不得不去乡下地主家里当家庭教师。拉斯柯尔尼科夫和他的家庭已经达到了赤贫且孤立无援的境地。教书工作也使他看不到前途。尤其是目睹了穷人受压迫的悲惨境遇，他意识到自己和他们一样走投无路，因此萌生了当"超人"的梦想，以拯救处在被压迫地位的自己，家人以及贫苦大众。而正在他犹疑徘徊要不要去杀人之时，他听到了马拉美多夫谈及索尼娅的遭遇，由此联想到妹妹杜妮亚的命运，并且接到妹妹为了自己将要嫁给卢仁的消息。这一猝不及防的现实情况将他逼到了绝境，他不得不去做些什么去挽救亲人。"超人理论"重新浮现在他的脑海，"要不然就完全把生活放弃了！爽爽快快地俯首帖耳地承受现实的命运，并且把一切闷在肚子里，放弃对于活动、生活和爱情的一切要求！"[1]正是现实无路可走的状况促使他走向杀人犯罪，以至于他暂时抛却了宗教上虚幻的惩罚。与此同时，大学生关于劫富济贫的理论为他提供了道德上的合理性。因此杀人似乎又成为无罪的了。宗教观念和超人理论在拉斯柯尔尼科夫的头脑中反复斗争，最终"超人理论"战胜了宗教观念成为了拉斯柯尔尼科夫"英雄行为"的武器，也将他推向了犯罪的深渊。

犯罪后，拉斯柯尔尼科夫非但没有品尝到他的"英雄行为"带来的成就感，反而陷入了极度的精神恐慌之中。因为他不仅要与世俗法律进行斡旋，还要面对索尼娅所代表的东正教思想中的爱与美。这两者都与他的"超人理论"产生对立，迫使他思考"超人理论"是否可以成为拯救自己和大众的社会良方。拉斯柯尔尼科夫清楚地知道杀害老太婆在法律上是一宗很严重的罪，所以他极力地隐瞒证据逃避追查。然而他又不自觉地想要引起警察温波费利的注意，这就引发了他与警官的斗争，也无可避免的导致了他的"超人理论"与法律的交锋。"超人理论"的破产带给拉斯柯尔尼科夫的痛苦，"我并不是杀了一个人，而是杀了一个原则！我杀了原则，但是我并没有跨过去，我停在这边哩"[2]由于自身的怯懦，他并没有成为拿破仑一类的"超人"，而仅仅是一

---

[1]［俄］陀思妥耶夫斯基：《罪与罚》，韦丛芜译，杭州：浙江人民出版社，1989，第53页。
[2]《罪与罚》，第324页。

个平凡人。这一发现使他彻底陷入了无信仰的境地。

他急需找到自己生活下去的理由，富有悲悯情怀的索尼娅成了他寻求救赎的对象。索尼娅为了继母和没有血缘关系的弟弟妹妹免受饿死，毅然牺牲了自己的清白，去当了妓女。在拉斯柯尔尼科夫的眼里，索尼娅代表着人类的苦难，是爱与信仰的象征和化身。因此他去找索尼娅，潜意识里是想从索尼娅处找到灵魂的救赎之路。他希望索尼娅能肯定自己的"超人理论"，殊不知索尼娅却给了他更大的打击。索尼娅使其意识到他杀害的是一个活生生的人。而拉斯柯尔尼科夫也醒悟到自己并不是"超人"，这也标志着他的"超人理论"的彻底破产。索尼娅劝导他去自首，以便通过苦难来救赎自己。而他也最终选择了东正教思想中的博爱宽容，走向新生。

与此同时，在拉斯柯尔尼科夫的犯罪过程中，还涉及到了对唯意志论和自私自利的自由理论的探讨。唯意志论的代表人物是斯维德里加伊洛夫，他为了追求自己的私欲，不惜杀害仆人和妻子。为了追求杜妮亚，不惜跨过一切障碍，他是拉斯柯尔尼科夫"超人理论"的变形。律师卢仁则是自私自利的个人主义的象征。卢仁说道"把一切人放在后面，先爱着你自己，因为世界上一切事情都靠着自私自利。[1]"事实上，卢仁的行为也确实体现了这一点，他为了能奴役别人，希望找一个把自己当做恩人的穷困姑娘做妻子，为了挽救婚约不惜诬陷索尼娅。而斯维德里加伊洛夫的自杀和卢仁的阴谋未能得逞也表明这两种思想是极端有害的。如果说波费利和索尼娅是从正面劝导拉斯柯尔尼科夫去认罪自首的话，那么他从卢仁和斯维德里加伊洛夫身上看到的人性的恶，则从反面引导他走向善。后两者所代表的思想恰恰从某种程度上是和"超人理论"相通的，本质上都是为了满足自己的私欲去践踏别人，因此两者的破产也昭示着"超人理论"的破产。

二、复调艺术的构建与表现

相比于以往仅仅是"单旋律"的小说叙述模式，在陀思妥耶夫斯基的小说中呈现着一种完全不同的表现手法，巴赫金将其小说称之为"复调小说"。

---

[1] [俄] 陀思妥耶夫斯基：《罪与罚》，韦丛芜译，杭州：浙江人民出版社，1989，第173页。

他认为，"有着众多的各自独立而不相融合的声音和意识，由具有充分价值和不同声音组成的真正的复调——这确实是陀思妥耶夫斯基长篇小说的基本特点。在他的作品里，不是众多性格和命运构成一个统一的客观世界，在作者统一的意识支配下层层展开；这里恰是众多的地位平等的意识连同它们各自的世界，结合在某个统一的事件中，而且相互间不发生融合。"[1]复调小说的基础是对话，"对话对于复调小说是至关重要的，离开对话就谈不上复调小说。"[2]在《罪与罚》中，复调艺术的构建主要依靠两种对话形式："微型对话与大型对话"。

"微型对话"即人物内心的对话，这是"陀思妥耶夫斯基起初引进真实的他人声音所依靠的基础，也是陀思妥耶夫斯基对话的本质所在"。[3]这种对话表现为主人公和自身的对话，主人公和缺席人物的对话，以及作者和主人公的对话三种类型。1.主人公和自身的对话这种形式最为普遍，这突出表现在拉斯柯尔尼科夫的日常行为中。他喜欢自言自语，自问自答，沉浸在自己的世界里。如小说刚开始，他头脑中在思考杀人计划时出现了矛盾，这种一方面他因为迫切想去做这件事来解决现实困境，另一方面他也必须考虑这件事的后果。这里也表现他在怀疑自己是不是"超人"敢不敢去干，并最终以蔑视随便的态度来看待这件事。与此类似的自问自答型的问话是最能表现拉斯柯尔尼科夫犯罪心理的形式。

2.主人公和缺席人物的对话，即主人公会以对位的形式来补全缺席的人物，从而也达到一种对话的效果。在拉斯柯尔尼科夫读母亲的来信时的心理独白表现的即是这种对话。从信的主体来说本是母亲与拉斯柯尔尼科夫的对话，但当她叙述杜妮亚在地主家里被侮辱的时候，又展开了与杜妮亚以及斯维德里加伊洛夫和其妻子的对话。同时在杜妮亚即将嫁给卢仁时，她又有与杜尼娅和卢仁的对话。母亲不太赞同杜妮亚嫁给卢仁，但碍于家庭经济状况

---

[1][俄]巴赫金：《陀思妥耶夫斯基诗学问题》，白仁春、顾亚铃译，北京：三联书店，1988，第29页。

[2]程正民：《巴赫金的文化诗学》，北京：北京师范大学出版社，2001，第48页。

[3]《陀思妥耶夫斯基诗学问题》，第346页。

又无可奈何，同时对卢仁能否给杜妮亚幸福表示了怀疑。上述是母亲的观点。在叙述杜妮亚的事情的时候，其实也表明了杜妮亚的立场。杜妮亚是为了哥哥的前途才答应嫁给卢仁，希望他能给哥哥安排个职务。同样卢仁的观点也间接地通过母亲之口表达出来，那就是希望娶一个贫穷的把自己当做恩人的女子为妻，以求她永远忠于自己。而拉斯柯尔尼科夫读信的时候也有自己的立场。在他读完信后的内心独白显示了他的声音。这样就构成了拉斯柯尔尼科夫与多个缺席人物的对话，他们每个人都有自己相互独立的声音，共同针对的是杜妮亚的命运。

3. 作者与主人公的对话。有时候作者在描述故事时会跳出来对主人公的言行进行评论，表现作者自己的立场。如在拉斯柯尔尼科夫将自己的钱全部送给马美拉多夫一家时，他感觉到新生的力量，"他忽然觉得他也能够活着，他还有生命，他的生命并没有和那个老太婆一同死去"[1]这时，作者开始发表意见："或许他的结论下得太匆促了吧，但是他并没有想到这一点。"[2]这显然是作者在对拉斯柯尔尼科夫的转变产生怀疑。这种与虚拟人物的对话，折射了拉斯柯尔尼科夫内在的精神世界，也为他与他人的对话提供了可能性。

《罪与罚》中，除了表现主人公内在自我意识的"微型对话"，还存在着结构上的"大型对话"。所谓"大型对话"，即人物关系结构、小说结构的不同成分之间存在着对立与对话关系。在这部小说中表现为超越主人公自我意识之外的公开多人对话及作品在结构上存在的对话性。多人对话也比较常见，集中表现在各个人物对某一事件或某一思想的探讨。如在拉斯柯尔尼科夫犯罪之后，拉祖米兴，饶塞毛夫和卢仁等人之间关于凶杀案的谈话，拉祖米兴不赞成警察局里认定漆匠等人是杀人凶手，认为凶手另有他人。饶塞毛夫虽不肯定杀人者一定是漆匠，但一定是老太婆的老主顾和漆匠等人中的一个，而卢仁以他的经济理论认为老太婆可能是社会上等人杀的。拉斯柯尔尼科夫作为犯罪的当事人则是不断掩饰自己的行为。但当卢仁说出是上等人

---

[1]［俄］陀思妥耶夫斯基：《罪与罚》，韦丛芜译，杭州：浙江人民出版社，1989，第222页。
[2]《罪与罚》，第222页。

所为时，因戳中了他的痛点，致使拉斯柯尔尼科夫变得异常暴怒。这个场景中他们各人都秉持着自己的观点，这些观点各自独立，相互斗争，共同反映了人物的不同心态和性格。拉祖米兴是个热心肠的青年，聪明善良，因此能比较客观地看待这个案件，不轻易下结论。饶塞毛夫则是将这件事当做趣事来谈，显得漠不关心，所以回答很敷衍。卢仁以一种法律专业人士自居，便卖弄自己的学识，显得高傲虚伪。拉斯柯尔尼科夫是凶杀案的主谋，所以对这个案件非常敏感，生怕暴露自己，所以他的谈话很少，以表情来表达内心的波澜。这种大型对话便于怀有不同思想的小说人物对同一事件进行评价，也客观地表达作者对于当时社会思潮的不同看法和作者思想深处的矛盾性。

此外，在小说结构上也存在对话性。《罪与罚》中主要是以拉斯柯尔尼科夫犯罪受惩罚为线索展开故事的，但同时写了索尼娅一家和拉斯柯尔尼科夫一家，并从各自家庭延伸出相关的人物。由杜妮亚牵引出律师卢仁和地主斯维德里加伊洛夫。由索尼娅牵引出卡捷琳娜。由两家牵引起的两条线索形成对立。同时两条线索相互交织形成对话。同时，主人公拉斯柯尔尼科夫和索尼娅所代表的思想又形成了两种不对照，拉斯柯尔尼科夫信奉"超人理论"，他的行为具有反抗性。而索尼娅则是宗教仁爱思想和有神论的代表，因而她的行为具有包容性。这两种主要的思想是相互对立的，然而从某种意义上两者又有共通性，这种共通性又使两种思想能够相互对话。拉斯柯尔尼科夫自身潜意识里是信奉东正教的，所以索尼娅也可以看做是他自己宗教思想的一面镜子，同自己所具有的"超人理论"进行斗争，最终受作家本身的思想，宗教仁爱思想占据了主导地位。因此拉斯柯尔尼科夫也走向宗教，从宗教走向新生。

"微型对话"和"大型对话"是贯穿陀思妥耶夫斯基小说的基本特征。借助这种艺术形式，主人公得以实现独立的平等的对话，表达作者丰富复杂的思想，形成小说艺术形式上的独特性。

三、被侮辱与被损害的世界

苏联文艺评论家叶尔米洛夫曾说"《罪与罚》是一部为人类感到伟大隐痛的书，在描绘赤贫，对人的凌辱，孤独，不可忍受的生活苦闷的骇人听闻的画面里，整个人间的痛苦好像在呼吸着，直对你脸上谛视着，人不可能在这样的社会里活下去！"[1]这是一个充满残酷苦痛的世界，这也是一个被侮辱与被损害的世界。在这个世界里，人们被贫穷和疾病折磨得不成样子，被有权势的人肆意践踏，最终无路可走。

应该说拉斯柯尔尼科夫是那个时期青年男性受到损害的典型代表。他本是大学生，但因家庭贫困，不得不辍学，变得孤独忧郁。当时的社会思潮又影响了这个本应该有所作为的青年。拉斯柯尔尼科夫信奉"超人理论"，认为人就应该分为"平凡的人"和"不平凡的人"，他自认为自己是不平凡的人，有权来支配世界，他渴望找到自己的尊严，找到自己的出路，但是现实并不允许，教书的工作使他感到厌恶，因为这既不能展现他的前途，更不能实现他的梦想。在那个社会里，他是一个被压抑的个体，他的孤独使他淹没在时间的尘埃里，感觉不到尊重和平等。在陀思妥耶夫斯基的书信中，他的哥哥米哈伊洛夫斯基曾给父亲叙述了这样的现实："陀思妥耶夫斯基考得很好，名列前茅，因为目前看中的大概不是知识而是上学的年限。因此名列前茅的都是年龄小的和给了钱的即送了礼的考生，这种不公正的做法使弟弟伤心极了"。[2]陀思妥耶夫斯基也在给父亲的信中这样写道："我们，仅靠着仅存的一文钱勉强生活，却要付学费，而他们富家子弟却可以免费入学。"[3]从这封信上，我们大体可以看到学校教育制度的不公正，可以想象到拉斯柯尔尼科夫因为贫困连上学的权利也没有。饱受了人世冷暖的拉斯柯尔尼科夫最终产生"超人理论"的想法，以此作为反抗贫困与社会压迫的武器。可是拉斯柯尔尼科夫犯罪后，他不仅没有拯救自己和家人，反而处于更加痛苦的状态之中。他的"超人理论"没有奏效，还成了压迫他的精神枷锁，他越来越发现自己不是"超人"，自己不是救世主。世俗法律的追查让他心惊胆战，但更多的是来自心灵上的折磨，他想不通为什么拿破仑可以杀人无数，却被当做英雄？普通人杀人后只能沦为罪犯？他越是思考这种不平等便越是苦恼，最终只能

[1][俄]叶什米洛夫：《陀思妥耶夫斯基论》，满涛译，上海：新文艺出版社，1957，第146页。
[2][俄]陀思妥耶夫斯基：《罪与罚》，韦丛芜译，杭州：浙江人民出版社，1989，第19页。
[3][俄]陀思妥耶夫斯基：《陀思妥耶夫斯基全集·书信选》，冯增义、徐振亚译，北京：人民文学出版社，1968，第1页。

以经受苦难，从宗教中来进行寻求自我救赎。正是那个不平等的社会，社会上种种不平等的压迫现象，使一个风华正茂中的青年人堕落为一个杀人犯。

索尼娅和杜妮亚是被压迫与被侮辱的女性的典型，同时又是勇于自我牺牲的伟大俄罗斯女性的代表。索尼娅为了继母和三个毫无血缘关系的弟弟妹妹不受饥挨饿，甘愿牺牲自己，去当妓女。马拉美托夫叙说这样的社会现实："你以为一个贫困而贞洁的少女做正派工作能挣很多钱吗？她一天挣不到十五个戈比，倘若她为人正派而无特别才能，而且一刻也不把活儿放下哩！还有三品文官伊凡·伊瓦利奇·克罗卜思道克，你听说过她吗？直到今日还没将她替她做的半打麻布衬衫的钱付给她，而且无礼地把她赶走，跺脚辱骂她，借口说衬衫领子做的不像样子，做歪了。"[1] 索尼娅刚刚当了妓女，就受到女房东的驱赶，辱骂，最后被迫与家人分离。杜妮亚是一个受过教育的要强的有尊严的女性，但是由于家庭的贫苦，她只能以去地主家里当家庭教师来供养母亲和读大学的哥哥。杜妮亚聪慧美丽，引起了斯维德里加伊洛夫的占有欲，结果被其妻发现，反而将杜妮亚大加侮辱，赶了出去。后来洗刷了清白的杜妮亚为了哥哥将来能谋个好职位，不得已与自私自利的卢仁订婚，而卢仁只想与一个贫困的把自己当做恩人的漂亮姑娘结婚，可以预见以后被卢仁奴役的命运，所幸因为拉斯柯尔尼科夫的阻挠才不至于毁掉一生的幸福。

在暗无天日的彼得堡，不断上演着一幕幕的惨剧：醉酒的美丽女子身后跟着不怀好意的男子，一不小心可能就会被玷污；失去了生活希望的女子跳入了散发着恶臭的河流，想要结束自己年轻的生命；醉酒的小官吏被疾驰而来的马车轧死，身旁挤满了看热闹的人们；走投无路的疯女人带着穿着破烂的孩子在街上乞讨等等。陀思妥耶夫斯基以细腻的笔触勾画了一幅幅无路可走的画面。社会底层的人们，不仅被贫困和疾病折磨着，还要受到上层社会的侮辱与压迫，他们卑微而又坚强的生活着，继续着不可知的未来。

《罪与罚》并不仅仅描绘了一个思想的博弈场，还用一种独特的艺术手法——复调艺术将其表现出来。这个世界是一个融汇着各种思想的世界，也

---

[1]［俄］陀思妥耶夫斯基：《罪与罚》，韦丛芜译，杭州：浙江人民出版社，1989，第19页。

是一个掺杂着心酸与血泪的被侮辱与被损害的世界，陀思妥耶夫斯基用他独特的艺术手法，表现了俄国社会转型时期下层知识分子的社会境遇和下层人民悲惨的生活图景，并对他们寄予了浓厚的人道主义同情，引发读者对于"人类将往何处去"这一终极命题的思考。它不仅是俄罗斯民族的宝贵财富，更是世界文学的思想瑰宝。

引申阅读

1. [俄] 陀思妥耶夫斯基：《穷人》，文颖译，北京：人民文学出版社，1957。

《穷人》是陀思妥耶夫斯基的处女作，陀思妥耶夫斯基凭着这部中篇小说在俄国文坛上产生了巨大影响，小说主要描写的是一个落魄的小公务员杰夫什金和贫苦少女瓦莲卡的故事。杰夫什金也成为了俄国"小人物"形象的典型代表。书中用"对话性"的语言细致的刻画了杰夫什金的心理状态。

2. [俄] 巴赫金：《陀思妥耶夫斯基的诗学问题》，刘虎译，北京：中央编译出版，2010。

巴赫金以独特的理论视角对陀思妥耶夫斯基的小说进行了解读，提出了一些富有创见性的理论术语例如复调小说、狂欢化诗学等等，他认为生活的本质是对话，思想、艺术和语言的本质也是对话，复调是最高形式的对话。陀思妥耶夫斯基的小说中充满了"对话性"。这些对话对于表现独立的思想有重要的作用。

关键词解读

复调小说：复调小说是前苏联学者巴赫金创设的概念。"复调"也叫"多声部"，本为音乐术语。巴赫金借用这一术语来概括陀思妥耶夫斯基小说的诗学特征，以区别于那种属于独白型的欧洲小说模式。复调小说即小说中出现了众多各自独立而不相容的声音和意识，每种声音和意识都具有同等重要的地位和价值，多重音调在作者统一意识的支配下，平等的各抒己见。代表作品主要有陀思妥耶夫斯基的《穷人》《罪与罚》《白痴》《卡拉马佐夫兄弟》等。

（李晓歌）

圣愚文化的启示

——从《安娜·卡列尼娜》噩梦中"乡下人"形象说起

作者简介

列夫·尼古拉耶维奇·托尔斯泰（1828—1910），19 世纪俄国批判现实主义文学家。他的艺术实践持续近六十年，作品广泛而深刻地反映出 1861 年农奴制改革到 1905 年资产阶级革命期间的俄国社会现实。托尔斯泰一生都在努力探索俄国社会的出路，并最终提出以"托尔斯泰主义"来拯救俄国。《战争与和平》《安娜·卡列尼娜》和《复活》是托尔斯泰的三部最具代表性的长篇小说，集中体现出托翁精湛的艺术手法和深邃的思想内涵，是文学史上不可多得的经典作品。

作品梗概

《安娜·卡列尼娜》是托尔斯泰在 19 世纪 70 年代创作的一部长篇小说。全书主要围绕两条线索展开：安娜追求真挚爱情而最终惨死和列文进行农事改革、探索生命意义并走向宗教。女主人公安娜出生于俄国贵族上流社会，她性格真诚、美丽动人，由姑妈做主嫁给比自己大二十岁的省长卡列宁并一起度过了八年没有爱情的婚姻生活。小说开篇写到"幸福的家庭都是相似的，不幸的家庭各有各的不幸。奥博朗斯基家里一切都混乱了。"因此安娜要去哥哥奥博朗斯基家帮助解决家庭问题。也就在去往莫斯科的火车站里安娜遇到了花花公子沃伦斯基并疯狂地爱上了他。安娜真诚的性格使她无法忍受虚伪的两重生活，她不顾一切地公开与沃伦斯基的恋情，并离开卡列宁与沃伦斯基住在了一起。为此，安娜承受着巨大的压力：社会舆论的诋毁、上流社会的拒绝，失去儿子的痛苦。最后沃伦斯基也逐渐褪去了曾经对她的那份激情，安娜在失去一切之后也失去了唯一的爱情，最终她在绝望中扑向铁轨，结束了自己年轻的生命。男主人公列文是一位拥有大量土地的俄国贵族地主，他清醒地认识到当时的贵族阶级的衰落，焦灼地寻找拯救本阶级的方法；他试图通过农事改革解决农民与地主之间的矛盾，但是19世纪的俄国资本主义迅速发展，腐朽的贵族阶级不可避免地走向了没落。列文的改革遭到失败，自己也在探索生命意义中陷入极度绝望，差点自杀。最后，列文在农民普拉东的宗教思想"服从真理，服从上帝的意志生活"中找到出路、获得信仰，最终与吉提过上了平静而幸福的生活。

作品赏析

《安娜·卡列尼娜》无疑是一部伟大的现实主义著作，作家真实地描绘出19世纪70年代封建俄国在兴盛的资本主义势力冲击下各阶层人的不安与骚动，塑造了一系列复杂典型的人物形象。小说女主人公安娜是世界文学史上极富魅力的女性形象之一，她的爱情悲剧震撼了无数读者的心。托尔斯泰在刻画其悲剧命运时穿插了一个特殊的意象——噩梦中的"乡下人"，让其以"不同身份"反复出现于主人公悲剧命运发展的关键时刻，使安娜的爱情悲剧笼罩着神秘而诡异的色彩。噩梦中的"乡下人"是托翁以俄国文化中的圣愚为原型塑造的启示性形象，一定程度上体现着作家本人在俄国传统的圣愚文化影响下形成的复杂思想和艺术观。

一、圣愚原型：噩梦中的"乡下人"

圣愚是俄罗斯社会一种特有的边缘群体，从10世纪到十月革命之前，这一群体在俄国一直存在。圣愚，"俄语为юродивый，是ю РодивыйРади Христа（为基督而痴癫的人）的简称，在现代俄语中，ю Родивый作为名词有两个基本含义：其一是'白痴'、'傻子'、'疯子'；其二是'疯修士（往往被当成先知）'。"[1] "圣愚是俄国的一种古老名流"[2]，他们行为怪诞、

---

[1] 赵荣、张宏莉：《俄国特有圣愚文化现象分析》，《社科纵横》，2007年2月第22卷第2期。
[2] [美]汤普逊：《理解俄国：俄国文化中的圣愚》，杨德友译，北京：三联书店，牛津大学出版社，1998，第4页。

外表肮脏、语无伦次，游离于正常人的生活之外；他们近似疯狂，被认为与某种超自然因素相联系而具有神力；他们能预言灾祸死亡、预测前途命运；他们被称为是"为了基督的傻子"[1]，是人们的救助者。在俄国，一直延续着一种对圣愚崇拜的传统，并且俄国社会思想和文化都普遍受到了圣愚文化的影响。小说《安娜·卡列尼娜》中"乡下人"形象就是作家以圣愚为原型塑造的，在小说中他"身材矮小、肮脏、胡子蓬乱"、用法语说着一些奇怪的话，并反复纠缠于安娜命运发展的过程中；他的出现正如俄国文化中的"圣愚"，预示与提醒着安娜爱情悲剧的每一次重大转变。

小说中"乡下人"形象不断出现在安娜与沃伦斯基的噩梦之中，但这一形象的具体面貌更早影射在小说的开头。在安娜与沃伦斯基首次相遇的火车站里，"一个看路工，不知是喝醉了酒，还是由于严寒蒙住耳朵，没有听见火车倒车，竟被轧死了。"[2]这是一件突发的意外惨剧，震撼了在场的所有人，尤其是安娜本人。她惊恐地忍着泪说着："这可是个凶兆"。此时的安娜已与沃伦斯基一见钟情，朦胧而特殊的情愫已经产生在她的心中。托尔斯泰并非随意将这一毫无关联的惨剧安排于此，而是用以警示开始"迷失理智"的安娜，也为她此后的命运预设结局。安娜也意识到了这种神秘的警示，所以她对这件偶然事件感到非常恐慌。这里的"看路工"可以说是"圣愚"原型的一种变形，他与后来安娜噩梦中的"乡下人"有着密切联系。与沃伦斯基的相遇是安娜悲剧命运的开始，而这"开始"在这场意外惨剧的笼罩下似乎在暗示着一种不祥……

托尔斯泰首次直接提到"乡下人"形象是在沃伦斯基的噩梦中：他"身材矮小、肮脏、胡子蓬乱"、"弯下腰去做着什么"、"用法语说着奇怪的话"。安娜也做了同样的噩梦，并且她听清了梦中那个"乡下人"的话语："得把那铁敲平，打碎，揉压……"[3]惊慌、恐惧笼罩着沃伦斯基和安娜，他们似乎

---

[1] [美] 汤普逊：《理解俄国：俄国文化中的圣愚》，杨德友译，北京：三联书店，牛津大学出版社，1998，第3页。
[2] [俄] 托尔斯泰：《安娜·卡列尼娜》，草婴译，上海：上海译文出版社，1990，第58页。
[3]《安娜·卡列尼娜》，第320页。

意识到这是个非同寻常的梦，尽管沃伦斯基在安娜面前不肯承认这一点。确实，这里的"乡下人"形象是有深刻含义的：此时安娜与沃伦斯基已经是情人关系，"赛马事件"后安娜又向丈夫卡列宁主动坦白此事并希望结束彼此尴尬的处境，但遭到卡列宁的拒绝。安娜燃起的希望再次破灭，她逐渐意识到自己处于耻辱、虚伪的境遇中。此刻的安娜，爱情的甜蜜与幸福已经褪去，随之而来内心的羞愧、愤怒与恐惧逐渐表面化；况且她怀孕了，如果与沃伦斯基的关系继续如此，那他们的孩子就永远会属于卡列宁。这是疼爱孩子的安娜无法忍受的现实，对此她一定会做出反抗！那么安娜将如何做？她的命运又将如何转变？就在这里，那个具有启示性的噩梦再次出现了，神秘的"乡下人"显然在向安娜启示什么。这一点安娜自己非常明白——她要死了，死在生产中。其实，作家在此一方面用这个神秘而恐怖的"乡下人"为安娜预示她此后的命运，同时也在警告她：如果你继续违背作为妻子和母亲的责任，对上帝犯罪而不肯回头，那么结局就会像噩梦中"乡下人"预示的那样。但是小说中安娜将爱情视为一切，她愿为真正的爱情牺牲一切包括自己的生命。她早已明白那梦中的预示，只是现世爱情给她带来的幸福让她根本无法理性地思考，她不可能如作家所愿重新回归家庭。产后康复，安娜决定与沃伦斯基一起离开了俄国，两人关系的性质进一步改变，安娜的悲剧进一步发展。托尔斯泰用噩梦的出现预示安娜悲剧命运的一次转变，用梦中的"乡下人"提醒她做出"正确"的选择，然而安娜的性格又让她不顾一切地为爱情而疯狂。

抛弃丈夫与儿子，和沃伦斯基私奔，使安娜·卡列尼娜的爱情达到了顶峰，此时的沃伦斯基也在用自己的全部爱着安娜。自由、幸福、欢乐将安娜失去儿子和名誉的痛苦暂时遮蔽了。然而遮蔽不等于消失，失去一切的安娜"贪婪"地要从沃伦斯基那里获取更多以求自己内心的平衡，而沃伦斯基眼中的幸福又不是爱情，他对安娜紧逼的爱情更是逐步反感。他们的爱情不可避免地变质、腐烂。激情退却剩下的只是猜疑、恼怒、冷淡与绝望……如此，安娜与沃伦斯基的关系将结果如何？安娜的命运又该走向哪里？作家就在此时又写到了那个"乡下人"：神经质的安娜又一次做到那个噩梦，只是在梦中"她总是恐怖地发觉那乡下人并不理会她，却用铁器在她身上乱捅"[1]。这是更加恐怖的预示，这里的"圣愚"已经看到死神就在安娜身边，并不断提醒她未来的可怕，警告她不要再在歧途中迷失了。但是此刻的安娜已经处于精神崩溃的边缘，她再也无力思考这位"圣愚"的真实意图，绝望、孤独已让安娜无力反抗。促使安娜最终走向自杀的事件是沃伦斯基探望他的母亲和索罗金娜小姐。这件事使本处于精神紧张的安娜更加恐惧、猜疑，她写信恳求沃伦斯基尽快回来。没有马上接到沃伦斯基的回信，安娜就带着"无名火和复仇的欲望"奔向了火车站。

　　小说写到这里，那个俯瞰一切的先知再次出现。首先安娜坐在车厢里突然看到"一个肮脏难看、帽子下露出蓬乱头发的乡下人在窗外走过，俯身去察看火车轮子"[2]，她突然想到那个噩梦，浑身发抖。这里的"乡下人"是真实存在于安娜眼前，他的形象与噩梦中的"乡下人"如此相似，以至于他的出现带着某种奇特的神秘色彩，他的出现似乎在提醒安娜噩梦的启示就在她的身边，不要忘记这一切。接着安娜接到了沃伦斯基的回信，潦草而冷淡的几句话彻底熄灭了安娜最后的希望，她终于绝望地做出最后的决定："不，我不再让你折磨我了"。这是一句冷静的威胁，但是"既不是威胁他（沃伦斯基），也不是威胁自己，而是威胁那个使她受罪的人"[3]。显然，这里安娜清楚地表明她不是威胁沃伦斯基，而是威胁那个操控她命运的上帝。她恍惚地走在站台上，驶来的火车让安娜突然想起初次同沃伦斯基相遇时被火车轧死的人，她顿时明白了自己要怎么办。这是安娜选择以卧轨的方式自杀的直接缘由，是安娜最后一次也是唯一一次接受那个"圣愚"的启示：怀着痛苦的忏悔扑倒在铁轨上，结束了自己绝望而飘摇的一生。就在安娜被火车压过的那一刻，现实的那个矮小乡下人再次出现在了铁轨上……圣愚"乡下人"为安娜·卡列尼娜预言了所有发生的一切，也观尽了她短暂而痛苦的一生。

---

[1] ［俄］托尔斯泰：《安娜·卡列尼娜》，草婴译，上海：上海译文出版社，1990，第658页。
[2]《安娜·卡列尼娜》，第669页。
[3]《安娜·卡列尼娜》，第671页。

二、圣愚文化与托尔斯泰思想

（一）圣愚文化与托尔斯泰思想的神秘主义烙印

俄罗斯文化在东西方文化中是一个特殊的现象，它以基督教为主体，又"融入了复杂的原始宗教的因素"[1]，其中占重要地位的是由萨满教影响形成的圣愚文化。圣愚文化作为一种文化因素，它深刻地渗透在俄罗斯民族性格之中，影响着俄国社会各阶层人的精神和行为，也影响着俄罗斯文学的特殊构成。托尔斯泰就在他的小说中多次写到了圣愚，而且他个人思想中的神秘主义也受到了圣愚文化的影响。

《安娜·卡列尼娜》从几个家庭出发展现了 19 世纪 70 年代的俄国现实，作家揭露了现实社会的种种黑暗，充斥着强烈的现实主义气息。主人公安娜的悲剧根源是多方面的，来自社会的、卡列宁的、沃伦斯基的，甚至是她自己的原因，但作家在客观呈现这众多原因时又体现出一种神秘主义思想。首先安娜与沃伦斯基初次相逢时一个看路工惨死在铁轨上，一种不祥之感萦绕在这两人的关系中。看路工的惨死是小说故事情节推进的重要因素，但更多的是为安娜的个人命运增添神秘的悲剧色彩。尤其是安娜最终选择的自杀方式与这位看路工的惨剧竟然一致，这是理性分析无法解释的。其次，安娜和沃伦斯基先后做着同样的噩梦，梦境神秘而可怕，如果说安娜和沃伦斯基之间的关系让他们双方倍感压力而夜有所梦，那作家为何将两人的梦境安排相同？尤其是梦中的"乡下人"在安娜卧轨前后频繁出现在梦境和现实中；他嘴里的那几句毫无意义的话语又成为了安娜的自杀方式。作家笔下这些神秘的"巧合"都是无法诉诸理性的。托尔斯泰思想中的这种神秘性体现出了传统的俄罗斯民族性格，因为"非理性和神秘性是俄罗斯性格中的又一突出特点。"[2]俄国的东正教是具有神秘性特征的，这与在伦理层面上具有理性色彩的基督教是相悖的。而"无论圣愚文化也好，萨满文化也好，'神秘性'都是其标志性特征"[3]，这就"强化了原始

---

[1] 王志耕：《圣愚之维——俄罗斯文学经典的一种文化阐释》，北京：北京大学出版社，2013，第 32 页。

[2]《圣愚之维——俄罗斯文学经典的一种文化阐释》，第 53 页。

[3]《圣愚之维——俄罗斯文学经典的一种文化阐释》，第 53 页。

基督教义中的神秘色彩"[1]。托尔斯泰长期接受俄国贵族的传统教育，俄罗斯传统文化在其思想中有着深刻的烙印，其中圣愚文化影响下的神秘性就是极其鲜明的一点。当然，现实主义大师托尔斯泰的思想中掺杂着的这种非理性和神秘性，使得《安娜·卡列尼娜》更富有感染力，安娜的悲剧不仅是那个残忍的社会造成的，而且连"神的世界"也不容其幸福！这种神秘性指涉下的主人公悲剧让读者产生更强烈的悲剧意识和无力感。

（二）圣愚文化与托尔斯泰思想的矛盾性

托尔斯泰的宗教观在一定程度上是与其艺术创作原则相违背的，这种思想的矛盾性也不断地体现在作家的具体作品中。19世纪70年代托尔斯泰正处于世界观的激变中，思想的矛盾和复杂深刻地流露在小说《安娜·卡列尼娜》及他对主人公安娜的态度中。一方面，托尔斯泰本人的宗教观认为上帝存在于人的心中，每个人都要爱上帝、服务于上帝；要有博爱精神，爱一切人，只有这样才能达到幸福。"伸冤在我，我必报应"（《安娜·卡列尼娜》的卷首词），是作家引用《圣经》中的话："主说，'伸冤在我，我必报应'"。历来人们对这个题词有很大争议。托尔斯泰本人解释，"我选这句题词，正如我解释过的，只是为了表达那个思想：人犯了罪，其结果是受苦，而所有这些苦并不是个人的，而是上帝的惩罚。安娜·卡列尼娜对此也有切身的体会。是的，我记得，我想表达的就是这个意思。"[2]在作家看来，安娜是一个犯了罪的女人，她为了满足个人欲望，一味追求个人爱情和幸福，与情人私奔，抛弃了自己的丈夫和儿子，给他们带来了巨大痛苦，违背了上帝"爱他人"的信条。既然安娜背弃了上帝，那么她就不会得到幸福。然而托尔斯泰又是同情安娜的。他清楚地看到是当时种种黑暗腐朽的社会现实戕害了像安娜这样试图以个人反抗的方式争取自由和幸福的妇女。因此，作家又在自己的创作中竭力挽救安娜。但现实主义的创作原则又不容许作家脱离现实随意表现

[1] 王志耕：《圣愚之维——俄罗斯文学经典的一种文化阐释》，北京：北京大学出版社，2013，第54页。
[2] [俄] 米赫拉普钦科：《艺术家托尔斯泰》，刘逢祺、张捷译，上海：上海译文出版社，1987，第203页。

自我理想。因此托尔斯泰便将以圣愚为原型的"乡下人"形象放置在安娜的命运转折处，不断提醒迷途中的安娜警醒过来，回归上帝。我们知道，以疯癫形象出现的圣愚其实是"为了基督的傻子"，他们在为上帝启示犯错的人类。"圣愚的生理基础是非理性，但非理性上升到文化层面便是启示性，即对上帝启示的感悟性。"[1]

但是，托尔斯泰笔下的安娜又是一个极其聪明的上层妇女，她早已认清了身边那些虚伪卑鄙的刽子手，她知道自己所处的社会根本就是一个容不下像她这样性格真挚、向往自由的人，因为在这里"一切都是虚假，一切都是谎言，一切都是欺骗，一切都是罪恶！"[2]人物本身的性格决定其不可能屈服任何压力，包括那时时出现的恐怖预言和警告。所以，托尔斯泰对于安娜的结局也是非常吃惊的。托尔斯泰借助圣愚文化中的启示性来宣扬自己的宗教观，从而拯救安娜，但最终失败了。尽管在小说最后现实主义创作原则压倒了作家的宗教思想，但这种圣愚文化的出现却也充分流露出托尔斯泰个人复杂深刻的思想矛盾。

三、圣愚文化与托尔斯泰的艺术观

在传统的圣愚文化中，"疯癫"性是其中的一个重要特征，这种文化特征深刻地影响了俄罗斯民族的思维结构。"在疯癫的思维中，因为超越了尘世空间，所以它的思维仅存在于自我与'神'（它更多地体现为对'自我'的理解和阐释）交流之中"[3]正是这种注重对"自我"理解的文化传统的浸透下，俄罗斯作家更多地表现出一种强烈的自省意识，反映在托尔斯泰的艺术观中就是对人的心灵真实的追求。托尔斯泰在1896年5月17日的日记中写道："如果有艺术，而且艺术也有一个目标，它的主要目标就是：表现和揭露人类心灵底真实，揭露这种用简单的语言所不能揭露的秘密。……艺术是显微镜，艺术家通过它窥探自己心灵底秘密，同时把这人所共有的秘密揭示给人

---

[1] 王志耕：《圣愚之维——俄罗斯文学经典的一种文化阐释》，北京：北京大学出版社，2013，第56页。

[2] ［俄］托尔斯泰：《安娜·卡列尼娜》，草婴译，上海：上海译文出版社，1990，第670页。

[3] 王志耕、孙海英：《关于圣愚文化与俄罗斯文学的对话》，《廊坊师范学院学报（社会科学版）》，2013年6月，第29卷第3期。

们。"[1] 从这一艺术观出发，托尔斯泰形成了自己独特的心理描写手法——"心灵的辩证法"。在小说《安娜·卡列尼娜》中作家就运用了这一独特手法丰富安娜的人物塑造。托尔斯泰将笔触深入到安娜丰富的内心世界，细致生动描绘出安娜在不幸的现实碰击中产生的一系列爱恨交织的情感矛盾，并着重表现了这些情感变化过程的本身，如在安娜坐火车返回彼得堡的那段短暂经旅程中，她的内心经历了多种复杂矛盾的情感流变。托翁动态性地描绘出安娜在这一段经历中内心多种情感的交替变化过程：起初准备回家时的心情平静——火车上回忆起沃伦斯基时的沉迷激情——面对自己真实感情时的恐惧与惭愧——再次见到卡列宁时的不满与厌恶。这一系列的情感变化无疑表明安娜·卡列尼娜心中的爱情之火已被沃伦斯基点燃，她开始意识到自己对卡列宁的真正感受，开始正面揭露他虚伪的嘴脸，尽管安娜自己仍然在不断地克制这种想法的出现。托尔斯泰将安娜细腻隐蔽的内心活动和心理变化真实地、动态性地展现出来，将主人公复杂矛盾的情感直推在读者面前，使人物与读者的距离缩到了最小，将安娜这个人物形象刻画得更加深刻丰满。托翁的"心灵的辩证法"的描写心里的手法是对以往心理描写的创新，是不同任何人的独特的手法，是对心理描写艺术的巨大贡献。

总之，作家托尔斯泰复杂深邃的思想和惊人的艺术力与俄罗斯传统中的圣愚文化有着不可忽视的联系，深刻理解这种独特的文化因素对俄罗斯人性格产生的影响，会使我们更准确地把握俄国作家包括托尔斯泰在内的思想与创作。

引申阅读

[美] 汤普逊：《理解俄国：俄国文化中的圣愚》，杨德友译，三联书店、牛津大学出版社，1998。

汤普逊博士的《理解俄国：俄国文化中的圣愚》将俄国社会和文化中的

---

[1] 转引蔡宗魁：《论列托尔斯泰的文艺观》，《内蒙古大学学报（哲学社会科学版）》，1981年第2期。

圣愚现象作为分析对象，对与之相关的传统解释提出了挑战，认为圣愚现象实际来源于东方民俗性宗教萨满教，并由此对俄国宗教的特性、社会行为模式、俄国民族性格及俄国知识分子和文学的特质作出解释，对于我们理解俄国文化、俄国东正教的特征有重要意义。

关键词解读

心灵的辩证法：车尔尼雪夫斯基将俄国作家托尔斯泰独特的心理描写手法总结为"心灵的辩证法"。托尔斯泰的心理描写表现的是人的心理过程本身，"主要在于描写人的内部的、心灵的运动，要加以表现的并不是运动的结果，而是实际的运动过程。"托尔斯泰善于描述人物的一些感情的心理怎样演变为另一些感情和心理，展现心理流动形态的多样性与内在联系，通过描写心理变化过程展示人物的思想性格的演变。

（曹彩青）

美国文学

mei guo wen xue

侦探推理小说的范本

——爱伦·坡《失窃的信》赏析

作者简介

埃德加·爱伦·坡（1809——1849）19 世纪美国文坛富有传奇色彩的诗人与小说家，因率先在侦探推理小说中成功塑造了业余侦探形象，被认为是世界文学史上侦探推理小说的奠基人。

爱伦·坡 1809 年出生于美国波士顿一个流浪艺人家庭，家境贫寒，且少失怙恃，3 岁时被里士满一个富裕的烟草商人收养，改名为埃德加·爱伦·坡。1820 年，爱伦·坡进入里士满当地一家私立学校读书，表现出戏剧表演和诗歌写作方面的天赋。1826 年，17 岁的爱伦·坡进入弗吉尼亚大学学习，由于染上赌博、酗酒恶习，与养父母家庭产生矛盾。1827 年离家出走，参加美国陆军，并出版第一部作品《帖木儿及其它诗》，从此走上让他倍尝艰辛的文学创造生涯。从 1827 年到去世，爱伦·坡一共创作 70 多首诗，60 多篇短篇小说，3 部长篇小说（其中 1 部未完成），1 部戏剧和大量文学评论。1849 年，爱伦·坡因脑溢血英年早逝，年仅 40 岁。

纵观爱伦·坡短暂一生，不难发现，其寄人篱下的生活方式，终生与贫穷、孤独、紧张、焦虑、酗酒、疾病相伴的痛苦经历，对他敏感、孤傲、自信、叛逆等精神人格的形成，和他对死亡、暗夜、恐怖、怪诞、精神变态主题的偏好，以及对幽默、讽刺、戏仿创造风格的选择，都起到了非常关键的作用。

《失窃的信》是爱伦·坡侦探推理小说的代表作，该小说独有的情节重复模式，性格鲜明的侦探形象，精确巧妙的逻辑推理，充满隐喻色彩的话语张力，不但征服了全世界的读者，也赢得了诸多批评家的青睐。围绕该小说文本，衍生出多种批评话语，成为批评话语的试验场。

作品梗概

在爱伦·坡的小说中，《失窃的信》称得上是一篇纯粹的侦探推理文本。小说讲述一个承担侦探角色的人和另一个充当叙述者角色的人，在一个相对封闭的场所，运用所谓"八岁小学生的推理能力"加"诗人的想象力"方法，侦破一起巴黎警察局长已经束手无策的窃信案。

18××年秋天，业余侦探迪潘在自己的寓所里和朋友聊天，巴黎警察局G局长突然来访。G局长遇到一桩非常棘手的盗窃案：皇宫里一位"地位极高"的女性收到一封信，信的内容高度私密，外泄会使她名誉受损。一天，这位"地位极高"的女性正在读信，被突然闯入的另一位"高贵人物"打断，她急中生智，索性把信放在桌子最显眼的位置，这一招很奏效，"高贵人物"果然忽略了信的存在。恰在此时，D部长也来到"地位极高"的女性的房间，他一眼就发现了这其中的秘密。谈话间，D部长装模作样地拿出一封信，打开看一会儿，然后放在那封私密信件的旁边，又继续谈公事。告辞时，他顺势掉包，拿走了不属于他的私密信件。由于"地位极高"的女性碍于另一"高贵人物"在场，只好眼睁睁看着小偷从自己眼皮底下将信件盗走。

居心巨测的D部长利用偷来的私信，处处要挟"地位极高"的女性，以达到自己的政治目的。"地位极高"的女性很着急，求助G局长，希望能暗中夺回那封信。凭借巴黎警察局享有的便利条件，G局长趁D部长夜间外出之机，动用各种特殊侦查手段，使出浑身解数，将其寓所里能藏信件的每一个角落翻了个遍，甚至连每个椅子的横掌，每件家具的接榫都用高倍放大镜探查过，可仍然没有找到那封信。G局长绝望了，表示愿出高额赏金，让迪潘出面帮助解除困境。

听了G局长的叙述，迪潘没有正面应答，只是要求G局长详细描述那封信的外观和内容，并建议他们继续搜查。大约过了一个月，G局长再次来访，迪潘并不急于谈论案件，而是追问赏金的事。在得到明确的回答后，迪潘表示，如果G局长愿意兑现先前答应的5万法郎悬赏金，就可立即把失窃的信交还给他。

在拿到G局长签署的5万法郎支票后，迪潘真的将失窃的信归还给了他。原来，迪潘根据G局长提供的相关信息，早已将那封信从D部长的寓所"取"了回来。

迪潘根据D部长偷信过程中表现出的狡诈心理，结合八岁小学生玩"猜单双"的游戏规律，反推D部长偷信后可能的思维过程，猜出了D部长藏信的可能地点：由于G局长将D部长的寓所"每一个平方英寸都仔细地察看过"，并没有发现失窃的信，因此断定，那封信并不在某一隐秘的角落里，恰恰相反，它一定在D部长寓所一个不起眼的地方。因为D部长既是一个"数学家"，也是一个"阴谋家"和"诗人"，他深知，面对巴黎警察的专业搜查，无论怎样隐蔽，都无法逃过他们的眼睛，一定会遵照"越是最明显的地方，越是最安全的地方"这一思维逻辑，将信放置在寓所不被人注意的地方。

于是，迪潘假装拜访D部长，来到他的寓所，按照先前的分析研判，迪潘果然在壁炉架下随意吊着的一个手工制作的名片盒里，发现一个皱巴巴、脏兮兮信封，上面很显眼地写着收信人的名字——D部长，而在这个又脏又皱、险些被撕成两半的信封里，就藏着那封偷来的信。

第二天，迪潘假托要拿回自己遗忘的鼻烟壶，再次来到D部长的寓所。迪潘下了一个套（窗外的一声枪响），趁D部长分神的机会，用一封假信掉包，取回了那封失窃的信。

作品赏析

即便以当代人的眼光看，爱伦·坡的《失窃的信》仍然是一篇非常精致，令人称奇的侦探小说。其在情节设置、叙事手法、人物形象诸方面都有其鲜明的个性特点，闪烁着爱伦·坡超凡的才气。

爱伦·坡《失窃的信》在情节的设置上可谓独辟蹊径。在讲述故事时，为了避开平铺直叙或过于扑朔迷离两种窠臼，作者将小说的主要情节设置为两个既相似重复、又勾连转换的双重场景，以实现情节设置上的"简单的繁富""平中见奇"审美功能。在阻缓读者看头知尾，满足阅读的兴趣的同时，又不使文本显得过于枝蔓横生。第一个场景主要叙述窃信者 D 部长抓住皇宫里"地位极高"的女性自作聪明，犯下思维定势错误这一转瞬即逝的契机，将关涉"地位极高"的女性名誉、地位的私密信件，用很"无赖"的方式偷走。信的拥有者明明看见别人正在偷盗自己的信件，却像被施了魔法似的眼睁睁看着窃贼作案而无能为力。这一奇特的窃信情景，极大地满足了读者透过文本进行"窥视"的兴趣。第二个场景则是第一个场景的翻版，主要叙述业余侦探迪潘利用逻辑推理能力，以其人之道还治其人之身，经过精心策划，当着 D 部长的面，很"高雅巧妙"地将那封被窃的信又从窃贼家中偷了回来。如此安排情节，凭借的不是巧合，不是误会，而是侦破者过人的判断力，而且带有极大的"游戏"成分，似乎在"游戏"中就完成了侦破，让人拍案称绝。这一场景主要突出迪潘的过人智慧和举重若轻的娴熟侦破技艺。通过两个场景的对比衔接转换，表达出"一山更比一山高，能人之外有能人"这一侦探小说特有的叙事理念。

围绕主要情节展开的叙事连缀，则属于文本次要情节，起烘托与铺垫作用。与"互为重复"的两场窃信过程相对应，次要情节表现为 G 局长的两次造访与求助。第一次造访起到向迪潘介绍案情的作用，第二次造访则起到解开谜底的作用。将小说的主、副故事情节串联起来看，不难发现，小说情节依然遵循着发案、侦破、结案这一基本结构。与其他侦探小说相比，运用了更高超的叙事技巧，例如情节设置、视点选择、大胆剪裁、显隐张弛上的精心设计等。

在叙述手法上，小说采用了多视点叙事方法，利用主要、次要人物之间的视点变换，达到对故事情节的合理剪裁和叙述速度的控制。在情节展开过程中，小说故意隐藏具体侦破过程，利用文本中的看客"我"的时时"在场"，其实是关键时刻的总是"缺席"这一次知视点，先是叙述侦破者迪潘庸碌无为，对案件兴趣不高，对 G 局长的请求闲言应付等，再陡然叙述迪潘胸有成竹，很老辣地向 G 局长索要 5 万法郎报酬这一重要细节，很自然地带出迪潘暗中早已实施完成的侦破行动。读者在不知不觉中，忽然明白了文本的秘密，呈现出"冰山叙述"的艺术效果。即利用次知视点，只有限地叙述冰山露出水面的部分，水面以下部分，则转换视点，改由主要人物第一人称的倒叙、插叙、补叙完成。这一叙述手法在使用时，先将读者蒙在鼓里，再陡然解开，等读者明白到底发生了什么时，无比震撼的审美体验也就产生了。

在叙述时间的安排上，小说也有独到之处。作者将"文本时间"设定为一个月左右，即G局长的两次拜访。很显然，警察局长的两次拜访，皆为小说次要情节，而隐形叙述时间（D部长窃信案件的倒叙、迪潘侦破取信的插叙等）反而是小说的主要情节，这种利用叙述时间倒错，不正面描写侦破过程，而是将主要情节隐匿、嫁接在次要情节之中的叙述方法，起到了凸显侦破小说探案"神秘性"叙述效果，这也成为后来侦探小说叙述的经典手法。

面对侦探小说，人们倾向于关注情节的巧妙设置，不太喜欢讨论人物角色问题。而针对《失窃的信》中的人物，许多批评家也喜欢将它当做深度文本进行阐释解读，比如，法国心理学批评大师拉康就从心理学与语言学角度，对该文本各个角色的主体建构进行多角度阐释批评，这充分说明该小说所秉有的多方面可阐释性。

在人物角色设置上，《失窃的信》具有其鲜明的特性，主要表现在"多主体认知系统"的设置上。作为侦探小说，其人物设置并不能脱离侦破类小说的角色类型与叙事逻辑，即人物设置最少也要有两类人物：犯罪者与侦破者。在该小说中，存在着侦破者、犯罪者、受害者、帮手四种角色。一般情况下，"受害者"角色只是一个推动情节前进的"叙事代码"，对故事情节的构成并不会施加太大影响。而在《失窃的信》中，受害者这一角色作用巨大。"地位极高"的女性之所以成为受害者，正是因为她不当地使用自己的狡智，毫无缘故地蒙骗"高贵人物"，才给了比她还狡猾的D部长偷窃的机会，最终导致自己成为受害者，丢失了关乎名誉的私信。G局长名为侦破者，但由于他的低能，在文本中只能承担"不成功的助手"角色。真正的侦破者非业余侦探迪潘莫属，他的认知能力在所有角色之上，处于"多主体认知系统"的顶端。

所谓"多主体认知系统"，是指在认知活动中主体超过两个以上的认知系统。在这一系统中，多个主体通过多层次的"互知推理"，以达到知晓他方意图之目的。"这种推理的对象中，不仅包括对象世界的知识，而且包含多个具有推理能力的主体；推理者对其他主体的思考及其结果进行推理，这些主体同样对推理者的思考及其结果进行推理。"[1]

在小说《失窃的信》中，"地位极高"的女性、"高贵人物"、D 部长、G 局长、叙事者"我"、侦探迪潘共同构成一个"多主体认知系统"。在该系统中，一个主体的思考对象中，包括其他主体对自身思考的思考。在文本中，"地位极高"的女性思维高于"高贵男性"，她知道"高贵男性"的思考，但"高贵男性"并不知道她的思考；"地位极高"的女性思维低于 D 部长，D 部长知道其弱点所在，才能在她眼皮底下偷窃成功；D 部长高于 G 局长，他知道 G 局长的思考，但他并不高于迪潘。迪潘的思考高于所有的人，他知道 D 部长的思考，也知道 G 局长的思考，但他们不知道迪潘知道他们的思考。于是，在这一复杂的互知推理博弈中，迪潘凭借卓越想象力，缜密的推理能力，敏锐的观察力，携诗人、数学家加推理大师的优势，在互知推理中轻松获胜，最终拿回了失窃的信，得到了一大笔奖金。

迪潘这一气质独特人物的出现决非偶然，他是作者精心刻画的一个理想化侦探人物：睿智、潇洒、客观、冷静，又不失正义感。许多评论家认为在迪潘这一人物身上，可以窥见爱伦·坡的心路历程，此说有一定道理．早在 20 世纪 60 年代，大卫·莱因在《埃德加·爱伦·坡：内在的模式》一书中即系统地将坡的文学创作模式与坡的现实情感变迁联系起来，从而使得许多看似"病态""离奇"的小说成了展示作家内心体验的"梦境"。[2]

就是说，爱伦·坡设计这样一位理想人物，与自己在现实世界中的不得志、不如意密切相关。迪潘是一个活在爱伦·坡心灵中的另一个"自我"，是爱伦·坡的另一个"化身"，两个"自我"构成其"双重人格"。迪潘这一人物的存在，可以消解现实中的爱伦·坡心灵的焦虑与孤独情绪。联系爱伦·坡的生平不

[1] 陈慕泽：《多主体系统中的知道推理》，《中山大学学报（哲学社会科学版）》，2003 增刊，第 209 页。
[2] 于雷：《新世纪国外爱伦·坡小说研究述评》，《当代外国文学》，2012 年 2 月第 161 页。

难发现，失去家庭庇护，寄人篱下的生活，弱小、孤独、无助的童年体验，对他敏感、孤傲、叛逆的个性养成起了关键作用。加之他一生遭受病魔缠身，可以说，与生俱来的压抑、孤独、失意、恐惧、焦虑等感觉始终伴随他，总也挥之不去。为了对抗这种被压抑的痛苦体验，他渴望得到一个比现实生活中穷困潦倒的"自我"更为强大的虚构自我——"他者"形象，来安顿自己的心灵。而一个能"运筹帷幄之中，决胜千里之外"，能力高超，将对手玩弄于股掌之上的侦探形象，更符合爱伦·坡心目中理想角色的心理投射。于是，一个高于自我，并与现实中的自我"互为镜像"的侦探人物迪潘就在文本中产生了。

正是由于《失窃的信》在各方面取得的艺术成就，才使得该小说自出版以来一直赢得读者的喜爱，被认为是爱伦·坡最优秀的小说之一，对后世侦探小说的发展产生了重大影响，爱伦·坡也因此被推为侦探小说的鼻祖。迪潘这一形象，也为英国小说家柯南道尔塑造大侦探福尔摩斯提供了借鉴。

引申阅读

1.[美] 爱伦·坡：《莫格街凶杀案》，赵苏苏、吴继珍、唐霄译，北京：群众出版社，2012。

本书收录爱伦坡包括《失窃的信》在内的26篇中短篇小说。

2.[美] 爱伦·坡：《爱伦·坡的诡异王国》，朱璞煊译，北京：中国对外翻译出版公司，2000。

本书收录了爱伦·坡的传记、经典恐怖小说、推理小说。特别是爱伦·坡传记部分，对研究其创作心理、审美风格有重要参考价值。

（李广仓）

想象的中国

——论赛珍珠的《大地》

作者简介

赛珍珠（1892—1973）是一位在美国出生，在中国长大的白人女作家，在民国时期拥有中美双重国籍。她的传教士父亲为她取了赛珍珠这个中文名。赛珍珠幼年跟从一位孔姓秀才学习儒家经典，此后以论文《中国与西洋》获得美国康奈尔大学文学硕士学位。

在中西文化双重影响下，赛珍珠一生致力于关注中国问题。1938年赛珍珠凭借《大地》以及描写她父母的两部传记作品获得诺贝尔文学奖，获奖理由是"通过那些具有高超艺术品质的文学著作，使西方世界对于人类伟大而重要的组成部分——中国人民有了更多理解和认同"。

作品梗概

《大地》以农民王龙迎娶黄姓地主家的灶头丫头阿兰起笔，讲述了王龙一家在农村世代与土地相依勤劳耕作，历经旱、涝、蝗、兵、匪的重重灾祸，为求生逃难到大城市并意外拾金致富，还乡后把黄姓地主的田产买为己有，由贫农变为地主的故事。在这部长篇小说中，赛珍珠把中国农民树立为主人公，并以赞赏的口吻描写农民王龙和他的妻子阿兰。王龙夫妇平日生活的吃苦耐劳，灾荒来临时的坚韧沉着态度，以及他们身上所体现出的对土地的宗教信仰般的热爱，都被赛珍珠以赞赏的笔调描写出来。

作品赏析

《大地》于 1931 年由美国约翰·戴出版公司推出，当年印行 100 多万
册，并被改编成话剧演出，1932 年获普利策小说奖，1937 年被改编成电影（该
片同年获得两项奥斯卡奖），赛珍珠是至今唯一同时获得普利策奖和诺贝尔
文学奖的作家。因为《大地》这部小说的风行，"Good Earth"一词在欧美俨
然成为一个文化关键词，它被广泛地用在中式饭店名称、农产公司商标、中
小学校名称等诸多场合，成为坚定可靠、勤劳俭朴、美好未来等含义的代名
词。时至今日，《大地》依然时常在欧美畅销书排行榜上名列前茅。例如，
据 2004 年 9 月 22 日《中华读书报》报道，《大地》这本 70 年前的旧作，经
美国著名脱口秀节目主持人欧普拉·温弗莉倾力推荐，再次成为美国畅销书
排行榜上的宠儿。

与此形成鲜明对照的是，《大地》在欧美的学术界却是一个倍受冷落的
对象。以美国权威的文学史为例，由斯皮勒主编的《美国文学史》长达一千多页，
对辛克莱·刘易斯、尤金·奥尼尔、艾略特、福克纳和海明威等作家的评论
均至少有两页之多，而对赛珍珠几乎没有评论，只是说明了《大地》在美国、
瑞典和中国的销售情况。[1] 埃利奥特主编的《哥伦比亚美国文学史》也长达
一千多页，书中仅有两次提到赛珍珠作为例子，连一个完整的句子都没有。[2]
伯克维奇主编的《剑桥美国文学史》煌煌 8 卷，每卷都长达一千页左右，然
而涉及赛珍珠的只有附录"大事记"中关于《大地》出版的记录。[3] 美国的
多位著名文人，例如弗罗斯特、福克纳等人也对赛珍珠的创作不屑一顾。出
现这种现象的原因可能是因为赛珍珠的畅销书作家标签令持传统观点的学者
对其敬而远之，或者是赛珍珠以女作家身份而获得诺贝尔奖使男性作家感到
难堪，也可能是赛珍珠所追求的简单明了的叙事风格让惯于分析深奥作品的
批评家感到索然无味。

---

[1] Robert E. Spiller, et al, eds: *Literary History of the United States, 3rd &Revised ed.,*
New York: Macmillan, 1963.
[2] Emory Elliott, et al, eds: *Columbia Literary History of the United States,* New York:
Columbia UP, 1988.
[3] [美] 伯克维奇主编：《剑桥美国文学史》（8 卷），北京：中央编译出版社，2009。

一、传统与现代

"中国小说现代化"的历史背景下，《大地》简单明了的叙事风格在中国引起了争议。"中国小说现代化"作为一个事件基本上发生在清末民初，具体而言开始于 1898 年左右梁启超和林纾等人开始宣扬"新小说"理论，大量译介外国小说作品。1918 年鲁迅《狂人日记》的发表标志着中国现代小说的形成，并树立起一个分界点：1918 年之前为"新小说家"活动期；之后为"五四小说家"活动期。[1] 在这种格局中，我们可以粗略地认为始自稗官野史，中经唐传奇，宋元话本，下至明清小说这样一条发展路径的"传统小说"在"中国小说现代化"之后就渐渐让位给吸收了西方小说理论的"现代 Novel"。

以此为坐标系，中国评论者发现了《大地》这部出自美国作家之手的小说充满了中国传统小说的叙事元素，早在 1933 年，赵家璧就在论文《勃克夫人与黄龙》中对此进行了总结。[2] 这篇论文指出《大地》是充满"中国风"的作品，是赛珍珠向中国传统小说学习的成果。与伍尔夫的"细腻冗长"和乔伊斯的"暧昧含蓄"风格不同，赛珍珠追求中国古典小说中"简单的美"。赵家璧总结道："当中国的新小说家正在模仿西洋的复杂或倒置句法的今日，勃克夫人却倒过来学中国旧小说中直截简略的笔法，确是一件耐人寻味的事。"事实上，赵家璧的这篇评论本身就耐人寻味，因为不难发现他用来发掘赛珍珠小说"中国风"的工具都来自他所说的"西洋小说"理论，例如浪漫与写实的风格判定，伍尔夫与乔伊斯叙事风格的比拟等，这些说法都带有浓重的"西洋小说"味道。

雨初的《〈大地〉作者勃克夫人》认为赛珍珠受到三种文学的影响，分别是圣经文学、"现代西洋文学"和中国文学。[3]《大地》在风格方面受到圣经文学和中国传奇的双重影响，表现出"极简单"的特点。题材方面则"完全是中国的"。赛珍珠有意模仿"中国小说浪漫的写实性"。同时《大地》有刻意向外国读者卖弄中国风俗的堆砌之嫌。雨初还特别指出赛珍珠的笔调

[1] 陈平原：《中国小说叙事模式的转变》，北京：北京大学出版社，2010，第4-7页。
[2] 赵家璧：《勃克夫人与黄龙》，《现代杂志》，1933 年第 3 卷第 5 期。
[3] 雨初：《〈大地〉作者勃克夫人》，《女青年月刊》，1934 年第 13 卷第 3 期。

与中国本土知识界愁云惨淡的氛围不一样，总是对中国怀有一种乐观的希望，堪称"中国人的发奋剂"。与赵家璧类似，雨初划分风格、题材、人物和结构的批评框架仍然是"西洋文学"式的，现代小说的批评术语随处可见。

与赵家璧和雨初不同，由稚吾在《译者小引》中评价《大地》过度迷恋模仿中国传统小说，这成为了《大地》的缺陷。他认为"平心而论，像这样一部作品在纯艺术的观点上，不应当能博得这样的虚名。而今竟能如是，这大部分还是我们这个东方大国的神秘，被暴露了一部分的缘故。假使说这部作品有其客观价值，其客观价值就在这一点。但说起暴露来，有些地方又暴露得太过火，失去真实；还有些地方，由于作者太迷恋于中国的旧章回体小说，其描摹处和想象处，觉得太古典了一些，也失却真实。"[1] 赵家璧，雨初和由稚吾三人的关注点不尽相同，但都使用了现代小说的批评工具，自觉地站在传统小说向现代转型的背景上，而且都对赛珍珠模仿中国传统小说的做法有所保留。

二、复调与寄托

赛珍珠本人却毫不掩饰自己对于中国传统小说的喜爱。1933年3月，在《东方，西方与小说》中她坦白说自己喜欢用中国传统小说"无所收场的收场"，与西方小说"解决了一切"的结尾不同，这两种结尾构成"东西小说最矛盾的一点"。"在西洋，我们就喜欢去知道故事的收场，我们要知道谁与谁结婚，谁死了，每个人的结局都要知道，于是我们掩着书儿满意了，忘掉了，于是再去找第二本。因为这小说既解决了一切，我们就无庸去再想。在中国人，就喜欢想下去……这也许中国人把他们有名的小说，趣味无穷的念了再念到几百遍的理由了，他们像是常可以在那儿找到新东西的。我得说，假若一个人养成了这种中国人的口味，再读我们的西洋小说，就很明显是味同嚼蜡了。"[2] 而当时的文坛风貌似乎在证明，赛珍珠的假设是不成立的，因为正如赵家璧所指出的中国小说家们正在极力地模仿西方的现代小说。赛珍珠看到了这种

---

[1]［美］赛珍珠：《大地》，由稚吾译，上海：启明书局，1936，"译者小引"部分。
[2]［美］赛珍珠：《东方，西方与小说》，小延译，《现代》第2卷第5期。

现象并对此表达了不满，她认为中国现代小说丢掉了传统小说的"幽默"，去效仿"骄矜的苏联作家"，使用"不健康的自我分析"，从而"走向某种忧郁的内省"是误入歧途的表现。[1]事实上，赛珍珠所说的中国传统小说的"幽默"并不是指作品中的某种喜剧效果；而是指中国传统小说中含蓄而韵味悠长的风格。这种含蓄的风格也被赛珍珠归纳为中国文化的一个特征，成为她喜爱中国文化的一个理由。在散文《中国之美》中，她谈到"中国究竟美在何处呢？反正它不在事物的表面"。"中国人天生不知展览"。[2]为了说明中国文化的含蓄特征，她还举例在苏州的绸布店布料都被包裹起来不显山露水，只有当布卷打开时才会有一片色彩灿烂炫人眼目。而中国文化就处于绸布店里的布料那种状态。

为了实践她所认为的中国文化的含蓄特征和创造幽默风格，《大地》整体使用了第三人称全知叙事角度。全知叙事角度是中国传统小说最常用的叙事方法，源自史传传统，这样可以清晰地把事件罗列出来。与此伴随而来的是连贯的叙事方法，用事件发生的自然时序作为叙事顺序，由王龙娶亲起笔，以阿兰病死王龙年老结束。使用全知视角和连贯叙事就使得人物的外部行动代替了心理描写从而占据主导地位，故事情节就成为了叙事的核心。心理描写的弱化成为《大地》叙事的一个显著特点，这固然是赛珍珠追求言简意繁的含蓄特征和幽默风格的手段，正如雨初和赵家璧所说的"极简单"和"简单的美"，但是心理描写的弱化往往代表着作者主体意识走向隐伏状态。读者看不到意识流动的脉络，就很难把捉作者的面目。除了在《大地》中对故事主人公这名中国农民的态度转变为同情之外，事实上赛珍珠并没有比明恩溥的"窥洞"方法改善多少。在全知视角，连贯叙事和以故事情节为核心这种选择的限制下，赛珍珠可以用来在《大地》中表达作者主体意识的空间是少之又少的，当然这也是《大地》在艺术水准上饱受质疑的主要原因。这样《大地》读起来似乎就是一部简单或曰少内涵的讲故事的作品，评论者（而非读者）

---

[1] ［美］赛珍珠：《东方，西方与小说》，小延译，《现代》第2卷第5期。

[2] ［美］赛珍珠：《中国之美》，《我的中国世界》，尚营林等译，长沙：湖南文艺出版社，1991，第160页。

也就兴味索然了。

但是当我们尝试使用跨文化的视角来审视《大地》时可能会得到一个不同的结论。"大多数人主要意识到一种文化，一种环境，一个家园"，而"流落他乡的人至少意识到两种，丰富的眼界能使之意识到同时存在的不同特质，形成复调的意识"。[1] 作为一部"流落他乡的人"的作品，《大地》也带有一种复调的色彩，小说中始终有一个逸于中国文化之外的视角存在。其表现之一是小说中存在着一种"看与被看"的模式及其背后起支撑作用的权力与欲望的动力学。被制造的"中国风"同美国读者的视角在小说中相互交织。"看与被看"模式有三层含义。首先，《大地》的预设读者是美国人，对这些读者而言《大地》无疑是一种奇观的展示。小说中展示的中国农民生活的诸多方面在西方读者看来是难以理解的，所以作者要不厌其烦地加以解释。也因为作者的这一做法，被中国学者诟病为"刻意向外国读者卖弄中国风俗，有堆砌之嫌"，而其所以成功就被归因于"这个东方大国的神秘，被暴露了一部分的缘故"。其次，赛珍珠极力标榜《大地》采用相对美国而言的异域叙事方法，声称《大地》遵循了中国传统小说写作技法。她把中国传统小说叙事特点归结为含蓄和幽默，而事实上做成的是"简单"，甚至"太过简单"。因为限于预设读者的接受域，如果加入太多源自中国传统的"借镜"，西方读者是读不懂的。但是不可否认这种自我标榜对美国读者而言充满新鲜感从而具有吸引力。第三，赛珍珠的写作动机是一个决定性的因素。《大地》并非赛珍珠的消闲之作，1934 年在一篇访谈中她披露了真相：

> 我的一女孩子生下来便一直不很好，现在留在美国受教育，我要为她多弄一些钱，同时住在美国的勃克先生的父母年纪很老，又极其穷苦，我也得拿出一部分钱供养他们，还要给养我自己……[2]

可见写小说以谋取报酬来养家糊口的现实考量是赛珍珠创作动机的主要内容。而且她的投稿经历并不顺利。赛珍珠尝言：

---

[1] [美] 戴维·莫利、凯文·罗宾斯：《认同的空间》，司艳译，南京：南京大学出版社，2001，第 114 页。
[2] 章伯雨：《勃克夫人访问记》，《现代》第 4 卷第 5 期。

当我最初把写成的小品文和短篇小说寄出去投稿的时候，它们都被退了回来，老是带着这样的道歉话——"我们对于中国的任何事情都不发生兴趣"。我的第一本小说的原稿，最初由我自己直接寄给一位出版家，——它立即就飞了回来："抱歉得很，美国人士对于中国的任何事物都不感兴味。"[1]

在这种情况下，赛珍珠就不得不考虑《大地》的可读性，进而对奇观的展示，异域风格的借重就变得分外现实了。《大地》采取的这种策略事实上把中国放置在"被看"的位置上，为美国读者"看"的欲望提供了实现的可能。如此，赛珍珠以美国读者的视角制造出《大地》中的"中国风"，《大地》成为一种商品被贴上类"传统小说"的标签而提供给读者加以消费。

《大地》复调色彩的表现之二是其寄寓了作者身份意识的迷茫与自我拯救的努力。赛珍珠曾经感慨："我长在中国，我身处中国却非其一员，身为美国人却依然不是它的一员。"[2] 赛珍珠的这一感喟其来有自。在中国她被指认为"生长在中国的美国女传教士"，被排除在中国人之外。[3] 在美国她又被"排挤在学术圈之外"，是一个"被文学放逐的人"。[4] 赛珍珠的文化身份仿佛就成为了一个问号。我们固然不能据此而冒然推测出赛珍珠对中美两国手握生杀予夺大权的精英知识阶层心怀不满；但在她的笔下，底层大众确实成为其描写与赞美的对象，赛珍珠尝试使用中国传统小说的叙事技法描写出一个亘古不变的中国以及在中国大地上世世代代生活的勤劳农民形象。在《大地》中存在着一种"循环"，例如第二节描写人们世世代代在土地上劳作，生养后代，死后埋入土地，好像一幅凝固的画卷，时光在这里颓凝不流。第十八节描写春夏秋冬劳作的安排与《诗经·七月》构成一种互文关系，让

[1] [美] 赛珍珠：《忠告尚未诞生的小说家》，天虹译，《世界文学》第1卷第5期（1935年6月）。
[2] [美] 赛珍珠：《我的中国世界》，尚营林等译，长沙：湖南文艺出版社，1991，第50-51页。
[3] 鲁迅：《1933年11月15日致姚克信》，《鲁迅全集》第12卷，北京：人民文学出版社1981，第272-273页。
[4] [美] 祁瑞：《赛珍珠：被文学"放逐"的人》，《赛珍珠纪念文集》，镇江：江苏大学出版社，2009，第45-53页。

人感到这种秩序穿越了数千年时间仍然恒定未变。[1] 整部《大地》中王龙与财主之间命运的兴衰交替，仿佛是阴阳两极对转，而其整体结构却纹丝未动。这种"循环"因其具有的牢不可破的力量体现出一种永恒的意味，从而展现出一幅史诗所描绘的景象，类似于原始人类生活中的人与自然极为简单而又亲密地连结在一起的关系。

通过这种史诗化的笔法，《大地》被塑造成一处漂浮于时空之外的乌托邦，它只属于过去，与当下发生的历史没有关系，因此就不会产生改变，将永久维持在原始状态。这与作者漂泊不定的现实处境形成强烈的反差，暗示了赛珍珠的内心对稳定和有所依归的渴望。赛珍珠作为一名美国传教士的女儿，在四个月大时被带到中国，之后又回到美国接受大学教育。她在中美两国之间辗转，两种不同的文化在她的心中共同起作用。这使得她对两种文化都既熟悉又具有疏离感，因为同时具有两种文化的基因使她很难完全认同其中一种文化，而对另一种弃之不顾。正如她所感叹的："两个世界！两个世界！彼此都不能成为对方，然而又各有千秋。"[2] 这就使她永远地摆脱不了边缘人的心态，在两种文化之间摇摆不定，找不到真正的归宿，在心中长久地存在一种身份危机意识。在《大地》的文本深层存在着一种呼唤，那是赛珍珠对一个稳定的归宿的呼唤。因为她在现实生活中难以得到这个归宿，所以她在小说中虚构出来，以此完成一种象征性的自我拯救。赛珍珠描述其母亲在中国生活情况的一些话可以为《大地》的创作做一个总结："她虽永远是美国人却会在中国建造花园"，"这景象很美，而且由于它使凯丽想到自己的家而显得更美"。[3]

三、情感与现实

赛珍珠的中国是一种"情感中国"，这种情感连接着她的童年记忆，以及她的父母亲，连接着她和最终埋骨于中国的父母所共同度过的岁月。这种

---

[1] 1902 年，幼年赛珍珠曾师从"孔先生"学习孔孟经典和中国传统诗歌。见 [英] 希拉里·斯波林：《赛珍珠在中国》，张秀旭等译，重庆：重庆出版社，2011，第 39 页。
[2] [美] 赛珍珠：《我的中国世界》，尚营林等译，长沙：湖南文艺出版社，1991，第 59 页。
[3] Buck Pearl S. *East Wind, West Wind*, London： Methoen & Co, 1932, P.85-86.

情感给予她一种强烈的归属感，她努力维护这种"记忆"中的"情感中国"，极力阻挡外力对它的侵害和改变，既使这些外力包括中国知识分子的改革努力，共产党的革命，甚至基督教的同化。[1] 她在这种为她所珍视的"情感中国"身上找到和寄托了自己生命的意义。这个"找到"和"寄托"的过程是在她提笔追忆乡土中国时逐步完善和形成的。在写《东风·西风》时，她的创作动机还仅限于为女儿和亲人筹措生活费，可是伴随着写作的深入，她在追忆中认识到自己对乡土中国的书写与塑造自我价值的过程是同步的，而此时，她的写作动机就开始转变了。王龙式的日出而作、日落而息的农民生活，是颠沛流离的现实生活中的一处桃花源，赛珍珠把大地上的农民生活作为现实世界（包括她的内心世界和外部世界）动荡不安，变动不居生活的治愈剂生产制造出来。因此《大地》正是因为与现实世界的不同而具有价值的；而中国的知识阶层恰恰因此而批评它。

《大地》所要描写的中国对中国读者来说是一种未曾说出已然说出的存在，因为没有任何其他读者群比中国读者更熟悉和了解中国。所以相对于《大地》说了些什么而言，中国读者更关注它是如何说的，它说的方式。它的叙事方式中有一个比较重要的表现，就是在文本中存在一种"还乡"模式，并且"故乡"就是指"农村"，这个模式尤其在王龙身上表现得最明显。王龙因为灾荒而离开故乡农村去大城市，流落街头靠乞讨和出卖劳力艰难度日；返回故乡农村后生活开始蒸蒸日上。王龙受荷花引诱而去城里，以及后来搬到黄姓地主家之后，他的命运开始走下坡路，而返回农村就恢复了生命活力。总之回归土地就繁荣兴旺，远离土地就颓废消亡，"我还要回到我的土地上来"在小说中几乎成为王龙的一句口号而反复出现。[2] 赛珍珠借王龙之口总结黄姓地主家没落的原因是"这是他们离开田地的结果"。[3] 在这种模式的笼罩下，

---

[1] 因为她宣扬中国不应该被基督教同化，她受到了基督教的处分。事见佚名：《巴克夫人被长老会撤职》，《文艺月刊》1933 年第 4 卷第 1 期，以及佚名：《布克夫人退出长老会》，《出版消息》1933 年第 12 期。

[2] [美] 赛珍珠：《大地三部曲》，王逢振等译，桂林：漓江出版社，1998，第 90、110、234 等页。

[3]《大地三部曲》，第 123 页。

赛珍珠笔下的中国农村是这样的：

> 田里的麦种发芽了，在湿润的褐色土地上拱出了柔嫩的新绿。在这
> 样的时候人们就互相串门，因为每个农民都觉得，只要老天爷下雨，他
> 们的庄稼就能得到灌溉，他们就不必用扁担挑水，一趟趟来来去去把腰
> 累弯。他们上午聚在这家或那家，在这里或那里吃茶，光着脚，打着油
> 纸伞，穿过田间小路，一家家走来串去。勤俭的女人们就待在家里，做
> 鞋或缝补衣服，考虑为过新年做些准备。[1]

这是一幅充满希望和幸福感的画面，中国农民仿佛生活在桃花源里，安
谧悠闲的生活里充满了满足。同样是写中国农村风貌，同样是"还乡"，在
鲁迅笔下却变成了截然不同的一副模样：

> 时候既然是深冬；渐近故乡时，天气又阴晦了，冷风吹进船舱中，
> 呜呜的响，从蓬隙向外一望，苍黄的天底下，远近横着几个萧索的荒村，
> 没有一些活气。我的心禁不住悲凉起来了。啊！这不是我二十年来时时
> 记得的故乡？[2]

这是一幅萧瑟破败的中国农村图景，苦闷甚至绝望的情绪充斥在画面里，
让人难以忍受而产生急欲挣脱逃走的冲动。这种冲动事实上弥漫于鲁迅小说
中所具有的"还乡—失望—离去"模式中。[3] 与赛珍珠一样，鲁迅笔下的"故乡"
也是指"农村"，但是这个"农村"却远非理想中的"农村"，而是亟待被
改变的。这个模式中的"农村"承载了三个层面的含义：过去，现在和未来。
过去是美好的，它是留在记忆里的乌篷船上煮豆的童年，就像《朝花夕拾》
中那种稍纵即逝的童年乐趣；现在却是衰败的，因为面临着各种危机而一片
愁云惨淡；未来虽然不可预测，但是也要迎上前去，而不可以滞留在当下，
更不可以返归过去。然而《大地》中的"大地"是不会改变的，也无需改变。

---

[1] [美] 赛珍珠：《大地三部曲》，王逢振等译，桂林：漓江出版社，1998，第36页。
[2] 鲁迅：《故乡》，《鲁迅全集》第1卷，北京：人民文学出版社，1981，第510页。
[3] 事实上，这个模式不仅存在于鲁迅的小说，例如《故乡》《在酒楼上》等篇目里面；在同时代的其他"五四小说家"作品中也不难找见，例如郁达夫的《青烟》，王以仁的《还乡》，倪贻德的《归乡》，孙俍工的《故乡》，徐钦文的《父亲的花园》，蹇先艾的《到家的晚上》，等等。

过去就是现在，也是未来。"我们从土地上来的……我们还必须回到土地上去……如果你们守得住土地，你们就能活下去……谁也不能把你们的土地抢走……" [1] 《大地》是以王龙的这一番谆谆教诲而结束的，无疑也是赛珍珠的心声吐露。鲁迅的"还乡—失望—离去"和赛珍珠的"还乡"模式都是作为民族的隐喻而建构出来的。

《大地》中的农村是以第三人称的全知视角"呈现"出来的，主体性先在地存在于文本之中，赛珍珠作为一个"呈现"者置身于故事之外，并不占据核心位置，处在守望者的位置上。《大地》的主人公是中国农民，农民本身不是知识分子，而是在共同的国族想象前提下作为知识分子的象喻被批判和改造。在现代性的进程中，农民处于守望者的位置，他们提供资源却不参与核心。赛珍珠在她所"呈现"的情感中国中与她创造的中国农民完成了主体位置的置换，实现了在他人的位置上观看自己。然而，鲁迅的农村是以第一人称来直接"讲述"出来的，文本中包含了对主体自我的审视和怀疑。以此为标准，鲁迅对赛珍珠做出如下评判：

> 中国的事情，总是中国人做起来，才可以见真相，即如布克夫人，上海曾大欢迎，她亦自谓视中国如祖国，然而看她的作品，毕竟是一位生长在中国的美国女传教士而已，所以她之称许《寄庐》，也无足怪，因为她所觉得的，还不过一点浮面的情形。只有我们做起来，方能留下一点真相。 [2]

在这段评论中，鲁迅指出赛珍珠看不到真相的原因是因为赛珍珠"毕竟是一位生长在中国的美国女传教士而已"。赛珍珠的美国传教士立场使她看不到真相，由此关于真相的评判就转移到了立场问题上来。

我们有必要还原鲁迅做出这段评论的历史场景。评论中提到的《寄庐》，本名"The House of Exile"，又译《客异他乡》，是美国作家娜拉·华恩（1895–1964）的一本随笔集，出版于1933年，记录了作者在河北的一个大户人家寄居时的

---

[1] [美]赛珍珠：《大地三部曲》，王逢振等译，桂林：漓江出版社，1998，第287页。
[2] 鲁迅：《1933年11月15日致姚克信》，《鲁迅全集》第12卷，北京：人民文学出版社，1981，第272–273页。

所见所感，曾受到赛珍珠的称赞。而左翼作家则对这本随笔集展开了批判，姚克于 1933 年 11 月 11 日在《申报·自由谈》上发表的《美国人眼中的中国》即为其中有代表性的一篇。鲁迅的评论就是在这样的背景下提出的。鲁迅所说的"真相"，其判断的标准并不在于对中国是否抱有诚挚的感情，是否对中国农村日常风俗缺乏了解而致使描写失真，而是基于赛珍珠作品中所刻意遮蔽的一些重要内容。1935 年 7 月，胡风撰写的长篇评论《〈大地〉里的中国》，首先肯定了赛珍珠"对于中国农村底生活是很熟悉的"，"笔端上凝满着同情地写出了农民底灵魂底几个侧面"。随即，胡风指出赛珍珠对中国农村的阶级关系及其斗争充耳不闻，对帝国主义侵略给中国农村带来的灾难有意避而不谈，对中国农民通过革命改变自身命运的强烈愿望缺乏了解。因为这些内容的缺失，所以赛珍珠"在艺术底创造上也就不能够达到真实了"。[1]

《大地》中所刻意遮蔽的这些内容，恰恰是中国学者最关心的核心内容，这种关心也体现在社会科学学者身上。费孝通的博士学位论文《江村经济》中有一句惊心动魄的论断："如果《西行漫记》的作者是正确的话，驱使成百万农民进行英勇的长征，其主要动力不是别的而是饥饿和对土地所有者及收租人的仇恨"。[2] 在这样的语境下，中国社会内部矛盾严重激化，中国知识分子的注意力也被吸引在这些方面。内忧之外，尚有外患，中国面临着存灭的严峻问题，中国知识分子自晚清以来的国族身份危机意识在绝境面前被再次激发出来，他们要寻求出路。20 世纪 30 年代，正是中国抗日战争烽烟迭起的时刻，如果说左翼作家们为凝聚一切抗日力量的现实目的而对异端的《寄庐》《大地》投以批判锋芒的话，那么鲁迅的考虑则更深入一层。

四、国民性与新文化

鲁迅的动机仍然和新文化运动保持相当的一致，他所关心的不仅是眼前的实际应用问题，更为关心的是中国文化的整体更新。在《文化偏至论》中，鲁迅表述了他的理想："外之既不后于世界之思潮，内之弗失固有之血脉，

---

[1] 胡风：《〈大地〉里的中国》，《文艺笔谈》，上海：生活书店，1936，第 297-319 页。
[2] Fei Hsiao-Tung. *Peasant Life in China: A Field Study of Country Life in the Yangtze Valley*, New York: E. P. Dutton & Company, 1939, 284.

取今复古，别立新宗。人生意义，致之深邃，则国人之自觉至，个性张，沙聚之邦，由是转为人国。人国既建，乃始雄厉无前，屹然独见于天下，何有肤浅凡庸之事物哉？"[1] 鲁迅对乡土书写的界定，也由这个理想而来。鲁迅在《中国新文学大系·小说二集·序》中指出："蹇先艾叙述过贵州，裴文中关心着榆关，凡在北京用笔写出他的胸臆的人们，无论他自称用主观或客观，其实往往是乡土文学，从北京这方面说，则是侨寓文学的作者。但这又非如勃兰兑斯所说的'侨民文学'，侨寓的只是作者自己，不是这作者所写的文章，也只见隐现着乡愁，难有异域情调来开拓读者的心胸，或者炫耀他的眼界"。[2] 在鲁迅看来，乡土文学是一种侨寓文学，它内在地具有对比和批判意味。它的目的不是炫耀异域奇景，展示博大富饶；而是在距离之外对自己的家国进行审视和批判。鲁迅自己的《孔乙己》《故乡》《社戏》等文章也透露出这种批判是指向乡土文化自身的。乡土书写是一层纱幕，它背后所隐藏的是文化重建的热切愿望。对乡土风物的描写并非醉翁之意，其真实意图在于对这些渗透于乡土文化中的国民性的悖离与批判。对鲁迅而言，《大地》很难被归入乡土文学的行列，因此与同时代的中国乡土文学作品存在着本质的不同。

鲁迅及左翼作家评论《大地》这件事并非偶然，而是有代表性的，不乏平行文本。1920 年，英国的罗素（1872—1970）来到北京，发表演说鼓吹保存中国国粹的重要性。周作人回应说：

"罗素来华了，他第一场演说，是劝中国人要保重国粹，这必然很为中国的人上自遗老下自青年所欢迎……我们看中国的国民性里，除了尊王攘夷，换一个名称便是复古排外的思想以外，实在没有什么特别可以保存的地方……罗素初到中国，所以不大明白中国的内情，我希望他不久就会知道，中国的坏处多于好处，中国人有自大的性质，是称赞不得的。我们欢迎罗素的社会改造的意见，这是我们对于他的唯一的要求。"[3]

---

[1] 鲁迅：《文化偏至论》，《鲁迅全集》第 1 卷，北京：人民文学出版社 1981，第 57 页。
[2] 鲁迅：《中国新文学大系·小说二集·导言》，《鲁迅全集》第 6 卷，北京：人民文学出版社，1981，第 255 页。
[3] 周作人：《谈虎集》，北京：北新书局，1928，第 14 页。

周作人将罗素错误倾向的原因归结为"罗素初到中国，所以不大明白中国的内情"，罗素的外来者身份和赛珍珠的外国传教士身份是颇为相似的，并且都被归结为他们看不到中国真相的原因。周作人"欢迎罗素的社会改造的意见"，是和鲁迅及左翼作家对赛珍珠遮蔽中国农村改造可能的失望相呼应的。值得注意的是，在这段评论中周作人使用了"国民性"的概念，周作人认为"国民性"是"尊王攘夷"，是"复古排外"，是中国人自大的性质，是改造的对象。在周作人眼中，"国民性"和"国粹"存在对等关系，是要被抛弃而不是要被保存的。周作人的观点是五四一代学者对待国民性问题态度的代表。

"国民性"这一范畴固然是西方学者对中国文化进行本质化努力的产物，甚至带有"种族奇观"的色彩。[1] 但是因为以鲁迅为代表的中国学者的接受和运用，使其深入地参与了中国的文化进程，并产生了实质性的影响，以致针对"积贫积弱""麻木不仁"的老朽中国想象的批判在新时期以来依然不绝于耳。[2] "国民性"这个词变为贬义的时间是在新文化运动期间，它所指代的含义在两个极端之间游走。鲁迅等新文化运动旗手把它指作儒家传统价值的代表；学衡派则颠倒过来，把它指为与传统对立的现代社会的标签。[3] 事实上，孙中山和梁启超在对待国民性问题的态度上，也与鲁迅保持相当的一致。在当时的语境下，"国民性"被当做传统价值的象征物，被与传统断裂的话语所席卷和审视。中国学者对国民性的批判，批判它的腐朽与没落，是以一个参照系为依据的。这个参照系就是西方的现代性。因此这种批判呈现出一体两面的形态，一面是对自身国民性的批判；另一面则是对西方现代性的体认与追求。而五四一代人对现代小说的一系列探索与塑形的努力不啻是这种意识在文学领域的一种表征。

周宁认为，在西方国民性理论的建构过程中，"黑格尔的理论标志着中

---

[1] 朱骅：《美国东方主义的中国话语》，上海：复旦大学出版社，2012，第 54 页。
[2] 刘禾：《跨语际实践：文学，民族文化与被译介的现代性》，宋伟杰等译，北京：三联书店，2008，第 73 页。
[3] 关于学衡派为何选择保守立场及其采取的斗争策略，参考沈卫威：《"学衡派"谱系：历史与叙事》，南昌：江西教育出版社，2007。

国国民性话语精英层面的完成，明恩溥的《中国人的特性》则标志着大众舆论层面的完成。[1] ……20世纪相当长的一段时间里，西方人讨论中国国民性，在理论假设上不出黑格尔，在特征范畴上不出明恩溥"。[2] 赛珍珠并没有越出她前辈们的范围，她在黑格尔提出的小亚细亚颓凝恒定的小农经济体制基础上，融入了重农主义一贯秉持的农民忠实的品质观，以及王龙身上变形的美国西部拓荒精神，打造成《大地》这部既有田园牧歌风情，又洋溢着昂扬奋进理想光芒的作品。

五、结语：向往与逃离

《大地》里的中国作为赛珍珠创造出来的一处桃花源，不仅是她个人的情感寄托，也迎合了20世纪30年代挣扎在经济大萧条困境中的美国社会对于走出困境的渴望和想象。在美国民众的接受视域中，王龙在困境中不颓废而勤劳勇敢地争取好生活的精神正是他们心底亟待唤醒的力量。因此美国读者眼中看到的已经不再是一名陌生的中国农民，而是美国人自己，并且是理想的，充满英雄光辉的美国人。王龙在物质上的贫困给美国观众带来优越感和自豪感，王龙在极端贫困的条件下能够致富，在比王龙的处境优越得多的美国实现致富的难度就应该更小，因此王龙的精神就更具有鼓动力量。王龙的故事成为一种"成功指南"，激活了美国西部拓荒精神的基因，美国观众从《大地》看到了自己的未来。因此美国读者会喜爱《大地》，并从中吸取战胜经济大萧条危机的力量。

与此相对应，1931–1949年的中国读者也是在危机之下接受《大地》的。在国破家亡的危机成为日常话题的中心之时，对自我的批判和反省就来的特别深刻。但是《大地》里的中国不是他们所希望成为的那个中国，而是应该被抛弃的中国，被改造的中国。在中国读者眼中，《大地》里的中国没有未来，是被否定了的。

---

[1] 这本书的题记部分第一句话引用"四海之内皆兄弟"，与赛珍珠翻译《水浒传》所取英文名相当一致。这种相似的桃花源意味或许并非偶然。关于英译《水浒传》的名字，鲁迅在1934年3月24日致姚克信中评论说"但其书名，取'皆兄弟也'之意，便不确，因为山泊中人，是并不将一切人们都作兄弟看的"。被贴标签者的自我否认，使其桃花源意味更为浓重。
[2] 周宁：《被别人表述：国民性批判的西方话语谱系》，《文艺理论与批评》2003年第5期。

如此，中国作为西方现代性的文化他者，在饱受异化困扰的目光凝视下，不啻一处古老而又新鲜的"桃花源"，成为一个农民国度的幻影。20世纪30年代的美国因遭遇经济大萧条而使得重农主义甚嚣尘上，当这种桃花源的幻影到来之后就顺理成章地引起了巨大轰动。而作为被描写对象的中国，其时却在努力地摆脱这种"困境"，这真是一场历史的深刻反讽。

引申阅读

1. Arthur H. Smith. *Chinese Characteristics*, New York, Chicago：Fleming H. Revell Company, 1894.

该书常被译为"中国人的特性"，是美国传教士明恩溥根据他在晚清中国的长期传教生活经历总结完成的。其日译本被梁启超、孙中山、鲁迅等人接受，以"国民性改造"的形式深刻影响了中国现代文化进程。

2. Fei Hsiao-Tung. *Peasant Life in China：A Field Study of Country Life in the Yangtze Valley*, New York：E.P. Dutton & Company, 1939.

费孝通在英国剑桥大学的人类学博士学位论文。以中国知识分子的视角，运用欧美现代人类学研究方法，以中国农村为研究对象的专著。赛珍珠在《大地》续篇《分家》中，把中国未来的希望寄托在留学归国的王源身上。将赛珍珠小说与这篇论文并置阅读，帮助我们领悟小说叙事与现实生活的交叠。

（刘金元）

隐藏的冰山

——海明威《弗朗西斯·麦康伯短暂的幸福生活》的蒙太奇叙事

作者简介

欧尼斯特·海明威（1889—1961）是 20 世纪美国杰出的现实主义作家，海明威生于一个医生家庭，自小爱好广泛，除了酷爱钓鱼、打猎等户外活动，他对绘画也颇有兴趣。高中毕业后，他到美国著名的《堪城星报》当记者，开始写作生涯。记者工作的经历对海明威日后明快文风的形成产生了很大影响。1918 年，一战爆发后，海明威奔赴前线担任红十字会救伤队救护车司机。1937 年至 1938 年，他以战地记者身份奔波于西班牙内战前线，二战期间，作为记者随军行动，并参加了解放巴黎的斗争。海明威在战争中多次受伤先后获得意大利政府授予的银质勋章和一枚铜质勋章。在他的晚年，伤病造成的健康问题接踵而至，1961 年，海明威在爱达荷州凯彻姆的家中自杀身亡。海明威一生情感错综复杂，先后结了四次婚，他的作品常常传达出对人生、社会迷茫的情绪，因此，被称为美国"迷惘的一代"代表作家。代表作有《太阳照常升起》（1926）、《永别了，武器》（1929）、《丧种为谁而鸣》（1940）、《老人与海》（1940），1954 年获诺贝尔文学奖。

作品梗概

《弗朗西斯·麦康伯短促的幸福生活》取材于海明威 20 世纪 30 年代在非洲狩猎的经历，讲述了美国麦康伯夫妇在他们雇佣的狩猎师威尔逊的指导下在非洲狩猎的经历。在打猎过程中，麦康伯打伤一头狮子，狮子受伤之后迎面冲来，麦康伯没顾上妻子和周围其他人便吓得惊慌而逃，之后威尔逊打死了狮子。麦康伯的妻子玛格丽特为丈夫的胆小懦弱感到羞耻，对丈夫冷嘲热讽，并于当夜入睡威尔逊帐中。第二天，麦康伯战胜恐惧打死了一头野牛。当另一头被他击伤的野牛朝他冲来时，他没有畏惧，举枪射击。正在此时，玛格丽特举枪射击，麦康伯应声倒地，结束了其短暂的一生。

作品赏析

一、冰山原则的形成

"冰山原则"是 1932 年海明威在其作品《午后之死》中对他的叙事艺术的阐释。他认为冰山运动的宏伟壮观是因为它只有八分之一露出水面，剩下的八分之七隐于水下，使得冰山更具含蓄厚重之美。海明威将其作品喻为漂浮在大洋上的冰山，冰山本有的纯净神秘、若隐若现恰如其分表现出了其作品纯粹、含蓄、平静的特点。他在写作中提倡着力表现事物的八分之一，剩下的八分之七留给读者去感受，扩展作品中的读者空间。

在海明威之前，马克·吐温、惠特曼、豪威尔斯、舍伍德·安德森等人已在追求美国文学独立与创新方面做出了积极探索，海明威继承了其中的民主传统、语言特色和探索精神。创作技巧上，马克·吐温日常化的语言、安德森简约主义的运用、斯坦因主张的单纯与重复以及庞德的含蓄精准都被海明威继承。并且，海明威懂得根据自己的需要有选择性地继承前人经验，凭借在创作中的历练开辟了美国文坛崭新的天地。

海明威的"冰山原则"主要继承了马克·吐温对口语和短句的运用，表现在两个方面。第一，海明威小说中的日常人物对话占据大量篇幅，这决定了口语运用在他的作品中的绝对地位。书中人物的语言贴切质朴、节奏鲜明，符合平民身份和日常情境，并且，海明威根据不同作品的需要加入了中西部地方特色的口语和行业专用语，使人物形象真实丰满。第二，海明威的人物对话十分简短，多则几十字，少则几个字，从不出现长篇大论。即便是写景语言也多由短句构成，结构简单，句意容易理解。短句的使用使他的作品别具一格，不拘泥，不造作，摆脱了冗长和藻饰，形成了出水芙蓉般明快而简洁的文风。

　　海明威"冰山原则"的形成也深受庞德的影响。埃兹拉·庞德是意象派诗歌创作的大力倡导者，意象派诗歌被视为美国现代派诗歌的起点，庞德在诗歌创作中强调意象的叠加和细节的精确性。海明威将庞德对于诗歌语言的要求用于小说写作，他的"冰山原则"对庞德诗歌的借鉴表现在精准的意象和词汇选取上。"冰山原则"提出只表现事物的"八分之一"，这就要求写作者炼字炼句，从万词丛中提取最能承载写作意图和人物心态的精华词来表现。海明威隐去冰山"八分之七"的方式主要有三种。首先是拒绝抽象化，用简练精确的普通词汇；其次是拒绝多余词，在极尽浓缩中突出意象的冲击力；再次，海明威写作拒绝虚饰，摒弃了辞藻繁饰，删去对传达作品声音毫无意义的形容词。

　　除此之外，"冰山原则"对斯坦因重复理论中的"数量性前景化"语言艺术也有所继承。"前景化"的概念源于绘画领域，指将要表现的艺术形象从其他人或物中凸显出来从而吸引观者的注意，达到画家期望的艺术效果，其他的人或物则构成背景。将这一理论应用在文学批评中则源于俄国形式主义，指文体中为使某部分引人注目而有意违背语言常规叙述标准，包括句法结构的变化和数量频率的变化。而"数量性前景化"指某种语言现象出现的数量和频率超常规。海明威在与斯坦因的交流和切磋中取之所长，将意旨明确的重复应用在"冰山原则"下有限的叙述语句中，表现词与词之间的抽象联系，通过词汇的再现传达某种特定瞬间的主观情绪，表现隐于事物冷寂外表下的深层本质。

　　除此之外，舍伍德·安德森也引导了海明威的创作。简约主义源于20世纪初期的西方现代主义，它作为一种思想方法被应用于艺术创作中，强调简朴的美学价值，在"减少"原则的指导下以简约的表达手段创造出最理想的表达效果。简约主义应用在文学创作中，指作家不依赖情节和大段直接描述，而是选取客观、集中、具体的细节来表现人物心理。安德森就是将简约主义成功应用于小说创作的作家之一。海明威将简约主义纳入"冰山原则"的借鉴之列，写小说不介绍背景，不依赖情节，也没有传统叙事中清晰的因果过程。

他与安德森一样十分关注日常生活中普通人物的精神状态，安德森笔下有工业化环境中精神空虚的小镇居民，海明威笔下有迷茫的战后青年一代。另外，安德森在写作当中还通过不带主观议论的叙述塑造人物，描写人物心理时多通过外部场景描写及人物表情和动作描写展现人物情绪起伏，海明威变"议论"为"展示"的"照相式"的描写即是对安德森的借鉴。

二、对话：戏剧冲突与现场感

海明威的作品中，人物出自作者笔下，却由被描述的客体变为直接发声的主体，情节、结构与主体几乎全部融入到了对白当中，不同人物的对白体现了不同的人物性格，文本恰如一个个紧密连接的镜头，展示着人物的日常生活片段。在这样的片段中，读者与书中人物直接对话，有走入电影拍摄现场之感。海明威作品"电报式"对白的形成受到多方面影响，包括他的记者从业经历，斯坦恩的重复理论，庞德的意象主义诗歌等。"电报式"对白不再只是小说中塑造人物和反映事件的补充，反而变为文本叙述的主要内容。在《弗朗西斯麦·康伯短暂的幸福生活》中同样如此。

18、19 世纪小说中的人物对话常有大篇幅的独白，有的甚至长达几百字。但海明威作品中的对话多则几十少则十几甚至几个字，有时连说话主体甚至（如麦康伯说、我说）也省去，几乎每行都是一句话，行行齐头排列，形如电报，创造了"电报式"文本。"电报式"对白融合了直接性、含蓄性与动态性三大特点。

直接性体现在其句式的简单，对白的口语化以及书中人物与读者的零距离交流上。读海明威笔下的对话，就像坐在电影院观看银幕对白，大篇幅的对白文字使文本具有了画面感，日常用语在他的笔下展现出独特的光彩。海明威在文学创作中很重视读者的再创造，也就是让读者去探索水下冰山的"八分之七"。阅读当中作者在文本中的主观性议论越少，心理分析和动作描写越少，就越需要读者在阅读的过程中按照自我的感知去理解。这种几乎完全把作者的情感倾向和主观话语隐去的做法可以唤起读者的共鸣，保证读者在阅读过程中自由思考，不受作者插入议论的干扰。

电影中的对白，是精炼了的戏剧语言，有日常语言的简短有力，却没有那么琐碎。电影台词往往话中有话，平静的语调背后，或是实际上激烈的唇枪舌战，或是包含了人物心理变化，这种含蓄性充分体现了语言的多义性和变化性，增加了戏剧张力，为冲突的制造和故事的发展埋下伏笔。在"电报式"对话当中，直接性是"冰山八分之一"的显现，而含蓄性是隐藏着的"八分之七"，这其中包含人物当时的心理状态以及行为倾向，作者通过一个人的话语将他的脾气性格和本质特征展现出来。麦康伯被狮子吓退逃跑这件事发生以后，威尔逊极端瞧不起他但情绪没有外露，而玛格丽特身为麦康伯的妻子为他感到羞辱，于是他们表面关于"脸红"的谈话处处是玛格丽特对麦康伯的冷嘲热讽。

"你知道，你有一张很红的脸，威尔逊先生，"她告诉他，又微笑起来。

"喝酒的缘故，"威尔逊说。

"我看不见得，"她说，"弗朗西斯喝得挺厉害，可是他的脸从来不红。"

"今天红啦，"麦康伯试着说笑话。

"没有，"玛格丽特说，"今天是我的脸红啦。可是威尔逊先生的脸一直是红的。"

"准是血统关系，"威尔逊说。

"我只不过刚开始提了一下。"

"咱们不谈这个，"威尔逊说。

"谈话也变得这么困难了，"玛格丽特说。

"别傻头傻脑，玛戈，"她的丈夫说。[1]

玛格丽特说丈夫即便喝了酒脸都从来不红，隐含话语是"不管不顾""临危逃跑""不知羞耻"，挖苦丈夫的胆小懦弱；威尔逊洞察一切却又不想多事，

---

[1]［美］海明威：《海明威短篇小说全集（上）》，陈良廷等译，上海：上海译文出版社，2004，第7-8页。

因此从中解释自己脸红是喝酒的缘故；而麦康伯试图忘掉或者避开谈论自己的丑相，试图缓解气氛。三人在表面话题之下都各怀心事，试图使谈话达到自己想要的效果。但最终如玛格丽特所说，谈话变得越来越困难。话中言外之意各自心知肚明却又不点破，对话的含蓄性造成的言外之意正是故事的有趣之处。

除此之外，海明威意在用持续的对白捕捉故事发展的动态过程，展示出人物在短时间内强烈的情绪起伏或心理波动，使情节在人物对话的隐含冲突中向前推进，让读者感受到事态的迅速变化。

> "你们俩说的全是废话，"玛戈说，"你们只是坐着汽车去撵了几条走投无路的野兽，说起话来就象英雄好汉啦。"
>
> "对不起，"威尔逊说，"我空话说得太多了。"她已经在担心这种情况了，他想。
>
> "要是你不懂我们在说什么，你为什么要插嘴呢？"麦康伯问他的妻子。
>
> "你变得勇敢地很，突然变得勇敢地很，"他的妻子轻蔑地说，她非常害怕一件事情。麦康伯哈哈大笑，这是非常自然地衷心大笑。
>
> "你知道我变了，"他说，"我真的变了。"
>
> "是不是迟了一点呢？"玛戈沉痛地说。因为过去多少年来她是尽了最大的努力的，现在他们两个人的关系弄成这个样子不是一个人的过错。
>
> "对我来说，一点儿不迟，"麦康伯说。[1]

麦康伯经历了妻子的故意背叛后，恼怒不安又无可奈何。第二天，当他终于鼓足勇气打死了野牛后，态度迅速发生了变化，谈话也由遮遮掩掩变成了底气十足。而玛格丽特则正相反，在"玛戈长得太漂亮了，麦康伯舍不得

---

[1] [美]海明威：《海明威短篇小说全集（上）》，陈良廷等译，上海：上海译文出版社，2004，第41-42页。

同她离婚；麦康伯太有钱了，玛戈也不愿离开他"[1] 的前提下，玛格丽特对丈夫进行了毫不客气的挖苦并投入他人怀抱，但她知道，她已经错过了离开他的日子，回到美国，她不可能再找到比麦康伯更阔气的人。因此，她的心里多了焦虑不安。虽然作者在对话之外几乎没有对人物表情的细致描述，但是，麦康伯的沾沾自喜和玛格丽特的焦躁不安同时呈现在读者眼前。二人谈话的主动权发生了反转，这种微妙的变化以极具现场感的对话呈现出来，成为故事最后玛格丽特开枪的暗示。

三、作者：隐藏的摄影师

在电影当中，摄影机的作用是把连续的画面呈现在观众眼前，一方面，摄影机是无声的不带任何情感的，摄影师所做的只是展示，而不能走入电影当中。因此，一帧已经拍摄的画面之中的人物或对话是无法更改的，只能展示固定的场景，固定的事实和固定的空间。另一方面，摄影机由摄影师来控制，摄影师可以在故事之外对即将展开的画面进行安排，赋予电影或冷或暖的整体色调，决定选用什么样的方式去展示一个动态场景或一个静态画面。海明威就是他的文本的摄影师。

摄影师的隐藏首先体现在场景切入上。英国评论家赫·欧·贝茨说："海明威是一个拿着板斧的人……砍伐了整座森林的冗言赘词，还原了基本枝干的清爽面目。"[2] 在对话开始前的背景交代上，作者未交代前因后果，也未介绍人物关系，甚至连景物描写都很少，而是如镜头切入一般直接引出人物对话。"现在是吃午饭的时候，他们全都坐在就餐帐篷的双层绿帆布帐顶下，装出什么事情都没发生过的样子。"[3] 发生了什么事？为何又装作没发生？我们看到的是谈话的事实，想到的是几个人围坐就餐的画面，只有从后面的对话才能了解到已经发生和尚未展开的情节。

其次，人物表情、动作描写的省略同样体现着摄影师的隐藏，这是变文

[1] ［美］海明威：《海明威短篇小说全集（上）》，陈良廷等译，上海：上海译文出版社，2004，第28页。
[2] 董衡巽：《美国文学简史》，北京：人民文学出版社，1986，第207页。
[3]《海明威短篇小说全集（上）》，第5页。

本的"议论"为电影的"展示"。在麦康伯与妻子和威尔逊的对话中,作者隐而不见,成为手持摄像机的摄影师,只管以外聚焦的方式,站在旁观者的角度进行记录,而不去评价麦康伯的懦弱胆小,不去议论女主人公的虚荣刻薄,也仿佛无视威尔逊冷漠外表下的敏锐洞察力。但是,人物特点却通过对话展示在读者眼前。作者处于旁观者的角度把自己置于对话之外,又全程参与人物的经历,隐于对话当中。我们只能看到简短的转述语,如"他说",至于如何说,带着怎样的表情动作来说,作者一并交给了他的摄影机。描述性话语的省略是冰山原则带来的留白效果,有保留的叙述为无限的想象和电影般的画面感的呈现创设了条件。

另一方面,摄影师也通过镜头语言在看似无议论的拍摄中加入自己的想法。海明威同样善于将激荡的情感隐于冷静的语调之下,不以作者身份站出来表达自己的立场倾向,让读者在仿佛不带丝毫主观感情的叙述中感觉到人物情感的涌动。这种效果基于人物对话设置中叙述技巧的应用——通过词或短句的"重复"传达人物在特定情境下的瞬间感受。如麦康伯被枪射中结束生命后,威尔逊与玛格丽特对话,玛格丽特做出了如下反应:

"干得真漂亮,"他用平淡的声调说,"他早晚也要离开你的。"

"别说啦,"她说。

"当然喽,这是无心的,"他说,"我知道。"

"别说啦,"她说。

"别担心嘛,"他说,"免不了会有一连串不愉快的事情,不过我会照一些相片,在验尸的时候,这些相片会是非常有用的。还有两个扛枪的人和驾驶员作证。你完全可以脱掉干系。"

"别说啦,"她说。

"还有多少事要料理啊,"他说,"我不得不派一辆卡车到湖边去发电报,要一架飞机来把咱们三个人全接到内罗毕去。你干嘛不下毒呢?在英国她们是这么干的。"

"别说啦，别说啦，别说啦，"那个女人嚷叫起来。[1]

　　威尔逊看穿了玛格丽特的精明与虚荣，认定她有故意射杀麦康伯的动机，因此，以反语来讽刺、试探玛格丽特，而玛格丽特只是在不停地重复"别说啦"这一句话。或许是因为有意为之，但是杀人后的后悔，为了缓解心中的不安与愧疚而重复；或许是无意杀人，误伤后受到惊吓而紧张的反应。这种短句的重复是作者在人物语言安排上有意的强调，流露出人物即时的瞬间的或无意识的真实情绪。呈现在读者脑海中的，可能只是玛格丽特的背影，但是作者通过对话语言已经将的人物情绪完全展示出来。对于玛格丽特的开枪是故意为之还是失手意外，作者并未言明。客观的叙述视角，对话的含蓄性也造就了海明威作品主题的不确定性和多义性，正如电影播出之前无法预知其播出效果，文本的多义性为不同视角的解读提供了更广阔的空间。

　　"冰山原则"是海明威小说叙述理论的中心，叙述文本通过"隐藏的作者"和占据主体的对话增加了文本的戏剧张力，创设出充满现场感和画面感的叙述情景，形成了电影化的效果。

引申阅读

　　1. 董衡巽：《海明威评传》，浙江：浙江文艺出版社，1999。

　　该书是国内较早的海明威研究专著，由美国文学研究专家董衡巽先生撰写。书中系统论述了海明威的生平事迹，并且对海明威的作品进行了分析与评论。2001 年董衡巽先生通过此书获得外国文学研究所优秀成果二等奖。该书为海明威研究提供了宝贵资料，为之后的研究者提供了多方面借鉴。

　　2. 杨仁敬：《海明威在中国》，厦门：厦门大学出版社，2006。

　　该书作者收集了国内外有关海明威的访华资料，记录了抗日战争时期海明威的中国之行，专访当时担任海明威翻译的夏晋熊教授，在搜集一手资料

---

[1]　［美］海明威：《海明威短篇小说全集（上）》，陈良廷等译，上海：上海译文出版社，2004，第 45 页。

的基础上系统描述了海明威夫妇访华的目的，行程及其反应。并且，评述了国外海明威研究的走向，系统介绍了国内海明威作品翻译和研究的资料，提供了目录索引。

（纪士欣）

后背上的那棵树

—— 托妮·莫里森《宠儿》中的创伤书写

作者简介

　　托妮·莫里森（1931—）是美国当代著名黑人女作家，原名克洛艾·沃福德。1949 年托妮以优异成绩考入专为黑人开设的位于首都华盛顿的霍华德大学，攻读英语和古典文学。大学毕业后，她进入康奈尔大学攻读硕士学位之后，托妮先后在德克萨斯南方大学、母校霍德华大学任教。她与来自牙买加的黑人工程师哈罗德·莫里森结婚，这段婚姻维系了 6 年。婚姻破裂后，她独自肩负起抚养两个孩子的重担。托妮开始了编辑生活，曾就职于兰登书屋、兰多姆出版社，编辑过拳王穆罕默德·阿里的自传、《黑人之书》等。

　　对文学的爱好和离婚后的苦闷促使托妮走上了文学创作道路。1970 年她用托妮·莫里森的名字发表了第一部长篇小说《最蓝的眼睛》。自此，一发不可收拾。1973 年第二部长篇小说《秀拉》出版，该书获得美国国家图书奖小说类提名。1977 年《所罗门之歌》出版，荣膺当年的美国全国图书评论奖。莫里森陆续推出长篇小说《柏油娃娃》（1981）、《宠儿》（1987）、《爵士乐》（1992）。1988 年《宠儿》获普利策奖。1993 年莫里森获得诺贝尔文学奖，成为当代美国最富盛名的黑人小说家。之后，莫里森仍然保持旺盛的创作力，陆续发表了小说《天堂》（1999）、《爱》（2003）、《恩惠》（2008）和《家园》（2012）。

　　莫里森的创作有两个明显特点：第一，体裁的专一，她的主要文学作品均以长篇小说形式出现，现已问世的有 10 部长篇小说；第二，题材的专一，莫里森所有作品有着共同的题材——美国黑人,每部小说都从不同的角度切入美国黑人的历史与现实,对美国社会中黑人的生存困境和种族问题进行了积极探索和深入剖析。莫里森用自己的文学成就将美国黑人作家创作推向一个新的高度。

作品梗概

小说《宠儿》的素材源自1970年代托妮·莫里森在兰登书屋作编辑时的经历。在编辑《黑人之书》时,一张剪报深深吸引了莫里森。一个叫马格丽特·加纳的黑人女奴带着几个孩子,从肯塔基州逃到俄亥俄州的辛辛那提。当奴隶主带人赶来追捕,来到她的住处时,她抓起桌子上的一把斧子,一斧头砍断了小女儿的喉管,接着她企图杀死其余几个孩子。玛格丽特被人们强行阻止,被逮捕,以"偷窃财产罪"被审讯,因为按照当时的法律,奴隶是奴隶主的财产。法庭审判结果是将她押送回原种植园。马格丽特成为反抗《逃亡奴隶法》斗争中一个著名的讼案。马格丽特神志清醒和缺乏悔意的言行吸引了废奴主义者和报纸的注意。被捕后,她显得十分平静。她的婆婆是个牧师,当时在一旁观望,没有鼓励,也没有阻止。玛格丽特决定先把孩子杀死,然后再自杀。莫里森充分理解这一行为,并将其写入小说。

作品以1873年美国俄亥俄州辛辛那提小镇的生活为背景,借助一位饱经心理煎熬的黑人母亲塞丝和一个还魂人间的年轻黑人女子,展示了奴隶制留给美国黑人巨大的精神危机。蓝石路124号是一所闹鬼的房子,住着一对与世隔绝的黑人母女。已经是自由人的黑人男子保罗·D来到124号,18年前他和塞丝曾同在一个农场。见面勾起了他们共同的回忆,保罗·D以雄性的威力驱赶走房中的小鬼,母女俩准备开始正常的生活。一位从水中走出的女子来到124号,她有与18年前被塞丝杀死的女儿相同的名字——宠儿,故被塞丝视为是女儿还魂的化身而接纳。宠儿加倍地向塞丝索取母爱,纠缠、引诱母亲的情人,不择手段地扰乱和毁坏母亲刚刚回暖的生活,以此来惩罚母亲。最后,丹芙在黑人社群的帮助下,驱走了幽灵,使母亲塞丝回归到正常的生活。

作品赏析

托妮·莫里森的全部作品都以美国黑人为主角，她以丰富的想象力和富有诗意的表达方式，展现了美国黑人的历史和现实生活。在长篇小说《宠儿》中，莫里森以"后背上的苦樱桃树""脖子上的饰物""没有面孔的女人"等一系列创伤意象，展示了奴隶制给美国黑人留下的难以愈合的创伤。其中，女主人公塞丝后背上的"苦樱桃树"是一个贯穿全书的创伤意象。

一、创伤理论与创伤意象

创伤理论是 20 世纪 80 年代之后在欧美出现的一种跨学科理论。创伤（trauma）原意指外力对人身体造成的物理性损伤。1980 年美国精神病学协会在其发布的《精神障碍诊断与统计手册》（简称 DSM III）中正式录入"创伤后应激障碍"词条，[1] 此后，创伤研究从精神病学的临床研究，逐步扩展到历史、文学、哲学等人文学科领域，形成 20 世纪末欧美学界一次颇具规模的学术转向。

这次学术转向以 1981 年美国耶鲁大学多利·劳伯和杰弗里·哈特曼教授主持的纳粹大屠杀研究为标志，该研究旨在建立大屠杀幸存者的视频档案。[2] 这些历史档案的建立伴随着幸存者难以释怀的心理创伤，促使人们重视战争留下的心理创伤。"9·11"事件后的美国社会，对创伤愈发敏感和重视，对创伤的理解和分析逐渐成为人文学科的要务。一些公共知识分子，如多米尼克·拉卡普、E. 安·卡普兰、杰弗里·哈特曼、肖珊娜·费尔曼、杰弗里·C. 亚历山大等学者，跨越学科边界，致力于重构文化认知的范式，同时反思西方现代性的本质。其中，耶鲁大学社会学教授杰弗里·C. 亚历山大将创伤作为个体或群体文化事件进行了深入剖析，他将创伤视为一种文化事件："当个体和群体觉得他们经历了可怕的事件，在群体意识上留下了难以磨灭的痕迹，成为永久的记忆，根本且无可逆转地改变了他们的未来，文化创伤就发生了。"[3] 亚历山大将创伤作为一个经验性的、科学的概念，借助创伤在文化

---

[1] 陶家俊：《创伤》，《外国文学》，2011 年第 4 期，第 117 页。

[2]《创伤》，第 123 页。

[3] [美] 杰弗里·C. 亚历山大：《迈向文化创伤理论》，王志弘译，《文化研究》第 11 辑，第 11 页。

层面上的建构，将个体创伤与集体创伤相连。这样，文化创伤便成为维系某一集体内部成员关系的精神纽带，将各种社会群体、民族、国家乃至整个人类的苦难联系在一起，具有深刻的文化反思意义。

同其他创伤研究一样，文化创伤理论同样强调创伤的入侵性、延迟性、复归性的特点。亚历山大说：

> 所谓的个人创伤，我是指对于心理的一击，非常突然且暴力地穿透了个人的防卫，以致无法有效反应……另一方面，我所谓的集体创伤，指的是对于社会基本纹理的一击，损害了将人群联系在一起的纽结，破坏了普遍的共同感受。集体创伤缓慢的，甚至是不知不觉的潜入了为其所苦者的意识里。所以不具有通常与"创伤"连在一起的突发性质。不过它依然是一种震撼，逐渐了解到社群不再是有效的支持来源，自我的主要部分消失了……"我们"不再是广大的共同体里有所联结的组合，或是有所关联的细胞。[1]

亚历山大指出个体创伤与集体创伤的共同之处，都源于现代性暴力的入侵，主体的创伤感受和认知经常滞后于暴力事件等特点，但更重要的是他指出了在创伤建构基础上的集体身份认同，将其与道德实践联系在一起。亚历山大的另一个贡献在于，从社会权力分配和文化结构角度分析非西方的集体创伤为何没有被表述、散播出去，因为"承载群体并未握有足够的资源、权威或诠释能力，以便有力地散播这些创伤。具有足够说服力的叙事未曾创造出来，或者没有成功地传达给更广大的受众。"[2] 对于美国黑人文学而言，恰恰因为有了像托妮·莫里森等一批黑人作家，以文学叙事的方式讲述了美国黑人的集体创伤，由此建构了相关的黑人文化，树立了新的道德规范。具体

---

[1] Erikson. *Everything in It's Path*, New York: Simon and Schuster, 1976, pp. 153-154. 转引自《迈向文化创伤理论》，第14-15页。
[2] ［美］杰弗里·C.亚历山大：《迈向文化创伤理论》，王志弘译，《文化研究》第11辑，第36页。

到小说《宠儿》，我认为这部小说的成功在于作品中设置的一系列优美而难忘的创伤意象。

创伤意象是创伤在文学上的反映，意象之于文学十分重要。刘勰在《文心雕龙·神思》篇中谈到意象的作用："独具之匠，窥意象而运斤：此盖驭文之首术，谋篇尤端。"[1]刘勰将"意象"比作工匠心目中预先的整体构想，并将其作为谋篇布局的首要之举。当代美国诗人庞德称意象为"一刹那间思想和感情的复合体"[2]，他把地铁站里的面孔比作"湿漉漉、黑黝黝树枝上的花瓣"[3]。韦勒克和沃伦侧重从心理层面认知意象，认为意象（image）是"有关过去的感受上、知觉上的经验在心中重现或回忆"。[4]概括起来，意象指客观物象经过创作主体的情感活动而创造出的艺术形象。"创伤意象"（traumatic image）指的是经由主体的创伤经验产生的具体物象，它蕴含着主体的创伤经历，伴随着痛苦的回忆、强迫性的重现，同时使被主流历史抑制的、不为人知的片段浮现出来。

《宠儿》中的创伤意象不仅体现为肉体上可见的创伤，更包含不可见的精神创伤。虽然后者更隐蔽，但持续时间更长，对个体的伤害也更持久。

二、铭刻在肉体上的创伤记忆

塞丝由弑婴行为带来的个体创伤是隐蔽而长久的伤痛，受创之深，首先通过肉体而不是记忆展现出来，"因为在肉体中可以发现过去事件的烙印——它们相互联结、相互争斗、相互消解。"[5]这是福柯提出的谱系学研究的目标，谱系学要研究事物的"出身"，"出身"意味着要深入肉体以及所有影响肉体的东西，探寻事物是如何发展和呈现为现在的样子。小说发生在1873年美国俄亥俄州辛辛那提小镇里，那一年距离林肯总统发表废除奴隶制声明已有9

---

[1] 范文澜注：《文心雕龙注》，北京：人民文学出版社，1998，第493页。

[2] 埃兹拉·庞德：《意象主义者的几个"不"》，出自[英]彼德·琼斯编：《意象派诗选》，裘小龙译，桂林：漓江出版社,1986，第152页。

[3] 埃兹拉·庞德的诗歌《地铁车站》："人群中这些脸庞的隐现；湿漉漉、黑黝黝树枝上的花瓣。"出自[英]彼德·琼斯编：《意象派诗选》，裘小龙译，桂林：漓江出版社，1986，第85页。

[4] [美]韦勒克、沃伦：《文学理论》，北京：三联书店，1984，第201页。

[5] [法]福柯：《尼采、谱系学、历史》，出自杜小真主编：《福柯集》，上海：远东出版社，1998，第153页。

年，距离故事中的弑婴事件也已经过去了18年，奴隶制留下的痛苦记忆通过个体身体上的伤疤展现出来。在小说中，它们是塞丝背上的"苦樱桃树"、保罗·D脖子上的"饰物"等，这些看似美丽的意象实则是主人公肉体上遗留的疤痕，小说中人物的失忆、失聪、色盲等身体异常症状，都是个体创伤在感官上的反映。

在空间的安排上，莫里森有意选择了一所孤立、封闭、闹鬼的房子。"124号恶意充斥着一个婴儿的怨毒。房子里的女人们清楚，孩子们也清楚。多年以来，每个人都以各自方式忍受着这恶意"。[1]小说开头即将读者抛入一个与世隔绝的凶宅，这里上演着一出出"闹鬼"的恶作剧。"镜子一照就碎，蛋糕上出现了两个小手印……"[2]，房子里有着种种"鬼魅"特征：惨白的楼梯、颤动的红光、单调的色彩……怨毒和恶意从何而来？自然与房子里的往事有关，然而，房子里居住的黑人母女却不愿面对。母亲塞丝失去记忆、失去了辨别颜色的能力，生活在貌似平静的麻木中，小女儿丹芙离奇地失去了听力。失忆的母亲和失聪的女儿，却不得不面对房子里另一个隐身的"家人"——宠儿的鬼魂，忍受这个娃娃鬼无休止的恶意捉弄，虽殚精竭力，仍无法脱身。这一境遇暗示了黑人母亲塞丝面临的困境，在被孤立的境遇下，期冀通过遗忘来达到心理的平衡，但记忆却时常浮现出来，扰乱她平静的心绪，而保罗·D的到来更揭开了她被压抑的记忆闸门。

莫里森通过一个优美的创伤意象展示了她出色的叙事才能，当塞丝和保罗·D——两个来自"甜蜜之家"的奴隶——相隔18年后重逢，记忆的闸门被慢慢开启，正如所有难以启齿的往事一样，塞丝避开了冲突最激烈的核心事件，只提到了自己"后背上的那棵树"。当丹芙和保罗·D为房子闹鬼的事情发生冲突时，塞丝告诉保罗·D自己不搬家的理由："我后背上有棵树，家里有个鬼，除了怀里抱着的女儿我什么都没有了。不再逃了——从哪儿都不逃了。我再也不从这个世界上的任何地方逃走了。我逃跑过一回，我买了

---

[1] ［美］托妮·莫里森：《宠儿》，潘岳、雷格译，海口：南海出版社，2006，第3页。
[2]《宠儿》，第3页。

票……它太昂贵了！你听见了吗？它太昂贵了……"[1]塞丝的回答暗示了前一次出逃付出的沉重代价，18年来生活在无休止的悔恨和煎熬中，但她没有提及弑婴事件，而是详细地描述了"后背上的樱桃树"。那是塞丝18年前被白人划伤后背留下的伤疤，"一棵苦樱桃树。树干，树枝，还有树叶呢……我估计现在连樱桃都结下了。"[2]然而，就是"这棵树"勾起了保罗·D无限的爱恋和伤感，当他轻轻褪下塞丝的上衣，看到她后背变成的雕塑，不禁百感交集，说不出话来。他开始亲吻树上的每一道隆起和每一片树叶，试图用这种方式感受蕴含在树根、巨大主干和繁茂枝杈下深沉的悲伤。然而，此时的塞丝却没有任何感觉，因为她背上的皮肤已经死去多年，她不再感受到任何应有的疼痛和情感变化。而这温情的一幕却激怒了房子里的另一位住户——鬼魂，地板开始剧烈地抖动，整栋房子在颠簸，在尖叫。保罗·D向鬼魂怒喝，他以雄性的威力，制止了"124号"的最后一次"地震"。促使保罗·D发出怒吼的正是塞丝"后背上的那棵树"。

在意乱情迷之后，保罗·D却发现自己刚才像淘金者扒拉矿砂那样探查的"樱桃树"，实际上是一堆令人作呕的伤疤，这巨大的伤疤充其量只是在形状上像棵树，但绝不是他记忆中的"树"，像兄弟一样陪伴他、承载男人成长岁月的田野上的树。尽管男人的"树"与女人的"树"如此不同，但这株"苦樱桃树"唤起了塞丝和保罗·D共同的记忆和相互的体恤，让他们走到一起，共同勾勒出18年前出逃当晚的故事全景：

农场"甜蜜之家"的奴隶们（四男一女），不堪忍受新奴隶主的苛刻，商议集体外逃，在计划出逃的那个晚上，他们却彼此失去了联系。挺着大肚子的塞丝没有找到丈夫，她把三个孩子送上出逃的大车，紧接着，她被两个白人意外地掳去，像奶牛一样被抢走奶水，又被划伤了后背。目睹这一幕的丈夫黑尔发了疯，把牛油涂在自己脸上。出逃计划落空后，西克索被抓，活活烧死，保罗·D被套上了铁嚼子，保罗·A不知去向。塞丝没有等到丈夫，

---

[1] [美]托妮·莫里森：《宠儿》，潘岳、雷格译，海口：南海出版社，2006，第20页。
[2]《宠儿》，第20-21页。

最终独自出逃，她从一棵梧桐树旁经过，树上吊着一具无头尸体，被吊死的小伙子穿着保罗·A的衬衫。途中塞丝在一个白人姑娘的帮助下，生下女儿丹芙，来到124号，与婆婆贝比·萨格斯、孩子们相聚。

"苦樱桃树"是出逃那晚在塞丝肉体上留下的痕迹，一个覆盖整个后背的巨大伤疤。象征苦难的伤疤何以转化为优美而富有诗意的意象？这一意象在小说中起到怎样的作用？我们先来看这棵"树"的来历。照理人是看不到自己后背上的伤，塞丝也不例外，是谁把它称作"树"呢？这是塞丝在逃亡路上从帮她疗伤的白人姑娘爱弥那儿听到的说法。爱弥一看到塞丝的后背便失声叫了出来，接着半天没有出声，后来她用梦游一般的声音说："是棵树，一棵苦樱桃树。看哪，这是树干——通红通红的，朝外翻开，尽是汁儿。从这儿分杈。你有好多好多的树枝。好像还有树叶……小小的樱桃花，真白。你背上有一整棵树。正开花呢。"[1]在爱弥的描述中，这像是一幅镌刻在后背上的美丽图画。我们知道"白色的樱桃花"应该指的是化脓的伤口，枝杈、树叶应该都是伤口的裂痕。也许爱弥为了安慰逃亡中的塞丝，有意美化了伤口，试图减轻塞丝肉体上的痛苦，毕竟爱弥是塞丝逃亡路上最重要的帮手。从"苦"字可以看出爱弥对伤口的同情态度，对塞丝而言，"苦"可以成为她对那段奴隶生活的概括。但令人费解的是塞丝接受了白人姑娘的这一说法，永远记住了自己后背上的那棵"苦樱桃树"。

"苦樱桃树"便成为文本中一个重要意象，具有了丰富的内涵，并在小说结构上发挥了重要作用。促使保罗·D留下来，与塞丝一道面对过去的动机便是这棵"后背上的树"。"苦樱桃树"成为联系过去与现在、连结男女主人公两条线索的中介，对于推动小说情节的发展起到关键性的推动作用。

如果说，女人眼中的伤疤与过去的创伤相连，充满苦楚和伤感；那么，在男人那里，身体上的伤疤被当作耻辱的象征，如保罗·D脖子上的"饰物"。"饰物的三根枝杈，好像伺机而动的小响尾蛇，弯曲着伸出两英尺。"[2]显然，

[1]［美］托妮·莫里森：《宠儿》，潘岳、雷格译，海口：南海出版社，2006，第101页。
[2]《宠儿》，第346页。

"饰物"是保罗·D脖子上的伤疤，这是他被套上马嚼子时留下的疤痕。作者没有让保罗·D直接叙述被套上铁嚼子的感受，而是通过塞丝之口道出了人被套上马嚼子的痛苦和屈辱。塞丝不止一次地目睹过，"男人，男孩，小女孩，女人。嘴唇向后勒紧那一刻注入眼里的疯狂。嚼子卸下之后的许多天里，嘴角一直涂着鹅油，可是没有什么来抚慰舌头，或者将疯狂从眼中除去。"[1]当塞丝试图从保罗·D眼里寻找肉体被摧残后的痕迹时，却没有找到那种疯狂，保罗·D回答说，他知道把疯狂放进眼睛里的方法，也知道把它拿出来的方法。显然，这种方法就是遗忘。保罗·D曾经不断颤抖的双手，在砸了86天铁锤之后，借助于极度的肉体疲乏，才从被套的铁嚼子中摆脱出来，双手停止了颤抖。这与塞丝失去知觉的后背何其相像！

这种有意识、有选择的遗忘与主人公遭受的心理创伤有关。西格蒙德·弗洛伊德在对癔症等精神疾病研究的过程中发现，在个体心理创伤中，起作用的病因不是那种微不足道的躯体性伤害，而是恐惧的影响——心理创伤（psychical trauma）。[2]因为肉体上的创伤虽然可见，至少像疤痕一样，可以局部恢复。正如能够言说的伤痛并不是最大的痛苦，更深切的痛苦是无法言说、无以遁形的。保罗·D脖子上的"饰物"被他视为男人的耻辱，他借助于遗忘来逃脱以往的创伤，被等同于牲畜对待所带来的耻辱。然而，这与塞丝所受的创伤相比算不得什么。塞丝试图借可见的伤疤来遮掩内心无法言说的心理创伤，那便是弑婴后无尽的自责和悔恨，尤其是事件发生不久后奴隶制废止了，这让宠儿成为枉然的牺牲品。这成为塞丝难以解开的心结，也成为黑人社区孤立"124号"的理由，被孤立更加剧了这对母女的生理和心理异常状况，她们无力正视过去，更没有勇气面对未来。

作者用塞丝"后背上的苦樱桃树"和保罗·D脖子上的"饰物"分别代表了他们承受过的个体创伤，每一个可见的伤疤有着单独的故事，但它们有着共同的故事背景，那就是黑人被奴役、失去做人尊严的历史事实。这样，

[1] ［美］托妮·莫里森：《宠儿》，潘岳、雷格译，海口：南海出版社，2006，第91页。
[2] 车文博：《弗洛伊德文集1：癔症研究》，长春：长春出版社，2004，第19页。

个体创伤便被成功地转换为集体创伤，"苦樱桃树"成为美国黑人集体苦难的象征。

三、创伤的治愈和文化身份认同

当个体创伤在遗忘和沉默中被凸显，并转化为集体创伤时，构建共同的文化身份变成群体的共同需求，个体创伤也有可能通过文化身份的构建获得治愈。在小说《宠儿》中，治愈是通过一个幽灵完成的，那便是宠儿，一个"没有面孔的女人"。

"没有面孔的女人"是我们要谈的第三个意象，其实，它是作者脑海中闪现出的第一个小说意象。当托妮·莫里森坐在自家门廊的秋千上，面对哈得逊河，开始构思小说《宠儿》时，脑海里浮现出一个女人的形象："她从水里走出来，爬上石头，依靠在露台上。漂亮的帽子。"[1]这个戴着漂亮帽子、看不清面孔的女人，便是宠儿。她与塞丝18年前死去的女儿同名，在保罗·D来到124号后，也来到这里。塞丝注意到她"脑门上有三竖道精致而纤细的划痕，"[2]看起来像婴儿的头发，以及她脖子上的伤痕。当塞丝听到那令人心动的名字时，便认定那是自己还魂人间的女儿。

塞丝开始努力弥补她欠下的母爱，为了满足宠儿，塞丝做各种尝试，包括讲述久未提及的往事。这让塞丝感觉震惊，因为以前一提过去她就痛苦不堪，甚至连保罗·D都只能部分地与她分担过去，但面对宠儿，塞丝却能够心平气和地回忆过去，回忆自己的母亲，回忆白人教书先生将自己的名字与动物属性列在一起，回忆在"甜蜜之家"发生的种种屈辱往事。塞丝的回忆一方面是应宠儿的要求；另一方面也是直面创伤的心理治疗过程。塞丝对过去生活的叙述表明她杀女的动机，为了不让女儿重复自己做奴隶的命运，因为奴隶，尤其是女奴，丝毫没有把控自己身体的权利。奴隶制的反人道性可见一斑。

小说设置了宠儿——一个没有面孔、没有掌纹的黑人女性形象，肉身无

---

[1] ［美］托妮·莫里森：《宠儿·序》，《宠儿》，海口：南海出版社，2006年。
[2]《宠儿》，第66页。

法确定她的存在,她只生活在塞丝的记忆中,靠着塞丝对往事的回忆获得滋养。"宠儿/你是我的姐姐/你是我的女儿/你是我的脸;你是我/我又找到了你;你又回到了我的身边"。[1]与靠肉体伤痕确定的个体创伤不同,集体创伤往往是无以遁形的,小说中它被塑造为"没有面孔"的黑皮肤女人,一个介于冥界和现实之间的虚无肉身,可以被视为美国女性黑人集体心理创伤的外化。

为了宠儿,塞丝放弃了和保罗·D刚刚筹划好的未来。因为在塞丝心中,亲手割断女儿喉管所产生的内疚一刻也没有离开过她。当保罗·D拿着当年登载弑婴案的报纸找到塞丝询问时,塞丝回答:"要么是爱,要么不是。淡的爱根本就不是爱。"[2]塞丝炽热的母爱吓坏了保罗·D,他选择了离开。124号再次关闭了与外界的联系,重新沦落为幽灵与现实并存的世界。被塞丝母女当作的亲人迎回家的宠儿,打破了一切正常的生活秩序。尽管塞丝试图以加倍的母爱来弥补自己曾对女儿犯下的过错,但宠儿无休止的索取和报复却让人对这种单方面的努力产生怀疑,单向的爱能否构成和解?我们该如何面对过去的心理创伤?

莫里森将希望寄予给黑人社群,指出黑人应该团结起来,共同建构自身的文化传统。丹芙在目睹了宠儿对母亲无休止的压榨和索取之后,终于走出124号,向社区求援。三十个黑人女子来到"124"号举行了驱鬼仪式,她们的歌声壮阔得足以深入水滴,或者打落栗树的荚果,歌声在丹芙、塞丝那里获得了回应,她们最终跑进黑人妇女中间,加入了歌唱,宠儿则神秘地消失了。

如果以为莫里森仅仅重写了一个骇人听闻的历史故事,那就错了,莫里森的高明之处在于她将个体的心理创伤转化为集体的创伤,并把矛头直指黑人自身,针对一部分黑人面对历史问题时采取的激进态度提出了反思和批评,指出了治愈心理创伤的途径。无论贝比·萨格斯在宴会上闻到的邻居们非难的味道,还是她自己放下剑和盾的传道,都未能制止悲剧的发生;无论是拿剪报给保罗·D看的斯坦普·沛德;还是提出四条腿与两条腿区别的保罗·D,

[1] [美]托妮·莫里森:《宠儿》,潘岳、雷格译,海口:南海出版社,2006,第275页。
[2]《宠儿》,第208页。

他们都无法说清黑人个体应该承受的苦难。当塞丝又一次看到马背上那顶高高的黑帽子时，为了保护女儿，她手握冰锥又一次冲了过去……但这一次不是白人奴隶主的追捕，而是丹芙的新主人来接她上班。塞丝在场景重现时刻恢复了记忆，伴随着个人心理创伤复原的是对自我的重新审视和肯定。

斯图亚特·霍尔曾指出两种文化身份：第一种文化身份是拥有同一种历史和祖先的人们可以共享这种"共有的文化"，这种文化身份在"重构我们所生存的这个世界的一切后殖民斗争中起到了关键作用"；[1]第二种文化身份强调多样性和异质性，"在第二种意义上，文化身份既是'存在'又是'变化'的问题。它属于过去也同样属于未来。"[2]。霍尔指出，第二种文化身份更贴近当代现实。因为美国黑人在新大陆生存繁衍的300年历史已经被融入更多的现代因素，所以"文化身份就是认同的时刻，是认同或缝合的不稳定点，而这种认同或缝合是在历史和文化的话语之内进行的"。[3]"124"号门前举行的驱鬼仪式即是这样的文化认同时刻，同时也是个体创伤转化为集体创伤并得到治愈的时刻，以塞丝母女回归黑人社群作为标志。

这个"没有面孔"的肉身，在某种程度上，可以被视为失去根基的黑人文化的象征。这样一个不明晰的意象，与塞丝背上可见的"苦樱桃树"意象形成对比。

"苦樱桃树"可以说是美国黑人背负历史苦难的象征。黑人群体接受了主流历史对于他们过去的描述，却忽略了在精神和文化层面的自省。不能正视过去，便无法面对未来。"后背上的树"成为黑人群体的精神负担，成为至今美国黑人仍与贫穷、暴力、高犯罪率等词汇相连的原因，成为阻碍黑人发展的原因。这正是莫里森创作《宠儿》的动力所在。

---

[1]［英］斯图亚特·霍尔：《文化身份与族裔散居》，罗钢、刘象愚主编：《文化研究读本》，中国社会科学出版社，2000，第209页。
[2]《文化研究读本》，第211页。
[3]《文化研究读本》，第212页。

精彩片段

第一部第一节、第二节：保罗·D 来到 124 号与塞丝重逢，以雄性的威风镇压了 124 号捣乱的小鬼。塞丝给保罗讲述了背上的樱桃树，保罗看到那棵被称为"树"的巨大伤疤。

第一部第五节：一个穿戴齐整的女人从水中走出来，来到 124 号，被塞丝认为是还魂的女儿宠儿留下来。

第三部第二节：保罗·D 回到 124 号，与塞丝和解，共同面向未来。

引申阅读

1.Stein, Karen F. *Reading, Learning, Teaching Toni Morrison*, New York：Peter Lang, 2009.

《阅读，理解和教授托妮·莫里森》是美国罗德岛大学的斯坦·凯伦 F. 教授撰写的托妮·莫里森作品导读，该书专门针对大学生和文学研究者，是一部深入浅出的导读教程。该书先综述莫里森小说和非虚构类作品的特征，随后按照发表时间顺序，就莫里森的《最蓝的眼睛》《苏拉》《所罗门之歌》《宠儿》《爵士乐》等 9 部小说进行了详细的文本分析。

2.［法］莫里斯·哈布瓦赫：《论集体记忆》，毕然、郭金华译，上海：上海人民出版社，2002。

哈布瓦赫提出"集体记忆"的概念，用于研究在家庭、宗教群体和社会中，过去是如何被记忆的。作者向我们提出了什么是历史记忆和文化批评者如何对待历史记忆的问题。哈布瓦奇的集体记忆理论强调记忆的公众性，指出集体记忆是被建构的，因为无论历史记忆还是自传记忆，记忆都必须依赖某种集体处所和公众论坛，通过人与人之间的相互接触才能得以保存。哈布瓦赫指出所有对个人回忆的讨论必须考虑到亲属、社区、宗教、政治组织、社会阶级和民族等社会制度的影响。

关键词解读

创伤理论：创伤理论是 20 世纪 80 年代之后在欧美出现的一种跨学科理

论。创伤原意指外力对人身体造成的物理性损伤，自 1980 年美国精神病学协会在其发布的《精神障碍诊断与统计手册》中正式录入"创伤后应激障碍"词条起，创伤研究便从精神病学的临床研究，逐步扩展到历史、文学、哲学等人文学科领域。创伤源于现代性暴力，是现代文明暴力本质的体现，具有入侵性、延迟性、强迫性复归三大特点。创伤研究的理论核心是创伤与再现，通常围绕创伤与记忆的关系、创伤文化的复杂性、对创伤再现的文学叙述、创伤文学艺术的功能等问题展开。创伤理论发展经历了弗洛伊德心理创伤理论、后弗洛伊德心理创伤理论、种族／性别创伤理论和创伤文化理论四个阶段。当代创伤文化理论多从民主、正义、人道的理念出发，反思创伤文化的疑难、文学艺术中对创伤的再现以及创伤文化的独特功能。

（黄 华）

瑞典文学

rui dian wen xue

生态批评视域下的童话小说

——塞尔玛·拉格洛夫的《骑鹅旅行记》

作者简介

塞尔玛·拉格洛夫（1858—1940），出生于瑞典西南部伐姆兰省的莫尔巴卡庄园，父亲是个庄园主，当过陆军中尉。拉格洛夫幼时因髋骨关节变形，无法正常走路，只能在家自修学习，受父亲的影响，她对文学产生了兴趣。后来经过治疗，拉格洛夫的病情有所减轻。1885年拉格洛夫毕业于斯德哥尔摩女子师范大学。同年父亲去世，迫于债务，她卖掉祖传的庄园还债，在瑞典南部的朗茨克鲁纳执教，在此期间拉格洛夫创作了长篇小说《古斯泰·贝林的故事》（1891），一举成名。1894年拉格洛夫出版短篇小说集《无形的锁链》，1897年出版《假基督的奇迹》，1901到1902年完成了长篇小说《耶路撒冷》（上、下），1906到1907年写作了《尼尔斯骑鹅旅行记》。1909年拉格洛夫获得诺贝尔文学奖，她是首位获得诺贝尔文学奖的女性，也是瑞典第一位获此殊荣的作家。之后，她又荣任瑞典文学研究院的第一位女院士。拉格洛夫用诺贝尔奖金买回了旧居莫尔巴卡庄园，此后一直居住在那里进行写作，直至逝世。

作品梗概

《尼尔斯骑鹅旅行记》是世界文学史上第一部获得诺贝尔文学奖的童话作品，按照瑞典文，篇名应直译为《尼尔斯·豪格尔森周游瑞典的奇妙旅行》。1902年，塞尔玛·拉格洛夫受瑞典国家教师联盟委托，准备为孩子们编写一部以故事的形式来介绍地理学、生物学和民俗学等知识的教科书。拉格洛夫拖着病残的双腿，跋山涉水到瑞典各地考察。她在调查各地风俗习惯、搜集民间传说、认真研究飞禽走兽生活习性的基础上，以童话形式写出了长篇小说《尼尔斯骑鹅旅行记》。1906 年该书出版后，立刻广受欢迎，这部童话小说使拉格洛夫赢得了与丹麦童话作家安徒生齐名的声誉。

　　《尼尔斯骑鹅旅行记》记述了一个瑞典乡村男孩尼尔斯·霍尔耶松，被变成拇指大的小人骑在鹅背上旅行的故事。14 岁男孩尼尔斯·霍尔耶松住在瑞典南部的乡村里，他比较调皮，不爱读书，喜欢欺侮小动物，父母都是勤劳、善良却贫困的农民。一个初春的早晨，尼尔斯的父母上教堂做礼拜，他在家里因为捉弄一个小精灵而被变成拇指大的小人儿。因为以前经常欺侮动物，变成小精灵的尼尔斯被家里的猫、鸡、母牛团团围住，尼尔斯十分着急，为自己以前的行为懊悔不已。这时恰逢一群大雁从空中飞过，家里的一只雄鹅想跟随大雁飞行，尼尔斯为了不让雄鹅飞走，紧紧抱住鹅的脖子，不料却被带上高空。从此，他骑在鹅背上，跟随大雁周游瑞典各地，从南方一直飞到最北部的拉普兰省，历时八个月才返回家乡。骑在鹅背上，尼尔斯目睹了祖国的奇山异川、旖旎风光，听到许多优美的传说，学习了不少地理历史知识，也经历了种种历险和磨难。在游历中，尼尔斯从动物身上学到许多优秀的品质，逐渐改正了自己的缺点。当他重返家乡时，不仅重新恢复人形，而且成了一个高大英俊、勤劳善良、爱护动物、乐于助人的好孩子。拉格洛夫通过这个故事，启发孩子们从小要培养良好的品德，要善待动物，热爱自然。因而，这部作品具有很好的生态教育意义，教育儿童要懂得爱以及在成长过程中学会如何与大自然和谐相处。

作品赏析

　　从《骑鹅旅行记》的成书过程和故事梗概来看，与其说它是一部教科书，不如说它是一部优美的长篇童话小说。故其问世不久，便遭到一些读者和批评家的质疑，虽然当时瑞典的报界称之为"我们的教育事业的一场革命"，但某位热心者却写道"拉格洛夫辜负了教师的称号，为的是建立诗人的功勋……她把诗人的任务同教师的任务搅在了一起。"[1]当时的大多数教育家也对这部书持怀疑态度,因为按照他们的观点,教科书不可能这样吸引人而且富有诗意。抛开这些年代久远的争论,今天我们要感谢瑞典国家教师联盟的那次委托,否则世界经典童话长廊中便会缺少尼尔斯的身影,无论成人,还是孩子,都将会缺少一部极具教育意义的书籍。

这是一个独具匠心的童话,作家将一个男孩的成长故事置身于雁群和山林沼泽之中,体现了作者的多重用意。一方面,拉格洛夫在书中通过描绘瑞典的地理和人文景观、历史知识、民间传说,以讲故事的方式娓娓道来,吸引了孩子们的注意力,起到增长知识、扩展视野的教育作用;另一方面作家有意拉近了人类与自然之间的距离,反映了拉格洛夫亲近自然、敬畏自然、与自然和谐相处的生态观。

一

拉格洛夫在《骑鹅旅行记》中描绘了瑞典壮丽的大地景观,大地景观是自然地理和人文景观的结合,[2]拉格洛夫在书中借助不同的叙述者形象地展示了瑞典独特的地理风貌。

当尼尔斯被雄鹅带上了高空,起初十分害怕,当他有勇气向下看时,看到下面像一幅摊开的"大棋盘布","一个方块连着一个方块,有些是斜方的,有些是长方的"。[3]大雁告诉尼尔斯那是田地和草原,雄鹅载着他正飞过雄南平原。"大棋盘布"形象地描绘出瑞典南部地区的大地景观,这种景观是千百年来瑞典农耕文明进化的结果。农民们依照天然的地理分布、地势的走向、河流的分布逐渐聚集成村落,开辟出一片片农田,形成自然地理与人文传统相融合的"农田斑块"。又如,尼尔斯在空中看到厄兰岛像一只大蝴

---

[1] [苏]科·奥利涅夫:《尼尔斯的传说》,王吉有编译,《世界文化》1985年第1期。
[2] 这里讨论的"大地景观"接近于劳伦斯·布伊尔提出的"环境性",既包括自然景观,又包括人文景观。按照布伊尔的说法,应该算作"环境批评",但考虑到"环境批评"这一术语在中国的接受很有限,本文仍然采用"生态批评"的说法。见[美]劳伦斯·布伊尔:《环境批评的未来:环境危机与文学想象》,刘蓓译,北京:北京大学出版社,2010,第13-15页。
[3] [瑞典]塞尔玛·拉格洛夫:《尼尔斯骑鹅旅行记》,吴朗西、叶文译,上海:上海译文出版社,2007,第10页。

蝶，接着他听到关于厄兰岛的传说。厄兰岛是由一只巨大的蝴蝶变成的，"北部是他的圆头和前段躯干，南部是他的后段躯干和尖尾"。[1]蝴蝶的躯干上只能放牧，但随着海岸的扩展，在下面的海岸上逐渐形成了田庄、住宅和市镇。拉格洛夫将地理知识娓娓道来，依照天然的地势，厄兰岛上的土地被分派作不同用途：草场、耕地和村庄用地。事实上，南厄兰岛的农业风景区在 2000 年被列入世界遗产名录，那里有着"千年之地"的美誉，以拥有不同时代所遗留下来的独特文化和自然景观而闻名，时至今日，南厄兰岛仍然是繁荣兴旺的农牧区。世界遗产委员会将其列入的原因是"南厄兰岛风景区将悠久的文化历史以现代化方式呈现……该地区是人类居住的典范，在这里，人类充分利用了单一岛屿上的多样化风景形态。"[2]这表明瑞典人在改造、利用自然方面非常注意保护原始生态环境。

拉格洛夫所描绘的大地景观记录了瑞典独特的人文地理面貌，成为瑞典文学史上不朽的一页。尼尔斯在空中鸟瞰大地的画卷"大棋盘布"，一方面反映了瑞典自然地理真实的变迁过程，在气候、地质、植被、水文方面所体现出来的整体性和连续性；另一方面，也反映了瑞典的人文历史传统，既保留了早期瑞典人的居住形式和土地分割的痕迹，又包含了社会历史不同阶段的变化。

二

这篇童话的主题之一，便是如何处理人与动物之间的关系。拉格洛夫通过贯穿全书的总线索——主人公尼尔斯因不尊重小妖精而受到惩罚的故事，以及散落在书中的多个短篇故事，力图说明人类应该保护和尊重动物。

首先要谈小说开头出现的小妖精，他可以被视为动物的代表。理由有二，第一，小妖精作为不同于人类的生命体代表。小说中既没有介绍小妖精的来历，也没有安排他再次出现，只是作为惩罚尼尔斯不遵守诺言的权威出现，之后便仅出现在动物们的口中。阿卡告诉尼尔斯小妖精传话给他，要想变回人形，

---

[1] [瑞典] 塞尔玛·拉格洛夫：《尼尔斯骑鹅旅行记》，吴朗西、叶文译，上海：上海译文出版社，2007，第 82 页。
[2] http://www.sweden.cn/visit/topdestinations/world-heritage/oland/

必须改正缺点。显然，这里的小妖精作为人的对立面而存在，代表另一种生命的形式。当尼尔斯被变成小妖精后，身体变得很小，但仍然拥有人的思想和行动力，说明作者有意让尼尔斯换个角度生活，体会一下比人小的生命体的经历。第二，小妖精拥有的最奇特本领便是听懂各种动物的语言，这是动物之王才能具有的本领。但尼尔斯变成小妖精大小时，他也自动获得这一能力，这说明小妖精是动物界的一员。当尼尔斯变小时，意味着他将融入动物界。拉格洛夫设置小妖精这一角色，不仅有小说结构上的需要，要开启全书旅行的起点，而且有反观人类自身的象征性的寓意，让一个不尊重另类生命的男孩变成其中的一员，以此来反思人与动物之间的关系。这样的安排可谓巧妙。

其次，作者笔下的动物界像人类社会一样，遵循既定的规则，既有善恶对立，又不乏友谊和团队精神。然而现实中，19世纪末20世纪初的工业化社会，人与动物的关系已经十分紧张，雁群接受尼尔斯的过程反映出这一点。家鹅马丁为了证明自己的能力，努力高飞，以求跟上雁群的队伍，当它向大雁们介绍尼尔斯时，提醒少年："说话要勇敢而坦白，但是不必提起你是一个人"，[1] 少年鼓起勇气，向雁群首领阿卡坦陈自己是人，这让阿卡和大雁们很是恐惧和愤怒，大雁们倒退，一齐伸长颈项向他怒鸣。动物对人类的恐惧和忿恨可见一斑。但当尼尔斯解救了被狐狸叼走的大雁、帮助松鼠妈妈解脱困境之后，雁群对待尼尔斯的态度发生了转变，邀请家鹅和尼尔斯参加它们的旅行。见多识广的头雁阿卡成为尼尔斯最好的指导教师，它教会尼尔斯如何在森林中生存，如何防范天敌，如何与小动物们和平相处，这让尼尔斯的思想发生了巨大转变。此前，同所有调皮的小男孩一样，尼尔斯常做的恶作剧有：捣毁燕子的巢，打碎鸟蛋，把小乌鸦丢到泥灰石坑里，把松鼠关进笼子里，捉猫的尾巴，扳牛的犄角……当尼尔斯知道动物也有情感，这些恶作剧给动物带来多大的伤害时，他感到十分羞愧。

尼尔斯的羞愧反映出人类的警醒和反思，拉格洛夫将改善人与动物关系

---

[1] [瑞典] 塞尔玛·拉格洛夫：《尼尔斯骑鹅旅行记》，吴朗西、叶文译，上海：上海译文出版社，2007，第17页。

的希望寄托在儿童身上，尼尔斯便是最好的例证。在跟随雁群旅行途中，尼尔斯和大雁结下了深厚的友谊，形成团结互助的关系。一方面从动物身上，尼尔斯学习到许多优秀的品质，诸如勇敢无畏、舍己为人、包容爱心、坚韧耐心等等。另一方面，尼尔斯开始奋不顾身地充当动物的保护者，谴责人类不正当的猎杀行为。当尼尔斯看到猎人们向飞鸟射击时，他十分惊讶，觉得"人类做出这样的行为真是毫无道理！"[1]但尼尔斯看到雌鹅细绒时，觉察到雌鹅眼中爱娇、哀怨的神情，觉得"她一定是一位被施了魔法的公主"。[2]尼尔斯的转变表明，他正从"人类本位"转移到关爱他者的立场，立场的转变反映了20世纪初自发的、质朴的生态观念。尽管生态主义作为一种思想潮流出现在20世纪后半期，"生态批评"这一术语肇始于1970年代后期，[3]但人类历史上从来不缺乏崇尚自然、回归自然的哲学观念。拉格洛夫正是通过一个个具体的童话故事来阐述自己素朴的生态思想。

最后，我们通过"大鸟湖"的故事来看拉格洛夫在处理人与动物关系上的主张。

塔坎湖是瑞典最大的鸟湖，那里是鸟类最好的栖息地，野鸭亚罗就生活在湖畔。一天，亚罗被猎枪射伤后，飞到一个庄园，在那里获得救助并养好了伤。养伤期间，亚罗和女主人、孩子建立了深厚的感情，然而让亚罗没有想到的是，伤愈后人类用它作了饵鸟，来诱捕野鸟。亚罗对人类的感情由信任感激变为内疚痛心。直到有一天，尼尔斯和大雁将亚罗救了出来。亚罗获得自由后，将庄园主们将要改造塔坎湖的消息带给了鸟群，抽干湖水、改造农田的消息，让湖上的鸟群十分恐慌，它们将失去赖以生存的家园。这时，一件偶然的事件改变了这一切。

庄园主三岁的儿子独自外出寻找野鸭亚罗，这个懵懂的孩子爬上一条漏水的旧船，在小船沉没前，尼尔斯和亚罗救出孩子，把他带到鸟岛。亚罗找

---

[1] [瑞典] 塞尔玛·拉格洛夫：《尼尔斯骑鹅旅行记》，吴朗西、叶文译，上海：上海译文出版社，2007，第73-74页。
[2] 《尼尔斯骑鹅旅行记》，第80页。
[3] [美] 劳伦斯·布伊尔：《环境批评的未来：环境危机与文学想象》，刘蓓译，北京：北京大学出版社，2010年版，第15页。

来庄园的猎狗凯撒，把它带到鸟岛，飞鸟们从猎狗口中证实了庄园主们即将实施的涸湖计划，阿卡让猎狗暂时不要告诉主人孩子的下落。庄园主一家误以为孩子已经丧身湖底，孩子的母亲十分悲伤，她在湖边徘徊，寻找失踪的孩子，她听到湖上一片悲鸣，鸟群的悲鸣声感动了丧子的母亲。这位母亲突然觉得动物和人类一样有感情，它们和人类一样，对家庭和子女也非常关心，她想到了涸湖计划，无数天鹅、野鸭、水鸟将因此失去家园，将无处栖身和养育子女，对于飞鸟，这显然是一件非常不幸的事情。母亲返回农庄，同丈夫重新商讨涸湖计划，她相信孩子的死亡是对他们不关心飞鸟死活的一种惩罚，本来他们涸湖是为了留给儿子一个更大的田庄，但儿子恰恰在涸湖合同订立前一天失踪了，这一切不是徒劳吗？夫妇俩最终决定让塔坎湖保持原貌。猎狗凯撒听到主人的决定后，带领他们找回了孩子。

这是一个有着美好结局的双赢故事，庄园主一家人和塔坎湖的飞鸟们都保持了完整的家园。通过故事，拉格洛夫想提醒读者：动物同人类一样有感情，需要有一个完整的家园，保持自然原生态面貌，对于动物和人类都是最佳的选择。

三

在如何处理人与自然关系方面，拉格洛夫利用卡尔和灰毛的故事，阐述了她的自然生态观——自然生态圈能够实现自我调节，反对人为的干预和改造。

猎狗卡尔同守林人一道搭救了一头失去母亲的小麋鹿，给它起名叫灰毛。灰毛被圈养长大后，在卡尔的鼓励下，灰毛回到大森林。灰毛到达森林的第一天，因为长期生活在人工饲养的环境下，它不了解大森林的自然法则，无意间踢死了一条蛇，这条蛇是毒蛇老无靠的妻子，老无靠发誓要向灰毛复仇。森林中开始出现虫害，害虫泛滥，大片的松林被松针毒蛾的幼虫肆无忌惮地吞噬着，灰毛来找卡尔，向人类寻求帮助。尽管人们采用了各种办法试图消灭虫害，但仍无济于事，眼看就要影响到森林中动物们的生存。原来这正是毒蛇老无靠的复仇计划，目的为了逼迫麋鹿灰毛离开森林。因为森林的生存法则中有这样一条：一个森林居民杀死了一个无害的动物，这件事情便被当作一桩罪行，应当受到责罚。为了拯救森林，保护大家赖以生存的家园。灰毛自觉地走上流亡之路，并承诺在老无靠活着的时候绝不回到森林。灰毛离开后，森林里的虫害果然得到了遏制，大森林逐渐恢复了和平。只有猎狗卡尔无比思念流亡的朋友灰毛，惦记着为朋友复仇。直到有一天，尼尔斯和大雁经过这片森林，遇到一条攻击他的大蛇，尼尔斯推动石头砸死大蛇，这条蛇就是老无靠。对于卡尔和灰毛这对朋友而言，本来这是它们重逢的机会，可大雁带来了灰毛的消息，为掩护母鹿和幼鹿，灰毛被偷猎者猎杀，临死前，灰毛托大雁带口信给老朋友卡尔，自己死得很体面。卡尔已经老得不能动了，听完朋友的口信，卡尔选择勇敢地面对死亡。

这是一个悲怆而不乏温情的故事，拉格洛夫通过它告诉人们：由动植物组成的生态圈有着自己的生存法则和自然规律，不受人为的干预。在拉格洛夫笔下，动物之间不乏真情和友爱，无论发誓为妻子报仇的毒蛇老无靠，还是弃恶从善的猎狗卡尔，或是勇敢无畏的麋鹿灰毛，它们的故事令人动容。特别是卡尔和灰毛之间真挚长久的友谊令人感动，它们充当了联系人类与大自然之间的桥梁。猎犬卡尔放弃了捕猎，转而成为护林人的得力助手，担任了引导灰毛回归自然的职责，帮助森林里的动物寻求人类的帮助。灰毛信守承诺，勇于承担责任，为了保护大森林，它勇敢地踏上流亡的道路，一路上它不断逃脱捕猎者的追捕，直到生命的最后时刻。这样一个曲折动人的故事，让孩子们在了解自然界生存法则的同时，也从动物身上学到了许多优秀的品质，比如知错即改、勇于担当等。

四

人类的生存离不开对自然资源的攫取和利用，但在攫取矿产资源的同时，如何能够最大限度地保护生态环境，不妨碍区域内动物的生存和不破坏原生态环境，拉格洛夫试图通过两个小故事来寻找答案。

第一个故事发生在钢铁厂。尼尔斯在雄鹅飞经矿区时，被一阵风刮下了鹅背，误入熊窝，成了两只小熊的玩偶。夜里，公熊回家后，嗅到了人的味道，它不顾母熊的反对，要吃掉尼尔斯，尼尔斯取出火柴自卫，没想到公熊见到火柴后，请尼尔斯帮它烧掉钢铁厂。尼尔斯经过激烈的思想斗争，不忍毁掉对人类有着巨大用途的钢铁厂，他拒绝了这一要求。尼尔斯即将丧命于公熊之手，正当这时，他听到扣动扳机的声音，原来有猎人正偷偷瞄准公熊，尼尔斯提醒公熊及时地逃走。为了感激尼尔斯，公熊放走了他。

在"钢铁厂"的故事里，我们看到了人类在利用自然资源时的两难处境，一方面是利用自然资源给人类带来的巨大进步，另一方面是人类活动给自然生态环境带来的日益加重的污染。公熊无法忍受钢铁厂昼夜不停的噪音，他请求尼尔斯把钢铁厂毁掉，"他们就这样日日夜夜不停地干活"，公熊诉苦说，便躺倒在地，"你一定可以理解，长此以往是叫人无法忍受的。"[1] 公熊渴望在永恒的喧闹中得到一点安静，这种心情往往被人类所忽视。因为人们通常关注的是钢铁厂所带来的经济效益和工人的居住环境，却忽略了附近动物们的感受。在尼尔斯眼里，这些噪音很可怕，"从这建筑物里响起无法描绘的嘈杂声，嗵嗵嗵的声音和轰隆轰隆的声音连续不断，仿佛有人为了捍卫自己正在揍打一头怒吼的野兽。"[2] 显然，在这里，拉格洛夫的态度很明确，对人类利用自然资源时不顾及野生动物的做法持批评态度。当然，因为这是一本写给孩子的书，在批评人类破坏生态环境的同时，作者也歌颂了人类的勤劳与智慧，人类能够利用和改造自然资源，促使人类社会不断进步。

第二个故事关于法隆矿井。一只渡鸦讲述了瑞典历史上最著名的矿都——法隆的故事。法隆有着瑞典最古老的铜矿，从 8 世纪开始开采，17 世纪中期法隆拥有城镇特权之后，铜产量快速增长，曾一度占世界铜总产量的三分之二。法隆以生产闪亮的红铜而闻名，这种红铜被广泛用于欧洲各地的教堂和宫殿。

在法隆，当地人那里流传着"巨人的遗产"传说。据说，这里富藏铜矿的几座大山是古代一个巨人留给两个女儿的遗产，他临终前将遗产交给女儿并要求她们保护铜矿，在每一个发现铜矿的人说出这一秘密之前，让他们遭遇不测而身亡。大女儿心肠很硬，毫不犹豫地答应了，小女儿心肠较软，犹

---

[1] [瑞典] 塞尔玛·拉格洛夫：《尼尔斯骑鹅旅行记》，吴朗西、叶文译，上海：上海译文出版社，2007，第 222 页。

[2] 《尼尔斯骑鹅旅行记》，第 213 页。

豫了一会才答应。于是，小女儿只获得了三分之一的矿山，大女儿获得了双份遗产。父亲死后，两个女儿长期信守她们对父亲的承诺。于是，不管谁发现了铜矿，不幸很快接踵而至，他便会死于非命。直到一个农民在放牧时，发现一头公羊的角变得通红，洗掉红色后，农民跟踪公羊发现了铜矿。这时，一块岩石从山上滚下来，农民赶紧躲到一旁，公羊被砸死了。他看到一个女巨人正准备把第二块岩石推下来，农民问明了缘由，告诉女巨人她没有违背诺言，因为发现铜矿的公羊已经死了。幸运的是，农民碰到的是巨人的小女儿，她已经厌倦了看守矿山的职责，就放过了这个农民。农民发现的矿脉在山的表层，通过开矿，他很快变得非常富有，他便以公羊的名字来命名这座矿山，叫它考尔遗产。

铜矿引来无数外乡人，但他们没有那个农民幸运，古老的传说仍在每一个发现新矿的人身上应验。那个农民的子孙继承了遗产，采矿的范围逐渐扩大，这一带最终获得了大铜矿区的名称，并成为瑞典的宝库。但因为表层的矿砂被采光了，矿工们不得不深入地下采矿，放炮炸山，这使矿井的工作环境变得十分危险，没有人愿意下井干活。尽管人们一直期待找到那个"双份遗产"（即巨人留给大女儿的遗产），但最后一个看到这份遗产的是一位年轻的铜矿主。年轻的矿主爱上了异乡的一位漂亮姑娘，但姑娘提出一个条件，除非年轻人离开法隆，才会嫁给他，因为她不喜欢这个被浓烟包围的城市。年轻的矿主十分沮丧，他很爱那个姑娘，但他从未想到过离开法隆。当他回到法隆时，才惊奇地发现这个城市的环境被污染得如此严重："从大铜矿的出口处，从周围上百个高炉里，冒起一股刺人鼻息的硫磺味浓重的滚滚黑烟，像一层迷雾那样覆盖在整个城市的上空。浓烟阻碍了植物的正常生长，四周的田里寸草不长，十分荒凉。他到处看到为黑色煤堆包围的熔炉，从熔炉里喷出熊熊的火焰……"[1] 年轻的矿主方才明白姑娘为什么要提出那样的条件，他心烦意乱地在森林里闲逛，无意中发现了一处新的矿脉，起初他欣喜若狂，但随

[1][瑞典]塞尔玛·拉格洛夫：《尼尔斯骑鹅旅行记》，吴朗西、叶文译，上海：上海译文出版社，2007，第242页。

即想起遗产的传说，他又担心起来。回家的路上，他果然碰到了一位女巨人，女巨人问他是否会开采刚刚发现的铜矿，他承诺为了所爱的姑娘会放弃开矿。年轻人不再经营矿业，在远离法隆的地方建造了一个庄园，和心爱的姑娘生活在那里。之后，法隆的采铜业走上了下坡路，旧熔炉不见了，现在人们在庄园里经营的是农业和林业。

显然，拉格洛夫没有仅限于对人类破坏环境的行为进行批评，而是提出了可行性建议，相当于我们今天提倡的经济转型和产业调整。有趣的是，拉格洛夫在 20 世纪初的预言在 20 世纪末得到了应验。今天的法隆已经停止了采矿，1992 年 12 月，法隆铜矿进行了最后一次爆破作业，便封矿了。这里已经建起一座铜矿博物馆和供观光者探险的矿山，2001 年法隆铜矿被列入联合国世界遗产名录，成为代表瑞典工业发展历史的遗址之一。

法隆铜矿的传说反映了早期瑞典人的生态保护意识，今天这一故事对于依靠开采矿产来维持经济的地区，仍然具有很好的警戒和教育意义。因为矿产总有一天会被开采殆尽，所以实行产业调整，与自然和谐相处，才是最有利于保护人类利益的长久之计。

在保护生态方面，拉格洛夫意识到工业文明对自然环境的破坏，除了提倡回归传统的农林牧业之外，她还重视知识在发展经济中的重要作用，这便是"乌普萨拉"的故事。渡鸦给尼尔斯讲了法隆铜矿"双份遗产"的故事，但没有告诉他铜矿的位置，反而将他带到了乌普萨拉。

乌普萨拉是瑞典最富盛名的城市之一，渡鸦希望尼尔斯能够在这座城市里发现财富，以弥补听到"双份遗产"所带来的遗憾。渡鸦曾问尼尔斯谁统治着这座城市？答案不是国王、不是主教，而是"知识"。知识统治着这座城市。原来这是一座由大学发展起来的城市，乌普萨拉大学始建于 15 世纪，是斯堪的那维亚半岛上第一所大学，它培养了包括历届瑞典国王、植物学家林奈等诸多科学家和名人，是世界著名的高等学府。因了这所大学，人们把这座城市称作"瑞典的剑桥"。渡鸦带领尼尔斯，参观了乌普萨拉大学，参加大学生的活动，聆听大学讲堂的演讲，鼓励尼尔斯成为一个有知识、爱学习的人。在这里，尼尔斯第一次感受到知识所带来的快乐，他也期望自己能够变成拥有知识的人。显然，拉格洛夫突出了知识对于经济和人类发展所起到的重要作用。

今天，以教育、文化产业等为龙头的知识经济的发展证实了拉格洛夫的预言，它们对于环境保护起到了积极的引导作用。由知识统治的城市将会成为不少城市未来的发展方向，也将成为人类未来的梦想。

百年后的今天，《尼尔斯骑鹅旅行记》已经"成为瑞典国家的精神象征"。[1]许多作家在作品中提到，自己从尼尔斯故事中感受到的心灵契合，以及作品蕴含的人与自然之间和谐相处的观念。例如，法国女作家玛丽·尼米埃在小说《沉默女王》中，提到《尼尔斯骑鹅旅行记》的某些场景经常在她记忆中出现。[2]又如，1994年诺贝尔文学奖获得者大江健三郎在获奖感言中，将自己比作尼尔斯，将妻子比作雁群的首领阿卡。这一比喻反映了这部童话在大江心中的地位。大江说道："我觉得，自己也在同尼尔斯一起发出那声声呼喊，因而感受到一种被净化的高尚的情感。……深深打动了我的那个句子，是'我又回到了人间！'……我将自己的体验写成小说，并通过这种方式活在世上。"[3]大江的感受也道出了大自然在滋润人类心灵方面所起到的重要作用，因为无论过去、现在，还是未来，大自然都将是文学灵感取之不竭的源泉。作家们强烈的生态保护意识也将随着他们的作品流传后世，成为人类宝贵的精神财富。

精彩片段

1. 大鸟湖的故事：野鸭亚罗讲述的拯救小主人的故事，以及主人一家幡然悔悟，取消了填湖造田的计划。

2. 卡尔和灰毛的故事：借猎狗卡尔与麋鹿灰毛之口，讲述大自然的生态链在如何发挥作用，人类应该做的是了解自然，而不是改造自然。

---

[1] [日]大江健三郎：《我在暧昧的日本》，程三贤编选：《给诺贝尔一个理由：诺贝尔文学奖获奖演说精选（第一辑）》，北京：中国广播电视出版社，2006，第40页。
[2] [法]玛丽·尼米埃：《沉默女王》，韩一宇译，长沙：湖南教育出版社，2007，第104页。
[3] 程三贤编选：《给诺贝尔一个理由：诺贝尔文学奖获奖演说精选（第一辑）》，第39-40页。

3.遗产的故事：瑞典最古老的铜矿法隆矿井的故事，对现代人如何开发利用自然矿产具有启示意义。

引申阅读

1.[瑞典]拉格洛孚：《古斯泰·贝林的故事》，高骏千、王央乐译，北京：外国文学出版社，1983。

《古斯泰·贝林的故事》是塞尔玛·拉格洛夫的处女作，1891年问世，受到丹麦著名文学批评家勃兰兑斯的赏识，使拉格洛夫一举成名。全书以牧师古斯泰·贝林为主线，描写了19世纪20年代一群寄居在瑞典乡间地主庄园里食客的故事。小说中间穿插了许多独立成篇的故事、童话和传说，使各章既自成一体，又互相联贯。拉格洛夫以强烈的怀旧感记录了瑞典庄园的传统生活和乡间习俗，抒发自己的思乡之情。

2.王诺：《欧美生态批评：生态学研究概论》，上海：学林出版社，2008。

该书是国内较为系统介绍欧美生态文学和西方生态思想的一本著作，可以作为了解生态批评的入门书来读。作者将生态批评作为一种美学观来看待，不仅讨论了生态批评的哲学基础，而且结合文本讨论了生态批评实践通常的路径。作者还谈到了生态批评在中国的接受和发展，总结了中国生态批评不同于西方的一些特点，如生态整体主义而非生态中心主义、生态批评而非环境批评、生态文学而非自然书写等，旨在提醒读者注意区分中西方生态批判者不同的文化基础和理论背景。

（黄华）

日本文学

ri ben wen xue

日本自然主义文学扛鼎之作

——岛崎藤村的《破戒》

作家简介

岛崎藤村（1872—1943），日本近代著名文学家，他的诗歌和小说创作几乎引领了当时文学思潮的转变，在日本文学史上占有极其重要的地位。藤村早年与北村透谷等人创刊《文学界》（1893），开启了日本近代的浪漫主义文学运动。1897年，他发表诗集《嫩菜集》，将日本近代抒情诗引向新方向。1906年，藤村自费出版小说《破戒》，震动文坛。随后完成的《家》（1910）被视为日本自然主义文学的扛鼎之作。晚年的藤村写下以其父为原型的《黎明前》，并在写作《东方之门》的过程中去世。作为日本自然主义文学的代表人物，他的《破戒》等小说相对于法国自然主义文学发生了一些"变异"，并且与其他一些作家共同影响了后来的日本"私小说"的形成与繁盛。

作品梗概

《破戒》的主人公是出身于秽多家庭的丑松，由于秽多在当时被视为低贱一族，在社会上遭到歧视，丑松从小就严守他的父亲的戒律，即不许公开自己的秽多身份。丑松后来进入饭山镇的小学教书，同时借宿在莲华寺。丑松的同事、家境贫困的敬之进在退休之后借酒消愁，他的女儿志保则在莲华寺帮忙，丑松与志保之间逐渐产生了真挚的感情；而丑松所在学校的校长和个别教师对于丑松一直比较反感（因为丑松颇受学生欢迎），虽然他们并不知道丑松是一个秽多。丑松始终痛苦地保守着自己的身世秘密，而同为秽多的前辈猪子莲太郎不仅勇敢地公开自己的身份并写作《忏悔录》等作品，积极投身于社会运动，使得丑松获得极大的鼓舞。某天夜里，丑松感到久未联系的父亲似乎在呼喊他，而就在第二天，父亲逝世的消息传来。丑松踏上了奔丧之路，却意外遇到了一直无比敬重的猪子先生以及议员候选人高柳。丑松来到父亲死去的牧场，原来丑松的父亲为了隐瞒自己的身份，刻意来到偏僻的牧场工作，却意外地被一头种牛杀死。葬礼之后，猪子来访，与丑松有许多真诚的交流，丑松的内心虽然经历了激烈的挣扎，但他最终也没有向这位敬爱的前辈告白自己的秽多身份。与此同时，丑松得知高柳为了政治资金而秘密与某富有的秽多家庭的女儿结婚，但是丑松的身份也被高柳得知。返回学校之后，丑松先是得知已有妻子的莲华寺住持不知羞耻地追求志保，而关于丑松是秽多的传言也开始在学校里传播起来。此时，猪子先生来到饭山镇，他的激情而正义的演讲揭露了正在竞选议员的高柳的丑态，但不幸的是，高柳随后指使手下人谋杀了猪子先生。前辈壮烈的死亡坚定了丑松公开自己身份的信心。最终，丑松在课堂上向教室里的学生们下跪，将自己的秽多身份公之于众，终于"破戒"。最后，丑松决定前往美国，他的朋友和学生们前来为他送行，在茫茫大雪中，丑松告别了众人。

作品赏析

关于《破戒》这部作品的定位，评论界历来争论颇多。在日本，佐藤春夫等认为《破戒》属于"告白小说"，即侧重于个人情感的表述；野间宏等则将其看作"社会小说"，即反映和批判了当时日本社会中的一些现象；持折衷立场的学者也有不少。在中国学界，把《破戒》视为批判现实主义作品的论断似乎较多。但是无论这部作品究竟属于什么文学流派，或者到底应该如何界定，《破戒》在整个日本近代文学史上都是一个极其重要的存在，这是无可质疑的事实。不管《破戒》本身是否为"自然主义"作品，它都深刻地影响了后来的所谓日本"自然主义"文学，所以，将其称为日本自然主义文学的奠基作，大致应该是比较妥当的。

日本自然主义文学，如其名称所示，与 19 世纪兴起于法国的，以龚古尔兄弟和左拉等人为代表的自然主义文学有着密切的关联。在日本自然主义文学萌发的初期，左拉等人的理论与创作确实曾产生过举足轻重的影响，但是大部分评论者都注意到，日本的自然主义文学作品与它们的法国"导师"实际上是存在一些差异的，而且在发展过程中有越来越偏离左拉等人的创作理念的趋势，最终变异成为具有日本特色的"自然主义"文学。在此过程中，岛崎藤村虽然并非"自然主义"文学理论的热心倡导者或拥护者，但是他的《破戒》却继承了其中的某些创作观念，并衍生出新的特质，这使得《破戒》成为日本自然主义文学发展过程中十分关键的一环。

所以，本文尝试将《破戒》与左拉及田山花袋等作家的作品互相参照，说明《破戒》等日本自然主义或具有自然主义倾向的作品相对于左拉的小说的"变异"之处。

一、从外部世界遁入内心世界

《破戒》的核心情节其实就是丑松的"告白"，以及漫长的内心挣扎的描写，从这个意义上说，《破戒》的确是一部以内心情思的表述为主体的作品。《破戒》缺少跌宕起伏的人物命运和精妙绝伦的情节设置，关于丑松内心的苦痛挣扎的细致描写以及与忧郁心情密切关联的自然景色倒是随处可见。虽然小说中也涉及了当时日本社会的一些问题，比如学校教育、农村土地和政治黑幕等等，但是总体而言，小说中对于人物内心世界的描写无疑超过了这些对于外部世界的反映。

在《破戒》之后，这种告白的写作模式以及对于内在描写的强调在日本文坛变得愈发普遍，尤其是田山花袋的《棉被》，作为真正开启日本自然主义文学的发端之作，以作者自白忏悔的模式，记述了作者如何爱上自己的学生不可自拔，甚至暗中破坏学生恋情，最终导致学生离开，而自己的情欲无从宣泄的故事。藤村后来的《新生》基本上也是这种模式，讲述的是作者与侄女之间的不伦之恋。继续发展下去，到了"私小说"那里，基本上则只剩下个人的独白，所写内容也大多与情感和欲望相关，逐渐失去了对于社会现象的观察与表现，其中的某些作品完全蜕化成隐秘而狭隘的文学。

与此相对，左拉的大多数作品却是以对当时的法国社会进行全面而细致的揭露为主。对于人物心理的描摹固然也是左拉作品中的重要部分，而且左拉在《实验小说论》等著作中倡导以实验分析式的视角剖析人物，尤其重视遗传与环境的影响因素。但是，正如诸多论者所说，左拉提出的文学理论与他的创作实践存在一些差异，而左拉实际上是继承了巴尔扎克的衣钵，在反映法国社会的丑陋面，揭露资本阶级的腐朽与市民阶层的堕落等方面都取得了杰出的成就，"卢贡－马卡尔家族"系列与巴尔扎克的《人间喜剧》真正成为了一个时代的记录。

总之，《破戒》及其后继作品基本侧重于人物内心世界的描写，而他们引以为范的左拉等法国自然主义作家却将重点置于对社会现实的反映。那么，为什么会存在这样的差异呢？为何在日本作家那里，描写的重点从外部转移到了内在？

首先，学界一般认为所谓日本自然主义文学当然是与法国的自然主义文学关联，前者以后者为学习对象，但是，虽然在日本自然主义文学发生的初期，左拉等人的影响（尤其是理论方面）确实是无可置疑的，而真正产生关键的实际影响的恰恰是个别非"自然主义"作家和作品，尤其是卢梭的《忏悔录》，其自白忏悔的形式直接影响了《破戒》《棉被》等。藤村曾经在《在卢梭的＜忏悔录＞中发现自己》一文中回忆他年轻时读到《忏悔录》时受到的震撼，自己正因为读了这本书而"对自己的道路多少有了一些理解"[1]。只是，卢梭的《忏悔录》实际上恰恰并非"实录"，而是近于"灯"式作品，即重点落在个人情感与思想的强烈表达；而左拉等"镜"式作家的工作从某种意义上来说恰恰是成为法国社会的"书记员"（巴尔扎克《＜人间喜剧＞前言》），重点更多落在外部世界。从这个角度来看，日本自然主义文学的真正"导师"实际上或许并非左拉等人，所以他们在描写重点上出现分歧大概也就可以理解了。

---

[1]［日］岛崎藤村：《千曲川速写》，陈喜儒、梅瑞华译，石家庄：河北教育出版社，2002，第 237 页。

其次，明治维新以后，自坪内逍遥等呼吁在小说中戒除传统的道德训诫，提倡忠实的模写，"写实"几乎成为日本近代文学起源阶段最重要的理念，而所谓"写实"往往意味着书写人物的真情实感。坪内逍遥在其影响巨大的《小说神髓》中明确提出，"小说的主脑在于人情，世态风俗次之。何为人情？曰，人情即人类的情欲，所谓一百零八种烦恼。"[1]也就是说，人物的情感是小说最重要的描写对象，而社会现实居于次位。从坪内逍遥这里开始，日本近代文学基本延续了这种以情为重的创作趋势。至于藤村，他本就是抒情诗诗人，《破戒》又恰好创作于藤村由诗人向小说家转变的阶段，对于情感的表达自然成为小说不可或缺的部分。

最后，近代日本文艺评论界那些引进左拉的人物，他们对左拉的理解存在"误读"。首先，他们误以为左拉的理论即等同于左拉的创作，比如永井荷风是最早介绍左拉的评论家之一，他在《<地狱之花>跋》中明确地跟随左拉的理论，"余欲专门而肆无忌惮地描写伴随祖先的遗产和环境而带来的种种黑暗的情欲、殴斗和暴行的事实"[2]，却没有顾及左拉的很多作品是超越了简单的遗传和环境解读而具有广泛社会性的这一事实。再者，日本的评论家和作家们从左拉那里吸取的更多是"写实"的精神，至于真实描述的究竟应该是社会现实还是个人内心的波动，日本作家们似乎大多选择了后者，这也成为左拉和他的日本"继承者"的关键分歧所在，也就是说，在客观真实地描写现实这一点上，日本文艺评论界心目中的"左拉"与明治以来的"写实"观念是基本一致的，但他们理解的左拉已经是经过"变异"的左拉了。

二、资本的缺席

关于左拉与日本自然主义文学的差异，评论者们一般都是强调日本作家们在写作视野上的局限（限于家庭内部或者内心的冲突等等），这固然是极其重要的一点，也是日本自然主义文学区别于左拉等人作品的关键，但是笔者认为可能尚有某些内容值得继续讨论，尤其是在对于资本（金钱）的作用

[1]［日］坪内逍遥：《小说神髓》，东京：岩波书店，2010，第50-51页。
[2]转引自叶渭渠、唐月梅：《日本文学史·近代卷》，北京：经济日报出版社，2000，第224页。

的描写方面。

左拉虽然在理论上标举"实验""遗传"和"环境"等等，但他与巴尔扎克的作品都一直关注着资本，具体而言则是金钱的作用。且不说左拉一部小说的标题就是《金钱》，即便在那些描写下层普通民众的日常生活的作品里，金钱实际上往往也处于核心地位，在左拉那里，金钱的决定性作用是被频繁提及的，而更为重要的是，金钱这一因素经常直接与人物的命运起伏紧密相关，构成情节发展或隐或显的推动力。比如在《小酒店》中，吝啬至极的洛里耶夫妇在整个家族中是最有权威的，因为他们每天能挣十法郎，高于其他家族成员，所以洛里耶太太也就"理所当然"在弟弟的婚事上有发言权，反对弟弟与主人公热尔韦斯的结合，而这也成为热尔韦斯一家最终堕落崩溃的原因之一。而说到热尔韦斯一家的彻底毁灭，金钱可以说是最为根本的要因，当古波（热尔韦斯的第二任丈夫）不幸坠楼，自此意志消沉，而热尔韦斯的洗衣生意也每况愈下，这个摇摇欲坠的家庭一点点将家底抖出，男女主人公最终几乎沦落为不可救药的酒鬼和娼妓，道德上的堕落总是与资本的锐减相伴而生。此外，借钱给热尔韦斯的古杰的整个人生因为没有（也不愿意）收回借款而迅速黯淡。包括热尔韦斯的女儿娜娜在如此缺乏金钱和关爱（关爱往往也与金钱联系在一起）的环境中过早成熟，这也是她整个悲剧人生的起点。所以娜娜命运的起伏始终与金钱的有无与多寡紧紧相连，娜娜并不只是一个道德败坏的荡妇，她同时也是一个被金钱控制而无力反抗的木偶。此外，即便在强调遗传作用的作品中，金钱往往也扮演了极为重要的角色，比如《戴蕾斯·拉甘》是一部典型地表现遗传因素造成悲剧的小说，女主人公的非洲血统遗传了原始而丰沛的情欲（暂且不论这个设定所包含的"东方主义"式偏见）不仅导致了丈夫被谋杀，也使得自己与情夫，包括养母不得不经历悲惨的心灵折磨，但是，引诱女主角走向堕落的罗朗之所以触发这一切悲剧的开关（与女主角偷情），是因为当时他只是一个小职员，没有足够的金钱满足自己的欲望，所以"经济状况促使他去占有朋友的妻子"[1]，也就是说，金

---

[1] ［法］左拉：《戴蕾斯·拉甘》，毕修勺译，郑州：黄河文艺出版社，1988，第28页。

钱成为激发遗传的情欲并造成悲剧的第一块多米诺骨牌。

但是，在岛崎藤村等日本作家这里，金钱却似乎"缺席"了，至少并不像在左拉的作品里那么关键。《破戒》第一章第一节写到与丑松同为秽多而被人揭发的大日向，他虽然很富有，但是却受困于他人的偏见，被迫在病中搬出住处。金钱在这里成为了衬托，而对秽多身份的强调超过了金钱的作用，当然，这与《破戒》的整体构思相关，但是这个情节或多或少提醒我们，曾经在左拉那里具有决定性的金钱在藤村这里受到了某种"冷遇"。值得注意的是，在小说的末尾，藤村给主人公丑松安排的人生出路是追随大日向去美国德克萨斯从事农业开发。藤村写道，大日向"将放逐的屈辱变为奋发图强的力量，制定了一个计划，要到美国的德克萨斯开发农业"[1]。从这一结局中，可以看出如下两点：首先，大日向化悲愤为力量的坚强勇敢的态度明显是表现的重点，至于他去的究竟是美国、英国还是法国，似乎无关宏旨；其次，如果大日向真的是去美国开发农业，我们可以将其视为一种资本积累的行为，但是，在藤村这里，资本的积累仅仅是一种似乎无可奈何的解决办法，资本的力量仿佛无足轻重，这与左拉作品中体现出的对于资本的关注是截然不同的。实际上，这种对于资本的忽视似乎也存在于其他一些日本自然主义文学作品中。比如，在田山花袋的《棉被》中，追求女学生的可怜的男青年放弃了原本的生活而来到东京，被切断了经济来源，生活艰苦，但是即便如此，在文本中，金钱对于他来说也不是最重要的，因为他的存在就是为了与女学生产生情感纠葛，至于他失去金钱后的困苦与无奈，更多只是一种背景而已，在小说文本中根本无法与情感的主要作用相比，而在整部《棉被》中，个人私欲的涌动与喷发几乎掩盖了一切，我们很难见到金钱的位置。总之，在《破戒》以及之后的日本自然主义文学作品中，我们似乎极少能够见到左拉很多作品中金钱占有的那种举足轻重的地位，取而代之的往往是个人情感私欲的单纯萌发与宣泄，甚至无目的的琐碎的心理描写，这也是日本自然主义文学的重要特点之一。

---

[1] ［日］岛崎藤村：《破戒》，陈德文译，北京：人民文学出版社，2008，第235页。

那么，为什么在《破戒》等作品中会存在着资本的"缺席"呢？

首先，如前所述，近代日本文学的主流观念是以情为主的"写实"，而关于资本的流动，尤其对于普通人的影响，在日本作家们看来，大概是太过于"外在"的题材。其次，受限于作家本人的经历与认识，通过文学作品表述资本是一个十分困难的题目，比如藤村的职业基本是教师和专业作家，对于校园和家庭生活自然是最为了解的，但是对于资本、阶级和商业等方面相对来说没有那么熟悉，夏目漱石、芥川龙之介等不少作家可能也都存在这个问题。再者，就整个近代日本文学的发展而言，对于资本以及阶级问题的反映，似乎更多是由"普罗文学"，即小林多喜二等日本无产阶段文学的作家们完成的，虽然从某种意义上说，日本的无产阶级文学也是"写实"文学的一种具体表现形式。最后，就日本当时的情况来说，较为急迫需要表现的文学主题，可能是知识分子群体在精神上的彷徨挣扎，因为明治时代以来传统与现代的政治、文化、思想观念等等几乎全部发生了剧变，许多知识分子由于种种原因而陷入精神危机，这一主题在日本近代文学的滥觞之作二叶亭四迷的《浮云》之中已见端倪，夏目漱石的不少小说实际上都表现了人的精神危机，芥川书写的是古代，言说的则是当代人的精神状态，藤村《破戒》中的丑松也是一个陷入思想危机的知识分子，在此之外，资本问题可能并非他们关注，自然也就较少涉及，但是对于左拉等人而言，资本却是首要的关键问题，仿佛一切罪恶与悲剧都由此而生，当然，这可能主要与法国与日本处于社会发展的不同阶段有关，日本其时的资本主义力量尚未强大，而法国是老牌帝国主义国家，两国作家对于资本的认识自然存在一些差距。

三、岛崎藤村对于自然主义文学理论的反思

如上所述，藤村的《破戒》及其它一些日本小说与左拉等人的作品存在一些差异。除此之外，《破戒》对于遗传"决定性"的颠覆（如果完全由遗传决定的话，丑松应该像他的父亲那样永久保守着秘密，而不应勇敢自白）等方面，也是重要的差异，本文不再讨论。实际上，就《破戒》而言，小说文本中已经有一些地方表现出对于自然主义文学理论本身的反思与反驳，这是特别值得注意的。

比如在第三章中，丑松的好友银之助与文平两个人在丑松面前辩论疾病与写作的关系，银之助坚持认为疾病确实与写作有所关联，而文平认为银之助总是从生理的角度观察问题。"总是从生理角度观察"，我们难以确认藤村在这里是否暗指左拉的理论或者永井荷风等跟随左拉理论的日本评论家，但是这一观点确与他们的立场是极为接近的，而最值得注意的是，丑松在这里并没有做出任何评论，作为作者的藤村也没有发表任何见解，我们或许可以将其视为藤村对于自然主义文学理论的某种沉默的怀疑吧。在小说的第十九章中，银之助向丑松坦诚，"我曾一度只顾搞研究，总是用解剖的眼光看待事物，最近我大有醒悟"[1]。银之助反思自己从前的眼光过于"解剖式"[2]，他的语气是十分真诚的，而这提醒我们，如果说银之助可以被看作自然主义文论的代表，那么藤村安排他在小说中悔过，也许说明了藤村对于自然主义文论的态度，或许是持质疑立场的。

当然，无论藤村本人对于左拉、自然主义文论及其日本传承者究竟是怎样的态度，至少《破戒》及其他文本体现出的与左拉等人作品的差异之处已经足够表明，《破戒》虽然是日本自然主义文学的奠基之作，但它却并未完全因袭法国的自然主义文学，而是在此基础上广泛吸收而另辟蹊径，因此在日本近代文学史上占据了关键的位置，而当代的评论者们可以借此进行探究，从而更好地理解《破戒》的价值与意义。

引申阅读

1.［日］柄谷行人：《定本 日本近代文学の起源》，东京：岩波书店，2008。

此书是研究日本近代文学的经典著作，作者以一种解构主义的精神与方式重新梳理了日本近代文学史上的一些重要问题，其中第二、三章与本文涉及问题关联性较大。这一版本经由作者最新修订，与之前的版本在文字编排

---

[1]《破戒》，第197页。
[2] 藤村原文为"**あまり解剖的にばかり物事を見過ぎていた**"，直译即"一味过于解剖式地看待事情"，陈德文先生的译文似乎没有突出"过分"之意。

和注释等方面都有一些改动。中译本由赵京华先生翻译，书名译为《日本现代文学的起源》，三联书店 2006 年出版。

2. 刘晓芳：《岛崎藤村小说研究》，北京：北京大学出版社，2012。

这是中国学界关于岛崎藤村小说的最新研究成果，也是较为完备深入的一部著作。不足之处则在于涵盖面似乎不够，而且侧重于"告白"，主要应该是受到柄谷行人的影响，但似乎未能超出其论述。

关键词解读

日本自然主义文学：日本自然主义文学，是日本近代文学中最为重要的文学流派之一，承接坪内逍遥等前贤开创的"写实"文学观，同时深受法国的卢梭和左拉等人的影响，成为当时文坛的主流，并深刻地影响了后来极为流行的"私小说"。按照叶渭渠先生在《日本文学史·近代卷》和《日本文学思潮史》中的概括，日本自然主义文学理论的主要观点大致如下：强调"无理想、无解决"的"平面描写论"，文艺只要如实表现自我的感觉即可，纲领性口号是"破理显实"；强调"迫近自然"，追求"真"，不作出价值判断，反对虚构，如田山花袋的"露骨描写论"和岛村抱月的"一线论"等等；强调人之本性的"自然性""本能冲动"，尤其是性欲的决定性作用。日本自然主义文学的代表作家和作品主要有（其中一些存在争议）：岛崎藤村的《破戒》《家》《新生》等、田山花袋的《棉被》和国木田独步的《武藏野》等。

（边明江）

无法探知的真相

——论《竹林中》的文本召唤结构

作者简介

　　芥川龙之介（1892—1927）是日本近代文学杰出的短篇小说家，也是新思潮派小说的代表之一。芥川的母亲在他出生约八个月时精神失常，之后他被舅父所收养，受到养母的严格管教。少年时代的芥川在养父的影响下阅读了大量文学作品并显露出了文学天赋。1912年芥川以优异成绩升入东京大学英文专业，读书其间写出短篇小说《罗生门》，经夏目漱石推荐发表，确立了其在文坛的地位。但幼时寄人篱下、生母疯病、初恋的失败等经历使芥川龙之介性格忧郁而消极，加之他的神经衰弱、肠胃炎、失眠、痔疮等疾病愈发严重，他的精神状况每况愈下。最终，他于1927年服药自尽，享年35岁。代表作有《罗生门》《竹林中》《橘子》等。

作品梗概

　　《竹林中》的主要情节取材于日本古代佛教故事集《今昔物语集》中的本朝恶行卷第29卷第23篇《携妻同赴丹波国的丈夫在大江山被绑》，芥川龙之介将原故事改编为一件真相无法探知的凶杀案。小说的主要场景是公堂，故事主要围绕一位武士被杀、妻子被强奸的凶杀案展开，小说的主要情节则由砍柴人、捕快、行脚僧、老婆子、死者武弘、强盗多襄丸、武弘之妻真砂七人的陈述构成，他们各自对案情的陈述既相互补充又彼此矛盾，致使案件扑朔迷离，最终无法确定凶手、无法还原案件真相。

　　砍柴人最先发现了尸体，在公堂上他交代了尸体的状态和凶案现场的布陈。行脚僧重点叙述死者被害前的情况，他曾在山路中遇见过武士和他的妻子。他见武士佩着太刀，背着弓箭，箭筒是黑漆所绘，真砂骑着枣红色的马，戴着长纱斗笠，穿着浅紫色衣服。最后行脚僧悲叹两人的遭遇。捕快叙述了抓住大盗多襄丸的时间和地点。多襄丸的衣着、刀箭、马匹都与死者的相符。捕快还提到多襄丸之前的罪行。老婆子是真砂的母亲，她简单介绍了武弘和真砂的身份和性格，说武弘是个若狭国府的武士，性情温和，不可能和人结下梁子。她的女儿真砂则性情刚烈，争强好胜，不输于男子。老婆子哭诉着请求检察官惩罚多襄丸。大盗多襄丸的供词道出了事情的前因后果。他声称刚开始他将武士捆起来后回去哄骗真砂并将其凌辱。事后，真砂却对多襄丸说他与丈夫两人必须死一个，谁活着她就跟谁走。这让多襄丸对武弘萌生了杀机。他为武弘松绑，与其对决，二十三回合后武弘被刺死。而真砂早已不见踪影。接下来真砂在清水寺的忏悔中说到，被多襄丸凌辱后她看到丈夫用轻蔑而冷漠目光看着她，刚烈的性格让她无法苟活于世，决心与丈夫一同寻死。她用小刀刺死了丈夫，而她却没有自杀死的勇气，如今只能在清水寺啼哭不已。最后一部分是武弘死后借巫女之口诉说自己的遭遇。他说自己因妻子的言行而失望自杀。真砂听信了多襄丸的花言巧语，愿意跟着他走，并且还要求多襄丸先杀死自己的丈夫。真砂的恶毒招来了多襄丸的厌恶，她在慌乱中逃走，多襄丸也松了武弘的绳子。武弘在屈辱与失望中用小刀扎进了自己的胸口，迷离之际，有人轻轻拔出了他胸口上的匕首……随后武弘失去了意识，小说到此戛然而止。

作品赏析

　　《竹林中》具有丰富的阐释空间，吸引着无数的读者和评论家。如果从接受美学的角度分析这篇小说，我们会发现作为文本接受方的读者对于小说审美价值的实现也有着重要的影响，即读者在阅读过程中需要发挥主观能动性对文本进行审美再创造。当然，文本本身也必须包含着激发读者想象的内在条件和结构。只有在作家和读者以文本为中介的双向交流与互动中，才能最大程度地挖掘出小说的艺术魅力和审美价值。

与其他接受美学理论的批评家一样，伊瑟尔也认为作品的意义是由读者决定的，但他进一步从文学文本的角度提出了"召唤结构"的概念。伊瑟尔指出，文学文本中包含大量的不确定性和意义空白，它们构成了文学文本的内在结构和机理，即文本的"召唤结构"。召唤结构是文学文本潜在的文学性和文学价值实现的基本条件，"是联接创作意识与接受意识的桥梁"[1]，文本就是凭借自身的这种"召唤结构"来激发和引导读者来实现文本的具体化。那么据此分析《竹林中》这篇小说，作家芥川龙之介在小说中又是如何设置和构建"不确定性"与"空白"来增强文本的召唤性，从而实现作品审美价值最大化的呢？

一、真相的不确定性

故事真相的不确定性是芥川龙之介在小说《竹林中》用以激发读者在阅读时进行再创造的"召唤力"之一。"不确定性"是文本召唤结构中的一个核心概念，伊瑟尔在他的《文本的召唤结构》一文中关于文本的"不确定性"论述到："……不确定性具有以下功能：动员读者的想象力，使他们参与文

人物	砍柴人	行脚僧	捕快	老婆子	多襄丸	真砂	武士
	尸体	武士夫妻	多襄丸	夫妻身份、性格	事件经过	事件经过	事件经过
		棕色马	棕色马		女人的小刀	丈夫的眼神	多襄丸的言行
真相	刀伤	腰刀	没鞘的腰刀		女人的言行（受辱后）	腰刀（已失）	妻子的言行（受辱后）
	打斗痕迹	弓箭	弓箭		拼刀打斗（杀死武士）	杀死丈夫（小刀）	自杀（小刀）
	绳子		指称多襄丸（凶手）	控诉多襄丸	绳子（他解开）	绳子（没有解开）	绳子（自己解开）

---

[1] 周启超：《"自在的"文本与"虚在的"作品——伊瑟尔的文学文本/文学作品观》，《甘肃社会科学报》，2013年第2期。

本潜在意向的实现 而这又意味着,不确定性是文本结构的基础,在这种结构中,读者的作用始终得到充分的估计 恰恰在这一点上,文学作品的文本与那些表示意义或甚至阐明真理的文本有着根本的区别。"[1]《竹林中》通过七段互相矛盾的人物叙述建构了一个不确定的故事真相。

《竹林中》围绕一桩凶杀案展开,内容主要由砍柴人、行脚僧、捕快、老婆子、强盗多襄丸的供词和死者武士金泽之武弘、妻子真砂的自述构成。小说中这七个人从不同细节和角度针对案件进行陈述,但他们的陈述既相互印证补充又彼此矛盾背离,并且小说最终也未作出任何结论。小说开篇直接呈现了七位陈述者的言词:砍柴人和行脚僧从各自的角度描述案发现场、提供细节,捕快和老婆子的供词断定强盗多襄丸是凶案的主要嫌疑人,而多襄丸本人也对罪行供认不讳,声称就是他杀死了那个武士。到此,案件真相似乎浮出水面,读者也依据文中线索可推断出结论(多襄丸强奸了武士的妻子真砂并杀死了武士)。但是接下来的两位陈述者却出人意料地将所有事实彻底推翻,将案件最终推入迷雾之中;而且他们还是案发的当事人,特殊的身份让他们的陈述具有很强的说服力。妻子真砂在清水寺的忏悔中道出自己是因受辱后不能忍受丈夫冷漠的眼神而杀死丈夫,而死者武士金泽之武弘借巫婆之口又在愤怒的控诉中提到自己是因看到妻子的言行而失望自杀的。整篇小说在七个人物全部陈述完毕后戛然而止,而对案件的真相未置一词。

从上面的表格中我们可以看出七个人各自提供的细节既补充又矛盾,案件当事人多襄丸、真砂、死者的陈述也在关键性的结论处(谁杀死了武士)出现明显的错位和出入。案件真相在七人的多重言说下陷入模糊和不确定之中:到底谁是诚实的?谁说了谎话?谁杀死了武士?……作家最终也没有给出任何答案,读者也无法做出任何结论。正是在这种扑朔迷离的迷雾中读者主动地发挥想象去思考、猜测、推断事实真相,在寻找"真凶"的过程中实

[1] [德]沃尔夫冈·伊瑟尔:《文本的召唤结构》,章国峰译,《外国文学季刊》,1987年第1期。

现文本的再创造，完成小说内涵的建构。

小说《竹林中》关于案件真相的一切都处于不确定之中，作家有意识地在事实的常理和叙事的一般逻辑上设置明显的背离和错位，增加文本叙事的不确定性，产生"偏离效应"，不断强化文本的召唤性，激发读者在阅读时运用自己的想象将不确定性因素确定化，完成他对文本的审美欣赏和审美创造。同时小说没有任何定论的结局、案件真相的不可还原以及诉说者言说的主观性等这些不确定性因素也刺激着读者积极思考小说的深层思想内涵，探寻作家创作的真实意图，在不断消除障碍中实现与创作者的内在交流。

二、故事要素的缺失

小说《竹林中》的另外一个"召唤力"就是故事要素缺失后产生的空白。在伊瑟尔的理论中，"文本中的'空白'是'一种寻求连接缺失的无言邀请'。空白虽然指向文本中未曾实写出来的或未曾明确写出来的部分，但文本已经确实写出的部分为它提供了重要的暗示。这种空白的现象的存在，就不是虚空性质的，而是具有一定功能的结构。"[1] 芥川龙之介独特的叙事手法不仅使《竹林中》的案件真相处于不确定性之中，而且他还在故事要素的组织和安排上故意留有空白，以此来召唤读者在"发现——填补空白"的过程中完成自己的审美再创造的任务，实现与作者的对话。

首先是背景情境的缺失。小说《竹林中》的主体部分是由七个人的陈述构成，这些陈述在小说中既不是已被记录在案的即成证词，也不是通过人物与审讯官（他人）的对话来讲出，而是由叙述者本人在没有他者在场的情况下现时性直接陈述出来；同时，作家还巧妙地为每个人物设置了一个自己进行言说时的境背景情——在每部分陈述前面都有一句整体性介绍："受巡捕官审讯的时候一个行脚僧的证言"、"受巡捕官审讯的时候一个行脚僧的证言"、"受巡捕官审讯的时候捕快的证言"、"受巡捕官审讯的时候一个老婆子的证言"、"多襄丸的口供"、"到清水寺来的一个女人的忏悔"、"借

---

[1] 邱运华主编：《文学批评与案例》（第二版），北京：北京大学出版社，2006，第243页。

巫婆的口，死者幽灵的话"。这种简单的情景介绍与叙述者现时性的陈述相结合就造成了整个故事背景情境的缺失与空白，即文本的推进完全集中在人物的陈述上，相对的故事背景则极为模糊甚至弱化为零。故事情景的抽空使人物叙述的展开完全存在于封闭式的空间中或空白的幕布前，作家在文本中不作详细的环境描写和背景性的说明，而是通过七句简洁概括的介绍诱导读者在阅读过程中调动自己的一切想象去创造性地填补这一空白。读者在阅读其中任何一个人物的陈述时都要立即架构言说者所处的环境状态，并试图从他们陈述的每一字句中抓住可以体现他们情绪、性格等的信息。最后，读者在对这些细节的掌握的基础上通过积极的想象和思考来判断每个人物陈述内容的真实性，尽力还原事实的真相、找出凶手。尽管读者的这些尝试最终在作家故意设置的叙事雾霭中都失败了。

其次是人物的缺失。《竹林中》运用了"'自白'这种特殊的文学话语形式"，[1] 文中的七个人物就同一事件进行了自说自话的七次陈述，在形式上呈现出陈述型而非对话型的言说状态，但作家利用自问自答式的言说方式在人物陈述中营造出一种对话的氛围，将一个虚构的审问者或倾听者潜放在陈述者面前，如在"受巡捕官审讯的时候一个砍柴人的证言"这一部分中，小说中如此写到："……胸口受了刀伤，好像不止一刀，尸体旁边的竹叶全被血染了，不，我发现时，血已经不流，伤口已发干，……我没有发现行凶的刀，不，什么也没有发现，只有旁边杉树上落着一条绳子。……什么？马么？没有马，那地方进不去，能走马的山路，还隔一个草丛。"[2] 像这样的陈述语言也出现在其他几个人物那里。从文本的表面状态看，这位"审讯官"在几位证人陈述过程中是进行了相关提问的，只不过作家故意将其声音隐没或使其彻底"禁音"，直至在小说中这一角色呈现出完全缺失或空白的状态。那么面对这种由人物或角色缺失造成的文本未完成状态，读者就需要通过挖掘出文本中潜在的对话和缺失的角色来响应作家精心设计的"召唤结构"，完成

---

[1] 乐黛云，钱林森主编：《跨文化对话.第34辑》，北京：三联书店，2015年10月，第201页。
[2] [日] 芥川龙之介：《罗生门》，楼适夷等译，杭州：浙江文艺出版社，2006，第174-175页。

"发现空白——创造性想象——填补空白"的阅读过程，实现真正意义上的"作家——文本——读者"的对话，使作品意义最终确定。《竹林中》这篇小说，读者会于阅读过程中在"审讯者""旁听者""清水寺菩萨"的角色中不停切换身份，随时对事件中的七个人进行提问、倾听他们的诉说、或与他们对话，并在这一过程中思考判断每个人物言说的真与假、他们人性的善与恶、真相的可还原与否。

三、叙事与主题的完美结合

芥川龙之介独特的叙事手法不仅使小说《竹林中》在艺术形式上别具一格，更使小说的思想内涵深刻、突出而复杂。叙事手法与思想主题的紧密结合在龙之介的这篇小说中充分地体现出来了，某种程度上说小说离开召唤性结构的建构，其思想也无法引起作为接受方的读者如此深刻的共鸣，那么小说的艺术效果也随之会受到影响。芥川龙之介在小说中冷静客观地描写了七位人物的叙述，而本人完全则沉默，表面上作家对这些人物的言行没有进行任何评判，但实质上正是在这种客观呈现中作家表达了自己对人性的深刻思考。七位叙述者的陈述在矛盾中包含着一致，复杂的证言让案件处处充满了不确定性，作家以此来表达自己的人性观：整体不可确定的言行流露出人性普遍的复杂和矛盾，善与恶、真与伪彼此交织，无法分辨；每个言说的个体也表现出自私而利己的本性，他们总在谎言中为自己的利益辩护，自私、谎言使得真相永远还原与探寻，人性中各种恶使得世界处于不确定之中，怀疑无处不在。小说形象地体现出这种他消极的人性观。但是作家似乎并不止于传达自己对人性的思考，他更多的是刻意在小说情节、要素等方面留出空白，召唤读者加入到小说故事中，以一个"参与者"的身份对每位言说者进行审视，从他们的言行中寻找事实真相。当然，读者一定会失败，但正是在真相探寻失败的无奈中，读者体会到人性原本的复杂，从而在自我反思中走向人性的真与善。《竹林中》对人性自私的表现与揭露令人惊叹，而作家独特的叙事手法更让这一小说主题鲜明而深刻。

我们不能确定，芥川龙之介是否有意识地在小说中通过设置大量的不确定性和空白来建构文本的召唤结构。但客观上小说《竹林中》确实具有很强的召唤力，拥有着广阔的阐释空间，它极大地满足了现代读者的阅读心理——扮演"上帝"的角色参与创作。无论是作家本人的怀疑主义、小说本身的艺术特性还是读者阅读中寻找真相的不可实现性，都将这部作品的内涵引向了复杂的多重性和不确定性之中，实现了其艺术与思想的完美契合，让读者在感受小说独特的叙事魅力之时，也不断思考着普遍人性的善与恶。

推荐书目：

[德]伊瑟尔：《阅读行为》，金惠敏等译，长沙：湖南文艺出版社，1991。

这是接受美学的重要理论著作，伊瑟尔第一次从现象学的角度出发全面、系统、深刻地揭示了作品意义的生成——阅读行为——的本质和特点，他对文本结构、阅读现象及文学与现实关系的分析和说明极富启迪性。

（曹彩青）

拉美文学

la mei wen xue

《小径分岔的花园》的空间叙事解读

作者简介

豪尔赫·路易斯·博尔赫斯（1899—1986），阿根廷短篇小说家、诗人、散文家和文学翻译家。他出生于布宜诺斯艾利斯一个富有的律师家庭，由于祖母是英国人，家里非常重视英语与英国文化的教育，博尔赫斯从小就学习英语，喜爱阅读英语小说。1909 年，10 岁的博尔赫斯已经能将英国唯美主义作家王尔德的《快乐王子集》翻译成西班牙语，在阿根廷《国家报》上发表。1914 年他随父母到日内瓦求学，随后又在欧洲游历，接触了欧洲各国的语言，并深受当时流行的现代主义文学的影响。1921 年他回到阿根廷，1923年发表第一部诗集《布宜诺斯艾利斯的热情》，表现出现代派诗歌的特点；随后出版诗集《面前的月亮》《圣马丁笔记》，散文集《探索》《我的希望的大小》等。1935 年博尔赫斯出版第一部小说集《世界性丑闻》，从此开始短篇小说的创作。1941 年发表短篇小说集《小径分岔的花园》，标志着他创作高峰的来临，其后出版短篇小说集《虚构集》《阿莱夫》《死亡与罗盘》等。博尔赫斯于 1961 年获得福明托文学奖，将他推向世界文学的舞台。

作品梗概

《小径分岔的花园》是博尔赫斯于 1941 年出版的同名短篇小说集中的一篇力作。在利德尔·哈特写的《欧洲战争史》中，英国方面原定于 1916 年 7月 24 日进攻赛尔——蒙托邦的计划因为大雨滂沱而推迟了几天。但是一份经过记录、复述和本人签名的德国间谍余准的证言表明事实并非如此。余准的证言缺了两页。

证言中说，余准是一个中国人，曾经在青岛教英语，后来做了德国的间谍。与他一起工作的另一个间谍交维克多·鲁纳伯格已经被捕或者被杀。他自己也正被英国间谍理查德·马登追捕。因为理查德·马登可能知道余准掌握了准备轰击昂克莱的英国炮队所在地的情报。余准已经中断了与上级的各种联系，正设法把这个秘密传递给德国头头。他在电话本中找到了一个人的名字，这个人住在阿什格罗夫，于是他在火车站买了一张车票，登上九点半的火车。马登一直追到月台的尽头，还是晚了一步。余准全凭着运气抢先了 40 分钟。列车在荒凉的像旷野的地方停下来。刚下火车，有个小孩就上前问他，是不是到斯蒂芬·艾伯特博士家去。另一个小孩不等他回答就告诉他，艾伯特家离车站很远，需要走左边的那条路，每逢交叉路口就往左拐。余准想起那就是找到某些迷宫的中心院子的惯常做法。

余准终于找到了艾伯特的住处。艾伯特和余准谈起了彭㝡、小径分岔的花园以及彭㝡留下的亲笔信。彭㝡是余准的曾祖父，曾经是云南的总督，他辞去了高官厚禄，一心想写一部比《红楼梦》更复杂的书，建造一座谁也走不出去的迷宫。他整整花费了十三年的时间，后来被一个陌生人杀了。艾伯特认为彭㝡所要建造的迷宫正是他那杂乱无章的小说《小径分岔的花园》，并且在小说中表述了不同于牛顿、叔本华的时间——分岔的时间。正在交谈之时，余准看到在黑黄二色的花园里走过来一个人正是理查德·马登。余准借口看看彭㝡的亲笔信，当艾伯特转身取信时，他扣动了扳机。马登闯进来逮捕了余准。报纸上刊登了一条消息，著名汉学家斯蒂芬·艾伯特被一个叫余准的陌生人暗杀身亡，暗杀动机不明，给英国出了一个谜。柏林的头头破了这个谜：在战火纷飞的时候，余准难以通过其他方法通报英军驻地在艾伯特的消息，只能杀死一个名叫艾伯特的人。面对这场非常糟糕的胜利，余准满怀无限的悔恨与厌倦。

作品赏析

路·阿莱尔说："博尔赫斯那些如同其它幻想作家一样的短篇小说中的

主要特点是创造了无限的而又无所不包的主观空间。"[1] 主观空间在作品中经常会以迷宫、花园、图书馆、庭院、沙漠、镜子、匕首等作为隐喻，表现博尔赫斯对时间、宇宙及人生的思考，因此博尔赫斯的小说也被称为迷宫小说。在小说形式的构建中，博尔赫斯秉承"写小说和造迷宫是一回事"的主张，致力于文本空间形式的追求。在《小径分岔的花园》中具体表现为并置的结构与反应参照的空间叙事的特征。

一、并置的结构

弗兰克对现代小说的空间形式的探索提出了一个重要的概念即"并置""它是指在文本中并列地置放那些游离于叙述过程之外的各种意象和暗示、象征和联系，使它们在文本中取得连续的参照与前后参照，从而结成一个整体……"[2] "并置"是构成现代小说空间形式的主要方法包括反复出现的意象、多重的故事、重复的情节与人物关系等。

《小径分岔的花园》中的反复出现的意象就是迷宫。彭㝡的小说《小径分岔的花园》就是一座"迷宫"。彭㝡曾"是云南总督，他辞去了高官厚禄，一心想写一部比《红楼梦》人物更多的小说，建造一个谁都走不出来的迷宫。他在这些庞杂的工作上花了十三年工夫，但是一个外来的人刺杀了他，他的小说像部天书，他的迷宫也无人发现。"[3] 他的曾孙余准在英国的树下思索着那个失落的"迷宫"，"我想象它在一个秘密的山峰上原封未动，被稻田埋没或者淹在水下，我想象它广阔无比，不仅是一些八角凉亭和通幽曲径，而是由河川、省份和王国组成……我想象出一个由迷宫组成的迷宫，一个错综复杂、生生不息的迷宫，包罗过去和将来，在某种意义上甚至牵涉到别的星球。我沉浸在这种虚幻的想象中，忘掉了自己被追捕的处境。在一段不明

---

[1] 路·阿莱尔：《论西班牙语文学中的魔幻现实主义》，张永泰译，选自《世界艺术与美学 第四辑》，中国艺术研究院外国文艺研究所编，北京：文化艺术出版社，1985，第212页。

[2] [美] 弗兰克等：《现代小说中的空间形式》，秦林芳编译，北京：北京大学出版社，1991，第3页。

[3] [阿根廷] 豪·路·博尔赫斯：《虚构集》，王永年译，杭州：浙江文艺出版社，2008，第74-75页。

确的时间里，我觉得自己抽象地领悟了这个世界。"[1] 艾伯特根据彭㝡的迷宫建造了一座布满弯弯曲曲小路的中国式花园，这个花园似乎就是一座迷宫。余准在到艾伯特家的路上，遇到交叉路口就要左转。"……我老是往左拐，使我想起那就是找到某些迷宫的中心院子的惯常做法。"[2] 因为，余准曾经生活在迷宫似的庭院之中"在海丰一个对称的花园里呆过"。最后，短篇小说的题目"小径分岔的花园"是博尔赫斯隐喻为读者建的一座迷宫，解释人生活的世界、自我意识的一座迷宫。小说中的时间被空间化，"一种扩展性的、令人眼花缭乱的网"，是谜面的谜底"迷宫的迷宫"。一套相互关联的"迷宫"意象之网，形成了作品空间形式的维度。

多重的故事嵌套的侦探故事是博尔赫斯塑造小说空间形式的另一个主要方法。1941年《小径分岔的花园》出版时，博尔赫斯说，它"是侦探小说；读者看到一桩罪行的实施过程和全部准备工作，在最后一段之前，对作案目的也许有所觉察，但不一定理解。"[3] 因为侦探小说的主要特征就是要在扑朔迷离的内容与情节中"设谜——解谜"。《小径分岔的花园》就是"设谜——解谜"故事的重复。开篇，叙述者为读者设谜：在德尔·哈特写的《欧洲战争史》中英国军队于1916年7月24日进攻赛尔——蒙托邦的计划因为大雨滂沱而推迟了7月29日上午。故事开篇引用了真实的人物和时间，形成了历史故事叙事的程式。然而余准丢了两页的证言对德尔·哈特的历史书写产生了质疑，为读者设置悬念。叙述者与读者构成形成了设谜与解谜的关系形成小说的框架。进而引出小说的主体，余准的证言记录。小说中的第二个故事是证言中"我"叙述的故事。"我"即余准，是一个中国人，曾经在青岛大学教英语，现在是德国间谍。他和他的同伴掌握了英国炮队的驻扎地在法国的一个小城艾伯特。他的身份已经暴露，正受到英国间谍马登的追捕。他必须在被捕之前情将报传递给德国的头头，但是因为战火纷纷，同伴遇袭，所有的联络途径都中断了。危机关头，他想杀死一个叫艾伯特的人，通过报纸报道

---

[1] [阿根廷] 豪·路·博尔赫斯：《虚构集》，王永年译，杭州：浙江文艺出版社，2008，第75页。
[2]《虚构集》，第74页。
[3]《虚构集》，第3页。

谋杀案向上级传递消息。从余准与马登的关系上看，余准在不断地设谜，实施他杀死艾伯特，传递情报的工作。马登不断寻找蛛丝马迹，猜谜、解谜最终抓获了余准并处以绞刑。余准是设谜者，马登就是解谜者。在余准实施罪行的过程中，他来到一座小径分岔的花园，见到了艾伯特。于是开始第三个故事。艾伯特是英国人，著名的汉学家，曾经在天津当过传教士，现在正在研究彭㝡的小说《小径分岔的花园》和他的迷宫。艾伯特认为，彭㝡写小说和盖迷宫是一回事儿，"彭㝡打算盖一座绝对无边无际的迷宫的奇怪的传说。"在这部杂乱无章的小说中揭示时间分岔的主题。彭㝡在他的《小径分岔的花园》里设谜，艾伯特就是解谜的读者，彭㝡与艾伯特也构成了设谜——解谜的叙事关系。余准与艾伯特的交谈、评述形成了彭㝡和《小径分岔的花园》的故事。彭㝡是余准的曾祖父，曾经是云南总督，精通天文、占星、经典诠诂、棋艺，又是著名的诗人和书法家。后来他辞去高官厚禄，在明虚斋闭门不出十三年写书、盖迷宫。最终被一个陌生人杀了。彭㝡选择中国次要的文体形式，运用各种技巧创作了一部自相矛盾的草稿汇编《小径分岔的花园》：主人公方君有个秘密，一个陌生人找上门来，方君决心杀掉他。各种不同的结局同时并存。世界为彭㝡设了谜，彭㝡打算通过迷宫和写小说来解谜，同时也为后世设谜。"设谜——解谜"反复出现在小说的结构中，不仅形成的大故事套小故事的嵌套结构，而且消弱了叙事文学的时间性，呈现无限循环周而复始的空间并置形式。

二、反应参照的结构

"叙事文的表层结构属于横组合段，它们是由功能和序列构成的故事情节的发展，纵聚合轴指的是深层结构，是横组合段每个成分后面未显露且可以替代的一套单位和规则，阅读就是从叙事文的横组合段去发现作品的内在结构。"[1] 所以在《小径分岔的花园》中并置的结构模式，只有彼此之间在文本中反应参照才能形成小说的内在结构，理解作品的主题意义。小说中彭㝡、艾伯特、余准、方君形成了一组照应的关系。

---

[1] 胡亚敏：《叙事学》，武汉：华中师范大学出版社，2004，第230页。

　　小说中最小的故事单位是彭冣所写的《小径分岔的花园》中方君与陌生人的故事。彭冣和外来人的关系、余准和马登的关系、艾伯特和余准的关系都重复了方君与陌生人的关系。彭冣在明虚斋写小说时被某个外来人杀死。余准是为德国服务的中国人,马登是英国的间谍,余准最终被马登逮捕并处以绞刑。马登之于余准就是外来人,余准与彭冣的经历相似。艾伯特与余准与此相似。艾伯特是研究汉学的英国学者,余准是研究英语的中国人,艾伯特与余准之间互不相识,余准这个外来的人杀死了艾伯特。

　　彭冣、艾伯特和余准传递消息情节相照应。当余准听说自己的同伴已经被杀或者被逮捕,只有自己一个人担负起向上级传递英国炮队驻地的消息时,他把自己锁在房间里,躺在小铁床上,想到自己死去的父亲,想到自己即将死去的现实。可见,尽管余准已经掌握了消息,却没有传递消息的途径。"我的嘴巴在被一颗枪打烂之前能喊出那个地名,让德国那边听到就好了……我血肉之躯所能发的声音太微弱了。怎么才能让它传到头头的耳朵?那个病恹恹的讨厌的人……"[1]。彭冣对世界的思考让他决心隐居明虚斋十三年写一部名叫《小径分岔的花园》的小说,但"他的小说像部天书,他的迷宫无人发现"。[2]（第75页）可见,彭冣掌握世界的秘密,却找不到传递这个秘密的方法。所以余准与彭冣二者之间的照应就是都在寻找传递消息的方法。在具体方法的实施上,余准通过电话号码本上一个人名想到实施计划的方法,杀死一个名叫艾伯特的人来向上级传递信息。所以,余准选择了报纸作为传递消息的途径,后来,余准在报纸上看到德国对英国驻地的轰炸,同时报纸上还发布了英国汉学家斯蒂芬·艾伯特被一个叫余准的德国间谍杀死的消息。余准借助报纸向一个人传递了消息。与余准一样,彭冣虽然写了一部面向所有读者的书,但是只有英国的汉学家艾伯特一个人理解了彭冣传递的秘密,"小径分岔的花园是一个庞大的谜语,或者是寓言故事,谜底是时间……显而易见,小径分岔的花园是彭寂心目中宇宙的不完整、然而绝非虚假的形象。您的祖先和

---

[1] [阿根廷]豪·路·博尔赫斯:《虚构集》,王永年译,杭州:浙江文艺出版社,2008,第72页。
[2] 《虚构集》,第75页。

牛顿、叔本华不同的地方是他认为时间没有同一性和绝对性。他认为时间有无数系列，背离的、汇合的和平行的时间织成一张不断增长、错综复杂的网。由互相靠拢、分歧、交错或者永远互不干扰的时间织成的网络包含了所有的可能性。"[1] 在分岔的通向无限将来的时间中，人与人之间确立了偶然的关系，彼此或是敌人或是朋友或者互不相识。方君、彭㝡、余准和艾伯特之间的相似，是博尔赫斯通过重复与循环往复来探索永恒与无限的主题。

在嵌套的相似故事中，我们也可以发现矛盾的叙述。首先是彭㝡那部《小径分岔的花园》"是一堆自相矛盾的手稿汇编"，主人公在第三回死了，在第四回又活了过来。[2] 艾伯特向余准解释彭㝡的小说时，认为方君遇到陌生人后，可以出现不同的情况：方君被陌生人杀死或者被杀，或者两人同时死去或活着。在分岔的时间中，小说可以选择多种可能，有不同的结局，每一种选择就是分岔的起点，犹如花园分岔的小径。余准的供词与德尔·哈特在《欧洲战争史》对同一事件的不同叙述也形成了矛盾，实际也可以看作余准与德尔·哈特在分岔时间中不同的经历。嵌套故事中的矛盾，正是文本超越传统时间顺序，构建空间维度的一种方式。同处时间的分岔点上，从不同的叙述角度、不同的境况与目的出发会使文学作品呈现多维空间的效果，文本表现为矛盾的、倒置的甚至重复的章节。

总而言之，博尔赫斯致力于对传统小说模式的突破，努力通过并置的结构打破叙事的时间顺序使文本呈现嵌套的结构。在叙述者对德尔·哈特书写历史质疑声中，引出以"我"为叙述者的证言故事形成余准与马登被追逐与追逐、"设谜与解谜"的侦探小说结构。在余准传递消息中叙述汉学家艾伯特与彭㝡的小说《小径分岔的花园》。博尔赫斯"设谜与解谜"的模式，完成了侦探小说的表层结构形式。在深层结构中，余准、彭㝡和艾伯特之间的指涉关系，揭示出"分岔时间观"以及小说创作本质的文学创作理论问题。

（马 衡）

[1][阿根廷]豪·路·博尔赫斯：《虚构集》，王永年译，杭州：浙江文艺出版社，2008，第81页。
[2]《虚构集》，第77页。

魔幻·孤独·循环

——马尔克斯的《百年孤独》

作者简介

加西亚·马尔克斯（1927—2014），拉丁美洲文学的杰出代表，出生于哥伦比亚的阿拉卡塔卡，1947 年开始文学创作。他于 1972 年获拉丁美洲文学最高奖——委内瑞拉的加列戈斯文学奖， 1982 年获诺贝尔文学奖，同年荣膺哥伦比亚语言科学院名誉院士。

他迄今创作了五部长篇小说和多部中短篇小说集，主要作品有《霍乱时期的爱情》《家长的没落》《迷宫中的将军》和《绑架轶事》《没有人给他写信的上校》和《追忆忧伤娼妓》等。

作品梗概

何塞·阿尔卡蒂奥·布恩迪亚娶了表妹乌尔苏拉，但乌尔苏拉因怕生下猪尾巴孩子，拒绝与丈夫同房，因而二人一直没有孩子。邻居普鲁邓希奥·阿基拉尔嘲笑布恩迪亚"没本事"而被后者在决斗中杀死。此后，死者的鬼魂一直纠缠着夫妇二人。他们无法忍受鬼魂的折磨，远走他乡，村里的一些年轻人也跟随他们。这些人跋涉了两年多，最后阿尔卡迪亚受梦境启示决定在一个荒凉的地方落脚，起名马孔多。

起初，马孔多规划整齐，社会公平，人口逐渐增加。每年吉卜赛人都会到村里，带来新奇的物品，甚至还有炼金术。布恩迪亚从此沉迷于炼金，足不出户。

小儿子雷奥里亚诺和父亲成天在试验室里炼金，大儿子阿尔卡蒂奥则跟随一个吉卜赛女郎去流浪，乌尔苏拉寻找未果，但发现了与外界联系的通道，马孔多从此繁荣。布恩迪亚夫妻二人收养了丽贝卡，后者的失忆症传染给了全村人。幸得老吉卜赛人梅尔基亚德斯相救才恢复了记忆。

乌尔苏拉卖糖果小动物收入大增，而且家里"人满为患"，她决定建新房，都涂成白色。但新来的"里正"要求将房子涂成蓝色，老布恩迪亚要求如果里正留下，就必须允许大家将房子涂成自己想要的颜色，里正妥协了。

雷奥里亚诺迷上了里正的小女儿蕾梅黛丝，并娶了她，但后者不久病死。后来自由党和保守党开战，雷奥里亚诺支持自由党，保守党打到马孔多，雷奥里亚诺杀了保守党军官和士兵，派哥哥何塞·阿尔卡蒂奥之子镇守马孔多，自己则参加自由党军队，成为享誉全国的雷奥里亚诺上校。自由党战败，雷奥里亚诺要在马孔多被处死，其兄何塞·阿尔卡蒂奥救出了他。

后来保守党和自由党签署了停战协定，雷奥里亚诺厌烦了战争也厌烦了党派政治，因为二者没什么太大区别，只不过"自由派去做五点的弥撒，而保守派去做八点的。"[1]雷奥里亚诺上校自杀不成，此后专心在家做小金鱼。

此后，马孔多有了火车、电灯等现代化设施，美国人又在这里经营香蕉种植园，很快这里就繁荣起来。但美国老板在马孔多苛待工人，还杀害了雷奥里亚诺上校的16个儿子，只有一个儿子逃到印第安人领地才免遭杀害。上校虽然竭力筹钱准备发动战争赶走美国人，却因年老而无力回天。他从此在屋子里不停地做小金鱼来度过余生。工人们对自己的待遇不满，举行罢工，政府竟然背信弃义大举屠杀手无寸铁的工人，还试图掩盖真相。

后来马孔多连下了四年十一个月零两天的大雨，淹没了香蕉园，马孔多的繁荣成为历史。布恩迪亚家族的最后一个男婴长着猪尾巴，刚降生不久就死去，被蚂蚁吃掉，最后一代雷奥里诺亚发现了家族的命运早已注定："家族的第一个人被捆在树上，最后一个人正被蚂蚁吃掉"。马孔多彻底消失。

---

[1] [哥伦比亚] 加西亚·马尔克斯：《百年孤独》，范晔译，海口：南海出版公司，2011，第214页。

作品赏析

魔幻现实主义是《百年孤独》的重要特色。在一个理性最具话语权的世界中，非理性的或理性之前的世界必然会被排除在理解范围之外，大多受这种教育的人一般会认为不合理性的事情一定不会发生。但在马尔克斯的生活经历中，各种解释世界的非理性观念并存，每种解释对他们而言都有道理，都是平等的。这里没有一个占主导地位的解释世界的理念，任何事件都可能发生。

一、魔幻现实主义

小说中有很多魔幻的情节，让现代受过理性熏陶的人感觉不可思议。但如马尔克斯的传记作者所言，"书中绝大部分的内容来自于加西亚·马尔克斯个人的生活经验。"[1]马孔多有很多死去又复活的人，死后的世界也有空间和时间。马尔克斯小时候与外祖母生活在一起，老人也许是为了防止小男孩到处乱跑，总是说不要动，若去那边的话会吵到你姨婆或大表哥（都是已经死去的人），或者他若跌了一跤，祖母会说你看，因为不乖又被姨婆推了一把。这样的生活经历反映在小说中，即人不会真正消失，死后还会再死。小说中，梅尔基亚德斯是一个死而复生的人，他居然在很久以前就写下了马孔多的历史。乌尔苏拉看到马尔克斯的尸体时告诉他问候她的亲人，等她腾出时间就去看他们。何塞·阿尔卡蒂奥·布恩迪亚看到普鲁登西奥时大吃一惊，因为死人也会变老，后者深受死亡折磨，不仅会衰老而且会再死。死亡还可能只是一次漫长的睡眠，何塞·阿尔卡蒂奥·布恩迪亚的尸体因为被儿子的尿浇了一下，居然从梦中惊醒。阿尔卡蒂奥的父亲出殡时，黄色的花朵像无声的雨，从天空纷纷飘落，铺满所有屋顶，堵塞了街道，遮没了睡在户外的牲口。乌尔苏拉死去之前，异常的自然现象随处可见："玫瑰发出荆介的气味；一个加拉巴木果壳杯失手掉落，鹰嘴豆和谷粒洒落在地排列出完美的几何图形，组成海星形状；一个晚上……夜空中有一排发光的全色圆盘飞过。"下葬那天，

---

[1] [英]杰拉德·马丁：《马尔克斯的一生》，陈静妍译，合肥：时代出版传媒股份有限公司，2011，第204页。

"飞鸟都昏头昏脑像霰弹一般纷纷撞向墙壁，撞破铁窗纱死在卧室里。"[1] 奥雷里亚诺第二相信情妇的情人具有促进生物繁殖的功能，在结婚之后仍与妻子费尔南达商定要保持与情妇的关系以确保家养的生物能够一如既往地多产，同时"他的蓄群也从未像那样疯狂地繁殖。"[2] 俏姑娘雷梅苔丝浑身能散发撩人心魄的气息，使人难以忘怀。她的美貌拥有"致命力量"，一个土耳其人因趁乱摸了她一把而被马踏死。她真不是这个世界的人，最后乘着床单飞到天上去了。俏姑娘走后，阿马兰塔居然能够看见死神，"她正在长廊里缝纫时看见了死神。她当下认了出来，没有丝毫恐惧，因为她面前是一位穿蓝衫的长发女人，外表有些老气"。[3] 她把即将死亡的信息告诉家人和整个市镇，可以帮助他们捎带冥信。她死后，把孤独传给了奥雷里亚诺第二的两个女儿：梅梅和阿马兰塔·乌尔苏拉。前者出现在哪里，哪里就有成群的蝴蝶出现，她也因此而怀孕，生下奥雷里亚诺·巴比伦·布恩迪亚。后者与奥雷里亚诺·巴比伦乱伦，生下猪尾巴孩子。

《百年孤独》虽然"魔幻"，但反映的是拉美的百年现实，他自己也以现实主义作家自居，自称每句话都有出处。现代主义小说就是将关注的重点从外在的事件转向人的内心感受。福克纳将从城市生活中提炼的理性视角来关注乡村，赫然发现一个神奇的未经理性规训的乡村世界的迷人之处。马尔克斯也从福克纳那里学到了"用看似写实的手法，写出从城市人理性化眼中看来明明是奇幻神话的故事。"[4]

马孔多是人类社会不同历史时期的社会现实的缩影，对应着人类的诞生、发展、繁盛、衰落和消亡。"加西亚·马尔克斯向海明威学到'魔幻写实'的一项关键技法，就是少用形容词，避免虚字，尽量只用实实在在的动词、名词，这样一种风格。借由这种风格带给读者一种现实感、写实感。"[5] 小说

---

[1] [哥伦比亚] 加西亚·马尔克斯：《百年孤独》，范晔译，海口：南海出版公司，2011，第297页。
[2]《百年孤独》，第224页。
[3]《百年孤独》，第243页。
[4] 杨照：《马尔克斯和他的百年孤独》，北京：新星出版社，2013，第58页。
[5]《马尔克斯和他的百年孤独》，第72页。

虽然情节荒诞不经，但给读者的感受却是写实的，即主要靠他的文字在读者心中产生实在的效果。

何塞·阿尔卡蒂奥·布恩迪亚和二十个同伴初到马孔多，建立了一个原始的自给自足的氏族社会，所有成员地位平等，共同生活。这个由二十间土坯茅草屋组成的小村子里，人们各尽所能，作为头领的布恩迪亚家族与村子里的其他家庭一样靠劳动获取所需。作为头领，布恩迪亚颇具才干和号召力，而且非常公平，"他排定了各家房屋的位置，确保每一户都临近河边，取水同样便捷；还规划了街道，确保炎热时任何一户都不会比别家多晒到太阳。短短几年里，三百名居民的马孔多成为当时已知村镇里最勤勉有序的典范。它的确是一处乐土，没人超过三十岁，也没人死去。"[1]外界的变化与这里无关。

随后，乌尔苏拉发现了走出沼泽、通向外部世界的小路，正是这条路引来了阿拉伯人。他们使马孔多迅速由"史前"社会进入工商业社会。马孔多瞬间爆发出了商业活力，变成了热闹的市镇，有了手工作坊和永久性商道。布恩迪亚家族的雷奥良热衷于制作小金鱼，乌尔苏拉制作兽糖大赚其钱，能够建造一座在当地风光无限的住宅。

此时的马孔多俨然已经是一个阶级社会了，没有何·阿·布恩迪亚的允许，新来的居民不敢放下一块基石，砌上一道墙垣，他代表创建马孔多的贵族阶层。14456阿拉伯人和吉普赛人属于中间的"自由民"，他们大多为手工业、小店主或艺人。印第安土著处于最底层，扮演着"奴隶"一样的角色。何·阿·布思迪亚的长子何阿尔卡蒂奥依靠武力占有了周边农民最好的土地，那些他不需要的土地的主人也不能幸免，他们还要交税。可以说，地主阶级就是靠巧取豪夺盘剥农民，建立起封建土地制度的。不过，阿尔卡蒂奥也不明不白地在自己的家中中弹身亡，他死后多年坟墓仍然散发出浓烈的火药味。

后来内战爆发，自由党和保守党之间的战争持续了近二十年，但现代化进程从未停止。工厂和铁路都在马孔多扎了根，汽车、火车、轮船、电

---

[1]《百年孤独》，第8页。

灯、电话、电影等新兴事物层出不穷，使得马孔多人眼花缭乱，极度兴奋。他们原先的领地越来越小，而外国人的红灯区一天天扩大。同时也意味着用理性解释世界的方式越来越权威，而神秘的原始的解释世界的方式越来越站不住脚。"香蕉公司的到来，当地官员被外来势力所取代"，外来势力滥杀无辜，马孔多人动辄得咎，终于，他们忍无可忍了，他们以罢工、罢市来对抗外国人。但政府当局断然站在了马孔多人的对面，众多手无寸铁的工人、农民倒在了自己政府的镇压之下。这是资本主义和跨国资本主义统治之下拉美人的活生生的现实。马孔多最后被飓风卷走，一定程度上反映了作者对拉美的悲观情绪，这样一个贫困、落后、守旧的世界在现代社会中似乎只能是一个幻影，注定要被从历史上抹去。情节看似荒诞，背后是真切的心理现实。

二、拉美的百年孤独

当然，《百年孤独》在魔幻和现实之中，仍贯穿着孤独，而且孤独标志着拉美的历史和现状。

首先，空间的隔绝。这里的人最初与世隔绝，闭目塞听，全靠外来的人带来新的讯息。为避免生下猪尾巴孩子遭人耻笑，布恩迪亚和怀孕的妻子离开家乡，外出寻找新的住处。他们与同行的 20 户人家在荒芜的沼泽流浪了数月，最后落脚在马孔多，一个布恩迪亚梦中很热闹的小城。这里三面是沼泽，向外延伸是广阔无垠的大海。何塞·阿尔卡蒂奥·布恩迪亚曾试图寻找将马孔多与新兴发明相连的捷径，但跋涉多日后得出的结论是"哪也去不了"。吉卜赛人来到这里，带来了他们闻所未闻见所未见的冰块、磁铁、放大镜等"世界最新发明"，他们为此甘受剥削，付出了大量财富来获得、体验这些其实并不高端的东西。布恩迪亚正因为落后闭塞，所以充满幻想，他要用冰块建造凉爽的房屋以免受酷热之苦，要用磁铁吸出地下的金子。如果他们生活在一个与世界经济体系联系比较紧密的空间中，就会清楚冰块恰恰不会在阳光下存在，当然也担当不了造房子的重任，磁铁只能吸铁，不会有这样不切实际的可笑的幻想，布恩迪亚本人也在自己可笑的发明和探索中老去死去。

其次，观念因循守旧。比起全靠外人带来新信息更可怕的是他们精神上的封闭守旧、与世隔绝。他们难以接受新事物，他们只愿意以自己的逻辑来接受外来世界。任何新兴的外来发明都要经过他们固有的思维方式过滤后才能被接受，否则就全盘被否定、抛弃。吉卜赛人带来的照相机让他们望而生畏，因为他们害怕自己的形象移到金属板上后，人会变瘦。他们惊奇于意大利人的自动钢琴，想知道"是什么魔鬼在里面歌唱。"他们眼中的火车是"一个吓人的东西，好像一间厨房拖着一个镇子。"[1] 他们也被汽笛声和扑哧扑哧的喷气声吓住了。随着越来越多的发明进入马孔多，他们"不知该从哪里开始惊叹。他们彻底观看发出惨白光芒的电灯泡……剧院里放映的活动人影戏，引发了市民的愤慨，因为他们刚刚为一个人物不幸死亡并被下葬而抛洒伤心之泪，转眼那人又变成阿拉伯人，生龙活虎地出现在下一部影片里。付过两个生太伏来与剧中人共悲欢的观众无法忍受这种前所未闻的嘲弄，遂将坐椅砸个稀烂。"[2] 电影不符合他们解释世界的方式，于是被砸烂，钢琴也只是在魔鬼唱歌的意义上被理解。

第三，人与人之间的疏离。不仅马孔多人与外来文明和外来人之间缺乏相互了解与沟通，马孔多内部的人与人之间的疏离也相当严重。二战后，拉美和世界大部分地区一样，都经历了现代都市化发展进程，人口集中反而带来人与人的隔绝，关系纽带的断裂。在城市生活中，环境与生活状态千差万别，身份差异巨大的陌生人可以在像车厢、电梯那样狭小的空间里互相目视对方却一言不发。在城市中生活得越久，人越容易失去归属感和安全感，我是谁，应该过怎样的生活。然而越是想回答这样的问题，却越容易迷失在更多的讯息中，越容易陷入更深的迷惘。用城市生活之眼关注乡村，这里的人同样经受着现代化进程的考验，马孔多也由一个偏僻的乡村变成一个逐渐被卷入全球现代化进程中的城镇。奥雷里亚诺上校一生身经百战，他不断地斗争不断地失败，他所做的都是前人曾经做过的，他象征着拉美的命运，注定不会成功。

---

[1] [哥伦比亚] 加西亚·马尔克斯：《百年孤独》，范晔译，海口：南海出版公司，2011，第196 页。

[2]《百年孤独》，第 198 页。

在人生的最后阶段，他不再关心国家大事，不与任何人沟通、交流，只把自己关进作坊里一心一意地做小金鱼。他制作小金鱼不为谋利，只为工作。这个工作需要他全神贯注地投入，这样他才能避开战争的意义或战后心灵上的空虚，换来灵魂的安宁。在他看来，死亡就是与孤独签订体面的协议，他就在毁了做、做了毁的重复劳动中消磨掉了余生。阿马兰塔也找到了可以与死神体面地签订契约的方式——缝寿衣——像奥德赛的妻子佩涅罗佩那样缝了拆、拆了缝。只不过佩涅罗佩有明确的目的：等待丈夫回归，而阿马兰塔的工作只是消磨时间，等候死亡的到来，"她似乎白天织晚上拆，却不是为了借此击败孤独，恰恰相反，为的是持守孤独。"[1] 丽贝卡一个人在"铰链因锈蚀而断裂，门板靠成团的蛛网勉强支撑，窗框受潮卡死，地面长满杂草野花，其间裂缝成为蜥蜴和各种爬虫的巢穴，一切似乎都证明这里至少有半个世纪没人居住过"[2] 的房子里孤独地度过了漫长的时光，却不愿意重新回到家庭的怀抱，因为她"辛苦多年忍受折磨好不容易赢得的孤独特权，绝不肯用来换取一个被虚假迷人的怜悯打扰的晚年。"[3] 费尔南达在自己的丈夫成了情人的妻子后也固守孤独，她担忧的不是自己的境遇，而是女儿回家却看不到父亲，而梅梅恰恰知道他们的真实境况，"没去揭穿他们的做作、心灵的空虚以及自大的幻觉。"[4] 总之，布恩迪亚家庭七代成员都生活在使他们隔绝又使他们联结的孤独中。

"马尔克斯……阅读别的国家的历史，接触别的社会的作品，感受愈强烈：拉丁美洲是个受诅咒的地方。在这里，你拥有财富，仍然是'孤独'的；你拥有权力，还是'孤独'的。"[5] 马尔克斯采访过多位拉丁美洲的独裁者，真正触动他的不是这些人的奢靡、残忍、杀戮、腐败等，而是这些人的"孤独"，他们无法安心与人相处。人是群居的动物，但在拉丁美洲的社会环境

---

[1] [哥伦比亚] 加西亚 · 马尔克斯：《百年孤独》，范晔译，海口：南海出版公司，2011，第 227 - 228 页。
[2]《百年孤独》，第 193 页。
[3]《百年孤独》，第 194-195 页。
[4]《百年孤独》，第 237 页。
[5] 杨照：《马尔克斯和他的百年孤独》，北京：新星出版社，2013，第 72 页。

中，帝国霸权、跨国公司的经济殖民以及被动的都市化发展，都碾碎了相应的社会纽带。不仅普通拉美人普遍感到无奈的无助，即使是极权者也难逃孤独。孤独是支持、同情和团结的反面。他们互相之间缺乏支持、同情与团结，也在于他们不懂如何去支持、同情与团结。最终，马孔多只能被飓风吹走，从历史的记忆中彻底抹掉。

三、时间的循环

《百年孤独》的开头一直为人们所称道："多年以后，面对行刑队，奥雷里亚诺·布恩迪亚上校将会想起父亲带他去见识冰块的那个遥远的下午。"[1] 这句话从将来回顾过去，时间处理极为灵活，既可以叙述过去之前和过去之后，也可以进入当下并继续向未来展开。小说从奥雷里亚诺上校面对行刑队开始，然后回忆见到冰块的下午即马孔多初建时的情景，再回顾马孔多之前的历史，又从史前状态回到马孔多初建、繁荣及到见识冰块的下午以及后来发生的故事直到上校面对行刑队，回到原点，形成一个首尾相连的圈。小说中的很多情节也都构成了类似的叙事循环。布恩迪亚上校将举行舞会，从舞会追溯到意大利人与丽贝卡和阿玛兰塔的恋情，直到舞会举行。乌尔苏拉夫妇惧怕生下猪尾巴孩子被人耻笑而离开家园，家庭最后真的出生了一个猪尾巴孩子，生活就是难以避免的宿命。这些叙述圈相互独立又相互关联，象征着马孔多的封闭与孤独。

马孔多人的时间是循环的重复的时间。用乌尔苏拉的话说，时间像是在画圈。布恩迪亚家庭的男人总是重复同样的名字，因为他们的命运、性格惊人的相似。女性人物也有重复，第五代阿玛兰坦·乌尔苏拉与第一代乌尔苏拉重名，她们恰好是贯穿、见证家族百年历史的人。与循环时间相对的是现代物理时间，即线性时间观。线性时间对应着未来比现在强，现在比过去进步，意味着时间的发生总能解决存在的问题，世界会变得越来越好。但在马孔多，时间并不能解决存在的问题，拉美的历史是一个循环。循环的是男人的生命，一个阿尔卡蒂奥死去，再来一个阿尔卡蒂奥；一个奥雷里亚诺不在了，再来

---

[1][哥伦比亚]加西亚·马尔克斯：《百年孤独》，范晔译，海口：南海出版公司，2011，第1页。

一个奥雷里亚诺，如此往复循环。从对时间的感受来说，马孔多也暗含了作者对于拉美历史的悲观情绪，即这是一个无法走出贫困、落后状态的民族，因循守旧、与世隔绝的世界最终难逃被连根拔起的命运。但如马尔克斯在获奖感言中所说，他的小说能够让那个地区获得"在地球上永远生存的第二次机会"。

精彩片段

第一章：开篇"多年以后，面对行刑队……"让人领会魔幻的时间魅力，交代了马孔多的来历、乌尔苏拉一家的经历并展示了拉美人眼中的魔幻世界。

第十章：马孔多人面对新奇发明的反应，显示出他们封闭、落后的生活状态。美人蕾梅黛丝惊人的美貌显示出惊人的魔力，这注定不是凡人，最终乘着床单飞到天上去了。雷奥里亚诺上校不满美国人的暴力统治，打算起义，他的17个儿子中的16个一夜之间全部被杀，只有一个逃到了印第安人的雨林中才躲过浩劫。尽管总统、市长都表示哀悼，雷奥里亚诺上校还是准备发动战争赶走美国人，而且筹到了需要的钱财，但也无力回天。

最后一章：雷奥里亚诺·巴比伦与姑姑阿玛兰塔·乌尔苏拉相恋，生下了布恩迪亚家族最后一代男婴，一个猪尾儿。阿玛兰塔死于难产，猪尾儿被蚁群吃掉。雷奥里亚诺最终破译了多年前就写在羊皮卷上的马孔多的密秘。而就在他破译成功的时候，马孔多就被飓风抹去，不会再现。

引申阅读

1. 杨照：《马尔克斯与他的百年孤独》，北京：新星出版社，2013。

从文化、文学思潮和社会历史背景的角度解读作品，主要内容有：作为一个文化单位的拉丁美洲，魔幻写实的文学舞台，写实主义、现代主义与福克纳，线性开展与不断循环的时间观，从上帝之城到人间之城的转向，依赖理论与社会的集体记忆，极度悲观的绝望之书，超越科学理性的文学之眼等九章。

2. 陈众议：《加西亚·马尔克斯传》，北京：中国长安出版社，2011。

以简洁的笔触介绍了马尔克斯的童年、少年、青年、为写作而模仿、流亡、写作百年孤独及获奖后的生活经历。

关键词解读

魔幻现实主义：魔幻现实主义一词最初由弗兰兹·罗（Ｆ.Ｒｏｈ）提出。魔幻现实主义是创作手法、风格，虽然魔幻但反映的是现实。魔幻与现实交织，魔幻现实主义受两方面的影响："一方面是古印第安人的传说和东方阿拉伯神话，另一方面则来自西方以卡夫卡和福克纳为代表的现代文学。简言之，它是在继承印第安古典文学基础上，兼收并蓄东西神话，利用异化、荒诞与梦魇等现代创作手法，借以影射、揭露、讽刺和超越现实。"

（马婷）

加拿大文学

jia na da wen xue

女性艺术家的成长

——艾丽丝·门罗的《你以为你是谁？》

作者简介

艾丽丝·门罗（1931—），2013年诺贝尔文学奖得主，获奖理由为"短篇小说大师"。她是诺奖一百多年历史上首位获奖的短篇小说家，首位加拿大作家，以及第13位女性作家。门罗共著有十四部短篇小说集，近200个短篇故事。除了诺贝尔文学奖，门罗还曾获2009年曼氏布克国际文学奖，三次加拿大总督文学奖，两次加拿大吉勒文学奖，两次英联邦作家奖，及美国国家书评奖等各类重大奖项。她常被誉为"作家中的作家"，"我们这个时代的契科夫"。门罗大部分的作品都以加拿大安大略省的小镇生活为创作背景，叙述风格曲径通幽，具有浓厚的加拿大风格，也带有强烈的自传特征。

作品梗概

《你以为你是谁？》出版于1978年，一共收录了10个短篇故事，以女性艺术家的成长为主线，记录了小镇女孩萝丝从离家求学、结婚生子，到再次走出家庭，饱受生活的历练和情感的洗礼，最终成为经济独立、事业有成的新女性。

开篇故事《皇家暴打》中，萝丝和养母弗洛一直吵吵闹闹。每当年少不逊的萝丝试图挑战弗洛的权威，弗洛就会威胁萝丝日后一定会遭其父亲一顿"皇家暴打"。而什么是"皇家暴打"呢？萝丝总会好奇地想象出一幅铺着红地毯的戏剧场景。当这一天最终到来，萝丝才发现一切与自己的想象完全不一样。下一个故事《特权》中，萝丝已就读西汉拉提地区小学。这个学校里崇尚弱肉强食的丛林法则，萝丝开始对一位高年级女生产生了单纯而疯狂的迷恋。最终萝丝意识到弗洛一直徒劳地在试图"改变"她。《半个葡萄柚》中，萝丝开始进入汉拉提镇立中学学习。入学第一天，萝丝就感觉到了镇上孩子和乡下孩子之间巨大的差别。被孤立的萝丝开始在阅读中寻找安慰，并与弗洛渐行渐远。《野天鹅》里，萝丝第一次独自乘坐火车去多伦多，遭遇了成年男性性骚扰。她意识到弗洛对她的警告并不是空穴来风，决意去面对世界的真实。

后两个故事《乞女》和《恶作剧》在全书中具有中心地位，分别记录了萝丝"遇见帕崔克"与"离开帕崔克"的故事。《乞女》中，萝丝以"奖学金女孩"的身份进入大学，意外地和来自上层阶级的富家子帕崔克相爱。萝丝的存在恰好满足了帕崔克的"骑士"幻想，而帕崔克的富有最终让萝丝在"奖学金女孩"和"乞女"的身份定位中做出了选择，但两人之间巨大的社会差距还是让彼此饱受感情折磨。《恶作剧》中，萝丝和帕崔克已经结婚三年，定居西温哥华。萝丝与贫穷的艺术家夫妇克利福德和约斯琳结下了友谊。但萝丝后来与克利福德开始偷偷摸摸约会。最终萝丝与帕崔克离婚，但克利福德和约斯琳依然幸福地生活，在一次醉酒中，夫妇俩甚至邀请萝丝共同性爱。萝丝最后顿悟到了情感的虚幻和自身的无谓。

后一个故事《神意》中，离婚后的萝丝计划与朋友偷情，无奈两人相距遥远，对方亦是有妇之夫的身份，他们几次规划见面，都屡屡受挫：安娜高烧、看护请假、大雪封路、航班取消……最后两人只能心灰意冷地将一切都视为神意。《西蒙的运气》里，萝丝偶遇骑士般的西蒙，两人回到萝丝的住所做爱，并幸福地规划未来。但随后西蒙却突然消失。在痛苦的煎熬中等待了几日后，萝丝从那个城市落荒而逃，直至一年半后偶然得知，西蒙已因胰脏癌去世。全书的最后两个故事回到了萝丝的故乡汉拉提。《拼写》中，已成为了电视演员并小有名气的萝丝回家暂住，并准备将罹患帕金森综合症的母亲送至养老院。弗洛总是刺痛着萝丝的自尊与自信，母女间似乎难以休战。最后一个故事《你以为你是谁？》中，萝丝回忆起小镇怪人弥尔顿·荷马以及自己的中学同学拉尔夫·吉勒斯匹，后者曾一度以模仿弥尔顿·荷马出名，但后来在一次离奇的意外中身亡。萝丝在拉尔夫身上感受到了一种密不可宣的盟友关系，并最终完成了从女性艺术家从"模仿"到"表演"的超越。

作品赏析

《你以为你是谁？》是门罗表现女性主义思想的代表作。该书以"系列故事"的形式呈现，美国版与英国版更名为《乞女：弗洛与萝丝的故事》。其中，短篇《乞女》的故事聚焦加拿大二战以后女性在自我价值的追寻中所面临的经济与传统文化的多重压力。门罗从英国文化研究学者理查德·霍加德[1]著名的"奖学金男孩"的概念中得到启发，引申出了"奖学金女孩"的特殊角度，并将其与西方文化中经典的"乞女"形象并置，从而深刻地揭示出女性在身份问题上的左右为难。而女主人公从"奖学金女孩"到"乞女"的选择，也代表了加拿大民族性中的妥协传统。

一、奖学金男孩

霍加德在《文化素养的运用：工人阶级生活面面观》[2]中提出了"奖学金男孩"的概念，并指出这样的身份标签暗示了一种文化背景的劣势，因为大部分的奖学金男孩都来自下层劳动阶级的家庭，仅仅凭借超乎常人的学习天赋才得以进入大学学习。在门罗的故事中，"奖学金女孩"这个标签对于萝丝来说，首先意味着其在经济上的脆弱性和依赖性。她"只有靠奖学金支付她的学费，靠镇上的奖励金买她的书，用300元的助学金做生活费；就那么多了。"[3] 因此，奖学金女孩们别无选择，必须勤工助学。"奖学金女孩"的身份认同同时影响了她们的人生态度。为了得到工作，她们必须丢弃"愚蠢"的敏感和自尊，心甘情愿地被"蒸汽桌、制服、问心无愧的诚实的辛苦的工作，众所周知的聪明和贫穷隔离起来。"[4] 此外，为了满足大众对于她们的期待，

---

[1] 理查德·霍加德：（1918-）英国文化研究的主要创始人之一，作者按。
[2] [英]理查德·霍加德：《文化素养的运用：工人阶级生活面面观》，伦敦：查特与尹都斯出版社，1957年。
[3] [加]艾丽丝·门罗：《乞女》，纽约：科诺夫出版社，1979，第73页。
[4]《乞女》，第74页。

比如什么"柔光灯下的谦顺感激的微笑",典型的奖学金女孩的长相都应该是"同样弯腰驼背的主妇型的"[1],就好像是萝丝在大学注册日遇见的那个女生一样。奖学金女孩暗淡的未来是显而易见的。

在加拿大的历史上,这些奖学金女孩在二战期间和战后大量地涌入劳动市场,以填补男劳动力的短缺。尤其是二战时期,加拿大政府也在政策和舆论导向上给予了大力的推动,一个突出的例子就是成立了全国征兵女子部,其招募的第一批女性通常是单亲母亲或者是尚未生育的年轻妇女。至1944年,在加拿大的劳动市场上,有超过100万的全职女性。然而,一旦战争结束了,加拿大政府便开始调整政策,以便腾出工作岗位给退伍的男性。社会舆论也重新希望女性回归家庭,一些原本为职业女性提供的服务,例如战时的幼童看护中心,也随之关闭了。尽管如此,女性解放的历史进程已是不可逆转,战后职业女性的人数依然在不断增长。这就是门罗小说中"奖学金女孩"的社会背景。普通家庭的女性如果想要逃避"农场女佣"的命运,就只有通过教育改变自身的命运。事实上,正是这一群"奖学金女孩",构成了"加拿大女权主义运动第二次浪潮"的主力军。这些奖学金女孩大都是加拿大本土出生,具有工人阶级的家庭背景。

与"加拿大女权运动第二次浪潮"的主体相比,"第一次浪潮"中的那些女性先锋们有很大的不同。加拿大女权主义的"第一次浪潮"发生在19世纪末20世纪初,当时的目标重点落在加强女性在公共事务中的角色参与,包括女性投票权、女性受教育权、以及在法律层面完整的人权。[2]在第一次女权主义运动中,宗教担负了重要的催化功能。加拿大女性开始在社会中发挥文明教化的作用恰恰是因为她们最早是被禁止参与男性的传教活动的。因此,女性建立了自己的女性传教圈,集资培养了自己的女性传教士、老师、以及医生,并以此为基础,在包括教师、新闻、社会工作、以及公共医疗等众多的职业平台上开辟新的可能性。必须指出的是,第一批加拿大的职业女性通

[1] [加] 艾丽丝·门罗:《乞女》,纽约:科诺夫出版社,1979,第73页。
[2] [加] 艾莉森·普任提斯等编:《加拿大女性史》,多伦多:哈克特·布瑞斯·乔冯诺维克出版社,1988。

常都是出自富裕的欧洲移民家庭，接受的是欧洲传统的精英主义教育。她们工作并不是出于某种谋生的需要，而是为了将自己从家庭主妇的传统女性角色中解放出来。故事中的韩恩肖博士就是这样的一个典型。她的父母是学医的传教士，她本人出生在中国。作为一名退休的英语教授，她非常有影响力，曾经一度在"本市的学校董事会做过领导，还是加拿大社会党的创始成员。她现在还在委员会名单里，常给报纸写写信，评论评论书什么的。"[1] 对于她那个年代的女性，这些成就都是非常了不起的。然而，在取得了职业成功与社会权力的同时，韩恩肖博士也在一定程度上 . 丧失了她原本的女性特征。她终身未婚，没有生育。作为自身女性特质缺失的一种补偿，韩恩肖博士挑选"长相好看"的奖学金女孩与她同住，以期在她们身上"复制"自身。但极具讽刺的是，正是由于她的控制欲，最终让心生反抗的萝丝放弃了"奖学金女孩"的身份。

萝丝在韩恩肖博士精致优雅的家中最重要的一个领悟，就是社会基于财富标准的阶级性。在萝丝住进韩恩肖博士的房子之前，她完全不知道有工人阶级的存在，也不知道自己就属于那个阶级。当她回家的时候迫不及待地想把自己的新知识与弗洛分享时，她第一次发现了弗洛也是对自身阶级的茫然与无知。

> "'镇上大概不会在这里安装下水道了，'弗洛说。
> '当然了，'萝丝冷冷地说。'这里是镇上工人阶级住的地方。'
> '工人阶级？'弗洛说。'如果住在附近的人可以阻止他们进来的话。'"[2]

当萝丝离开家乡进入大学的时候，萝丝不但完成了地理意义上的迁移，也完成了社会意义上的迁移，因此，文化冲击不可避免。摆设在韩恩肖博士

---

[1] [加]艾丽丝·门罗：《乞女》，纽约：科诺夫出版社，1979，第69页。
[2] [加]艾丽丝·门罗：《乞女》，纽约：科诺夫出版社，1979，第70页。

房子里的每一件物品都是高雅文化的代表，并且处处反衬出萝丝母亲家的低俗品味和窘迫经济：丑陋的日光灯、塑料窗帘、机器蕾丝……萝丝拼命地想要融入大学的环境，在新的集体中获得一种归属感。她羡慕韩恩肖夫人的言谈举止与吃穿用度，极力想模仿她，为了买像样的衣服，甚至不惜去医院卖血。正是在这样的情况下，萝丝遇见了帕崔克，并面对了一种新的身份的可能性：乞女。

二、乞女

故事一开头，门罗就揭示了帕崔克和萝丝之间复杂而微妙的感情。

　　"帕崔克·布拉奇福德爱上了萝丝。这份感觉挥之不去，让他很是困扰。对于她而言，则是长久的惊讶。他想娶她。"

帕崔克和萝丝的爱情似乎一开始就隐藏着危险的暗流，预示着未来一定不会一帆风顺。尽管帕崔克是真诚且炽热地爱着萝丝，两人之间巨大的差距贫穷的来自西汉拉提镇的乡下女孩，而帕崔克却是住在温哥华岛豪宅里的富家公子。共同的大学生活虽然让他们暂时相遇，但是他们成长的环境是如此的不同。因此，这段感情并不能够平等。萝丝对于帕崔克所给予的爱，总是会感到惴惴不安，即便是当他们最终订婚，萝丝依然无法完全相信："这是一个奇迹；这是一个错误。这是她梦寐以求的；这又不是她所想要的。"[1]（81）不管帕崔克如何向萝丝表白心中的爱意，萝丝还是能够敏锐地察觉到帕崔克"也确实拐着弯儿承认了她的幸运"。（81）[2]

事实上，"乞女"萝丝的存在满足了帕崔克的"骑士"幻想。他第一次认识萝丝的时候她正巧被人骚扰，于是帕崔克自然地承当起了护花使者的角色。骑士也是一种欧洲传统，源于中世纪的骑士等级制度，代表着光荣、勇敢、以及个人的无私奉献。图书馆里发生的"英雄救美"驱散了帕崔克潜意识中

---

[1] [加]艾丽丝·门罗：《乞女》，纽约：科诺夫出版社，1979，第81页。
[2]《乞女》，第81页。

对于自己"不够男子气"[1]的恐惧。作为一名历史系的硕士研究生帕崔克并没有从他富裕的家庭中得到理解与支持。相反，他的家人总是对他冷嘲热讽，认为他幼稚可笑，且没有尽到长子的义务。帕崔克个人对于欧洲骑士故事和骑士传统的迷恋，暗示了他努力想要排遣心中的边缘感，并张扬其男子气概。正是在这样的精神渴求下，帕崔克毫不犹豫地充当起了萝丝的保护人。通过给予萝丝"乞女"的身份，帕崔克自己也获得了"骑士"的权力与荣誉。

　　然而，被选中的"乞女"萝丝并不情愿接受这样的角色分配，做一个"窈窕淑女"、"落难的灰姑娘。"当帕崔克告诉她科菲拉国王和乞女的典故了以后，她在图书馆里找到了那幅画，看到了乞女的样子"身姿柔顺而性感的，她害羞的双脚雪白雪白。她牛奶一般的顺滑，她的无助与感恩。"[2]这个孱弱而顺从的形象让萝丝感到了危险，因为接受这样的身份设定就意味着丧失自己的思想而成为别人的凝视之物。乞女的形象不是主体性的，而是客体性的。尽管如此，萝丝还是明确地知道自己现实的经济状况并没有给她太大的选择余地。同时，极为矛盾的是，正因为帕崔克对她的垂青，表面上，萝丝甚至取得了对于帕崔克完全的掌控力。萝丝觉得是自己拯救了帕崔克，而不是帕崔克拯救了她。她觉得自己的权力像是"某些放肆的残忍的事"[3]。慢慢地，萝丝进而想要戏弄帕崔克，伤害帕崔克——她要尝试自己的权力。一天晚上，在韩恩肖博士家的后门，萝丝非常主动地与帕崔克接吻，"她对他很厚颜无耻。当他亲吻她的时候他的双唇非常柔软；他的舌头相当害羞；与其说他是抱着她不如说他是瘫倒在她身上，她觉得他一点力量都没有。"[4]潜意识的，萝丝扮演了一个施虐狂的角色，一个只有通过伤害侮辱对方才能获得快感的人。萝丝由此也颠覆了弗洛伊德的理论，即认为受虐的态度是女性性别角色与性反应天生的一部分。萝丝想要反抗的，其实正是社会所建构的那种性别角色分配，反抗由男性占据主导的社会权力体系。

---

[1] [加]艾丽丝·门罗：《乞女》，纽约：科诺夫出版社，1979，第81页。
[2]《乞女》，第80页。
[3]《乞女》，第81页。
[4]《乞女》，第81页。

尽管萝丝极力想反抗帕崔克给她"乞女"的身份定义，她拥有的权力却恰恰依赖着帕崔克对"乞女"的迷恋。在帕崔克的心目中，萝丝的迷人之处就在于她女性的柔弱性、依赖性与顺从性。有一天，帕崔克向萝丝倾诉衷肠。他突然说："你不知道我有多么爱你。有一本书叫《白女神》。我每次看到那本书都会想起你。"[1] 那本书的名字来源于罗伯特·格瑞夫的《白女神：诗学神话的历史语法》。[2] 白女神是掌管出生、爱情、与死亡的女神，白女神的形象的文化内涵和母亲神很相似。西蒙·德·波伏娃在《第二性》中，同样适用了"女神"这个词来解释女性权力在古文明中的误导性神话：

> 黄金时代的女性只是一种传说。说女性是"他者"就意味着在两性之间没有一种相互平等的关系：大地、母亲、女神——她在男性的眼中并不是同类；只有在超于人类范畴的地方她才能确立权力，因此她也是属于人类范畴之外的。社会总是属于男性的；政治权力也总是在男性的手中。"公共权力或者只是社会权威都往往是属于男性的，"列维斯特劳斯在他原始社会研究的结尾这样说。[3]

因此，帕崔克口中的白女神实际上也是"柔顺、孱弱、与自我奉献"的另一种隐喻方式，如同"乞女"一样。萝丝的权力事实上只是帕崔克权力的反射，就好像月亮的光完全地来自太阳一样。

但萝丝已经逐渐习惯去分享帕崔克所拥有的权力资本。她开始有一种奇怪的炫耀冲动，享受成为众人议论的焦点，享受自己在众人面前的表演。过去看不上她的人都开始纷纷向她示好，甚至连韩恩肖博士都承认了她的胜利。当帕崔克买给了她一枚钻戒后，萝丝的陶醉感达到了顶峰。事实上，

---

[1] [加] 艾丽丝·门罗：《乞女》，纽约：科诺夫出版社，1979，第81页。

[2] [英] 罗伯特·格瑞夫：《白女神：诗学神话的历史语法》，伦敦：菲博与菲博出版社，1962。

[3] [法] 西蒙·德·波伏娃：《第二性》，H. M. 帕希理（英译），纽约：科诺夫出版社，1976，第328页。有关《第二性》的译文笔者参考了中国书籍出版社1998年版《第二性（全译本）》，陶铁柱所译。

萝丝突然向帕崔克宣布分手，仅仅只是想试验自己对帕崔克生杀予夺的权力。通过让帕崔克心碎或者心醉，萝丝也就体验了与"白女神"同样的权力。但是与帕崔克分手的她很快地认识到，一旦她真的失去了帕崔克，她就会失去现在所拥有的一样：她会成为众人笑柄，丧失名誉，没脸再继续呆在学校和韩恩肖博士的家中，并得自己去找工作养活自己，而那些工作前景黯淡。她所拥有的权力像白女神一样是虚幻的。"无论如何，她仅仅不过是一个奖学金女孩。"

三、文化谱系

很大程度而言，帕崔克对萝丝的爱源于他对自己家庭的反抗。帕崔克的家庭拥有一个百货商店连锁集团，因此属于加拿大的上流社会。他家的房子也印证了这一点：都铎风格、大草地、正面墙的落地窗、厚重的家具，"到处是引人注目的体积和不同寻常的厚度"[1]。这所房子所营造出的权威的气氛不仅让外来的萝丝倍感压抑，同样也让帕崔克这个家庭的反叛者很不自在。家庭的其他人都似乎在一种紧密的联盟之中，共同排斥帕崔克。全家人尤其嘲笑帕崔克的历史学专业，他们也不愿意提及自己的家族史。

从文化谱系的角度，帕崔克的家庭和萝丝的家庭在加拿大都非常具有典型性。帕崔克的家庭拥有着商业帝国，代表着英格兰的重商传统；而从事小农场经营的萝丝家庭则代表了源于苏格兰、爱尔兰及法国的重农传统。通常而言，英裔加拿大人也比其他三个族裔的加拿大人拥有更好的经济状况和社会地位。但是极为讽刺的是，在故事中帕崔克的家庭其实并非是英格兰背景的，而是苏格兰后裔。这个漠视历史的家庭实际上极力想回避的正是他们被认为"低级"的苏格兰背景。从这家孩子上的名字也完全找不到苏格兰的影子。两个女孩的名字"琼"和"玛丽昂"都是源自法语，"帕崔克"的名字在爱尔兰最受欢迎，意为"出身高贵的"。当萝丝看见帕崔克在花园里自己搭建玫瑰花园的石墙时，她很轻率地评价说"帕崔克是个真正的苏格兰人"，以及"苏格兰人不是一直都是最好的石匠吗？"帕崔克的母亲当时就变了脸色，

---

[1] [加]艾丽丝·门罗：《乞女》，纽约：科诺夫出版社，1979，第81页。

看上去"受到了挑衅、极不赞同、很不开心"。[1]萝丝这才后知后觉地发现自己冒犯了帕崔克的家庭，因为她的评语暗示了这个家庭的血统非常会做手工活，因此也有劳工阶级的背景。就这个角度而言，帕崔克的家人会如此的反感历史也就不难理解了。

出于同样的原因，帕崔克的家人也不会喜欢萝丝家爱尔兰裔的劳动阶级背景。但是，由于嫌弃别人的平穷被认为是"缺乏礼貌"，因此，他们转而批评起了萝丝的品味。不管萝丝如何费心地打扮她的穿着还是显得很乡土气，完全是"一个乡下姑娘对于打扮的概念"。[2]帕崔克的姐妹同样拷问起了萝丝的运动爱好："你骑马吗？""你玩帆船吗？""你打网球吗？高尔夫呢？"[3]所有这些问题萝丝都只能回答"不"，她们生活的巨大差异也从而显露无疑。皮埃尔·布迪厄[4]在其著名的《区分：品味判断的社会批判》[5]中指出，运动是一种带有强烈阶级特征的实践活动，就好像吃什么或者是买什么一样。所有这些的选择都是社会建构的。帕崔克的姐妹很有可能是无意识地在问那些问题，但是她们关注那些运动的本身就标志了上层阶级与劳动阶级的道德风貌间的差异。

就萝丝那一方面，她与帕崔克的结合同样反叛了自己原有的家庭。霍加德曾一针见血地抓住了奖学金男孩最为重要的文化特征，即"情感上已经从自己原有的阶级上连根拔起因而倍感孤独"。在霍加德看来，这一群体具有非常显著的矛盾性：既希望保留原有阶级的根，又希望与劳动人民的盲众分道扬镳。[6]在门罗的小说中，萝丝同样经历了这种痛苦的蜕变。她不可避免地被高雅文化所吸引，也不可避免地对原有家庭的生活方式感到失望。当帕崔克到她的家去拜访的时候，她情不自禁地感到羞愧："通过帕崔克的眼睛

[1] [加]艾丽丝·门罗：《乞女》，纽约：科诺夫出版社，1979，第85页。
[2]《乞女》，第86页。
[3]《乞女》，第86页。
[4] [法]皮埃尔·布迪厄，1930-2002。法国社会学家，人类学家，哲学家。
[5] [法]皮埃尔·布迪厄：《区分：品味判断的社会批判》，理查德·奈斯（英译），伦敦：罗德里奇出版社，1984。
[6] [法]理查德·霍加德，第291-304页。

看他们，通过帕崔克的耳朵听他们，萝丝也觉得难以理喻。"[1] 正如布尔迪厄在书中所言，语言与政治、权力之间存在着一种不可分离的联系。语言不仅仅是一种交流的工具，也是一种权力的中介，正是通过语言，个体才得以扩张个人的利益，显示个人的能力。[2] 但萝丝决心舍弃她的汉拉提小镇的方言时，她也决心与自己的出身决裂，而那样的做法，其实和帕崔克的家庭所做的并无本质的区别。

无论是"奖学金女孩"还是"乞女"，萝丝唯一不变的是"弱者"的女性形象。无论是在经济上还是在文化上她都无法取得独立，正如茱莉亚·克里斯蒂娃在《恐惧的力量》一书中所言："当自我徒劳无功地试图与外界的什么东西达成认同却最终发现内心虚空的时候，自我的卑贱就产生了。"[3] 当萝丝从"奖学金女孩"的身份定位向"乞女"转变时，她不断承受着心理上的矛盾与妥协，也正是这种压力最后导致了她和帕崔克由爱生恨，形同路人。《乞女》让我们思索两性的不平衡，以及不可避免的文化惯习的压力，同时也预言了不断在妥协中淬炼的女性最终的成长。事实上，现实生活中的萝丝，即作家本人，最后也踏出了家庭，成为了完全独立的职业作家，回到了她熟悉的安大略土地，从而完成了对个人身份的重构。

引申阅读

1. [法] 西蒙娜·德·波伏娃：《第二性》，H. M. 帕希理（英译），纽约：科诺夫出版社，1976 年。

《第二性》1949 年在法国出版，轰动一时。1953 年被译成英文在美国出版后，再次轰动，被公认为促使西方妇女女性意识觉醒的启蒙作品，誉为"有史以来讨论妇女的最健全、最理智、最充满智慧的一本书"，女权主义者的"圣

---

[1]《乞女》，第 86-87 页。
[2] [法] 皮埃尔·布迪厄：《区分：品味判断的社会批判》。
[3] [法] 茱莉亚·克里斯蒂娃《恐惧的力量》，李昂·罗迪兹（英译），纽约：哥伦比亚大学出版社，1982，第 5 页。

经"。从文学、历史、社会学、生物学和医学等多方面论述，探讨女性在不同的历史时期，所遭受的处境、地位和权力的实际情况，中心论点为："女人并不是天生的，而是后天形成的"。

2. [法] 皮埃尔·布迪厄:《区分:品味判断的社会批判》，理查德·奈斯（英译），伦敦：罗德里奇出版社，1984 年。

20 世纪最重要的十部社会学著作之一，核心理论为"品味判断关联到社会地位。"该书结合社会理论与田野调查，试图调和外部社会结构与主体经验对个体的影响。通过考察不同阶级之间的生活方式，即饮食、服饰等具体的生活形式，探讨上世纪七十年代法国社会的阶层状况，认为阶层已经包含意识形态层面的多重社会要素，而不是单纯依靠经济生活判定社会阶级而已。

关键词解读

成长小说：亦称"教育小说"获"启蒙小说"。启蒙运动时期源于德国的一种小说艺术形式，以主人公（通常是年轻人）的成长与发展为叙述主线，往往拥有三段式结构，即："青少年时代——漫游时代——师傅时代"。小说中的主人公在故事开始时充满天真的理想，并感受到自身与所处环境的截然对立。但随着他的逐渐成长与成熟，在现实世界中获得了具体的经验，从而丰富了自身的人生领悟。最后他与自身的环境和解，既获得了积极的个体发展，亦在世俗的世界中寻找到了位置，成为了曾经自己所鄙视的环境的一部分。代表作品为歌德的《威廉·迈斯特的学习时代》与狄更斯的《大卫·科波菲尔德》。

（周 怡）

吃与被吃的两性悖论

——玛格丽特·阿特伍德《可以吃的女人》

作者简介

玛格丽特·阿特伍德是当代加拿大著名女诗人、小说家、学者和文学评论家，被誉为"加拿大文学女王"，曾师从文学理论大师诺斯罗普·弗莱，后获哈佛大学硕士学位，迄今已有 14 部诗集、11 部长篇小说、5 部短篇小说和 3 部文学评论出版。其作品因深度关切现代物质社会中人的生存状态而享誉国际，多次荣获加拿大文学最高奖项总督奖、英国布克奖、加拿大勋章、英联邦文学奖、加拿大吉勒文学奖、法国政府文学艺术勋章等大奖，还曾多次成为诺贝尔文学奖的最有力候选者。其创作尤其关注三个方面，即女权主义倾向、民族主义和生态环保意识，其中以有关女性主义的创作最为引人瞩目。玛格丽特·阿特伍德的目光时常聚焦于现代社会中女性生存所面临的压力、迷茫与探索，从女性经验出发，以细致而犀利的笔触表现传统男性价值观念对女性的束缚以及两性的冲突与对立，为遭受历史与性别双重压迫的女性寻求摆脱婚姻家庭及社会中边缘地位的出路进行着不懈的努力。

作品梗概

玛丽安是一位受过高等教育的年轻女性，工作与爱情都很顺利，但总隐约感觉到来自于各方面的压迫，答应男友彼得的求婚后，愈发预见到自己将完全从属于彼得而丧失自我，巨大的心理压力使其不能正常进食，精神也日趋崩溃，最终她在婚礼前夕烤制了一个可以吃的女人形状的蛋糕作为自己的替身献给未婚夫，彻底与过去决裂，摆脱被动与顺从的地位，去争取女性的独立人格，其食欲也恢复了正常。

与玛丽安关系最密切的两个男子，一个是她的未婚夫彼得，另一个是研究生邓肯。前者是传统意义上"成功"的男性形象，但玛丽安却下意识地觉得无法忍受他的控制；后者身体瘦弱，性情怪僻，但玛丽安与他相处时却觉得比较自在。

小说还描写了与玛丽安不同的两种婚恋模式，一种是由叛逆回归传统的婚恋模式。玛丽安的室友恩斯利是个以自我为中心的"现代女性"，机械地推崇女性主义观点，反对婚姻却想生一个孩子，于是设计诱惑玛丽安的朋友伦纳德并怀孕，后又试图与伦结婚以防止"没有父亲的陪伴的孩子变成同性恋"，遭到伦的强烈拒绝后与并不相爱但温柔体贴的费什走到一起，踏上了传统婚姻的老路。

另一种是建立在传统婚姻基础上的婚恋模式，但在玛丽安看来是一团糟。玛丽安的同学兼朋友克拉拉在大学二年级与乔结婚，婚后接连产下三个孩子，学业半途而废，生活混乱无措，精神状态颓废。丈夫乔也在婚姻生活中遭遇身体与精神的双重磨灭。

作品赏析

《可以吃的女人》是玛格丽特·阿特伍德的第一部长篇小说，创作于1965年，出版于1969年，正是女性意识不断增强的年代，作品发表后不久，北美即掀起了"第二波"女权主义运动，因此《可以吃的女人》常被认为是女权主义的代表作品，对此作者曾在自序中提到"我在1965年着手写作时，根本没有什么妇女解放运动"，但不可否认的是女性意识始终贯穿着整个作品，作者以敏锐的眼光捕捉到了当时女性生活中的困苦与迷茫，并对女性命运的发展做出了预言性的判断，小说中玛丽安的命运正是20世纪60年代加拿大妇女普遍的命运，带有时代的特色与烙印，即使是受过高等教育的女性也不例外。

《可以吃的女人》的特色首先在于作者将女性独立人格的丧失与否与食

欲的有无相联系，隐喻了两性之间"吃"与"被吃"的关系；另外作者在批判男权菲勒斯中心主义的同时关照到了男性在两性关系中同样会遭遇"被吃"，预见性地揭示了现代社会中男女生存与交流的危机。笔者将通过展示 3 种较为典型的两性关系模式解读"吃与被吃"的内涵。

一、男吃女：猎手与兔子

玛丽安与彼得的相处代表了社会中最普遍的两性关系模式——男性处于绝对中心，掌握着话语权，女性则丧失个性与主体性，被置于底层地位，由人变物，成为男性的附属品。

克里斯蒂娃在《妇女的时间》一书中将女权主义分为女权、女性和女人三个阶段，其中 20 世纪初叶至 50 年代的女权运动着眼于为女性争取与男性平等的政治、经济地位。得益于此，生活在 60 年代初加拿大的玛丽安受过高等教育，工作稳定，经济独立，加上她样貌出众，堪称优秀，但她的女性身份却使她似乎天生低人一等，社会方方面面纷纷施压和报以歧视。玛丽安做啤酒调研时遭到男人调侃："像你这么漂亮的小妞，干嘛到处乱跑向男人打听他们喝了多少啤酒啊？该待在家里让哪个大个子男人好好服侍。"[1] 仿佛女性是男性豢养在家中的宠物，而非有思想有主体性的人，不应抛头露面；对玛丽安任职的西摩调研所三层楼的描写也体现了两性的社会地位，一层是油印机、计算机等，二层办公室闷热潮湿，空调系统屡出毛病，在其中工作的"清一色都是女性"，而三层是"主管人员和心理学家"，被称为"楼上的先生"，都是男子，办公室"铺着地毯，摆放着昂贵的家具，墙上挂着现代派大师的作品"[2]，无论从楼层的高低还是装修的繁简程度来看，女性都明显低于男性，甚至只比机器稍强，或者说女性仅仅被当作"会行走的机器"。这种对女性的贬抑是深植于历史的社会伦理体系中的，一直以来，男权通过贬低和妖魔化女性形象、设置女性行为礼仪规范、编织伦理网络等手段摧毁了首先出现的母权，使女性沦为低于男性的"第二种性别"，男性完全掌握文化符号体

---

[1] ［加］玛格丽特·阿特伍德:《可以吃的女人》，刘凯芳译，上海：上海译文出版社，1999，第 45 页。
[2]《可以吃的女人》，第 11 页。

系的操作权、话语理论的创造权以及语言意义的解释权，女性由于话语权和主体性的丧失而逐渐被纳入父系社会秩序，成为或烈女孝妇或女妖祸水的文化符号，女性的虚弱又从反面进一步衬托出男性的伟大，如此恶性循环，性别奴役逐渐转换为女性的内在自觉。例如书中房东太太对女主人公们的苛刻要求以及密不透风的监视完全符合社会对女性设定的规范标准，这正是女性自身将这种性别文化压抑内在化的可怕结果。

彼得与玛丽安的交流相处是这种性别奴役与文化压抑的典型化、具体化。二人的关系模式恰如地月系统。彼得作为占据中心地位的地球，自身并不发光，他对玛丽安没有丝毫的温存和怜香惜玉，而是自动将玛丽安划归为自己的附属品，他声称喜欢玛丽安"具有独立的见解和判断力"，而他所谓的"判断力"在于"绝不会企图对他的生活横加干涉"[1]，当玛丽安真正表现出独立意识时，由于超出了男性对于女性的建构和想象，彼得便斥责她"否认自身的女性气质"[2]，即违背了女性顺从男性的天性。彼得有自身设定好的运行轨迹，当他不想被家庭束缚时，他抵触谈论婚姻，为参加婚礼苦恼，坚持做一个"快乐的单身汉"，他将结婚的朋友比喻成悲惨的"最后一个莫西干人""恐龙""渡渡鸟"，把新娘比喻成"吸尘器"[3]，而当他意识到婚姻利于自身的事业发展时又突然向玛丽安求婚，并且不是以询问而是以命令的口吻，变剥夺为赐予，变排斥为接纳。他选择玛丽安为结婚对象是由于"你完全靠得住。大多数女子都很浮躁，而你却十分通情达理"[4]，再次对女性的顺从表示肯定。而玛丽安对于这种肯定竟然十分受用，这也可以看做是女性将性别压抑内在化。玛丽安好比月亮向地球投射柔和的光线，其生活的轨迹完全以彼得为中心，"顺着他的脾气"，在彼得为朋友的婚礼烦心时，玛丽安说起话来噤若寒蝉，唯恐彼得误解她逼婚；与伦见面选在彼得喜欢的餐厅，喜欢的原因是餐厅"设在顶层，居高临下"，能够满足男性的虚荣心和优越感；二人订婚后，玛丽

[1] ［加］玛格丽特·阿特伍德：《可以吃的女人》，刘凯芳译，上海：上海译文出版社，1999，第61页。
[2]《可以吃的女人》，第83页。
[3]《可以吃的女人》，第64页。
[4]《可以吃的女人》，第93页。

安愈发顺从，面对彼得因工作无法赴约时的强硬语气，她虽心有不快，却最终妥协，并为彼得找借口，"显然他在办公室也受到很大的压力"[1]，这是彼得对玛丽安，或者说是男性对女性进行构建和改造的结果，男性将女性设定为更加接近本能、原始的形象——好女儿、好妻子、好母亲——以此来标榜和缅怀自身对原始的疏离和缓解男性与生俱来的阉割焦虑。女性成为男性生而优越的参照物和"他者"，女性的顺从、软弱进一步反衬出男性的伟大，而女性自身迫于社会主流价值观念的长期压迫而渐渐甘心接受这样的构建和改造，变成顺从、甘于奉献、被扼杀了独立思想的"家庭天使"。例如在面对彼得命令甚至恩赐式的求婚时，玛丽安非但没有表现出任何不满或犹豫，反而近乎感恩戴德地称彼得是"混沌状态中的救星，社会稳定的柱石"[2]，自动将自我降格为被男性拯救的依附者姿态。

小说中彼得作为男性群体的代表谈论猎杀兔子的场景正是对男女权力分配的绝妙隐喻，洋洋得意、高谈阔论的彼得与猎手形成对应，而一旁静静聆听的玛丽安与待宰的兔子形成对应，玛丽安在大街上狂奔彼得开车追赶、翻墙恰被彼得截住、躲在床下被彼得揪出都与猎物狂奔逃命、猎人暗中埋伏、猎物藏匿避难如出一辙。此时作为女性的玛丽安已经开始对自己的"母牛之于农夫"的从属地位有所察觉，体现在她从潜意识和意识两方面所做出的逃离与反抗动作。潜意识方面展现为玛丽安在大街上狂奔，"我沿着人行道奔跑着。一分钟后，我才意识到自己的脚在动，不觉十分惊奇，我不明白我怎么会跑起来的，但是我仍没有停下来。"[3]根据弗洛伊德精神分析理论，这恰恰反映了其潜意识中想要逃离，趋利避害。这种潜意识好比海面下的冰山，落潮时——即受到特殊外部因素刺激时才会显现。玛丽安正是受到猎杀兔子谈话的刺激才爆发出潜藏的逃离欲望；再如玛丽安开玩笑说洗衣袋里是"我把彼得斩成了小块，放到洗衣袋里带出门，找个山洼洼把他埋掉。"[4]一句无

---

[1] [加]玛格丽特·阿特伍德：《可以吃的女人》，刘凯芳译，上海：上海译文出版社，1999，第120页。

[2]《可以吃的女人》，第93页。

[3]《可以吃的女人》，第73页。

[4]《可以吃的女人》，第96页。

心的玩笑也暴露了其潜意识中对男性的排斥和抵抗，甚至有将其毁灭的欲望；还有将彼得假想成内衣色魔，也是戏谑地将压迫女性的男性"恶魔化"，此可称之为"死的本能"或"毁灭的本能"。意识方面，书中有一段写到玛丽安一行四人回到伦家，两位男性"逍遥自在、快快活活地"大谈曝光时间等摄影问题，而把两位女性丢在一边，熟视无睹，仿佛她们是屋子里的物件，玛丽安"越想越气"以至于最后溜到床下的缝隙中。这一动作与伊萨克·迪尼森的小说《空白之页》中雪白的亚麻布床单有异曲同工之妙。

玛丽安与彼得前期的关系模式可概括为"猎手与兔子"，男性将女性作为附属品，构建女性原始的顺从、甘于奉献的天使形象，逐渐吞噬女性的独立意识，而玛丽安由于"独自担起生命的全部责任，对一个女人来说是很痛苦的"而一度甘心沦为"扎成真人大小穿着女式服装的稻草人"[1]，内心没有独立思想的"家庭天使"。作者别出心裁地将女性的独立意识与食欲相联系，进食是人赖以生存的基本生理活动，作者以食欲作比，可见在作者看来女性的独立意识是女性之所以成其为女性的必备属性。玛丽安的主体性被"吃"得越多，其赖以生存的食欲就越差，不能吃的食物也越多，直至订婚派对上，已几乎被"吃"得一干二净，直到完全受控于男性的玛丽安被拍照的闪光灯点醒。此处的照相机镜头充当了镜子的角色，玛丽安投射出来的千疮百孔的镜像使她积攒已久的反抗情绪瞬间爆发，用真正可以吃的蛋糕女人来与旧我决裂，与男权中心决裂。但小说采用开放式结局，之后玛丽安能否找回真我，是否会再度"被吃"，面临社会重重压力能否始终保持独立思想都充满着不确定性，形成了又一个娜拉式的难题。

二、女吃男：捕蝇草的诱惑

恩斯利与伦纳德颠覆了"男吃女"的惯性关系，而发展出"女吃男"的两性模式——作为女性的恩斯利拒绝被主流价值观念改造成"家庭天使"，反而在与男性的相处中处于引导者、操纵者的地位，而作为男性的伦纳德自

---

[1] [加] 玛格丽特·阿特伍德：《可以吃的女人》，刘凯芳译，上海：上海译文出版社，1999，第86页。

以为与从前一样即将征服又一位女孩子，只等得手之后冷嘲热讽、无情抛弃，却不期被女性玩弄于鼓掌之中，最后手足无措、气急败坏、毫无风度。男性与女性的权力分配产生戏剧性倒转，走向了玛丽安与彼得关系的反向极端。伦一直被恩斯利牵着鼻子走而心甘情愿，由"吃人"转为"被吃"，恩斯利则利用其弱点，"像沼泽中的扑蝇草，那空心的瓶状叶片里有一半盛满了液体，专引诱昆虫飞进来，等它们掉到瓶中淹死后再被消化掉"[1]，以达成自己的目地。作者设置这一类型的两性关系模式巧妙地达到了反讽的效果，但同时也在字里行间透露出女性并未、而且从未改变其"被吃"的本质。

恩斯利与伦极端的性格和思想造就了二人极端的关系模式。恩斯利是极端女性主义的坚定信奉者和执行者，她翻阅参考书、参加辅导班、聆听讲座，对其中的极端女权主义思想不加分辨地全盘接受，并将其机械地运用到自己的生活中。她先是忍受不了克拉拉在怀孕期间无所事事，"她应该做点事情，即使是形式也好"[2]，进而她反对婚姻、仇视男性/丈夫/父亲，认为"既有母亲又有父亲实在是太多了。在孩子眼里，母亲和父亲两种形象乱成了一团，他们的心理已经不很正常了。这在很大程度上是父亲的原因"、"妈妈自己可以应付孩子的一切"，她在给长牙的婴儿断奶这一再正常不过的举动上强加女性主义色彩，声称"男子不喜欢表现母子亲情这种最自然的方式，因为这使他们觉得自己成为局外人"[3]，因此"把家庭毁了的就是丈夫"；读到人类学家原始文化的观点后，笃信"女人至少应该生一个孩子"，"会使内心成为一个真正的女人"，还煞有介事地搬出"二十至三十岁的母亲生下的孩子往往最为健康"[4]的医学证明，并像挑商品一样挑选基因优良的孩子的父亲；但在参加产前心理辅导后又推翻自我，为防止未来的儿子变成同性恋而要寻找一个"坚强的父亲形象"，而恩斯利对于"同性恋"的排斥是由于这类男人"从来没有对她表示过兴趣"。恩斯利在完全没有生育抚养经验的情况下，

---

[1] ［加］玛格丽特·阿特伍德：《可以吃的女人》，刘凯芳译，上海：上海译文出版社，1999，第45页。
[2]《可以吃的女人》，第34页。
[3]《可以吃的女人》，第36页。
[4]《可以吃的女人》，第37页。

机械地鼓吹女性的独立意识和主体性，并标榜自己不同于深陷爱情、婚姻的传统女性，是当今女性中的拓荒者，"没人带头闯一闯，社会怎么发展"[1]。

表面上看，恩斯利虽有为女权主义而女权主义，从一个极端走向里一个极端而造成逆向性歧视之嫌，至少她意识到了两性的差异和女性的独特气质，但深度剖析开来，恩斯利作为 20 世纪 60 年代的女性，其受压迫的本质和将男性对女性的性别奴役自觉内在化的通病并未改变，其人生规划还是受到女性身份的左右。恩斯利看不起玛丽安对彼得的顺从，但在引诱伦的过程中，其女性气质的显露有过之无不及，她掩藏起"工于心计的女强人"形象，而装得"既年轻，又天真，就像个啥事也不懂的小雏儿"、"一个天真无瑕的清纯女孩的形象"[2]，虽然伪装行为使她极其不自在不舒服，但为了达到生一个孩子的目的，恩斯利不惜费尽心思，因为她清楚地知道这才是男性世界构建出的合格女性。但她还对克拉拉与乔的婚姻持轻蔑态度，可最后仍步上了这条老路，这些都体现出主流男性权威对女性的改造是不可反抗的，女性要实现自己的目标只能"被吃"甚至主动送货上门；她排斥同性恋是由于这类男人对其女性气质视而不见，可见她十分在乎男性眼中的自我形象，将男性对自我的评价作为衡量人生价值的标尺；恩斯利通过展现男性认同的女性气质成功引诱了伦，如愿怀上孩子，却因为被伦羞辱后得到费什帮助而走入婚姻，并在玛丽安决心抛弃"家庭天使"身份时惊呼"你这是拒不承认你的女性身份啊！"[3]终于对传统男性价值缴械投降，重复了"被吃"的命运。

值得注意的是，在这对两性关系中，男性也成为"被吃"的对象。伦与彼得不同，彼得是一名正常的男性，关注着装、事业等，而伦"色迷迷地喜欢追女人"，"以一种扭曲的形式表现出颠倒了的道德观，喜欢去"腐蚀（这是他的说法）入世未深的年轻女孩"，"一旦得手之后，他那刻薄的品性又使他把对方视为堕落，因此加以抛弃。他会冷嘲热讽地评论道："原来她跟

---

[1] ［加］玛格丽特·阿特伍德：《可以吃的女人》，刘凯芳译，上海：上海译文出版社，1999，第 88 页。
[2]《可以吃的女人》，第 130 页。
[3]《可以吃的女人》，第 304 页。

其余的女人是一路货。'[1]"可见,伦身上的男性气质更为尖锐,他向往更加纯粹、极端的女性气质,"对被人们视为纯洁而难以染指的少女情有独钟",他将女性视为"难啃的骨头",一旦吃定后又觉索然无味,弃之不要,恩斯利正是利用这一点诱其陷入"粉刷得雪白的诱人葬身的墓穴"。幼年时的伦被强迫吃下成型的小鸡,长大后"喜欢去腐蚀入世未深的年轻女孩"[2],现在则不知不觉中被"用作免费人工授精的替身",甚至被强迫做父亲。伦在得知真相后,怒骂女人这一群体是"长着尖爪披着鳞甲的不要脸的吸血的婊子"[3],明确揭示了其"被吃"的地位,不得不说恩斯利给了他一个沉痛的教训,也体现了作者的态度——不负责任、玩世不恭的男性自恃高人一等,玩弄女性,必定是自掘坟墓。

三、婚姻家庭的蚕食

玛格丽特借克拉拉与乔这对恋人的境况展现了现代社会中两性问题的又一个维度——家庭间不可调和的矛盾。克拉拉与乔是小说中唯——对步入婚姻殿堂的男女,与不排斥婚姻但拒绝做"家庭天使"的玛丽安不同,与彻底反对婚姻的恩斯利和伦也不同,克拉拉与乔渴望婚姻,对婚姻抱有正常态度和美好憧憬。婚前二人是理想得令人艳羡的情侣,但婚后生活却呈现出一片混乱,美好的愿景以及二人的独立思想都被婚姻、家庭、孩子吞噬得近乎消失殆尽了。

克拉拉首次登场时已是两个嗷嗷待哺的孩子的母亲,第三个孩子已怀胎七月,她展现给读者的是一副仿佛被抽干了灵魂与肉体的模样,"长着一头淡黄色头发的脑袋显得很小,有些弱不禁风的样子",招呼朋友"有气无力"[4],完全的苦恼颓废、不知所措的麻木状态。然而通过玛丽安的叙述可知,克拉拉原本与玛丽安一样是大学生,但她在大学二年级与大她七岁的研究生乔·贝茨互相倾慕,结婚生子,成为家庭主妇。家庭琐事的重重包围与孩子的接连

---

[1] [加]玛格丽特·阿特伍德:《可以吃的女人》,刘凯芳译,上海:上海译文出版社,1999,第90页。
[2]《可以吃的女人》,第90页。
[3]《可以吃的女人》,第237页。
[4]《可以吃的女人》,第25页。

出世，使克拉拉的身体状况与精神状态每况愈下。"第一次怀孕时克拉拉万分惊喜，说是真没想到她竟然也要生孩子了；到怀第二胎时她就有些惊慌失措，如今第三个孩子即将出世，她苦恼得不知所措，干脆躺倒在地，一切听天由命"[1]，可见克拉拉的身体和精神都受到了家庭、婚姻、孩子的吞噬，学业半途而废，生活完全依赖丈夫乔的照料。乔在后文概括了克拉拉婚前与婚后状态的巨大落差，"她有思想，有头脑，教她的教授很器重她的看法，他们都把她看成是个思想活跃的人。但她结婚之后，她的内核遭到了破坏，也就是她人格的中心，她精神的支柱，她心目中的自我想象"[2]。

在作者笔下，克拉拉几乎是整部作品中物化最为严重的一位女性，作者多处运用夸张与比喻来书写克拉拉"内核遭破坏"的物化状态：

1. "那模样就像是一条蟒蛇吞了一个大西瓜"[3]，又像"怪模怪样的植物，在圆滚滚的躯干上长出四条白色的细根，上面开着一朵淡黄色的小花"[4]，作者极力凸显克拉拉腹部与头部的大小比例差距，腹部是孩子的象征，腹部的过于臃肿代表着家庭和子女带给克拉拉的过重的负担，而头部是人类智能和思想的象征，头部的袖珍即代表着克拉拉独立意识的贫乏和丧失；

2. "那副模样直使她想起蚁后，那庞大的身躯是整个族群的母体，简直不像个人"[5]，蚁后在蚁群中专司繁殖生育，作者用蚁后比克拉拉，突出了克拉拉深陷生养子女的囹圄中，成为了失去活动能力的无所事事的生孩子机器。生育是女性特有的行为活动，本是幸福之举，女性因孕育和哺育生命而感到自身价值的抬升和延续，克拉拉的生命和灵魂却遭到这一独特性的主宰和剥夺。作者也顺势将丈夫乔看做了建筑巢穴、搬运食物、保卫家园的工蚁和雄蚁，结合书中乔每日庸庸碌碌操持家务的身影，这一处比喻确实在恰当不过了；

3. "（玛丽安）只觉得自己这个朋友就像个有知觉的海绵，因为大部分时

[1] ［加］玛格丽特·阿特伍德：《可以吃的女人》，刘凯芳译，上海：上海译文出版社，1999，第121页。
[2]《可以吃的女人》，第260页。
[3]《可以吃的女人》，第25页。
[4]《可以吃的女人》，第26页。
[5]《可以吃的女人》，第121页。

间她的一切都被那个块根似的大肚子吸进去了"[1]，前文中克拉拉至少还被比喻成动物或植物，拥有一定的自我意识和行动能力，此时作者直接将其降格为非生命体，预示着克拉拉的独立自主意识已几乎被家庭和孩子磨灭殆尽。"海绵"意象更加生动形象地映射了婚姻生活一丝一缕蚕食克拉拉主体性的惨景；

4."台阶上丢了个娃娃，脑袋同身体几乎要脱离关系了"[2]，娃娃即是克拉拉的化身，脑袋与身体脱离即是自我意识丧失的写照，此处类比意在表明克拉拉开始沦为任传统婚姻摆布的玩物，但她面对社会、家庭的双重压迫仍存有一丝挣扎，她会对朋友抱怨，也试图继续学业，读有趣的书籍，还想过上夜校，但随着孩子接连降生，她的激情逐渐熄灭，被改造得也越发彻底，直到生完第三个孩子，克拉拉已完全适应了家庭主妇的身份并乐在其中，"就这样躺在这儿真是不错，我真的感觉好极了"[3]，甚至她还将其作为经验和忠告传授给玛丽安，鼓励她"也该试试"。可见在社会主流传统的逼迫下，克拉拉不仅"成功"地将自我意识抛之脑后，完成了从独立女性向家庭天使的转变，甚至还成为了男权中心话语的"帮凶"。

作者透过玛丽安之口表达了对克拉拉的否定态度，"克拉拉的生活似乎离她（玛丽安）越来越远，越来越隔膜，就像是隔了一层玻璃窗似的"[4]，双方虽然能互相看清彼此的生活状态，但互不认同，导致了交流的局限与无能。玛丽安曾满怀希望地想告诉乔"克拉拉的内核并没有真正被毁掉，一切都会好起来的"[5]，她以为怀孕是克拉拉物化的罪魁祸首，事实上克拉拉已逐步堕入生养子女与婚姻家庭的深渊而不自知，已完全沦为传统婚姻家庭生活的牺牲品，已完全丧失了自我主体意识。

丈夫乔也遭到了婚姻家庭的吞噬和改造。克拉拉怀孕期间，乔操持起所有家务，被迫成为"家庭主夫"——"所有的活儿都让男的做"、"他老了

[1] ［加］玛格丽特·阿特伍德：《可以吃的女人》，刘凯芳译，上海：上海译文出版社，1999，第 139 页。
[2]《可以吃的女人》，第 25 页。
[3]《可以吃的女人》，第 137 页。
[4]《可以吃的女人》，第 138 页。
[5]《可以吃的女人》，第 261 页。

许多，还不到四个月呢，她把他给榨干了。"他评价克拉拉"内核遭到了破坏"，他自己又何尝不是？由于担当了照应整个家庭的任务，乔不禁染上了一些女性气质——"乔在后门廊出现了，他裤带上披着条洗碗布权当围裙"、"乔把我们送到门口，他的胳膊上还夹了一堆脏衣服"。这更体现出，不仅仅是女人，任何人在传统婚姻家庭的压力面前，都将被吞噬和改造。

综上所述，玛格丽特·阿特伍德通过构建几种典型的两性关系模式反映了现代社会中女性生存面临的重重压力及难以逃脱的"被吃"命运。小说中女性的"可吃""被吃"当然不止体现在两性关系上：第一人称—第三人称—第一人称的叙述视角的变化暗合了玛丽安独立自主意识的丧失与回归；房东太太这一形象的塑造揭示了主流男性中心话语下部分女性为求生存逐渐被同化成"准男性"，运用男性价值标准评判事物或反过来压制女性本身的现象；另外文本中多处物化的女性群像描写也不失为亮点，几位办公室处"把自己打扮的像一个带彩色羽毛、玻璃珠、旋转金属片和许多钩子的鱼饵似的，老在那些有钱的男子经常出没的地方招摇过市，等其上钩"等等。但作品并非仅仅关注女性的狭隘之作，它同时也道出了男性在现代社会中的生存难题，男性同样面对"被吃"的危机。总之，《可以吃的女人》中所展现出的现代男女的生存窘境可概括为哈姆雷特那句经典台词的翻版："To eat or to be eaten, it's a question."

精彩片段

1 克拉拉的婚姻生活窘境

2 玛丽安订婚宴上的出逃

3 玛丽安吃掉"蛋糕女人"

引申阅读

[法]西蒙娜·德·波伏娃：《第二性》，陶铁柱译，北京：中国书籍出版社，1998。

该书被誉为"有史以来讨论妇女的最健全、最理智、最充满智慧的一本书"，甚至被尊为西方妇女的"圣经"。以涵盖哲学、历史、文学、生物学、古代神话和风俗的文化内容为背景，纵论了从原始社会到现代社会的历史演变中，妇女的处境、地位和权利的实际情况，探讨了女性个体发展史所显示的性别差异，堪称为一部俯瞰整个女性世界的百科全书，揭开了妇女文化运动向久远的性别歧视开战的序幕，使女性在这个男权社会有所觉醒。

（胡龙莹）

后 记

　　本书的撰写者来自北京大学、中国人民大学、首都师范大学、中国政法大学、中国公安大学、上海外国语大学、鞍山师范学院、周口师范学院等全国各高等院校。能够将这些学者联系在一起的只有两个字"爱好"，共同的专业志趣和敬业精神让大家忘记世俗的诸多烦恼。为了小说中的一个意象、某种叙述方式、一个至关重要的细节争论、探讨许久，发达的通讯工具为研讨提供了不少便利，电子邮件、QQ、微信……但迅捷的通讯无法取代思考过程的痛苦，这也许就是孔子对子贡所说"如切如磋，如琢如磨"的过程。

　　该书历经 3 年多的编撰，即将告一段落，感谢首都师范大学文学院的出版资助，感谢诸位撰稿者辛苦的付出，特别感谢中国人民大学杨恒达教授对书稿编写体例的建议。感谢梁秋克先生的鼎力相荐，感谢王晓娜女士的细致耐心、异常出色的编辑工作。感谢冯新华博士对本书的支持。感谢李青衫老师在资料查找方面的协助。感谢我的研究生胡龙莹、李晓歌为本书所做的联络工作。最后，由于编者在学识、经验方面的不足，本书难免存在欠缺，敬请广大读者谅解指正。

编者

2016 年 5 月 25 日